Die Schlei-Diva

Arnd Rüskamp ist am Essener Baldeneysee geboren, und Wasser war immer sein Element. Er hat Publizistik studiert, war Reporter und Moderator, Soldat und Biker, Autor und Verleger. Heute verdient er sein Geld noch immer in den Medien, ist aber vor allem Ehemann und Vater. Zum Schreiben über Schleswig-Holstein qualifiziert ihn, dass er drei Monate eines Jahres in seiner Wahlheimat an der Schlei lebt.

Hendrik Neubauer ist in Hamburg geboren und in Trittau aufgewachsen. Während er in Kiel Geschichte und Literatur studierte, lernte er im Sommer die Eckernförder Bucht schätzen. Danach zog es ihn in den wilden Westen der Republik. Nach über zwanzig Jahren in der Diaspora lebt er nun als Autor, Publizist und Kommunikationsberater wieder im hohen Norden. Ungefähr in der Mitte zwischen Eckernförde und Kiel, aber Hauptsache, an der See.

Dieses Buch ist ein Roman. Handlungen und Personen sind frei erfunden. Ähnlichkeiten mit lebenden oder toten Personen sind nicht gewollt und rein zufällig.

HENDRIK NEUBAUER UND ARND RÜSKAMP

Die Schlei-Diva

KÜSTEN KRIMI

emons:

Bibliografische Information der Deutschen Nationalbibliothek
Die Deutsche Nationalbibliothek verzeichnet diese Publikation in der Deutschen Nationalbibliografie; detaillierte bibliografische Daten sind im Internet über http://dnb.d-nb.de abrufbar.

MIX
Papier aus verantwortungsvollen Quellen
FSC® C083411
FSC
www.fsc.org

Umschlagmotiv: photocase.com/Helgi
Umschlaggestaltung: Tobias Doetsch
Gestaltung Innenteil: César Satz & Grafik GmbH, Köln
Lektorat: Hilla Czinczoll
Druck und Bindung: CPI – Clausen & Bosse, Leck
Printed in Germany 2014
ISBN 978-3-95451-363-5
Küsten Krimi
Originalausgabe

Die Maske fällt, es bleibt der Mensch;
was heldisch war, sinkt hin.
Jean-Jacques Rousseau

Freitag, 12. Juni

Inkompatibel

»Als hätten wir kein eigenes Leben.«

Marlene hatte versucht, ihrer Stimme etwas Unbeschwertes zu geben, und sie hatte sich um einen scherzhaft vorwurfsvollen Gesichtsausdruck bemüht. So, als könnten sie und Hans Rasmussen jederzeit umschalten. Von »NDR Talk Show« auf Freundetreffen, auf Badmintonspielen oder Pläneschmieden. Tatsächlich saßen sie auf dem Sofa und verfolgten mit gedrosselter Aufmerksamkeit, dass sich der alternde »Tatort«-Kommissar mit einer jungen Modedesignerin auf Lanzarote eine Schafzucht aufbaute.

Rasmussen brummte. Mehr nicht. Er schob sich noch ein paar Chips in den Mund, kratzte sich am Ohr und hielt seinen Blick auf den Fernseher gerichtet. Marlene Nissen und er kannten einander seit langer Zeit. Unstet und leidenschaftlich war ihre Beziehung gewesen. Seit letztem Sommer hatten sie es sich ein bisschen gemütlich gemacht. Nach nervenzehrenden Wochen, nach dem Tod von Lars Martens, dem Verdacht gegen Rasmussens Jugendfreundin Birte, nach gefährlichen Berührungen zwischen Polizeiarbeit und Privatleben, war ihnen der Rückzug in die Komfortzone zweier Staatsdiener ohne Verpflichtungen ganz natürlich vorgekommen.

In Marlene aber begehrte etwas auf. Unruhe hatte sie ergriffen. »Und wenn wir fünfzig sind, sitzen wir immer noch hier?«

Jetzt drehte Hans Rasmussen den Kopf nach links, fixierte Marlene und kniff die Augen leicht zusammen. »Nee, dann sitz ich in Hamburg oder in Berlin oder in Paris.«

»Ach, die Nummer. Hans Rasmussen, Exbulle und Security-Fuzzi von Eike Hansens Gnaden. C-Promis bewachen. Das hatten wir doch schon. Brauchst du das wirklich? Abgewetzter roter Teppich, abgehalfterte Schlagersternchen, Kokser auf dem Damenklo. Das macht dich an? Armselig, wirklich armselig.«

Rasmussen stand auf, reckte sich und ging zur Toilette. Dort griff er sich eine alte Ausgabe des »Rolling Stone« von der Fensterbank und blätterte, ohne zu sehen, ohne zu lesen.

Als er sich eine Viertelstunde später wieder aufs Sofa setzte, hatte sich Marlene entschieden, keine weiteren Scharmützel zu beginnen. Keine Scheingefechte mehr, jetzt musste sie den seit Wochen geplanten Vorstoß wagen, ganz beiläufig und entspannt. Mit Oper konnte sie Hans nicht kommen.

Der Zeitpunkt war ungünstig, aber sie konnte nicht anders. Es war die wichtigste Weichenstellung in ihrem Leben, und auf Hans sollte es leicht wirken. Tat es aber nicht.

»Ein Kind, du willst ein Kind?« Rasmussen war laut geworden. Sein Kopf war nach vorn geruckt. Seine Augen hatte er weit aufgerissen.

Sein Entsetzen traf ihre Sehnsucht. Traf Marlene an einem Punkt, der zwischen linkem Schlüsselbein und Brustwirbelsäule lag. Mitten ins Herz. Der Treffer ließ sie zusammensacken und verursachte Übelkeit. »Ich muss mal raus«, sagte sie.

Sie ging die Treppe hinunter, öffnete die Tür, trat in den noch kühlen Frühlingsabend hinaus und weinte. Laut, schluchzend und tränenreich. Über zwanzig Jahre schon flatterten sie und Rasmussen umeinander herum. Und jetzt, jetzt, wo es an der Zeit war …? Da machte er einen Rückzieher. Er hatte gekniffen, er war ein Feigling. Ein feiger Staatsdiener. So einer sollte Vater ihres Kindes werden?

Marlene trat mit Wut und Wucht von unten gegen den Schlagbaum an der Rampe zur Schlei-Fähre. Gut, dass Jörn schon Feierabend hatte. Nach zweiundzwanzig Uhr fuhr die »Missunde II« nicht mehr. Wut und Trotz verflogen. Der große Zeh tat weh. Marlene setzte sich auf das Geländer der Terrasse und blickte auf die Schlei. Wehmütig. Wie gern würde sie ihrem Kind hier das Schwimmen beibringen. Wie gern würde sie es im Segelkurs anmelden, ihm ein Eis kaufen, die Haare trocken rubbeln. Und Hans würde es mal im Streifenwagen mitnehmen, mit Blaulicht. Sie seufzte laut. Vor ihr aus dem Schilf flog ein Bartmeisenpärchen laut schimpfend davon.

Marlene schüttelte den Kopf, wenige Zentimeter nach links

und wenige Zentimeter nach rechts. Beinahe unmerklich. Immer wieder. Sie konnte gar nicht damit aufhören. Feige, ignorant und manchmal sogar autistisch war dieser Mann. Sie hielt inne, atmete ein, und dann brüllte sie übers Wasser.

»Hans Rasmussen ist ein blödes Arschloch. Hans Rasmussen hat mich nicht verdient.«

Samstag, 13. Juni

Sodom und Camorra

Der Samstag verging still, sehr still. Sie schwiegen sich an. Alltägliche Verrichtungen. Er hatte Versicherungsunterlagen sortiert, sie das Bad geputzt. Der Tag war stickig warm. Das Wasser der Schlei lag wie Öl unter einem milchigen Himmel. Dann senkte sich die Sonne.

Kurz vor Ende der »Tagesthemen« hatte Marlene ein Glas Wein genommen und sich nach draußen gesetzt. Das war ihr Gesprächsangebot gewesen. Nun war es schon lange dunkel, und sie starrte noch immer allein in den Nachthimmel. Sie überlegte, ob sie wieder zu rauchen anfangen sollte. Da kratzte hinter ihr die Tür über den Steinboden. Er kommt spät, aber er kommt, dachte Marlene. Rasmussen ging rasch die paar Schritte zu ihr rüber und küsste sie von hinten aufs Haar.

»Sorry, ich muss weg. Leichenfund. Schlaf schön.« Er machte kehrt und schlurfte davon. Wenig später sprang hustend der Volvo an.

Ein beschissenes Wochenende war das. Rasmussens Laune war unterirdisch schlecht. Er hatte sich auf Kochen, Essen, Lieben und Bundesliga gefreut. Die wirklich wichtigen Dinge im Leben. Marlenes Wunsch nach Familie hatte ihn völlig unvorbereitet getroffen. Und jetzt musste er auch noch tanken und einen – wenn auch kleinen – Umweg über Eckernförde fahren. Je älter er wurde, desto unwirscher reagierte er auf Änderungen des gewohnten Ablaufs.

Höhe Ostlandstraße bog er von der B 203 ab. An der Säule vor ihm ein tiefergelegter Golf, und er dachte an seinen Freund Eike, dem dazu nur eingefallen wäre: »Mit allem Furz und Feuerstein.« Den Spruch hatte er nie verstanden, er fuhr ja Volvo. Aber was ihn an dieser Kiste an Säule sieben tierisch nervte, war der Ausstoß reichlich lauter Umz-umz-umz-Mucke. Rasmussen ließ den sündhaft teuren Sprit in den Tank gluckern. Er fixierte den im Takt wippenden Jüngling. Kein Blickkontakt. Keine Reaktion.

»Mach das mal leiser. Das nervt.«

»Mich nicht.«

Rasmussen überließ die Zapfpistole sich selbst und ging zur Fahrertür des Golfs, öffnete sie, beugte sich ins Auto, drehte die Lautstärke runter, kam wieder hoch und staunte. Der Jüngling stand Aug in Aug vor ihm. So viel Arsch in der Hose hatte er dem Milchbart nicht zugetraut.

»Kommunikation bedeutet Verständigung, und Verständigung funktioniert dann, wenn die Botschaft des Senders vom Empfänger verstanden wird. So weit, so gut. Ihre Botschaft habe ich verstanden. Nur, damit die Message auch die gewünschte Handlung auslöst, wenn sie hier oben angekommen ist«, der Typ tippte sich demonstrativ an die Stirn, »sollte man auf den Volksmund hören. Und der sagt: ›Wie man in den Wald hineinruft, so schallt es heraus.‹ Beim nächsten Mal denken Sie einfach daran, dann klappt's auch mit dem Tanknachbarn. Tschüss.«

Der Jüngling stieg ein. Eine sehr blonde Frau mit sehr langen Beinen lächelte Rasmussen über das auf Hochglanz polierte Dach der mobilen Diskothek an und stieg ebenfalls ein. Durch das sich nun langsam schließende Seitenfenster der Fahrertür sah Rasmussen, wie die Dame ihrem Chauffeur eine Tankquittung zwischen die Beine legte. Der Jüngling startete den Motor, gab Gas und fuhr mit quietschenden Reifen davon. Rasmussen blieb zurück und fühlte sich auch so. Atavistisch.

Es dauerte einen Moment, bis sich seine Sprachlosigkeit auflöste und einem Gefühl Platz machte, das nah an Heiterkeit heranreichte. Pfiffiges Bürschchen, dachte Rasmussen. Mehr von solchen, und uns muss nicht bange sein. Vorlaut, klug und mutig. Der Typ würde Pflegenotstand, Erderwärmung und Eurokrise einfach wegsprechen. Rasmussen zahlte, erweckte den Volvo zum Leben und fuhr Richtung Leiche.

Inzwischen amüsierte er sich auf eine Art, die ihm beinahe mild vorkam, altersmild etwa? So weit kam es noch. Und er sollte Vater werden? Vater eines Bürschchens wie dem von gerade eben?

Marlenes Wunsch machte sich in seinem Kopf breit und breiter. Irritierte ihn. Ein Kind. Ein Kind, wie sollte das denn gehen? Sie wohnten ja nicht einmal zusammen. Das Klingeln seines Handys beendete das Grübeln.

»Noch langsamer, und du fährst rückwärts.« Amos Wiesel, sein Kumpel und Gerichtsmediziner aus Kiel. Rasmussen schaute in den Rückspiegel, und tatsächlich saß ihm Wiesels Porsche fast im Kofferraum.

»Moin, du bist aber schnell hier.«

»Als ich hörte, wohin die Reise geht, war ich flink in den Schuhen. Haben wir damals nicht manchmal gemeinsam ›die Guldenburgs‹ im Fernsehen geguckt? Der Adel, das Gut, die Leiche. Kann sich eine Nacht unverhofft schöner entwickeln?« Dann brach das Gespräch ab, und draußen röhrte es. Wiesel zog an Rasmussens Volvo vorbei.

In Ivenstedt bog Wiesel rechts ab. Kurze Zeit später standen sie vor dem Torhaus von Gut Ivenstedt. Die Kollegen hatten alles abgesperrt. Flatterband und Blaulicht beherrschten die Szenerie. Das wirkte bizarr hier draußen auf dem Land.

Rasmussen und Wiesel traten durch das Torhaus. Das Grün des Ehrenhofes war mit Fackeln ausgeleuchtet. Vier Fahnenmasten waren beflaggt. Weiße Kieswege liefen auf das Herrenhaus zu. Vornan lagen die backsteinernen Wirtschaftsgebäude. Vor einem der verschlossenen Tore stand ein gusseisernes Schild mit dem Schriftzug »eroque Outlet-Store«. Hier vorn waren alle Fenster dunkel, aber das hellgelbe Herrenhaus und die beiden Seitenflügel waren voll illuminiert. Hinter den Fensterfronten sah man den einen oder anderen Schatten hin und her huschen. Von ferne wehten Fetzen klassischer Musik heran. Wiesel zückte sein Smartphone und machte ein paar Fotos.

»Protzige Anlage«, murmelte Rasmussen schon beeindruckt. »Aber warum fotografierst du das, das ist doch einfach nur gespenstisch?«

»Genau, wie in einem Horrorfilm. Kein Mensch zu sehen. Gruselig. Die Faszination des Schrecklich-Schönen. Siehst du dahinten diese Schattenspiele? Dieses Kleinod des Barock und seine Bewohner waren in der letzten Zeit ziemlich oft in den Schlagzeilen«, redete Wiesel vor sich hin. Er löste noch mal die Smartphonekamera aus und schaute dann sofort auf sein Display.

»Ach, was du nicht sagst.« Rasmussen guckte den Pathologen provozierend an. Der aber redete, auf seinem Display herumklickend, weiter.

»Du kennst Caroline von Iven nicht, die Firmengründerin von ›eroque‹? Ob in den Wirtschaftsnachrichten oder im Feuilleton, sie ist in letzter Zeit allgegenwärtig. Die Lokalblätter prügeln sich förmlich um eine Homestory mit ihren Eltern. Hör mal«, Wiesel pausierte kurz, »Caroline von Iven ist die Beate Uhse des 21. Jahrhunderts. Und die Frau ist hier aufgewachsen.«

»Wiesel, hallo, schau mich mal an.« Rasmussen rüttelte den Pathologen an der Schulter.« Der tat wie ihm geheißen. »Du Schlaumeier, ich weiß sogar, wie die Dame aussieht.« Wiesel schien jetzt ein wenig eingeschnappt. »Und ich verrate dir noch was. Bei der Leiche, die du später auf deinem Tisch haben wirst, handelt es sich um ebenjene Dame«, raunte Rasmussen noch hinterher.

»Ach du Scheiße, denn mal los«, entgegnete Wiesel.

Im Gleichschritt strebten die beiden nun der Treppenanlage am Eingang zu. Der Kies knirschte unter ihren Sohlen. Da ging die Tür auf, und Hinrichsen, das Urgestein der Eckernförder Kriminalen, trat heraus. Wie stets mit Parka und Prinz-Heinrich-Mütze gegen alle Unbilden und Fährnisse von Leben und Tod geschützt.

Einen Moment später drängelte sich eine Gruppe Uniformierter an ihm vorbei. Alle trugen eine Art Dreispitz, antiquierte Uniformen und schwarze Stiefel. Sie bauten sich unten vor der Treppe auf und zündeten sich Zigaretten an. Rasmussen und Wiesel staunten nicht schlecht.

»Die Wacht vom Rhein und Prinz Marlboro, oder wer marschiert hier auf, wenn ich fragen darf? Mein Name ist Rasmussen, Kripo Eckernförde.« Rasmussen konnte kaum ernst bleiben.

»Ist die Polizei jetzt auch endlich mal da? Ich sag Ihnen, das ist gar nicht lustig hier. Und das hier«, der Wortführer fasste sich ans Revers seiner Uniformjacke, »sind nun mal unsere Dienstuniformen. Wenn Sie Fragen zum Lustlager haben, dann wenden Sie sich an unseren Boss, Herrn Hansen von ›Hanse-Security‹.«

Damit hatte sich das Gespräch für den Anführer der zehn Kostümierten erledigt. Rasmussen und Wiesel schauten einander entgeistert an. Und Hinrichsen zwinkerte ihnen oben vom Treppenabsatz zu.

»Sodom und Camorra, sag ich, Sodom und Camorra«, flüsterte Hinrichsen, als sie ihn oben am Eingang erreicht hatten. »Mir nach.«

»Moment.« Wiesel hob den Zeigefinger und erklärte in ebenso gedämpftem Ton: »Sie meinen Gomorrha, Hinrichsen, Gomorrha. Das war wohl eine Stadt. Zumindest lesen wir das so in der Bibel. Camorra, das sind die Mafiabanden rund um Neapel.«

»Ach, warten Sie's erst mal ab, Doktor. Sie haben die Schweinerei hier ja noch nicht gesehen«, flüsterte Hinrichsen immer noch. Er ließ sich nicht beirren. Schon gar nicht von diesem Akademikergeschwafel. Mit schweren Schritten führte er seinen Chef und den Gerichtsmediziner hinein in die Empfangshalle.

Diese war zwei Stockwerke hoch. Die Etagen hatten umlaufende Balkone, und ganz von oben herab hing ein gigantischer Kristalllüster. Gegenüber dem Eingang führte eine breite Freitreppe in den ersten Stock. Weiße Wände, weiße Treppen, weiße Geländer und weiße Mosaikfliesen. Rasmussen fühlte sich geblendet. Er wunderte sich über die weißen Würfel, die symmetrisch verteilt überall in der Halle herumstanden. Und dann sah er an den Wänden der Halle die Fotos, die er bereits aus den sozialen Medien kannte. Nur waren sie hier groß wie die Werbeplakate an der Rendsburger Straße.

»Hinrichsen, ist außer den Leuten von ›Hanse-Security‹ jemand im Haus? Wie ist es mit den Eltern des Opfers?«, fragte Rasmussen.

»Die Eltern halten sich in der Wirtschaftsküche auf und werden medizinisch betreut.« Hinrichsen deutete auf die Tür links neben der Freitreppe.

»Und wo ist Eike Hansen?«

»Hansen ist wohl gerade im Keller mit seinen Leuten und macht Inventur, Getränke und so. Die kriegen wir alle später.«

»Herrlich«, begeisterte sich Dr. Wiesel anderweitig und trat an eins der Fotos heran. »Siehst du, was das für tolle Rahmen sind? Handwerklich sehr beeindruckende Schnitzarbeiten, das bekommst du eigentlich nur in Italien. Und diese fotografischen Nachstellungen barocker Gemälde, kennst du die auch aus dem Netz, Hans?«

»Ja, kenn ich, aber das sagte ich dir ja schon.«

»Na ja, nicht so direkt.« Wiesel war voll in seinem Element. »Welch ein Kunstgenuss, diese Innenarchitektur und dann diese Bilder. Da hat sich der nachmitternächtliche Ausflug ja richtig gelohnt. Prachtvoll und verschwenderisch. ›Üppig‹ ist, glaube ich, das richtige Wort.«

»Üppig ist hier vor allem Alkohol ausgeschenkt worden. Rauch und Parfüm und menschliche Ausdünstungen. Das nimmt einem ja die Luft. Es stinkt wie im Puff«, meldete sich Hinrichsen ungeduldig wieder zu Wort. »Und ›Puff‹ ist überhaupt ein gutes Stichwort. Wir sollten jetzt mal in die Gemächer im ersten Stock gehen, meine Herren. Und, darauf sollten Sie sich besonders freuen, es gibt auch eine besonders üppige Leiche.«

»Caroline von Iven hat jetzt alle Zeit der Welt und kann sicher noch eine Minute warten«, meldete sich Wiesel noch mal ab.

»Ach, Sie sind informiert«, versuchte Hinrichsen, endlich ins Gespräch zu kommen. Wiesel hörte aber nur mit einem Ohr hin und betrachtete immer noch die Fotos.

»Was hast du eigentlich mit diesen Lappen?«, drängelte nun auch Rasmussen.

»Und hier!«, rief Wiesel spitz. »Oder guck mal dahinten, da hängt ja auch ein Wackerbarth, das Abendmahl, das er für eine Modemarke fotografiert hat. Jesus und seine weiblichen Jünger, alle mit nackten Oberkörpern und in Jeans gewandet.« Der Gerichtsmediziner ging noch ein paar Schritte und gestikulierte, breitete die Arme aus, deutete auf dem Foto hierhin und dahin. »Das war damals vor zwanzig Jahren 'ne ganz große Nummer. Du glaubst gar nicht, wie die Pfaffen sich aufgeregt haben.«

»Amos, das glaube ich dir gern. Aber nun fang dich mal wieder.«

Wiesel machte ein paar schnelle Schritte hin zum nächsten Motiv, das sich riesengroß auf der gegenüberliegenden Seite der Halle breitmachte. »›Der Raub der Sabinerinnen‹!« Er krächzte mehr, als dass er sprach.

»Na und? Ich sehe viele mehr oder weniger nackte Menschen in einer, sagen wir, Mantel- und Degenszene. Mein Tipp: Gleich blasen die da zur Orgie.«

»Mantel und Degen. Ja, sicher. Über Sissi bist du nie hinausgekommen, oder? Du bist wirklich ein schlimmer Banause. Das hier nennt sich Neobarock. Für jedes dieser Fotos gibt es ein barockes Gemälde als Vorlage. Peter Paul Rubens sagt ja wohl auch dir etwas. Die Kostüme und die Dessous sind alle von einer Designerin nach historischen Mustern entworfen worden. Das – ist – geniale – Werbung.« Wiesel schüttelte übertrieben den Kopf hin und her. »Das – ist – geniale – Fotokunst. Da gibt es offensichtlich Leute mit kunsthistorischem Wissen, mit Kreativität, mit Werbe-Know-how, mit Umsetzungskompetenz. Das ist ein ganz großer Wurf.«

»Amos, was hast du vorhin als Absacker gehabt? Oder hast du wieder mal geraucht?«

»Hans, ganz im Ernst …« Wiesel deutete auf ein Logo unten rechts und dann um sich herum, wo die Wände von weiteren dieser Riesenfotografien dominiert wurden. »Die Fotos werben für Unterwäsche …« Wieder deutete er auf das aus verschlungenen Buchstaben bestehende Logo. »… Unterwäsche.« Wiesel schien jetzt außer Rand und Band.

Rasmussen hob den Kopf, sodass er in den Genuss des unteren Teils seiner Gleitsichtbrille kam, die er erst seit zwei Wochen trug. Lästig, sehr lästig, wie er fand. Aber immerhin konnte er nun den Namen dieser ominösen Firma lesen: »eroque«. Er verstand nun, was es mit dem Namen auf sich hatte. Ein Lächeln ging über sein Gesicht. »Kombiniere. Erotik und Barock – eroque.«

Der Gerichtsmediziner verdrehte die Augen. Der Hauptkommissar war sich jetzt unsicher, ob das eins von Wiesels Spielchen war. Er hatte manchmal Anwandlungen. Auf der anderen Seite: Es war weit nach Mitternacht, da konnte einer von ihnen auch schon mal kleine Ausfälle haben.

»Was'n nu?« Hinrichsen stand immer noch mitten auf der Freitreppe und hatte Rasmussen und Wiesel ungläubig zugehört. »Wollen Sie jetzt vielleicht mal die Leiche sehen?«

Hinrichsen drehte sich um, und die beiden folgten ihm. Im ersten Stock ging es vom Haupthaus ab über einen Flur in den östlichen Seitentrakt. Hier hingen die Ahnen an den Wänden. »Privé«, stand an einer der Flügeltüren, die offen standen.

»Das gehört aber nicht so«, sagte Rasmussen und beäugte kritisch das geknackte Schloss und die beschädigten Kassetten der Tür.

»Da wollte wohl einer mit aller Gewalt rein oder raus«, merkte Hinrichsen an. »Wir wissen aber noch nicht, wer das war.«

Die drei betraten einen nur spärlich beleuchteten, mindestens zwanzig mal zehn Meter großen Raum. Rechts acht hohe Fenster, die linke Wand düster holzvertäfelt mit zahlreichen Gemälden von der hohen Decke bis hinunter zum Boden. Das schienen aber nun wirklich alte Meister oder Reproduktionen zu sein. Rasmussen nickte zu den Malereien hin, Wiesel lächelte ihn an und nickte zurück. Der Kommissar war beruhigt. Sie waren wieder im kontrollierten Arbeitsmodus angekommen.

An der Stirnseite des Raumes standen links Regale und mittig ein geschwungener, fast drei Meter breiter Schreibtisch aus dunklem Holz mit üppigen goldfarbenen Verzierungen. An der rechten Tischseite waren zwei Männer der KTU zugange. Nein, die Leichen kamen bei Rasmussen immer ganz zum Schluss. Leichen waren schon immer Aufmerksamkeitskiller gewesen. Sie ließen ihn Dinge übersehen, die wichtig sein konnten. Er drehte sich also bewusst weg von der Toten auf dem Tisch und schaute in Richtung der doppelflügeligen Eingangstür. Wer hatte die wohl im Laufe des Abends geknackt und warum?

Die Mitte des Raumes war weit und unverstellt. Zwischen den beiden entfernteren Fenstern, nun links von ihm, ein weiterer Tisch, groß, rund und von sechs gepolsterten Stühlen umstanden.

Auf dem Tisch zahlreiche Zeitungen und Magazine, außerdem länglich ovale Gegenstände, schwarz glänzend mit Goldapplikationen. Sie erinnerten entfernt an Dildos.

Erst jetzt fiel Rasmussen die leise Musik auf. Es war Händel, da war er sicher. Die »Wassermusik«. Hatte er im letzten Sommer gemeinsam mit Margarete Brix in Hamburg gehört. Unter freiem Himmel, und die Brix hatte noch darauf verwiesen: »… wie bei der Uraufführung auf der Themse.« Händel in Kombination mit einem Leichenfundort wie diesem war ihm auch noch nicht untergekommen.

Rasmussen pirschte sich nun wieder an den Schreibtisch heran. Zwischen zwei Bücherregalen fiel ihm eine Tür auf Höhe des Schreibtisches auf, die in das Wandpaneel eingelassen war. Er rüttelte am Griff, doch es tat sich nichts.

Er drehte sich wieder um und fand, der Tisch war ein Ereignis an sich. Besonders auffällig waren die Frauenskulpturen an den Beinen des Tisches, Galionsfiguren nicht unähnlich. Die Tischplatte war in drei voneinander getrennten Quadraten einst mit grünem Leder bezogen worden. Das Leder war abgenutzt. Dazwischen aufwendige Intarsienarbeiten. Darauf stand ein hohes, ebenfalls grünes Gefäß, das an zwei Seiten mit dunklem Schildpatt verziert war. Es enthielt Schreibgeräte. Direkt davor lag ein Tablet-Computer. Er nahm das Ding, das hier deplatziert wirkte, an sich und tütete es ein, um es beizeiten Hinrichsen zu übergeben.

Als er dann einen Koffer mit den Initialen CvI neben dem Schreibtisch entdeckte, rief er einen der KTUler: »Kramer, bringen Sie das Tablet und den Koffer mal in meinen Wagen. Das ist der alte Volvo, der Kofferraum ist offen.« Kramer kam und zog dann ab.

»Eine Herausforderung ist das nicht«, hörte er Wiesel gegenüber am Tisch klagen. »Mit einer Schussverletzung wie dieser lebt es sich nicht besonders lange. Schöne Frau, unsere Leiche.«

Rasmussen schaute zu Wiesel hinüber, zu den anderen Kollegen der Spurensicherung und Hinrichsen. Nun hatte auch er die Leiche im Visier. Er ging um den Tisch herum. Zwischen

Hinrichsens grünem Parka und dem weißen Papieranzug des dienstältesten Kriminaltechnikers konnte er ein Bein sehen. Ein unbekleidetes linkes Bein. Makellose weiße Haut. Rasmussen dachte an ganz viel Puder. Er machte einen Schritt nach vorn, der Kollege von der KTU trat zur Seite.

Die Frau lag vornüber auf dem Tisch, sie war über die Tischkante auf die Lederfläche gekippt. Der linke Arm lag schlaff neben ihr. Der rechte Arm war leicht abgewinkelt, die Hand befand sich wenige Zentimeter über Kopfhöhe. Die Hand begrub einen Revolverknauf. Der Kopf wies zur Stirnseite des Raumes und war von ihm weggedreht. Die Frau trug einen im Schritt offenen Slip und ein Oberteil, das wie eine Corsage aussah. Die schwarzen Dessous sprangen ins Auge, sie waren floral gemustert und golddurchwirkt. War das etwa Blattgold auf der Corsage? Was hatte er vorhin noch zu Wiesel gesagt: »Kombiniere: Erotik und Barock …« Die Dessous, der Schreibtisch, der Tanzsaal und die Eingangshalle, alles war harmonisch aufeinander abgestimmt. Nur die tote Frau passte nicht in diese perfekte Inszenierung.

Ein schmales Rinnsal bereits angetrockneten Blutes war von der rechten Schläfe über das Auge und die Nase der Toten gelaufen und hatte auf dem Schreibtisch eine Lache gebildet, in der sich immer wieder die Blitze des Fotoapparates spiegelten. Das Blut war aus einer Wunde geflossen, die auf den ersten Blick als Einschussloch infolge eines womöglich aufgesetzten Schusses zu identifizieren war. Der Revolver lag unter der leicht geöffneten Hand der jungen Frau.

Rasmussen umrundete den Tisch, um ihr ins Gesicht sehen zu können. Erst jetzt erkannte er, dass die Frau eine Perücke trug, eine Hochsteckfrisur. Die Haare waren fast weiß. In ihnen entdeckte er Schmuck, der aussah wie kleine Blumensträuße aus Diamanten. Dann fiel ihm die rechte Handkante auf, eine Tätowierung. »Die unsichtbare Hand«, notierte er, konnte sich aber keinen Reim darauf machen.

Jetzt war der Moment gekommen. Er blickte in das Gesicht der Toten. In ihr atemberaubend schönes Gesicht. Klassische Züge. Edel, vornehm. »Sie sieht aus wie Grace Kelly«, sagte Rasmussen.

»Und sie ist so tot wie Grace Kelly«, erwiderte Wiesel. »Allerdings wog die Kelly vermutlich zwanzig Kilo weniger. Unsere schöne Leiche ist ja eher der Rubens-Typ.«

»Todesursache?« Rasmussen war gereizt.

»Na, friedlich eingeschlafen ist sie nicht.«

»Langsam gehst du mir echt auf die Nerven.«

Wiesel hob beschwichtigend die Hände. »Morgen weiß ich mehr. Aber es ist schon sehr wahrscheinlich, dass die Schussverletzung todesursächlich war.«

Rasmussen machte eine auffordernde Kopfbewegung in Hinrichsens Richtung. Nun folgte das Ritual.

»Caroline von Iven, neunundzwanzig Jahre alt, wohnhaft hier auf dem Gut, mit Zweitwohnsitz in Antwerpen, ledig, keine Kinder, das Gut gehört ihren Eltern, sind beide unten. Ein Arzt ist bei ihnen. Aber das sagte ich ja schon. Caroline von Iven ist Gründerin und Inhaberin von ›eroque‹, einem Unternehmen der Erotikbranche. Mehr weiß ich auch noch nicht über sie, aber wie ich vorhin mitbekommen haben, sind Herr Wiesel und Sie ja bereits bestens informiert.«

»Wer hat sie gefunden?«

»Um ein Uhr elf ging ein Anruf über 110 ein. Ein Mitarbeiter des Sicherheitsunternehmens, das –«

»Wo ist eigentlich Calloe?«, fiel Rasmussen Hinrichsen ins Wort.

»In Kiel. Hat doch jeden zweiten Freitag und Samstag diesen Sonderkommissionstermin.« Hinrichsen sprach betont gestelzt. Er war kein Freund des Landeskriminalamts, und Yvonne Calloes Karriere war ihm nicht recht. Er gönnte es ihr, wollte sie als Kollegin aber nicht verlieren.

Rasmussen fragte sich, wo Eike Hansen bloß steckte. Dass er hier mit seiner »Hanse-Security« involviert war, gefiel ihm überhaupt nicht.

Im Raum wurde weiter getan, was getan wird, wenn Spuren gesichert werden. Rasmussen schickte sich an, den Raum zu verlassen, drehte sich aber in der Tür zu Hinrichsen um. »Morgen, nein heute, zwölf Uhr, mit der Staatsanwältin in meinem Büro.«

Und an Wiesel gerichtet: »Amos, komm dann bitte auch dazu, ja?«

»Wie soll das denn gehen? Ich komme, sobald ich sie wieder zuhab. Noch besser, du kommst nach Kiel.«

Rasmussen ging langsam den Gang Richtung Haupthaus und Freitreppe entlang. Links und rechts betrachtete er aus dem Augenwinkel Porträts längst verschiedener Ahnen. Würde hier bald auch ein Bild der Toten hängen?

Bevor er die weiteren Schauplätze des Treibens – wie hatte Prinz Marlboro das noch gleich genannt? Lustlager –, also bevor er die in Augenschein nahm, wollte er erst einmal die Eltern der Toten befragen. Die Halle war immer noch hell erleuchtet, und er schritt die Freitreppe hinunter. Solche Treppen stürmte man nicht rauf oder runter, das lief gemessenen Schrittes ab, fand er, überhaupt sah es hier aus wie in einem Museum. Und wieder wunderte er sich über die weißen Sockel, die überall herumstanden. Als hätten sich die Ausstellungsstücke aus dem Staub gemacht.

Im Erdgeschoss bog er zur Küche ab, deren Eingang ihm Hinrichsen vorhin gezeigt hatte. Er klopfte und trat ein. Eine Wirtschaftsküche, voll ausgestattet mit zeitgemäßen Geräten und Utensilien. Überall Platten mit Essensresten, angebrochene Flaschen. Am kleinen Tisch, der direkt an der rechten Wand stand, zwei Stühle und zwei Menschen auf ihnen, gebeugt. Die Frau hatte den Kopf in beide Hände gestützt, der Mann, mit dem Rücken zu Rasmussen, nahm von einem, der eine Weste mit der Aufschrift »Notarzt« trug, eine Blisterpackung Tabletten entgegen. Der sehr junge Arzt schaute Rasmussen an und kam sofort auf ihn zu.

»Moin, Herr Rasmussen, die beiden sind schwer neben der Spur. Ich möchte Sie bitten, nur kurz mit ihnen zu sprechen. Zumindest Frau von Iven muss ich wohl mitnehmen, zur Beobachtung.« Der Arzt hatte seine Hand ausgestreckt, Rasmussen erwiderte das.

»Kennen wir uns?«

»Ja, ich habe Ihren Freund Jörn im Krankenhaus versorgt, als der seinen Herzanfall hatte. Aber da war ich noch ohne Bart.« Er strich sich über die blonden, in zwei Stränge geteilten Haarbüschel an seinem Kinn und sah aus, als käme er geradewegs aus Wacken.

Rasmussen nickte, erkannte sein Gegenüber aber noch immer nicht. »Wissen Sie, es ist wichtig, Zeugen so rasch wie möglich zu befragen. Erinnerungen verblassen.«

»Sprechen Sie doch mit Herrn Hansen, der hat schon mit Herrn von Iven gesprochen.« Der Arzt wies zur Tür.

Rasmussen schaute über die Schulter. Gerade eben war Hansen zur Tür hereingekommen. Gepresst hielt Rasmussen die Luft an und war zum wiederholten Male an diesem Abend sprachlos. Sein Exkollege und Kumpel stand dort in der gleichen Kostümierung wie seine Sicherheitsleute, die er vor der Tür gesehen hatte.

Hansens Mimik und Körperhaltung strahlten eine verwirrende Mischung aus Schuldbewusstsein und Selbstverständlichkeit aus. Sein guter alter Freund fühlte sich wohl ertappt. Hansen war nach seinem wenig ehrenvollen Ausscheiden aus dem Polizeidienst mittlerweile Inhaber eines florierenden Sicherheitsunternehmens in Hamburg, der »Hanse-Security«, und Rasmussen liebäugelte seit einem Jahr damit, bei ihm einzusteigen. Rasmussen legte Hansen seine Hand auf den Rücken und schob ihn mit Nachdruck in die Eingangshalle.

»Also.« Mehr sagte Rasmussen nicht.

»Tja, mein Lieber, auch solche Einsätze gehören zu unserem Job.«

»Lustlager also …«, murmelte Rasmussen und ließ seinen Blick schweifen. Der blieb wieder an den weißen Sockeln hängen.

»Sag mal, was haben diese weißen Würfel zu bedeuten?«

»Du musst dir die Lustlager wie eine exklusive Upperclass-Swingerparty vorstellen, alle sind kostümiert, alle sind maskiert, und alle tragen Handschuhe. Nur die lebenden Skulpturen, die tragen nichts außer weißer Farbe und Puder auf ihrem Körper. Die stehen so lange auf ihrem Sockel, bis du sie berührst, und dann machen sie alles, was du willst.«

»Interessant. Aber fangen wir mal mit dem Naheliegenden an. Was tust du hier, Eike?«

»Caroline von Ivens Firma hat mich engagiert. Ganz simpel. Große Veranstaltung, Zahlreiche Gäste aus Wirtschaft, Kunst und Kultur mit dicken Portemonnaies, Diskretion erwünscht. Wie das so ist.«

»Wie viele Gäste, welche Gäste und wo sind die jetzt? Und wieso heißt das überhaupt Lustlager?«

»Lustlager ist genau das, was du dir darunter vorstellst.« Hansen schaute auf die Uhr. »Es ist schon spät. Musst du mal googeln, Zeithainer Lustlager, das August der Starke 1730 fast einen Monat lang in Sachsen feierte.«

»Lange her.«

Rasmussen und Hansen schoben jetzt zwei Sockel zusammen und setzten sich einander gegenüber.

»Ja, Caroline von Iven fand das wohl als Motto sehr inspirierend. Sie hat irgendwann mal eine Mottoparty in der Antwerpener Modeszene gefeiert, ihre Freundin hat die Dessous und Kostüme für diesen Bums geliefert, und so hat sich aus einer privaten Gruppensexparty ein kommerzieller Firmenevent entwickelt. Wenn du dazu Genaueres wissen willst – von Ivens belgische Geschäftspartner sind im ›Dänischen Hof‹ in Eckernförde abgestiegen. Meine Auftraggeberin war zwar immer nur Caroline von Iven, aber Jongen und Brunsma sind Teilhaber von ›eroque‹. Hundertsiebenundzwanzig Personen waren gestern hier zu Gast. Nachdem Caroline von Ivens Leiche gefunden worden war, sprach sich die Information rasend schnell rum, und binnen zehn Minuten war das Haus leer.«

»Warum habt ihr die Leute nicht aufgehalten?«

»Ich bin kein Polizist, Hans, und ich bin meinen Aufraggebern verpflichtet. Außerdem sah und sieht das ja nach Selbstmord aus.«

»Soso, hast du schon eine Leichenschau vorgenommen, oder was? Welcher deiner Topagenten hat uns angerufen? Komm, lass dir nicht alles aus der Nase ziehen.« Rasmussen war müde, und seine Laune wurde zusehends schlechter.

Hansen druckste ein bisschen rum. »Ein sehr junger Kollege, erst seit drei Monaten bei uns. Kevin Schnurre. Er war für die Runde oben auf dem Gang im ersten Stock eingeteilt. Da befindet sich der Darkroom mit den ganzen Himmelbetten. Ich nehme mal an, der hat sich ein wenig vom Treiben dort ablenken lassen und den Gang zum Seitenflügel aus den Augen verloren. Als Schnurre dann den Zugang zum Büro kontrollieren wollte, waren die Türen offen, und er hat unsere Auftraggeberin auf dem Schreibtisch liegen sehen. Und wohl einen Mann, der bei ihr stand. Dann hat er die Türen verschlossen und ist vollkommen verstört zu mir gekommen. Hatte Angst, der Sprechfunk wäre zu laut.«

»Wie, da war ein Mann? Dann hat der wohl die Flügeltüren aufgebrochen und hat sich aus dem Staub gemacht? Wo ist dein Frischling? Hol ihn her.«

»So ist das wohl.« Hansen drückte einen Taster und sprach in sein Mikro. »Er kommt.«

»Gästeliste?«

Hansen schüttelte den Kopf.

»Kameras?«

»Ja, aber nur im Außenbereich und unmittelbar vor dem Eingang. Alle Räume, in denen das Lustlager stattfand, waren tabu. Außerdem ist das da oben das Büro.«

Rasmussen dachte nach. »Immerhin können wir die Gäste identifizieren. Ist ja wohl jeder durch die Haustür gekommen.«

»Wieder nix. Alle Gäste kamen maskiert. Du wirst niemanden erkennen können, und Tonaufnahmen haben wir nicht.«

»Maskiert?«

»Ja, Masken. Guck dich doch um.« Hansen zeigte auf die Riesenfotos. »Auf den Fotos tragen die doch auch alle Masken. Für die Lustlager hat das prima funktioniert. Erstens blieben alle Gäste anonym, und zweitens sind Rollenspiele momentan unheimlich angesagt.«

Rasmussen winkte ab. »Kennzeichen der Fahrzeuge?«

»*Nada.* Es gab einen Shuttleservice. Drei Sammelstellen in Kiel, Eckernförde und Schleswig. Fünfzehn Fahrzeuge, zweiundsiebzig Fahrten. Zeitversetzt. Die Gäste setzen sich hinten in die Fahrzeuge, die kommen alle bereits kostümiert und maskiert. Alles absolut inkognito. Auf diesem Prinzip beruhen diese Veranstaltungen immer.«

»Immer?«

»Ja, ich organisiere das immer so oder so ähnlich, auch in Mailand, Paris und Berlin. Die Lustlager laufen bei den großen Modenschauen ganz gut als spezielle After-Show-Partys.«

Rasmussen rieb sich die Stirn. Er bekam Kopfschmerzen. »Überhaupt keine Anknüpfungspunkte. So eine Scheiße. Wer hat sich das bloß ausgedacht?«

»Ich, dafür hat sie mich bezahlt.«

»Das hilft mir jetzt wirklich aufs Pferd.« Rasmussen zählte auf: »Ein Mord, vielleicht auch ein Selbstmord, eine Waffe, die die Tatwaffe sein könnte, ein flüchtiger Zeuge oder Täter, keine weiteren Zeugen bisher, aber über hundertzwanzig mögliche Täter, deren Identität wir vermutlich in fünf Jahren noch nicht ermittelt haben, eine Spurenlage, die die KTU niemals bewältigen kann …«

Hansen unterbrach. »Apropos Spurenlage. Lass uns mal in den Ballsaal gehen.«

Sie standen auf und gingen über die Freitreppe in den ersten Stock. Die Treppe führte genau auf den Eingang des Ballsaals zu. Hansen bewegte das schwere Türblatt. Ein Schwall feuchter, alkoholgeschwängerter Luft schlug ihnen entgegen. Hier roch es besonders intensiv nach menschlichen Ausdünstungen. Ein bisschen wie in der Wurstküche eines Schlachters. Und was Rasmussen sah, sah aus wie, ja, wie eigentlich? Sodom und Camorra. Hinrichsen hatte recht gehabt. Ein regelrechtes Schlachtfeld ungezügelter Gier. Gier nach Fressen, Saufen und Sex.

Das hier war also der Ballsaal. Auf den Tischen weite Landschaften exotischer Obstsorten, Entenbrüste, Weinschläuche und vor Kopf auf einem riesigen Balkon tatsächlich ein Ochse am Spieß über dem noch immer glimmenden Holzkohlebett. In der Mitte des Saales ein überdimensionales Himmelbett, an den Wänden wie in der Eingangshalle weitere großformatige Fotos mit »eroque«-Motiven. Im hinteren Bereich acht oder zehn Himmelbetten im Halbkreis aufgestellt, und auch hier hörte Rasmussen Händel.

»Die Lustbarkeiten fanden in sieben weiteren Räumen statt.

Was die Anwesenden betrifft, so kann ich dir eine Liste meiner Mitarbeiter machen. Die Eltern des Opfers hast du ja eben gesehen. Tja, und dann bleiben noch die beiden Geschäftspartner Fanny Jongen und John Brunsma, aber über die sprachen wir ja bereits.«

»Haben die sich womöglich nach dem Mord an ihrer Partnerin aus dem Staub gemacht?«

»Das glaubst du doch wohl selber nicht? Das Unternehmen ›eroque‹ erlebt einen Höhenflug sondergleichen.« Hansen lachte ein wenig höhnisch.

»Berufskrankheit. Streit gibt es überall, und ich traue jedem – und damit meine ich: wirklich jedem – einen Mord zu.«

»Herr Kommissar, nicht doch. Aber im Ernst jetzt. Beide haben die Empfangshalle zusammen mit Caroline von Iven um kurz nach Mitternacht verlassen. Vielleicht dreißig Minuten später sind sie dann ins Hotel gefahren. Brunsma hat einem meiner Mitarbeiter noch ein fettes Trinkgeld zugesteckt. Für Sonntagnachmittag waren mit uns eine Nachbesprechung und die Übergabe der Kasse vereinbart. Ich bin mir aber nicht sicher, ob Brunsma und Jongen dabei sein wollten. Jetzt wäre das besser. Aber meine Auftraggeberin war immer nur Caroline von Iven. Mit den anderen beiden hatte ich nie direkt zu tun. Ich hatte sowieso den Eindruck, dass sie nur eine Nebenrolle bei ›eroque‹ spielen.«

Rasmussen versuchte, den Ablauf zu rekonstruieren. »Von wo aus sind die drei raus und warum gemeinsam?«

»Der offizielle Teil der Veranstaltungen endet immer um Mitternacht mit einer Ansprache von Caroline von Iven. Danach geht es dann ohne Programm weiter. Ohne Hemmungen. Ohne die Gastgeber. Die Ansprache fand in der Empfangshalle statt. Von Iven hielt die Rede von der Freitreppe aus. Gute Stimmung, viel Applaus, dann sind die drei weg.«

»Wohin?«

»Ich nehme mal an, dass sie in das sogenannte Büro im oberen Seitentrakt verschwunden sind.«

»Du meinst den Tatort, den Leichenfundort?« Rasmussen

bearbeitete seine Nasenwurzel. »Wo soll die Nachbesprechung stattfinden?«

»Hier im Herrenhaus.«

Rasmussen machte sich weitere Notizen. »Wo bleibt dein Mitarbeiter?«

Hansen fragte kurz nach. »Der ist auf dem Klo und kotzt. Hat noch nie eine Leiche gesehen. Schon gar nicht mit einer Schusswunde am Kopf.«

Rasmussen griff gedankenverloren nach einem Apfel, der auf einem großen silbernen Tablett voller Früchte lag, und drehte ihn vor seinen Augen hin und her. In der glatt polierten Schale spiegelte sich das flackernde Licht der Kerzen. Dann biss er hinein. »Ich hatte nicht mal Abendbrot.«

Er stand auf und klopfte Hansen freundschaftlich auf die rechte Schulter. »Mach du mal weiter deine Inventur und die Abrechnung. Ich habe genug gesehen und gehört. Ich muss das erst mal sacken lassen. Wir telefonieren.«

»Hans, da ist noch was, das solltest du unbedingt wissen. Als ich an den Fundort kam, da stand die Tresortür mit den Tageseinnahmen offen. Ich bin mir nicht sicher, ob Schnurre oder jemand anders nicht in den Tresor gegriffen hat. Schnurre hat auf mich gewartet. Er war sofort zum Büro zurückgegangen, ich musste noch was regeln. Da lagen ein paar Minuten dazwischen.«

»Deine Auftraggeberin wird tot aufgefunden, und du hast noch was zu regeln? Warum stand der Tresor offen?«

»Caroline von Iven hat einen Schlüssel. Sie wird ihn geöffnet haben. Und das mit Schnurre kläre ich selber. Halt du bitte in der Sache erst mal die Füße still. Du kannst dir nicht vorstellen, was so ein Lustlager für eine komplexe Sicherheitslage mit sich bringt«, sagte Hansen im Brustton der Überzeugung.

Rasmussen schaute in den großen Spiegel, der an der gegenüberliegenden Wand hing. Darin sah er das Schlachtfeld, das die Lustlager-Gäste hinterlassen hatten, und mittendrin stand sein Exkollege mit seiner Uniform und blank gewichsten Stiefeln. Der Ritter von der traurigen Gestalt. »Komplexe Sicherheitslage, da sagst du was, Eike.«

Die beiden trotteten aus dem Ballsaal. Im Treppenhaus polterten drei weitere Kriminaltechniker mit Koffern und sperrigen Gerätschaften nach oben. Das würde eine Dauerbaustelle werden hier. Am Treppenabsatz stieß Rasmussen auf einen riesigen, kahl geschorenen Asiaten in Uniform.

»Kevin Schnurre, sind Sie Herr Rasmussen?«

Rasmussen nickte. In dem Moment kam Hinrichsen kauend aus der Wirtschaftsküche und stellte sich zu ihnen.

Der große Mann, nach dem Kotzen noch ganz blass um die Nase, erzählte, was Rasmussen schon wusste. Die Flügeltüren zum Büro seien angelehnt gewesen, das sei ihm verdächtig vorgekommen, Caroline von Iven habe er auf dem Schreibtisch gesehen und, mit dem Rücken zu ihm, einen Mann, der über das Opfer gebeugt war. Dieser Mann hatte wie alle hier eine Maske getragen und ein Kostüm, aber keine Handschuhe. Das machte Rasmussen ein bisschen Mut. Fingerspuren waren möglich.

»Herr Schnurre, Sie haben dann den großen Unbekannten mit der Leiche eingeschlossen?«

»Genau so, Herr Kommissar. Und dann komm ich zurück, und die Tür steht offen. Typ weg, Tür im Arsch. Voll abgefuckt.«

»Halten Sie sich zu unserer Verfügung, es kann sein, dass wir uns in den nächsten Tagen noch mal unterhalten müssen«, sagte Rasmussen, klopfte Hinrichsen auf die Schulter und verließ grußlos das Herrenhaus.

Wie sollte er bloß herausfinden, wer der Unbekannte war, den Schnurre gesehen hatte? Vielleicht gab es Fingerabdrücke oder Hinweise auf die Gäste bei der Durchsicht des Rechners und des Koffers. Ausgerechnet jetzt war Calloe nicht da, der er gern solche Aufgaben aufs Auge drückte.

Die Nacht würde er nicht zur Ruhe kommen. Rasmussen schaute auf die Uhr. Schon vier. Er beschloss, direkt ins Büro zu fahren.

Sonntag, 14. Juni

Selbstgespräche unter der Dienstdusche

Rasmussen rieselte das warme Wasser den Rücken hinunter. Das Duschbad in der Zentralstation war kein Wellnesstempel, es tat aber seinen Dienst. Er seifte sich von Kopf bis Fuß ein. Das musste jetzt sein.

Ein wenig Erholung hatte er sich in den letzten Stunden verdient. Er hatte das Passwort des konfiszierten Tablets geknackt und konnte sich kaum einkriegen. Bravo, so konnten sie also bereits im Laufe des Sonntags loslegen. Rasmussen, du bist ein Held. Er reckte die Faust durch den Wasserstrahl empor zur Decke.

Zuerst hatte er mit dem Firmennamen der Toten herumgespielt. »Eroque«, »Baroque« und so weiter. Dann hatte er einfach mal »Caroque2009« eingegeben. Bingo. Die ersten drei Buchstaben des Vornamens der Gründerin Caroline von Iven durch den Teil des Firmennamens plus Gründungsdatum ergänzt. Eigentlich ganz simpel. Das Datum hatte er kurz gegoogelt.

Was für eine Karriere, dachte er, wer in den letzten Jahren auf Facebook oder so unterwegs war, musste schon blind und blöde sein, um diese abgefahrene Unterwäschewerbung nicht wahrzunehmen. Die Models waren schön füllig und nicht solche Hungerhaken. Dass alle Modelle maskiert waren, hatte ihm immer besonders gefallen. Bis auf eine. Caroline von Iven stach auf allen Standbildern hervor, sie verdeckte ihre Rundungen mit den schärfsten Dessous, und sie trug nie eine Maske. Er packte seinen Penis fest an und richtete den Strahl der Dusche auf seine Körpermitte.

Als er drin war in Caroline von Ivens E-Mail-Verzeichnissen, war ihm ein Ordner besonders aufgefallen. »Wurst« hieß der. Hinrichsen oder Calloe sollten sich schnellstens in Kleinarbeit dieses Mailwechsels annehmen. Wobei, Wechsel konnte man es nicht nennen. Die Tote war offensichtlich über Jahre gestalkt worden, so viel hatte er beim Überfliegen herausfinden können. Bent Mommsen hieß der Typ.

»Woher kenn ich bloß den Namen?« Da hatte sich Rasmussen gerade zum zweiten Mal die Haare schamponiert. Richtig, die Wurstfabrik bei Kappeln. Was haben Stalker nicht schon alles angerichtet, schoss es ihm durch den Kopf. Er war gerade dabei, seine Matte auszuspülen. Friseur war demnächst mal wieder angesagt. Ach ja, die Ohren. Erst noch mal den äußeren Gehörgang fluten.

Höchst aufschlussreich war aber auch die Geschäftsmappe aus dem Koffer der Toten gewesen. Ganz obenauf lag ein Anwaltsbrief aus Antwerpen. Im Auftrag eines gewissen Ralph Dupont ging es um Vertriebsrechte. Dupont war wohl Galerist und hatte die Kampagnenbildchen aus dem Internet mit großem Erfolg zu Kunstobjekten erklärt. »Alter Gierlappen, ich dreh dir den Hahn ab. Verlass dich drauf!«, stand handschriftlich unter dem Brief. Das Ganze roch nach Stunk. Gerangel um viel Geld. Wohin das führen konnte, das hatte Rasmussen mehr als einmal erlebt.

Allerdings hatten weder die Geschäftspapiere aus dem Reisegepäck noch eine erste Internetrecherche Hinweise auf Geschäftspartner ergeben. Überall tauchte nur der Name Caroline von Iven auf wie der einer absolutistischen Alleinherrscherin – Barock und Ludwig XIV. ins 21. Jahrhundert gebeamt.

Für die Presse war die Geschichte sowieso ein gefundenes Fressen. Europas neue Erotikunternehmerin, adlig, jung und auf ihre Art schön, stammte aus Schwansen. Vom Landei zum Start-up-Star. An dieser Geschichte hatten sie in den Redaktionen doch alle Spaß, die Edelfeder genauso wie der Schmierfink. Fynn, der ab und an zu den Treffen mit Eike Hansen und Amos Wiesel in Hamburg stieß, ließ sie manchmal mit seinen Anekdoten hinter die Kulissen der Zeitungs- und Magazinverlage blicken. Rasmussen waren diese Mediengeschichten zuwider, aber gleichzeitig konnte er sich auch nicht satt daran hören. Seinen beiden Kumpels schien es ähnlich zu gehen. Fynn war zuletzt ein selten gesehener Gast in ihrer Runde.

Er lehnte den Kopf gegen die weißen Kacheln. Kalt. Warm. Kalt. Warm. Er zählte jeweils bis dreißig. So, die gewohnten

Wechselduschen am Ende waren jetzt auch geschafft. Rasmussen drehte das Wasser ab und schnappte sich sein Handtuch. Wie gut, dass er noch ein letztes dickes, flauschiges Exemplar in seinem Büroschrank gefunden hatte. Gründlich rubbelte er sich ab. Jetzt fühlte er sich gerüstet für den Tag.

Es war Punkt neun. Sein iPhone klingelte. »Ich hoffe, wenigstens Sie konnten ein Nickerchen machen, Hinrichsen. Wir sehen uns gleich im ›Dänischen Hof‹. Oder besser: Holen Sie mich in der Zentralstation ab.«

Hinterher

Der Chef hatte schon draußen vor der Tür gewartet, als Hinrichsen ihn an der Zentralstation aufgabelte. Jetzt saß Rasmussen in Hinrichsens Opel und berichtete ununterbrochen über all das, was er in den frühen Morgenstunden bei seinen Recherchen herausgefunden hatte – immer mit dem Zusatz: »Das besprechen wir nachher um zwölf alles im Detail.« Hinrichsen konnte sich nicht erinnern, wann er Rasmussen um diese Uhrzeit mal so aufgedreht erlebt hatte.

Der Mann am Steuer rückte seine Prinz-Heinrich-Mütze gerade und konzentrierte sich auf die Straße. Den Chef ließ er einfach reden. Wenn er sich jetzt sortiert, dann arbeiten wir nachher umso effektiver, dachte er so bei sich. Auf seine Frage hin, wer denn nun verdächtig sei, hatte der Hauptkommissar geantwortet: »Es gibt zwei heiße Spuren, aber lassen Sie uns erst einmal das enge Umfeld der Toten abgrasen.«

Sie kurvten durch den Kreisverkehr am Ortsausgang Richtung Goosefeld. Dort hatte vor Kurzem das Hotel und Restaurant »Dänischer Hof« eröffnet. Die zwei belgischen Geschäftspartner Caroline von Ivens seien für die Dauer des Events in dem neuen Hotel abgestiegen, das hatte Hinrichsen noch in der Nacht im Gespräch mit dem Vater, Tristan von Iven, erfahren. Rasmussen war diesem Hinweis heute Morgen auf der Zentralstation kurz nachgegangen. Nicht nur Eike Hansen wusste Bescheid.

»Chef, muss es uns eigentlich wundern, dass die Edelorgie da draußen im Herrenhaus in Ivenstedt stattgefunden hat?«, sprach Hinrichsen in Richtung Windschutzscheibe.

»Hinrichsen, irgendwann findet jede Schweinerei nach Hause«, sagte Rasmussen und schaute zum Seitenfenster hinaus. Grüne Wiesen und dann die ersten roten Backsteinhäuser in Goosefeld.

»Allein schon ›nach Hause‹«, meinte Hinrichsen spitz. »Der Vater hat die ganze Zeit von ›dem Ereignis‹ gesprochen. Ihm sei es so vorgekommen, als hätte die gerade volljährige Tochter die Eltern hinters Licht geführt und ohne deren Wissen eine ganz schlimme Party in deren Haus gefeiert. Tagelange Aufbauarbeiten, Security, Catering – von Ivens Sicht der Dinge war in Anbetracht des Aufwandes für das Lustlager schlichtweg lächerlich, und das wusste der Gutsherr wohl auch selber. Noch so ein dämlicher adliger Lackaffe«, fasste Hinrichsen seine Eindrücke zusammen.

Rasmussen summte mittlerweile nur noch die Songs im Autoradio mit. Pharrell Williams mit »Happy« war gerade dran. Jetzt fing Rasmussen auch noch an, auf dem Beifahrersitz rumzujuckeln. Erst ein Lackaffe, dann ein Tanzaffe, dachte Hinrichsen so bei sich, mal sehen, was dieser Sonntag noch so bringt.

Der Wagen rollte auf den großzügigen Kieselsteinparkplatz vor dem »Dänischen Hof«. Die beiden Beamten öffneten die Türen, schwangen sich aus dem Wagen und ließen ihre Blicke über den Wagenpark mit überraschend vielen Edelkarossen schweifen. Eckernförde zog offensichtlich Besucher mit gut gefüllten Bankkonten an. Das war vor ein paar Jahren noch anders gewesen. Die Sonne blendete, und Rasmussen schob seine Ray-Ban-Sonnenbrille auf die Nase. Hinrichsen lugte blinzelnd unter dem Schirm seiner Prinz-Heinrich-Mütze hervor. Unter den Schritten der Ermittler knirschten die Steine.

»Ein belgisches Kennzeichen ist nicht zu sehen«, sagte Rasmussen.

An der Rezeption wurden Rasmussen und Hinrichsen enttäuscht. Die Herrschaften hätten gestern Abend schon bezahlt und seien heute nach einem kurzen Frühstück bereits um halb acht aus dem Haus. Auf die Frage, mit welchem Wagen die beiden unterwegs seien, bekamen sie die Antwort, es müsse sich um einen Mietwagen gehandelt haben. Einen weißen 7er BMW mit Münchner Kennzeichen. Außerdem hätten die Gäste angegeben, dass sie unbedingt den Morgenflug von Hamburg-Fuhlsbüttel nach Brüssel erwischen müssten.

»Klingt alles vollkommen schlüssig«, sagte Hinrichsen beim Herausgehen.

»Das bringt uns nur alles gar nichts«, grummelte Rasmussen und schaute auf die Uhr seines iPhones. »Zehn Uhr. Die sind doch schon längst außer Landes.«

»Und nun. Hinterher? Großfahndung? Interpol?«

»Ach, kommen Sie, Hinrichsen. Das sind die Geschäftspartner, die laufen uns nicht weg, selbst wenn sie Mörder sein sollten. Wir testen hier mal das Frühstück.«

»Sie meinen also, es war Mord?«, fragte Hinrichsen und kratzte sich am Ohr.

»Am Ende ist es irgendwie immer Mord«, sagte Rasmussen. »Frühstück, oder ich verhungere.«

Sie machten also kehrt. Die freundliche Rezeptionistin schaute sie fragend an.

»Sie haben doch sicherlich ein ordentliches Frühstück für uns, Frollein«, dröhnte Hinrichsen in Richtung Empfangstresen.

»Wir haben ein skandinavisches Frühstück mit einer vortrefflichen Sildauswahl, das Büfett sucht hier in der Gegend seinesgleichen«, antwortete die junge Dame mit hörbarem Stolz in der Stimme.

Hinrichsen lüftete die Mütze, Rasmussen nahm nicht mal die Sonnenbrille ab. Touristensprech gegen Einheimische. Das bedeutete Höchststrafe und in diesem Fall Missachtung durch den Hauptkommissar. Selbst schuld.

Vollversammlung Punkt zwölf

»Ich mag diese Sonntagsruhe auf der Zentralstation«, flötete die Staatsanwältin und bleckte die etwas stark geratenen Zahnreihen.

»Manchmal kann die Ruhe aber ganz schön laut sein«, bemerkte Rasmussen. Nebenan gab die edle Siebträgerkaffeemaschine Zischlaute von sich. Calloe rückte auf ihrem Stuhl hin und her, Hinrichsen auch. Beide hatten einen Kaffeebecher in der Hand. Rasmussen thronte hinter seinen Aktenbergen. Die Staatsanwältin hatte Rasmussen nach seinem Einwurf kurz angeblitzt. Dabei wollte er nur ein wenig Konversation betreiben, und eigentlich hätte er lieber mit ihr Seite an Seite im Strandkorb vor dem »Luzifer« gesessen.

Die Staatsanwältin lehnte jetzt jedoch locker am verstaubten Aktenregal. In der Hand hielt sie eine Tasse. Die wurde hier im Kommissariat extra für sie vorgehalten, sie mochte keinen Kaffee aus dem Becher. Jedes Mal, wenn sie die Beine zur anderen Seite kreuzte, raschelten ihre schwarzen Seidenstrümpfe. »Auf wen warten wir eigentlich?«, fragte die Staatsanwältin. Sie flötete schon wieder.

»Wir warten auf Wiesel. Ich hatte gehofft, er würde uns mit ein paar Schnellschüssen beglücken, das wird aber wohl nichts«, sagte Rasmussen. »Okay, es ist fünf nach zwölf. Lassen Sie uns anfangen.« Er räusperte sich und begann, den Fall für Calloe und die Staatsanwältin zu skizzieren. Er nannte das gerne »erstes Einkreisen«. Bei den Namen Caroline von Iven und »eroque« bemerkte er sofort die gesteigerte Aufmerksamkeit der anwesenden Damen.

Rasmussen fragte sich, ob die beiden wohl Unterwäsche dieser Marke ihr Eigen nannten oder ob sie nur in den einschlägigen Frauenzeitschriften über den Start-up-Star gelesen hatten. Er hatte sich heute Morgen noch ganz schnell irgendwo im Netz die Biografie der »eroque«-Gründerin abgegriffen und ausgedruckt, nun ratterte er diese herunter, und Calloe und die Staatsanwältin nickten zustimmend.

»Sie kennen die Dame also?«

»Was glauben Sie denn, Herr Hauptkommissar?«, entrüstete sich die Staatsanwältin. »Von Iven ist ja wohl die berühmteste Eckernförderin der letzten hundert Jahre.«

»Ivenstedterin, Ivenstedterin«, warf Hinrichsen ein. »Die

Eckernförder haben sie nur kurzerhand eingemeindet, unsere Zeitung schreibt ja in letzter Zeit nichts anderes. Wissen Sie, wie oft die auf Seite eins war? Dabei ist sie nur zwei Jahre auf die Jungmannschule gegangen, ihr Abitur hat sie übrigens in Louisenlund gemacht.«

»Hinrichsen, ich staune«, mischte sich Calloe ein. »Sie sind nicht schlecht informiert. Aber auch schon wieder leicht angefressen. Es ist der Landadel. Der treibt gleich wieder ihren Blutdruck hoch. Und dann auch noch das anrüchige Geschäftsfeld und die Orgie da draußen auf dem Gut von Iven.«

»Wenn ich könnte, wie ich wollte … Aber so als Beamter, na ja, Sie wissen schon.« Hinrichsen grummelte herum, wie er eben so herumgrummelte. Dabei drehte er die Prinz-Heinrich-Mütze in den Händen und guckte ganz biestig.

»Leute, eure Sticheleien in allen Ehren, aber was wissen wir bisher wirklich?« Rasmussen schaute fragend in die Runde. Schweigen. »Wir müssen ganz genau rekonstruieren, was am Leichenfundort geschehen ist. Stichwort Lustlager, was verbirgt sich hinter diesem Begriff, wer hat Zugang zu solchen Events, wie funktioniert das? Wir müssen die Karriere der Toten ganz genau rekonstruieren. Was ist das überhaupt, ›eroque‹? Nach dem, was Hinrichsen und ich da im Herrenhaus gesehen haben, scheint das viel mehr als ein Onlineversand für erotische Unterwäsche mit einer genialen Werbekampagne bei Facebook und Co. zu sein. Ich sag mal, das sah da aus wie in einem edlen Themenpuff, wenn Sie wissen, was ich meine.«

»Nö, Chef, weiß ich nicht«, sagte Calloe und lächelte keck.

»Ihre Bewerbung für diesen Job ist angekommen, Frau Kollegin, machen Sie sich schlau. Die Sache scheint vertrackt, Sie werden in den nächsten Tagen das Thema ›eroque‹ und Lustlager bis in die kleinsten Kleinigkeiten ausloten. Sprechen Sie Französisch?«

Calloe nickte Rasmussen zu. Sie machte dabei einen sehr zufriedenen Eindruck.

»Umso besser. Hier habe ich ein hochinteressantes Anwaltsschreiben. Auf Französisch.« Rasmussen wedelte mit ein paar

DIN-A4-Blättern herum. »Es geht um die Bilder aus den ›eroque‹-Kampagnen, die kennen Sie ja sicherlich alle?« Jetzt kollektives Nicken reihum.

»Empfängerin des Schreibens ist Caroline von Iven, der Absender handelt im Auftrag eines Ralph Dupont. Offensichtlich Galerist aus Antwerpen, und soweit ich das mitbekommen habe, geht es um die Vermarktung der Bilder. Mein Französisch ist allerdings nur sehr rudimentär. Es gibt aber einen handschriftlichen Vermerk. Auf Deutsch. ›Alter Gierlappen, ich dreh dir den Hahn ab. Verlass dich drauf!‹ Nach einer innigen Geschäftsbeziehung klingt das nicht.« Rasmussen reichte Calloe den Brief über den Schreibtisch.

»Apropos Antwerpen. Von Iven hat zwei Geschäftspartner, die bis heute Morgen noch im ›Dänischen Hof‹ gewohnt haben. Als Hinrichsen und ich den beiden vorhin einen Besuch abstatten wollten, waren die Vögel bereits ausgeflogen. Zurück auf dem Weg nach Antwerpen, hieß es. Bitte kümmern Sie sich um diese zwei, Fanny Jongen und John Brunsma. Unter diesen Namen haben sie sich im Hotel eingetragen.«

»Sind Frau Jongen und Herr Brunsma vollkommen ahnungslos, was den Tod ihrer Geschäftspartnerin angeht?«, fragte die Staatsanwältin und legte die Stirn in Falten.

»Ich gehe mal davon aus. Hinrichsen und ich haben erst einmal beschlossen, keine Fahndung auszulösen. Wir wissen ja noch nicht mal, wie die Herrschaften aussehen«, stellte Rasmussen fest.

»Wie das?«, raunte die Staatsanwältin.

»Tja, man findet die Adressen von Brunsma und Jongen im Netz. Aber im Zusammenhang mit ›eroque‹ finden sie namentlich nicht statt.« Rasmussen war so, als ob er in den frühen Morgenstunden schon ordentlich was weggeschafft hatte.

»Aber sind die beiden nicht auf den Kampagnenbildern im Netz zu sehen?«, fragte die Staatsanwältin, mittlerweile wieder mit knitterfreier Stirn.

»Jongen wohl schon, aber Brunsma ist ja der Fotograf, der stand immer hinter der Kamera. Außerdem sind alle auf den Bildern kostümiert und maskiert. Nur Caroline von Iven trägt keine

Maske und ist meist auch von allen am spärlichsten bekleidet. Bei ›eroque‹ konzentrierte sich wohl nach außen alles auf die von Iven?« Rasmussen formulierte die Frage etwas zögerlich.

»Das war auch mein Eindruck«, sprang ihm Calloe bei. »Und Sie wissen, ich lese nicht nur die Yellow Press, sondern auch die Wirtschaftszeitungen. Zuletzt stand etwas über von Iven in ›brand eins‹ und davor im ›Spiegel‹. Es war immer nur von der Unternehmerin Caroline von Iven die Rede. Innovativ, erfolgreich. Ein Umsatzrekord nach dem nächsten. Ich muss ja auch sagen, ich finde die Frau richtig toll. Was die auf die Beine gestellt hat. Und das Frauenbild, das sie verkörpert. Steh zu deinen Rundungen – mit denen hat sie ja dann auf den Fotos offensichtlich nicht gegeizt.«

»Die Superfrau, soso. Von Iven und Jongen wohnten übrigens zusammen. Das weiß ich vom Vater. Die Mutter war ja in der Nacht kaum ansprechbar, aber sie hat zweimal so komische Zwischenbemerkungen gemacht. Ich gehe davon aus, dass das Lesben sind. Richtige Superfrauen. Wirklich beeindruckend, aber nun ist die eine tot«, sagte Hinrichsen.

»Schon gut, Hinrichsen. Ich sehe, Calloe, der Antwerpen-Part ist bei Ihnen in den besten Händen.« Rasmussen schaute aus dem Fenster in Richtung Ostsee und nahm dann den nächsten Stapel Papier hoch. »Hier. Das habe ich auf von Ivens Tablet gefunden. Mir ist es heute Morgen gelungen, das Passwort zu knacken.«

So etwas wie Beifall brandete auf.

»Meine Damen, mein Herr, wir sollten uns öfter am Sonntagmittag treffen, nach kleinen Anlaufschwierigkeiten hat sich die Stimmung ja prächtig entwickelt, aber ich bitte Sie, keinen Personenkult.« Jetzt lächelte Rasmussen breit in Richtung Staatsanwältin. »Was meinen Fund hier angeht, scheint das ein astreiner Fall von Stalking zu sein. Und, jetzt halten Sie sich bitte fest, der Stalker ist hier in der Umgebung als erfolgreicher Unternehmer bekannt. Ich sag nur: Wurst.«

Ein Aufstöhnen ging durch den Raum.

»Bent Mommsen? Hat der sein Wurstimperium nicht meistbietend verkauft?« Die Staatsanwältin schaute fragend in die

Runde. Calloe blickte Hinrichsen an, der nickte nur. Woraufhin Rasmussen aufstand und Hinrichsen die Ausdrucke in die Hand drückte, um sich dann neben die Staatsanwältin an das Regal zu lehnen.

»Hinrichsen, Sie erstellen mal ein Profil von Bent Mommsen und prüfen, ob unser Schlachtermeister in Sachen Stalking schon aktenkundig geworden ist.«

Hinrichsen fing sofort an zu blättern.

»Da stalkt ein Wurstunternehmer aus Kappeln eine Erotikunternehmerin aus Antwerpen?« Calloe schnaubte kurz. »Verrückte Welt.«

»Zu dem Thema habe ich auch noch einen.« Hinrichsen hob jetzt den Kopf und schob die Prinz-Heinrich-Mütze in den Nacken. Rasmussen wusste, was jetzt kommen sollte.

»Das glaubt ihr nicht, in welchem Aufzug wir Eike Hansen auf Gut von Iven angetroffen haben«, feixte Hinrichsen. »Der sah aus wie Prinz Karneval.«

»Wie das?«, fragte die Staatsanwältin. Rasmussen rückte ein wenig von ihr ab.

Hinrichsen begann, in der ihm eigenen Manier die Kostüme der Security-Kräfte zu beschreiben. Eike Hansen, ihr ehemaliger Kollege und nunmehriger Boss von »Hanse-Security«, habe eine besonders schillernde Uniform getragen.

Hinrichsen schüttelte den Kopf und kicherte bei seinen Schilderungen in sich hinein. Er war einer derjenigen, dem jede Form von – selbst berufsbedingtem – abweichendem Verhalten vollkommen fremd war. Nachdem er sich in Rage geredet hatte, spekulierte er darüber, ob nicht auch die Uniformierten in das Orgiengeschehen eingegriffen hätten. Man kenne ja Herrn Hansen und seine Eskapaden, nicht zuletzt hier in der Zentralstation. Er selbst sei ja in Kiel in der Nähe des Hafens aufgewachsen, von daher könne er bestens beurteilen, welch aphrodisierende Wirkung Uniformen auf Frauen haben könnten.

Dann wurde er endlich sachdienlich und kam auf Kevin Schnurre zu sprechen. Selbstverständlich habe auch der Wachmann, der die Tote fand, Uniform getragen. Der junge Mann, offensichtlich mit Migrationshintergrund, irgendetwas Asiatisches, habe einen grundsätzlich verwirrten Eindruck gemacht, außerdem keinen Satz hinter den anderen gebracht. »Schnurre gab an, sich dem Büro der Caroline von Iven genähert zu haben, die Tür sei angelehnt gewesen. Ein Mann, selbstredend in Kostüm und Maske, habe sich über sie gebeugt. Aber anstatt den Verdächtigen anzusprechen, behauptet Schnurre, habe er die Türen verschlossen und sei sofort zu seinem Chef gelaufen, um diesen zu informieren. Da stimmt was nicht«, schloss Hinrichsen seine Ausführungen.

Rasmussen fuhr ihm jetzt ganz einfach in die Parade. »Leute, ihr habt alle eure Aufgaben. Fangt am besten sofort an. Frau Staatsanwältin, wir telefonieren.«

Türenklappen. Rasmussen saß in seinem Büro und fluchte. Der Bluthund Hinrichsen hatte Witterung aufgenommen. Hatte Hansen ihn nicht gebeten, in Sachen »Hanse-Security« erst einmal die Füße still zu halten? Rasmussen hatte ihm das zugestanden. Zähneknirschend. Das konnten sie jetzt vergessen.

»Milk« und andere Kalamitäten

Nach der sonntäglichen Mittagskonferenz waren Hinrichsen und Calloe in ihre Rechercheaufträge eingestiegen. Es herrschte absolute Ruhe im Teambüro, nur unterbrochen vom Mausklicken und Tastengeklappere der beiden Kriminalbeamten.

»Pst, hören Sie mal, Calloe«, flüsterte Hinrichsen über ihre zusammengestellten Schreibtische hinweg. »Rasmussen schnarcht.« Die Türen standen offen, und über den Flur schallte ein leichtes, von kurzen, gebellten Kehllauten rhythmisiertes Sägen.

»Das ist eine Eigenart von Rasmussen. Sie glauben ja gar nicht, was ich für einen Schreck bekommen habe, als der Chef neulich neben mir im Auto eingeschlafen ist. Ich habe ihn dann geweckt. Er sah wohl meine besorgte Miene und meinte: ›Ach, Hinrichsen, ich weiß schon, meine Überschnapper, dabei müssen Sie sich gar nichts denken.‹«

Seine Kollegin antwortete nur mit einem Lächeln ob solcher Vertrautheiten zwischen den beiden Männern und widmete sich gleich wieder Antwerpen. Es war überhaupt kein Problem gewesen, den Galeristen Ralph Dupont auszumachen. Seine Fotogalerie »Walker 1938« mit der Adresse Klapdorp 6 konnte sie direkt im Internet »begehen«. Auf dem Schirm war alles zu sehen: fulminante Glasfront, kathedralenhohe Räume, sehr, sehr weiße Wände. Und Fotos in allen nur denkbaren Formaten. Die Liste der vertretenen Künstler sagte Calloe jetzt auf den ersten Blick nicht viel. Von Jeff Wall hatte sie wohl mal was gehört und gesehen.

Sie klickte weiter und erkannte ein Foto. Sie vergrößerte es. »Milk« zeigte einen Mann mit abgewandtem Gesicht, hockend vor einer Ziegelwand, mit einer braunen Papiertüte in der Hand. Aus der Tüte spritzte in einem Schwall die Milch nach oben heraus. Je länger Calloe auf das Foto schaute, desto unwohler wurde ihr. Ihr kriminalistischer Spürsinn wurde durch Details im Bildaufbau geweckt. Und dann erinnerte sie sich ganz genau. Mit Mark, ihrem Fotografenfreund, war sie vor zwei Jahren in der Hamburger Kunsthalle gewesen. »Lost Places« hieß die Schau. Mark hatte fasziniert vor dem überlebensgroßen Print von »Milk« gestanden: »Jeff Wall, Wahnsinn, Wahnsinn.« Und dann hatte Mark gemurmelt: *»Lost places, lost person.«* Das hatte ihr irgendwie eingeleuchtet, auch wenn Kunst und Fotokunst eigentlich nicht so ihr Ding waren.

Nun aber musste sie sich mit solchen Dingen beruflich befassen. Je länger sie sich durch die »Walker 1938«-Seite klickte, desto klarer wurde ihr, dass Ralph Dupont eine ganz große Nummer war. Er schien in der Fotokunstszene weltweit präsent zu sein. Nur von ›eroque‹ und deren Werbefotos, die sogar sie kannte, keine Spur. Sie suchte nach einer Telefonnummer und wurde schnell fündig. Es war Sonntag, aller Wahrscheinlichkeit nach würde sie jemanden in der Galerie erreichen.

»Bonjour, goedendag, Galerie Walker 1938« meldete sich eine junge weibliche Stimme.

Calloe erkundigte sich auf Französisch nach Ralph Dupont,

sie rufe aus Deutschland an, und der Galerist habe sie doch längst zurückrufen wollen. Typisch Calloe, Nebelbomben werfen und Kontakte ausspionieren war eine ihrer leichtesten Übungen. Die Galerieangestellte fiel ins Englische und gab äußerst bereitwillig Auskunft. Der Galerist halte sich derzeit im »Hotel Atlantic« in Hamburg auf, er sei im Hotel erreichbar, sie könne aber auch die Mobilnummer herausgeben. Abschließend fragte sie dann doch noch, worum es gehe.

»Wall. Jeff Wall. I have a request concerning ›M-i-l-k‹.« Den Titel der Arbeit sprach Calloe bewusst etwas gekünstelt aus.

Auf das, was am Schreibtisch gegenüber passierte, hätte sie eigentlich wetten können: Prompt lehnte sich Hinrichsen zur Seite und schaute am Schirm vorbei zu seiner Kollegin herüber. Er zog die Augenbrauen hoch. Aber da war das Telefongespräch schon beendet.

»*Le voilà!* Dupont! Im ›Atlantic‹ in Hamburg.« Ihren Stolz konnte Calloe nicht verheimlichen.

Rasmussen hatte unterdessen unbemerkt seinen Kopf in das Büro gesteckt. *»Très bien«*, warf er ein. »Ich gehe und begebe mich in die Horizontale, Leute. Die Nachtschicht hat mich zerlegt.«

»Tschüss, Chef«, rief Calloe ihm hinterher. Sie war jetzt ganz obenauf. »Und Sie, Hinrichsen? Wie sieht es bei Ihnen aus?«

»Jetzt werden Sie ganz schön keck. Aber machen Sie mal halblang, junge Frau«, knurrte Hinrichsen und schob den Kopf eidechsenhaft nach vorn. »Meine Recherchen in Sachen Mommsen und Schnurre habe ich schön in Ordner gepackt. In der Teamcloud.«

Die war eine private Installation, ein virtueller Speicherplatz, von dem die Polizeiräte und Staatsanwälte nie erfahren durften. Eine echte Arbeitserleichterung, deren dienstrechtliche Folgen Rasmussen und sein Team zu »Komplizen« machten.

»Heißen denn auch ›Mommsen‹ und ›Schnurre‹. Ich wünsche Ihnen viel Spaß damit, wenn Sie denn fertig sind, hier am Sonntagnachmittag in der Weltgeschichte herumzutelefonieren.« Sein Schreibtischstuhl knallte gegen die Wand, der Beamte schnellte förmlich aus dem Sessel, fischte die Prinz-Heinrich-Mütze vom Ständer und knallte mit der Tür.

Zwei Sekunden später ging die Tür wieder auf, die Mütze guckte um die Ecke. »Damit das klar ist: Die Nummer zwei hier auf dem Revier, das bin immer noch ich.« Und schon war die Tür wieder zu.

Calloe hörte Hinrichsen auf dem Flur laut lachen. Das alte Schlachtross und seine Auftritte, dachte sie. Der wollte einfach ohne großes Lamento über ihre kleinen Ermittlungssiege nach Hause.

Schmunzelnd griff sie zum Hörer und wählte die Mobilnummer Duponts. Er nahm sofort ab. Sie schilderte ihm den Fall und ihr Anliegen. Der Galerist versprach, am nächsten Morgen um zehn Uhr in Eckernförde auf der Zentralstation zu sein.

Das war jetzt einfach gewesen. Fast schon zu einfach. Um Fanny Jongen und John Brunsma würde sie sich heute Abend am Laptop kümmern. Dann würde sie auch ihren Bericht schreiben und in die Cloud stellen. Aber jetzt brauchte sie ein Eis.

Kleine Ausflüge über die Kieler Straße waren für Calloe inzwischen zu so etwas wie einem Zerebral-Reset geworden. Manchmal fühlte sich ihr Gehirn wie ein Muskel an, ein verkrampfter Muskel. Aber den konnte sie kinderleicht entspannen, sobald sie am »Coffee's« ums Eck bog und sich der Konsum an ihre niedersten Gefühle wandte. Ein Schal, ein Handy-Cover oder eben ein Eis. Irgendwas konnte man immer gut gebrauchen. Dazu das Flair des Ostseebades, in dem man sommers sonntags shoppen konnte. Wie ein Miniurlaub, dachte sie und ließ sich von »3 Tops zum Preis von 2« im Schaufenster von C&A verlocken.

Sie war froh, dass sie für solche Basics nun nicht mehr nach Kiel fahren musste. Viele Eckernförder sahen das anders. Die Fassade, der ganze Bau hatte heftige Diskussionen ausgelöst. Eine Bürgerinitiative hatte sich gegründet und in der städtischen Gesellschaft etabliert. Jeder hatte so seine eigenen Prioritäten und Ansichten. Schön war der Kasten sicher nicht, aber solange man Maß hielt. Calloe fand Eck lebenswert.

Mit dem Eis setzte sie sich auf die Bank neben den Eingang der St.-Nicolai-Kirche. Das war ihre Ruheinsel gleich neben dem Gewusel der Kieler Straße. Hier träfe sie gleich Jean-Jacques, den Koch aus der »Fischdeel«. Calloe fühlte sich wohl hier. Es war so schön friedlich. »Du hast einen Hang zum Kitsch«, sagte sie zu sich selbst und leckte einen Erdbeereistropfen weg.

Endlich wieder zu Hause

Fiete Burmester saß wie immer am Volant seines Citroën DS mit bequemer, im Bund mehrfach verstellbarer Reisehose, hinter ihm in bester Laune Jörn Jensen und rechts hinten geradezu ausgelassen Fritze Köppen, der tatsächlich den »Kicker« aus der Hand gelegt hatte. Die drei Herren, immerhin klar jenseits der siebzig, wippten rhythmisch in den Hüften, dass die Luftfederung der französischen Göttin einigermaßen gefordert war.

Aus voller Kehle und mit blitzenden Augen sangen sie den Evergreen »Itsy Bitsy Teenie Weenie Yellow Polka Dot Bikini«, und Jörn wusste, was Fritze sich vorstellte, und Fiete ahnte, was Jörn gerade dachte. Auch an den Stränden der Ostsee waren in den frühen sechziger Jahren die winzig kleinen gepunkteten Badeanzüge ein Renner gewesen, und die heutigen Rentner aus dem Eckernförder Ykaernehus hatten nicht nur hingeschaut, wenn die Strandschönheiten Avancen machten.

Seit sie heute auf der Rückfahrt aus Köln zwischen Bremen und Hamburg eine kleine Delle im Biorhythmus erlitten hatten, sorgte nun Fietes Lieblingskassette mit Hits der fünfziger und sechziger Jahre für prächtige Stimmung. Zumindest bei den männlichen Insassen.

Auf dem Beifahrersitz hatte die pensionierte Richterin Margarete Brix schon das ein oder andere Mal scharf durch die Nase eingeatmet. Nach der vergangenen Partynacht mit kölschem Liedgut war ihr inzwischen eher nach Bach als nach Bully Buhlan. Marie, eine Freundin der Brix, hatte es anlässlich ihres fünfundsechzigsten Geburtstages so richtig krachen lassen und ihrer Leidenschaft für Polonaise, Kölsch und Halven Hahn freien Lauf gelassen. Und jetzt konnten sich die Knilche gar nicht mehr beruhigen. Vielleicht ist es das letzte Aufbäumen, dachte sie, da lass ich sie mal gewähren. Ein bisschen Großherzigkeit dann und wann wird die Grunddisziplin schon nicht gefährden.

Sie amüsierte sich noch über ihre eigenen Gedanken, als die Arie des Papageno erklang. So pflegte sich jedes neue Smartphone der Grande Dame des Ostseebades Eckernförde zu melden. Ihr iPhone hatte sie gegen ein größeres Modell eines asiatischen Herstellers getauscht. Die Augen waren auch nicht mehr das, was sie mal gewesen waren.

»Die Brix.« Am anderen Ende der Leitung meldete sich Hans Rasmussen, dessen Freundin und Ratgeberin Margarete Brix war. Einst hatte sie dem jungen Polizisten als Dozentin das Rechtssystem nähergebracht, nun unterstützte sie den erfahrenen Kriminalhauptkommissar bisweilen bei seinen Ermittlungen. Selbstverständlich inkognito.

»Fiete, Musik aus.« Fiete tat wie ihm geheißen. Margarete Brix telefonierte von Neumünster-Nord bis zum Autobahnkreuz Rendsburg. Ihre Fragen und Antworten waren einsilbig. Zweiwortsätze allenfalls, aus denen die Knilche sich dies und das zusammenreimen konnten.

Nachdem die Brix das Gespräch beendet hatte, fasste Fiete zusammen: »Weibliche Leiche adliger Herkunft. Fundzeit: Samstagnacht, Fundort: das Gut der von Ivens. Also genau deine Kragenweite, Margarete. Verdeckte Ermittlungen in Rittersälen. Ich darf wohl für Jörn und Fritze sprechen und dir versichern: Wir sind bereit.«

»Allzeit bereit«, grölten die Rentner aus dem Fond.

Dann erreichte die Reisegesellschaft den höchsten Punkt der Rader Hochbrücke und stimmte das Schleswig-Holstein-Lied an. So war es Sitte, seitdem das Quartett den Lebensherbst gemeinsam gestaltete. Die Brix wusste, dass sie in den nächsten Tagen und vielleicht Wochen mit der Unterstützung der drei Männer schneller und besser würde ermitteln können als allein. Und so weihte sie ihre Hilfssheriffs unter dem Siegel der Verschwiegenheit in die Vorgänge auf Gut Ivenstedt ein, soweit sie ihr bekannt waren.

Fiete Burmester war über die Geschäfte der Caroline von Iven erstaunlich gut informiert. Die anderen unterstellten ihm den heimlichen Besuch nicht jugendfreier Internetseiten, aber Fietes Schatzmeister im Oldtimerclub war Projektleiter des Clusters IT bei der Wirtschaftsförderung Schleswig-Holstein und hatte von der engen Zusammenarbeit mit von Ivens Firma »eroque« berichtet, deren Professionalität ihn beeindruckt hatte. Fiete wusste vom kometenhaften Aufstieg des Unternehmens zu berichten, von geradezu explodierenden Umsätzen.

»Was macht ›eroque‹ eigentlich so erfolgreich?«, fragte die Brix. Sie hatte mal am Rande von dieser Unternehmung gehört, sich aber nie weiter dafür interessiert.

»Es ist wohl eine Kombination verschiedener Faktoren. Die Sex-Branche war und ist im Umbruch. Es ist das älteste Gewerbe der Welt, aber inzwischen in die Jahre gekommen. Mit einem gewöhnlichen Puff ist heute kein Staat mehr zu machen. Das Internet hat alles geändert. Caroline von Iven hat das erkannt.«

»Komm auf den Punkt.« Die Brix wurde ein bisschen ungeduldig.

»Der Punkt ist, dass sich alter Wein in neuen Schläuchen schon immer gut verkauft hat. Sex bleibt Sex. Am Anfang die Lust, am Ende die Befriedigung. Aber der Mensch giert nach neuen Reizen. Jede Saison eine andere Modefarbe, jeder neue Computer mit einem schnelleren Prozessor.«

»Fiete, das allein kann es nicht sein. Das ist doch der normale Gang der Dinge. Das erklärt den sensationellen Erfolg nicht.«

»Du hast recht. Von Iven ist es gelungen, das Business aus der Schmuddelecke zu holen. Was ›eroque‹ macht, ist gesellschaftsfähig, darüber berichtet sogar ›Die Zeit‹ im Feuilleton. Edel und teuer. Wäsche feinster Qualität, herausragend gut designt. Die Fotos, mit denen die werben, hängen inzwischen in Galerien. Erotik und Barock – Caroline von Iven gilt als die Erfinderin eines neuen Lifestyles.«

Die Brix nickte. »Barock, interessant, wirklich interessant. Eine

Phase, in der die katholische Kirche ihre Gotteshäuser immer prunkvoller und prächtiger ausstattete, weil ihr die Schäfchen wegliefen. Nun bricht das Geschäft mit dem Sex ein, und Caroline von Iven setzt neue Reize. Eine kluge Frau.«

»Eine tote Frau«, merkte Fritze jetzt an. »Können wir kurz hier raus? Ich müsste mal eben zur Toilette.«

»Sehr gut. Dann lasst uns doch eine schöne Currywurst essen. Die ist hier große Klasse.«

Fiete setzte den Blinker, und so rollten sie auf den Parkplatz der Raststätte »Hüttener Berge«.

Am frühen Nachmittag fuhren sie schließlich gut gesättigt in die Tiefgarage des Ykaernehuses in Eckernförde. Als sie kurz zuvor an der Ampel Noorstraße, Ecke Gaehtjestraße bei Rot warten mussten und auf den Hafen schauten, sagte Jörn: »Nichts gegen den Rhein, aber mein Zuhause ist hier.«

Alle nickten. Sie hatten eine Führung durch den Kölner Dom mitgemacht und waren beeindruckt gewesen, aber im Schatten der St.-Nicolai-Kirche ein Eis zu essen, das war es, was sie liebten.

Auf ein Glas

Endlich zu Hause im Ykaernehus. Die Brix setzte sich seufzend auf ihr Bett und zog die schwarze Hose aus. Hosen trug sie höchst selten. Aber heute Morgen hatte sie auf Anraten von Marie, deren Tochter Ärztin war, Kompressionsstrümpfe angezogen. Wegen der langen Fahrt. Und die sollte auf keinen Fall einer der Männer sehen. Sexy waren die nämlich nicht. Sie rollte die Quälgeister über die Knie und ließ sich erschöpft nach hinten sinken.

Ein Nachmittagsschläfchen, dachte sie, das könne gewiss nicht schaden. Danach riefe sie Carolines Vater, Tristan von Iven, an. Er war ein eigenwilliger Kunsthistoriker, und sie kannte ihn, weil sie beide im Förderverein »Baltische Talente« aktiv waren. Dass er nie detaillierter von den Aktivitäten seiner Tochter berichtet hatte, war schon seltsam. Erfolg schien ihm ansonsten ein wichtiger Maßstab zu sein. Sie würde so tun, als wüsste sie von nichts. Weitere strategische Überlegungen konnte die Brix nicht mehr anstellen. Selbst sie unterlag den Gesetzmäßigkeiten der menschlichen Physis und schlief ein.

Die Brix bewegte sich zum Rhythmus von »Itsy Bitsy Teenie Weenie Yellow Polka Dot Bikini«. Mitten auf der Kölner Domplatte. Ihr war das unangenehm, aber zwei berittene Polizisten feuerten sie frenetisch an. Das Publikum wuchs, es tanzte und johlte. Gerade als die Brix zu einem Kopfsprung von der Deutzer Brücke in den Rhein ansetzte, wurde sie von Klopfgeräuschen gestört. Unwillig drehte sie sich um und starrte auf die roten Ziffern ihres Radioweckers. Neunzehn Uhr siebzehn. Wieder klopfte es.

»Margarete, wo bleibst du? Erika wartet sicher schon.«

Sich reckend, vertrieb die Brix letzte Tänzer aus ihrem Kopf und rappelte sich auf. »Ich komme gleich, geh schon mal zum Auto runter«, wimmelte sie Fiete ab, der erneut geklopft hatte. Rasch zog sie einen leichten, aber langen Rock mit dezentem Blumenmuster an, richtete ihre Haare, wählte ein blassblaues Hütchen für den Abend, und schon war sie bereit. Das Nickerchen hatte sie wieder munter gemacht.

Als sie die Tiefgarage betrat, saß Fiete Burmester bereits hinterm Steuer, und der Abend begann dort, wo die Fahrt vor drei Stunden geendet hatte. »Und täglich grüßt das Murmeltier«, murmelte die Brix und stieg ein.

»Margarete, du wirst dir untreu.« Fiete tippte auf seine Uhr. »Unpünktlichkeit, die Tugend der Unhöflichen. Wer sagt das doch gleich immer?« Die Brix winkte ab. Sie hatte jetzt Wichtigeres zu bedenken. In Erikas Missunder Gastraum würde Hans schon auf sie warten, und vielleicht würde er sie mit ersten Ermittlungsergebnissen versorgen können.

Fiete insistierte auch nicht, sondern fuhr. Autofahren bedeutete für ihn noch immer Freiheit. Er liebte es, unterwegs zu sein, und an einem warmen Abend wie diesem, mit heruntergekurbeltem Fenster und Margarete an seiner Seite raus an die Schlei, da fühlte er sich nicht jung, aber unbeschwert, was viel besser war. Die Tage in Köln hatten ihm wieder gezeigt, dass Margarete, Jörn und Fritze inzwischen zu seiner Familie geworden waren. Sein Töchterchen Frauke dagegen hatte mit der Leitung von ›Burmester-Bau‹ gut zu tun und pflegte Hobbys, mit denen Fiete nicht viel anfangen konnte.

Er nahm die B 76 Richtung Schleswig. Kein Bremsen, kein Schalten, kein Beschleunigen – Gleiten. Beinahe hätte er den Abzweig kurz vor Fleckeby verpasst. Er stieg kräftig auf die Bremse und bog rechts ab. Hier im Wald waren noch immer die Folgen der Stürme zu sehen, die im letzten Herbst über Schleswig-Holstein hinweggefegt waren. So traurig der Anblick mancher Schneisen war, so tröstlich fand Fiete, dass die Natur am Ende immer die Oberhand behalten würde.

Dann waren sie auch schon angekommen. Fiete parkte oberhalb der »Schlei-Terrassen«. Auf den Stufen vor dem Eingang zum Gastraum saßen Marlene und Hans. Marlene hatte die Hände rechts ums Geländer gelegt und drehte Hans daher leicht ihren Rücken zu. So kannte Fiete die beiden gar nicht, die sonst oft eng umschlungen auftraten. Marlene stand sofort auf, als Margarete und er in Sicht kamen, küsste Margarete auf die Wange, hakte sich bei Fiete unter und zog ihn Richtung Theke.

Rasmussen blieb sitzen, klopfte mit der Hand auf den frei gewordenen Stufenplatz, und die Brix hockte sich neben den mürrisch dreinblickenden Hauptkommissar. Sofort spürte sie, dass Rasmussen nicht schnacken wollte. Der Beruf diente als Puffer zwischen der Außenwelt und seinem Privatleben. Das kannte die Brix nur zu gut.

Ohne Vorrede kam Rasmussen zur Sache. »Wie ich schon am Telefon erzählt habe: Die Gäste waren maskiert, keine schriftlichen Unterlagen. Bezahlt wurde in bar am Einlass, kassiert haben Eike und seine Mannen, die hättest du sehen sollen – alle in altertümlichen Uniformen. Es bleibt die Frage, wie sich die Gästeliste zusammensetzt. Eine Frage, die von Ivens Geschäftspartner beantworten könnten, aber die sind weg. Fanny Jongen und John Brunsma aus Antwerpen. Mussten heute Morgen ihren Flieger bekommen. Tja. Ich werde sie so rasch wie möglich befragen.

Wann die sich wo aufgehalten haben, wann genau sie gegangen sind, wie das Geschäft funktioniert. Wissen wir alles noch nicht. Es ist blöd, denen am Telefon vom Tod ihrer Geschäftspartnerin zu erzählen.«

»Fahr hin, das ist das Beste.«

»Du hast recht. Aber ich muss erst einmal bei ihnen in Belgien anrufen. John Brunsma hat auf Caroline von Ivens Mailbox heute Nachmittag eine Nachricht hinterlassen. Sie solle sich gut erholen, aber nicht das Date mit dem Anwalt am Mittwoch vergessen. Die sind wohl ahnungslos. Interessant ist Folgendes: Jemand, wohl ein Mann, hat sich vom Fundort der Leiche entfernt. Er war womöglich der Letzte, der Caroline von Iven gesehen hat. Wir haben keine Beschreibung. Morgen fahre ich zu Wiesel in die Pathologie. Vielleicht gibt es Spuren. Aber ich bin beim Durchstöbern ihres Tablets fündig geworden.« Rasmussens Miene hellte sich auf.

»Habe das Passwort geknackt. Ganz ohne KTU, Rasmussen *himself*. Jedenfalls bin ich auf einen Ordner mit dem Namen ›Wurst‹ gestoßen, und dort habe ich eine unendliche Reihe mehr als aufdringlicher Mails von Bent Mommsen, ›Wurst Mommsen‹, du weißt schon, gefunden. Er hat Caroline nach allen Regeln der Kunst gestalkt. Den knöpfen wir uns auch morgen vor.«

Die Brix nutzte eine Pause. »Kanntest du Caroline von Iven?«

»Nein, ich habe nur gelesen, dass sie wahnsinnig erfolgreich sein soll. Der Schornsteinfeger hier sagte mal, sie sei vermutlich die reichste Frau zwischen Kappeln und Schleswig. Seit ein oder zwei Jahren tauchen die Aktivitäten von ›eroque‹ in allen sozialen Netzwerken auf. Mit einem ziemlich elitären Anspruch. Heute Morgen im Büro habe ich mir deren Onlineshop zu Gemüte geführt. Schon nicht uninteressant, aber vor allem – unerschwinglich. Die Fotos auf den Seiten sind außergewöhnlich. Richtige Kunstwerke. Wiesel, du kennst ja Wiesel, der konnte sich auf Gut Ivenstedt gar nicht beruhigen. Da hängen die Fotos großformatig in der Eingangshalle und den Veranstaltungsräumen. Ich nehme mal an, nur für den Event. Zu der Veranstaltung findet man allerdings kein Sterbenswörtchen. Das scheint hinter den Kulissen zu laufen. Was uns die Suche nach den Teilnehmern nicht leichter macht.«

Die Brix nickte. »Fiete hat schon erzählt, dass ›eroque‹ wohl mehr ist als ein Unternehmen der Erotikbranche. Weißt du denn etwas über den Menschen Caroline von Iven?«

Rasmussen verneinte.

»Dachte ich mir. Ich mache morgen mal einen Besuch auf dem Gut der von Ivens. Über den Kunstverein steht eine Ausstellung baltischer Talente in Eckernförde an. Ein guter Anlass.«

Jetzt nickte Rasmussen. »Flens?«

»Ein kleines. Bestimmt muss ich zurückfahren.«

Montag, 15. Juni

Bei Anruf Aufschrei

Rasmussen saß bereits um sechs Uhr dreißig in der Zentralstation. Die Sonne schien ihm auf den Rücken. Er hatte Calloe versprochen, die Jongen-und-Brunsma-Recherche zu übernehmen. Nachdem er am frühen Sonntagabend kurz mit seiner Assistentin telefoniert hatte, war klar, dass er ranmusste. Calloe hatte noch jede Menge Berichte für den nächsten Tag zu schreiben. Mit dem Dupont-Termin hatte sie einen Volltreffer gelandet, aber insgesamt hinkte sie hinterher. Und die Geschäftspartner mussten endlich vom Ableben von Caroline von Iven erfahren. Die Angelegenheit wurde dadurch delikater, dass Hinrichsen Andeutungen der Mutter gehört haben wollte, dass Jongen und von Iven nicht nur eine Wohn- sondern auch eine Lebensgemeinschaft gehabt hatten.

Der Hauptkommissar hatte sich noch am Abend die Telefonnummer von Fanny Jongen aus dem Netz gefischt. Ganz anders lag der Fall bei Caroline von Iven. Als Gesicht der Weltfirma »eroque« schaute sie ihn aus allen Medien an. Aber sie war quasi unkontaktierbar. Keine E-Mail, kein Telefon, keine Mobilnummer. Auch in den Geschäftspapieren aus von Ivens Gepäck fand sich kein Hinweis. Eine Visitenkarte schien die Dame nicht zu besitzen. Frau von Iven kontaktierte, nicht umgekehrt. Die anderen liefen ihr immer nur hinterher. So war das wohl.

Und Jongen stand einfach so im Telefonbuch, Brunsma übrigens auch, wie er wenig später feststellte. Passte das zusammen? Beide Nummern hatte er gestern bereits angerufen. Brunsmas Anrufbeantworter sprang an, der von Jongen auch. Er hinterließ nirgendwo eine Nachricht.

Was hätte er auch sagen sollen – »Hier spricht die deutsche Polizei, Ihre Partnerin ist tot«?

Jetzt, am frühen Morgen, nahm er sich als Erstes Hinrichsens Ergebnisse vor. Den Ex-Wurstfabrikanten und Stalker Bent

Mommsen hatte der Kollege in einem lückenlosen Dossier erfasst. Den würde er sich heute Nachmittag mit Calloe schnappen. Hinrichsen hatte auch eine Menge interessanter Dinge zu Kevin Schnurre recherchiert. Der kam aus Eckernförde, »Hanse-Security« beschäftigte ihn seit mehreren Monaten regelmäßig, aktenkundig geworden war er durch ein paar kleine Betäubungsmittelvergehen und eine Körperverletzung. Kein Zweifel. Schnurre war Hinrichsens Zielobjekt, den sollte er sich so schnell wie möglich vornehmen.

Nach dem elektronischen Aktenstudium widmete er sich noch einmal den Geschäftspapieren aus dem Koffer der von Iven. Es gab ein dickes Bündel Papiere, das war wohl irgend so eine Art Unternehmensplan. Überschrieben mit »eroque 2020«.

Wenn er das richtig einschätzte, dann sollte hier ein Firmengeflecht entstehen, das nur noch entfernt mit dem Vertrieb von Unterwäsche zu tun hätte. Ein Medienunternehmen mit Caroline von Iven als Kopf. Eigene Talkshow. Eine weitere Sendung, die ihn stark an Erika Bergers »Eine Chance für die Liebe« erinnerte. Darüber hinaus historische Spielfilme mit erotischem Inhalt. Und die Vermarktung der Kampagnenbilder. In eigenen Galerien, die als Flagship-Stores für »eroque«-Produkte funktionieren sollten. Das konnte einem wie Dupont nicht gefallen. Die Lustlager, die als Partyspaß der »eroque«-Betreiber in intimer Runde begonnen und dann über Freunde und Freundesfreunde immer größere Kreise gezogen hatten, würden schon sehr bald nur noch unter »ferner liefen« rangieren.

Rasmussen brach das alles rasch auf Stichworte herunter, schrieb Karteikarten sowie Namensschildchen und pinnte diese an die Stellwand in seinem Büro. Dort hing schon die Täterzielscheibe, die er für jeden aktuellen Fall erstellte. Drei große Kreise, die durch ein Fadenkreuz aufgeteilt wurden. Mommsen »stalkte« momentan in der Mitte herum, Schulter an Schulter mit dem »großen Unbekannten«, links außen war Schnurre in »Stellung« gegangen, und Dupont »klagte vor Gericht« im rechten Mittelkreis vor sich hin. Jongen sowie Brunsma saßen noch auf der Ersatzbank.

Welche Rolle Fanny Jongen im Leben von Caroline von Iven gespielt hatte, blieb trotz oder besser: wegen der Andeutungen unklar. Und Brunsma? Das war ein gutes Stichwort. Rasmussen schaute auf die Uhr. Mittlerweile war es sieben Uhr fünfunddreißig. Zeit für einen Anruf in Antwerpen.

»*Bonjour*, ich rufe aus Deutschland an. Mein Name ist Rasmussen«, plapperte der Hauptkommissar sofort los und machte dann erst eine Pause.

»*Bonjour*, Fanny Jongen. Es ist sehr früh, wie ist Ihr Name?«, fragte Jongen. Ihre Stimme klang sehr verschlafen.

»Mein Name ist Rasmussen, und ich habe keine gute Nachricht für Sie. Caroline von Iven ist doch Ihre Geschäftspartnerin?« Rasmussen versuchte, den Zeitpunkt der Offenbarung noch ein wenig hinauszuzögern.

»Keine gute Nachricht? Ich glaube es einfach nicht. Nein, nein, nein. Hat sie es jetzt doch getan?«, schrie Jongen.

»Wie? Was meinen Sie? Also, es ist so …« Das lerne ich nie, dachte Rasmussen bei sich. Auf der anderen Seite hörte er Rufe. »Beruhigen Sie sich doch.« Er hätte sich jetzt ohrfeigen können. Dann ließ er die Tatsache einfach raus. »Caroline von Iven ist tot. Wir wissen noch nicht, wie sie ums Leben gekommen ist.«

Rasmussen hörte am anderen Ende ununterbrochenes Schluchzen. Dreißig Sekunden kamen ihm wie eine Ewigkeit vor. »Beruhigen Sie sich doch bitte. Und tun Sie mir bitte den Gefallen und verständigen Sie Herrn Brunsma?«

Die Leitung war plötzlich tot. Rasmussen drückte die Wahlwiederholung. Es war besetzt. Dann versuchte er es bei Brunsma und ließ es durchklingeln. Auf einmal hatte er das Gefühl, dass er vielleicht schon sehr bald in Antwerpen an der Wohnungstür von Fanny Jongen klingeln würde. Eigentlich war er sich sogar ganz sicher.

Er klickte mit seiner Maus auf den Ordner mit der Aufschrift »Reiseanträge«.

À bientôt!

»Verträge mache ich mit meinen Künstlern in der Regel nicht«, sagte Ralph Dupont, als ihn Yvonne Calloe gleich zu Anfang des Gespräches mit dem anwaltlichen Schreiben konfrontierte, das Rasmussen im Reisegepäck der von Iven gefunden hatte. Der dunkelhaarige Herr um die fünfzig vor ihr im hellgrauen Dreiteiler legte beide Hände auf die ranzige Resopaltischplatte.

Calloe mochte feingliedrige Hände, und diese waren überdies noch äußerst gepflegt. Sie hätte wetten können, dass das dunkelgraue Hemd maßgeschneidert war. Ein großer, für sein Alter fast jungenhafter Mann mit vollem Haar saß ihr gegenüber. Sie schaute ihm nun direkt in die aquamarinblauen Augen.

»Aber dann erklären Sie mir doch bitte den Anlass dieses Schreibens. Hier steht, dass das Unternehmen ›eroque‹, vertreten durch Caroline von Iven, die am 25. Mai 2012 geschlossenen Verträge gebrochen habe.«

»Reisende Künstler soll der Galerist nicht aufhalten. Das habe ich mir in fünfundzwanzig Jahren Tätigkeit zur Maxime gemacht. Entweder ich mache einen guten Job und die Künstler halten mir die Treue oder eben nicht. Mit Verträgen halte ich niemanden. Wer mit mir zusammenarbeitet, weiß, dass ich wie kaum ein anderer zwischen den Fotografen und Sammlern, Museumseinkäufern oder Kuratoren vermittele. Nennen Sie mich ruhig einen Türsteher der Branche. An mir kommt keiner vorbei, dessen Auftreten oder Visage mir nicht gefällt. Ob Sie es glauben oder nicht, das Äußerliche sagt in dieser Branche viel über die Menschen und ihr Geschäftsgebaren aus.«

»Herr Dupont, ich habe Sie gefragt, warum Sie Caroline von Iven verklagen. Wo Sie doch vorgeben, in der Regel keine Verträge zu machen.«

»Frau von Iven ist keine Künstlerin. Sie ist eine gut aussehende, sehr erfolgreiche Geschäftsfrau mit einem unnachahmlichen eigenen Stil. Man könnte auch sagen, sie ist ein Trüffelschwein. Sie hatte das Glück, in Antwerpen auf zwei wirklich außergewöhnliche Künstler zu treffen, auf die Modedesignerin Fanny Jongen und den Fotografen John Brunsma. Ich weiß nicht, wer von den dreien die Idee hatte, diese Werbebilder für ›eroque‹-Unterwäsche nach Vorlagen barocker Meister zu inszenieren, aber diese Idee ist genial.«

»Ich kenne die Bilder, und ich weiß, dass sie millionenfach im Netz geklickt wurden. Aber was haben Sie damit zu tun? Das ist doch letztendlich nur Werbung für Unterwäsche und keine Kunst, die von Sammlern für viel Geld gekauft wird?«

»Ich will es mal so sagen: ›Der Raub der Sabinerinnen‹, ein barocker Klassiker von Poussin, nachgestellt von der ›eroque‹-Clique, ist erst einmal ein Treppenwitz der Kunstgeschichte. Das Signal ist: Schau her. Kauf unsere Unterwäsche. Reines Marketing. Caroline von Iven war aber so gewieft, der Kampagne mit dem Slogan »eroque – Lust for Life« etwas Einzigartiges zu geben. Auf allen Fotos ist jedes Model maskiert. Nur Caroline nicht.« Dupont machte eine Kunstpause. »Geheimnis, das ist das Zauberwort. Kennen Sie noch irgendwelche Geheimnisse heutzutage, Frau Calloe?«

»Ja, da fällt mir spontan etwas ein. Cro, das ist so ein Typ, der deutschen Hip-Hop macht. Der tritt nur mit einer Pandamaske auf, und die breite Öffentlichkeit weiß nicht, wer sich hinter dieser Maske verbirgt.«

»Sehr gutes Beispiel. In einer Zeit, in der wir alles zu wissen meinen, da haben es Geheimnisse, die ab und an von der Popkultur und von der Kunst geliefert werden, besonders leicht. Wahre Künstler verrätseln die Welt, gleichzeitig liefern sie Leben auf Probe. Allerdings geht ohne dieses Riesentheater von Ego und Glamour gar nichts. Will der Künstler da mitspielen, dann ist der Kunstmarkt offen für jeden – und wirklich jeden – Stil. Die Werke brauchen eine gute Legende, der Urheber muss Charisma haben, und dann kommt wieder der Türsteher ins Spiel. Er muss die richtigen Leute in die Ausstellung holen und so die ganze Veranstaltung mit genügend Aufmerksamkeit und Geld untermauern.«

»Okay, business as usual für Sie.« Das war wieder so ein Satz, den die Kommissarin mit Freude gegen Hinrichsen aussprach, den sie hinter der schwarzen Scheibe hinter sich wusste. »Fotokunst und ›eroque‹, wie passt das nun für Sie als Galerist zusammen?«

»Diese neobarocke Bilderwelt im Internet entwickelte sich innerhalb weniger Wochen weltweit zu einem Riesenhype. Die Bildchen im Netz gaben auch den Partygesprächen in der Antwerpener Kunstszene Futter. Und in dem Moment tauchte Caroline auf einer Vernissage auf. Richtiger Ort, richtiger Zeitpunkt, richtige Konstellation. Sie hatte an diesem Abend wohl Lust auf einen grau melierten Herrn und ließ mich nicht mehr los. Bis zum frühen Morgen. Dann sagte sie, ich müsse gehen. Sie erwarte gegen zehn Fanny aus Paris mit dem Thalys zurück. Ich stellte keine weiteren Fragen und schlich mich frühmorgens aus dem Loft. Auf dem riesengroßen Esstisch ließ ich meine Karte liegen, auf die ich noch schnell so was wie *›À bientôt!‹* kritzelte.«

»Offensichtlich hat Frau von Iven Sie ja wiedergefunden.« Calloe konnte sich ein süffisantes Lächeln nicht verkneifen. »Wann war denn – ›bald‹?«

»Zunächst: Sie können davon ausgehen, dass ich nicht mit jedem Künstler in die Federn steige – schon gar nicht mit Männern. Aber die Beziehungen sind in der Regel sehr persönlich«, sagte Ralph Dupont und fühlte sich offensichtlich doch ein wenig ertappt. Sein Teint wurde in dem Moment auch ein klein wenig kräftiger. »Aber« – und dann machte er zum ersten Mal in diesem Gespräch eine kleine Pause. Calloe spürte, dass das jetzt keine Kunstpause war, Dupont musste wohl tatsächlich nachdenken.

»Auch wenn es Ihnen widersinnig erscheinen mag. Ich bin überglücklich, dass ich jetzt hier bei Ihnen sitzen kann und so viel Zeit bekomme, über den Fall zu sprechen. Denn es ist ein Fall, wie Sie gleich hören werden. Deswegen habe ich mich auch sofort bereit erklärt, meine Reisepläne zu ändern und hierherzukommen.«

Calloe schrieb »Hamburg« mit einem Fragezeichen versehen auf ihren Notizblock. Dupont redete ungerührt weiter.

»Ich habe mich Hals über Kopf in diese Frau verliebt, ja, das gebe ich zu. Ein mystischer Augenblick. Aber gleichzeitig bin ich derjenige gewesen, der diese Werbebildchen auf dem Kunstmarkt eingeführt hat. Es war und ist ein Geschäft. Und mit Geschäften pflege ich Geld zu verdienen. Caroline hat mir, wenn sie denn in der letzten Zeit überhaupt noch mit mir gesprochen hat, immer nur entgegengeschmettert, dass ich das Selbstverständlichste getan hätte, was man mit diesen Bildern tun musste: sie zu großen Werbeplakaten aufblasen und diese mit barocken Retrorahmen zu versehen. Aber ich sage Ihnen, so einfach war das nicht, und Caroline von Iven verstand viel zu viel von Kunst, als dass sie das nicht auch wusste. Sie hat aber sowohl unsere Liaison als auch unser Geschäftsverhältnis nach und nach unter den Tisch gekehrt. Nach großen Schauen zuerst in Antwerpen, dann in New York und Los Angeles, gab es die ersten Verkäufe im sechsstelligen Bereich. Und dann hat sie sich von mir getrennt.«

»Dann waren Sie also ein Paar? Privat wie geschäftlich?«, fragte Calloe.

»Ich hätte mir damals nichts lieber gewünscht«, antwortete Dupont und sah dabei aus, als hätte er in eine Zitrone gebissen. »Caroline hat mich am Nasenring durch die Arena geführt. Meine Vorschläge passten wunderbar in ihren Plan. Als wir uns kennenlernten, war sie schon längst das Gesicht der Firma, alle anderen aus der Clique waren ja maskiert und tauchten auch namentlich nicht auf. Das war ja das Irre, ihre Lebensgefährtin Fanny Jongen steuerte als Designerin alle Entwürfe für die Dessous und Kostüme bei, der Fotograf John Brunsma setzte die Neuinterpretationen der Kunstwerke in Szene. Nur ihre Namen tauchten nirgendwo auf. Immer nur wurde Caroline als die Urheberin, als die Unternehmerin und Künstlerin gefeiert, die das ganz neobarocke Theater erfunden habe. Das ist etwas, was ich nie verstanden habe.«

Er schüttelte den Kopf und beugte sich vor zu Calloe.

»Wie kann man als Designer, als Fotograf vollkommen hinter derjenigen Person zurücktreten, die eigentlich, sagen wir es mal ganz deutlich, als Geschäftsführerin nur ihre Titten und ihren Arsch hinhält? Und diese Person will mich dann auch noch aus dem Boot werfen? Wissen Sie, wie Caroline von Iven zum Schluss gefeiert wurde? Als die neue Cindy Sherman. Eine begnadete

Fotografin. Mit einem außergewöhnlichen Hang zur Selbstinszenierung. Mit ihren Selbstporträts –«

»Herr Dupont«, fuhr ihm Calloe jetzt in die Parade und schaute, so streng sie konnte.

»Frau Calloe, Sie dürfen mich eben nicht zur Fotografie befragen. Da hakt es bei mir aus.«

»Als ob ich das getan hätte.« Calloe lächelte jetzt milde.

»Um auf Ihre Frage zurückzukommen, ob wir ein Paar waren«, kam der Galerist schnell wieder in Fahrt. »Sie ist mit mir ins Bett gegangen wie mit anderen Leuten frühstücken. Entschuldigen Sie den Kraftausdruck, aber für Caroline von Iven war das Business-Ficken.«

»Aber Fanny Jongen und Caroline von Iven waren ein Paar, wie Sie eben beiläufig erwähnten?«, hakte Calloe nach.

»Daran besteht kein Zweifel, ich war doch bei denen im Schlafzimmer und im Bad, das war keine WG, das sieht man, das merkt man.«

»Warum waren Sie eigentlich in Hamburg?«, fragte Calloe.

»Ach, Madame, Geschäfte, Geschäfte.«

»Sie waren aber am Wochenende doch auch auf dem Lustlager in Ivenstedt?«, fragte Calloe und spitzte kurz den Mund. »Zumindest hörte ich das.« Das war mal wieder eine der Calloe'schen Nebelkerzen.

»Selbstverständlich war ich eingeladen. Aber wie hätte das denn ausgesehen? Bei Caroline zu Kreuze kriechen, ihr die Stiefel lecken? Nein, ich war nicht da, aber ich bin immer noch Teil des Netzwerkes.«

»Netzwerkes?«

»Das ist die Internetplattform der Lustlager. Sie brauchen zwei Mitglieder, die Sie dazu einladen, gewissermaßen zwei Bürgen aus der Szene. Sie glauben gar nicht, wie viele Kreative aus Mode, Kunst und Werbung, aber auch Musik Sie hier antreffen. Die Lustlager im Umfeld der großen Modenschauen in Mailand oder Paris sind heiß begehrt.«

Calloe staunte, wie auskunftsfreudig Dupont sich gab. Da war noch mehr zu holen.

»Mich würde jetzt aber interessieren, warum Sie zu diesem exklusiven Kreis immer noch Zugang haben? Sie klagen schließlich gegen ›eroque‹. Die Klagesumme beläuft sich auf einen siebenstelligen Betrag. Und da lädt man Sie *en passant*, jetzt entschuldigen Sie bitte meine Ausdrucksweise, zum Rudelbumsen im schönen Ivenstedt ein?«, sagte Calloe mit einem leicht aggressiven Unterton, lächelte den distinguierten Herrn aber gleichzeitig an. Sie hatte das Gefühl, sie müsse nun mal Zähne zeigen und zupacken. Immerhin hatte sie nicht nur Hinrichsen als Zuhörer. Hinter der Scheibe lauerten auch noch die Augen und Ohren des Chefs, der Brix und der Staatsanwältin.

»Frau Calloe, es war so. Caroline von Iven hat meine Klage überhaupt nicht ernst genommen. Sie beharrte auf dem Standpunkt, dass die ›eroque‹-Fotos ihr gehörten. Und dass niemand einen Anspruch auf diese Werke habe. Auch nicht jemand, der sehr viel Geld in die internationalen Schauen und die Verbreitung der Fotos gesteckt hat. Und selbst der Vertrag, den wir geschlossen haben – ohne Belang. Für sie war das alles Geschwätz von gestern, das zufälligerweise eine schriftliche Form gefunden hatte. Sie litt unter einem Maß an Selbstüberschätzung, das einem Angst machen konnte. Wir hatten übrigens noch vor zehn Tagen ein Abendessen in Antwerpen. Sie wollte eine außergerichtliche Einigung und hat mir hundertfünfzigtausend Euro angeboten. Außerdem machte sie mir an diesem Abend auch noch sexuelle Avancen. Sie fragte mich, ob das denn nicht die schönste Art und Weise sei, sich wieder zu vertragen.« Dann schwieg Dupont.

»Ja, und dann?«, fragte Calloe etwas fassungslos.

»Mit Moral durften Sie einer Caroline von Iven nicht kommen«, seufzte Dupont.

»Herr Dupont, wäre es unter gewissen Umständen möglich, dass Sie mir Zugang zum Intranet von ›eroque‹ verschaffen?« Calloe setzte ihr mädchenhaftestes Lächeln auf, das sie im Repertoire hatte. »Caroline von Iven stirbt auf einem, sagen wir mal, Fest, auf dem alle Teilnehmer bis hin zur Security kostümiert, wenn nicht maskiert sind. Sie werden zugeben, wir Ermittler stecken da in einer gewissen Notlage.«

»Lassen Sie uns bei anderer Gelegenheit darüber reden. Ihnen zu helfen … nun, unter gewissen Umständen kann ich mir das durchaus vorstellen.« Dupont machte in diesem Augenblick einen sehr zufriedenen Eindruck.

Da klopfte es energisch an der Tür. Hinrichsen trat ein. Mit Mütze. Dupont staunte nicht schlecht.

»Es tut mir leid, stören zu müssen. Aber es ist dringend, Frau Calloe«, sagte Hinrichsen.

»Herr Dupont, ich bedauere es sehr, dass wir unser Gespräch nicht weiter fortsetzen können, aber die nächsten Termine drängen. Bitte folgen Sie doch meinem Kollegen Hinrichsen, der wird noch Ihre Daten aufnehmen. Falls ich weitere Fragen habe, werde ich Sie anrufen. Verraten Sie mir doch bitte noch eins – Ihr Alibi für den Samstagabend?«

»Frau Calloe, ich war im ›Hotel Atlantic‹ auf meinem Zimmer.«

»Herr Dupont, wir werden das überprüfen.«

Beide standen auf und reichten sich die Hand.

»À bientôt!«, sagte Calloe und lächelte. Ralph Dupont nickte nur und drückte ihr umso fester die Hand.

Draußen auf dem Flur standen die Brix und die Staatsanwältin. Letztere rauchte wie immer aus dem Fenster. Beide schauten dem Galeristen bewundernd nach. Da kam Calloe auch schon aus Zimmer 206. »Ganz Ihr Typ, die Damen?«

Alles Weitere würden sie in einer ruhigen Minute nachbesprechen.

Nebenabsprachen

Rasmussen hatte als Erster den »Darkroom« verlassen und versuchte, sich zu sortieren. Calloe machte sich, sie hatte sich gut gegen diese belgische Kunst-Quasselstrippe geschlagen. Der auskunftsfreudige Dupont, dachte er, der steht bei all der demonstrierten Harmlosigkeit im Fadenkreuz der Täterzielscheibe doch ganz richtig gleich neben Mommsen und dem »großen

Unbekannten«. Es ging um Riesenbeträge. Siebenstellig, immerhin. Da klingelte sein iPhone. Es war Eike Hansen.

»Hans, wir müssen reden. Die Einnahmen vom Lustlager am Samstag sind spurlos verschwunden«, fiel Hansen gleich mit der Tür ins Haus.

»Eike, Geld, Geld, Geld, eben dachte ich noch dran«, lachte Rasmussen und schüttelte den Kopf. »Ich hätte dich auch angerufen, denn Hinrichsen hat Blut geleckt, der hat Schnurre im Visier. Tja, ich würde ja gerne mit dir über den neuen Pauli-Kader schnacken, aber schieß los.«

»Tja, Schnurre, der hat wohl in den Tresor gegriffen.«

»Mensch, Eike, wie konnte denn das passieren?«

»Wir haben die Gelder gegen zweiundzwanzig Uhr dort deponiert. Ich habe selber abgeschlossen. Außer mir haben nur Caroline von Iven und ihr Vater einen Schlüssel. Die eine können wir nicht mehr fragen, der andere tritt die Flucht nach vorn an«, stellte Hansen nüchtern fest. »Es kann nur einer von den beiden gewesen sein, der ihn geöffnet hat. Aber warum der Tresor nicht wieder verschlossen wurde? Ich weiß es nicht.«

»Wir werden der Sache nachgehen.«

»Was ich mit Sicherheit behaupten kann: Wir haben gestern die Abrechnung gemacht. Zu dem Zeitpunkt fehlten exakt neuntausend Euro. Danach haben wir alles andere wieder im Tresor eingeschlossen.« Hansen klang jetzt etwas gedämpft. »Ich bin aber gar nicht dazu gekommen, Bericht zu erstatten, der Hausherr von Iven war ausgeflogen und die ›eroque‹-Leute auf dem Rückweg nach Antwerpen. Und heute Morgen um sieben klingelte bei mir das Telefon.« Eike Hansen atmete tief durch.

»Es war Tristan von Iven. Gestern Abend gegen zweiundzwanzig Uhr habe er den Tresor kontrolliert. Seine Frau sei in ärztlicher Behandlung, und er sei wohl spät aus dem Hotel nach Hause zurückgekehrt und so weiter. Ich hatte mein Handy abgeschaltet, und als ich heute Morgen wieder auf Empfang gegangen bin, zack, hatte ich ihn am Rohr. Vollkommen hysterisch schreit der mich immer wieder an. ›Hansen, das gesamte Geld ist weg, das Geld ist weg.‹«

»Wenn Herr von Iven das behauptet, na ja, dann habt ihr zumindest erst einmal ein Problem. Aber sag mal, das sind doch ›eroque‹-Gelder. Der hat doch darauf keinen Zugriff?«

»Die Situation ist etwas verworren. Meine Auftraggeberin ist tot. Mit deren Geschäftspartnern habe ich nie direkt zu tun gehabt. Was bleibt mir also anderes übrig, als mich mit dem Vater der Auftraggeberin auseinanderzusetzen?«

»Das siehst du wohl richtig.« Rasmussen konnte das für das Erste nur bestätigen. »Das Geld hättest du besser bei dir deponiert, Mister Security! Nun ja, wat geiht mi dat an.« Das konnte sich Rasmussen nicht verkneifen.

»Hans, du Klugscheißer. Ich habe jedenfalls Zeugen dafür, die fast hundertfünfzigtausend Mücken dort im Bürosafe eingeschlossen zu haben«, fuhr Hansen erhitzt fort. »Wir machen die Abrechnung immer zu dritt. Wir hatten am Sonntagmorgen gegen zehn Uhr dreißig die Abrechnung fertig, und ich habe dann das Geld in den Bürotresor zurückgeschlossen. Petra war auch dabei, die hat mich aus Ivenstedt abgeholt. Und was den Griff in die Kasse angeht, da hatte ich ja schon Sonntagmorgen einen Verdacht geäußert. Schnurre.«

»Hinrichsen ist wie gesagt an dem dran. Da habt ihr euch ja ein schönes Früchtchen geangelt! Betäubungsmittelvergehen, Körperverletzung … Vielleicht solltest du doch mal bei uns anfragen, bevor du neues Sicherheitspersonal einstellst«, sagte Rasmussen.

»Hans, hab mal'n büschen Erbarmen. Wir sind total überlastet. Ich könnte übrigens nach wie vor deine Mithilfe gebrauchen. Die ›eroque‹-Geschichte hat uns in den letzten neun Monaten die letzten Nerven geraubt. Wir haben den Job von einer belgischen Firma übernommen. Seitdem geht es hier rund. Und überzeuge erst mal die Leute davon, dass sie sich für so einen Job sündhaft teure Guarneri-Stiefel kaufen müssen. Denn das wird weder von uns noch von ›eroque‹ bezahlt, die Uniformen hingegen stellt ›eroque‹. Und außerdem müssen die Typen zumindest Englisch sprechen. Das ist schon gaga, wir waren mit dem Lustlager bei den Schauen in Berlin, Paris und London. Wir haben schon ganz andere Sachen gewuppt, und jetzt ziehen wir mit dem Lustlager in die Provinz, und dort passiert so eine Scheiße. Na ja, wem sag ich das. Ecktown und Umgebung bringt mir einfach kein Glück, mein Lieber.«

»›Wir ziehen mit dem Lustlager in die Provinz‹, wie sich das anhört. Bist du an ›eroque‹ beteiligt?«, fragte Rasmussen. »Sag mal, Schnurre war überall dabei?«

»Ivenstedt war sein dritter ›eroque‹-Event. Wir haben einen Spitzenjob gemacht, selbst Kevin Schnurre, ich erzähle dir gern *off the record* ein paar Einzelheiten.« Hansen klang jetzt schon fast wieder aufgeräumt.

»Wir können ja am nächsten Wochenende mal schauen, ob wir uns treffen. Gemeinsam mit Wiesel?«

»Am Wochenende ...«

Weiter kam Hansen gar nicht, da drang bereits das schrille Gekiekse von Petra, Eike Hansens Bürochefin und Lebensgefährtin, bis an Rasmussens Ohr: »Vergiss es, nächstes Wochenende gehörst du voll und ganz mir.«

»Deine Liebste, Eike, ich habe es mitbekommen. Bei uns ist momentan auch dicke Luft. Aber die Woche ist ja noch jung, da kann sich noch einiges wieder zurechtruckeln.« Jetzt mussten beide lachen. »Wo waren wir stehen geblieben? Ach ja, solange von Iven hier noch nicht vorstellig geworden ist und sich Hinrichsen nur an Schnurre festgebissen hat, regelst du das mit der Kohle erst mal selbst, oder sollen wir aktiv werden?«

»Ich regel das, tschüss, tschüss.« Eike Hansen schien es nun ganz eilig zu haben. Und Rasmussen hoffte, gegenüber seinem Exkollegen und Freund nicht dienstlich werden zu müssen.

Wie gut, dass er Hansens Werben nicht nachgegeben hatte. Dann hätte er letztes Wochenende wohl auch maskiert, kostümiert und in schicken Stiefeln verbracht.

Das klang erst einmal lustiger, als sich mit dem Kinderwunsch Marlenes herumzuplagen, konnte aber durchaus ein Trugschluss sein.

Entscheidend ist aufm Tisch

Rasmussen fuhr gern die Holtenauer hinunter, egal was er in Kiel auch vorhatte. Es kam ihm immer ein bisschen so vor, als ob er sich auf Marlenes Spuren bewegte. Schräg über dem Programmkino »Regina« hatte sie während ihres Studiums in einer Frauen-WG gewohnt. Wie oft hatte er sie dort besucht. Wie oft hatten die Damen ausgelassene Partys gefeiert, aber daran mochte er heute Mittag gar nicht denken. Das war eher ein Thema für Sonntagmorgen – im Bett liegen und über all die verpassten Chancen sinnieren.

Wenn er Marlene spontan unter der Woche besucht hatte, dann waren sie meist rüber in die »Bazille« auf ein Pils gegangen und später über die Straße in das Programmkino. »Stop Making Sense«, den Musikfilm von den Talking Heads, hatten sie hier gemeinsam gesehen, daran konnte er sich noch genau erinnern, denn an einem der folgenden Abende hatten sie zu »Psycho Killer« den Sex ihres Lebens gehabt. Das behauptete Marlene bis heute, wenn sich die Gelegenheit ergab.

Jetzt saß der Kommissar im Fenster der »Bazille«, stützte den Kopf in beide Hände, starrte hinaus auf die Holtenauer und sah statt des Programmkinos eine Bankfiliale. Vor seinem geistigen Auge zog der Film der guten alten Zeiten vorbei. Was war Marlene für ihn? Die Frage stellte er sich öfter. Anfangs war sie wie ein Auffahrunfall in sein Leben getreten. Aber wie ein Unfall, nach dem man(n) süchtig werden konnte. Wo sie sich auch trafen, meistens landeten sie spätnachts in der Kiste. Und dann drifteten sie wieder wochenlang auseinander. Aber es gab so etwas wie ein unsichtbares Radar, das sie immer wieder zusammenführte. Es war manchmal wirklich gespenstisch. Irgendwie kamen sie schon zusammen. Darauf hatte er sich jahrelang verlassen. Konnte das nicht ewig so weitergehen? Nach all den Diskussionen der letzten Zeit wohl nicht … Dabei hatte er dieses Leben doch so genossen.

Hier zu sitzen und auf die Fensterfront gegenüber zu schauen, erfüllte ihn dann doch mit Freude. Längst außer Sicht geratene

Lebensgeister kehrten zurück, und mit großem Appetit aß er ein gutes Thai-Curry mit Hähnchen, Lauch, Karotten und Kokosmilch. Die aufgedrehten Studenten um ihn herum taten ihr Übriges. Er genoss das Wohlgefühl. Das Leben konnte so schön sein. Das war eine schlichte Einsicht, aber genau so war es gerade. Rasmussen lächelte, gab ein ziemlich großzügiges Trinkgeld und verließ beschwingt das Lokal.

Fliesen, wie oft dachte Rasmussen an Fliesen, wenn ihm Dr. Amos Wiesel in den Sinn kam. Er betrat gerade dessen Arbeitsplatz in der Universitätsklinik. Der Gang gefliest, der Kühlraum und der Obduktionssaal gefliest, und selbst das Büro sah so kalt aus, als sei es gefliest. Wiesel biss gerade ein Stück seines Käsebrotes ab, das nicht mehr ganz frisch wirkte, und legte es dann mit spitzen Fingern auf einem grünen Tuch direkt neben einer Schale ab, in der ein inneres Organ lagerte. Der Pathologe war augenscheinlich in seinem Element. Mehr als ein kurzes »Moin« war nicht drin, und sofort kam er zur Sache. Während er an die linke Seite des Tisches trat, auf dem höchstwahrscheinlich Caroline von Iven lag – ein Tuch bedeckte das Gesicht der Leiche –, postierte sich Rasmussen ihm gegenüber.

»So, was haben wir? Relativer Nahschuss, so viel kann ich sagen. Nur ein Schuss. Das deutet beides, zumindest theoretisch, auf Suizid hin. Sie war nicht sediert, hat nicht geschlafen. Bin im Schluss also immer noch bei Selbsttötung.« Wiesel setzte wie stets beide Arme zur Untermalung seiner Erklärungen ein und vergewisserte sich durch Antippen der Stirn seiner eigenen Gedanken.

»Für Fremdeinwirkung spricht die Statistik. Frauen pflegen sich seltener als Männer mit einer Schusswaffe zu richten. Die Hand des Opfers war nicht fest um den Griff der Waffe geschlossen. Du hast das ja auch gesehen. Keine Hülse. Die Waffe war ja ein Revolver. Die rechte Hand des Opfers ist die Schusshand. Typische Schmauchspuren. Allerdings …«, Wiesel griff nach der Hand der Toten, »allerdings irritiert mich die Verteilung der Partikel.«

»Die Verteilung?«

»Ja, ›Sorgfalt‹ ist mein zweiter Vorname. Ich habe nicht nur an einigen Stellen geschaut und Proben genommen. Ich habe mir die gesamte Hand der Toten angesehen und einen Abdruck angefertigt. Man nennt dieses Verfahren übrigens topografisches Verfahren. Wir basteln sozusagen einen Handschuh mit Polyvinylalkohol, einem Kunststoff. Muss dich jetzt nicht im Detail interessieren –«

Rasmussen unterbrach. »Amos, ich kenne das Vorgehen mit PVAL. Das macht man seit fast fünfzehn Jahren so.«

Wiesel ging nicht darauf ein und nahm den Faden sofort wieder auf. »Auffällig ist jedenfalls, dass eine etwa anderthalb Zentimeter breite Schneise auf dem Handrücken zwischen Daumen und Zeigefinger beinahe frei von Spuren ist.«

»Und das bedeutet bitte was?«

»Dass dieser Bereich im Augenblick der Schussabgabe womöglich abgedeckt war.«

»Womit?«

Wiesel stellte sich seitlich vor Rasmussen und führte seine eigene rechte Hand an die rechte Schläfe, so als hielte er eine Waffe. Rasmussen stand um etwa neunzig Grad versetzt rechts von Wiesel.

»So, jetzt nehmen wir mal an, du wärest nicht auf meine Dauerkarte bei St. Pauli scharf und würdest versuchen, mich vom Selbstmord abzuhalten.«

Rasmussen griff mit seiner rechten Hand nach Wiesels Schusshand. Rasmussens Zeigefinger kam dabei automatisch auf Wiesels Handrücken zu liegen.

»Ich verstehe die Idee. Handschuh?« Wiesel nickte, und Rasmussen fuhr fort. »Aber sollte es so gewesen sein, hätte der Besitzer der abdeckenden Hand zumindest theoretisch ebenso gute wie schlechte Absichten haben können. Wobei: Hätte er gute Absichten gehabt, wäre er bei der Toten geblieben. Hm.«

»Keine Ahnung, euer Job, das herauszufinden. Aber ich habe noch was. Die Rückschleuderspuren. Bei einem aufgesetzten Schuss finden wir ja Blut, Gewebe und so weiter auf der Waffe, auch auf der Hand. Nicht in diesem Fall. Ich bin ziemlich sicher, dass es ein relativer Nahschuss war. Die Mündung war vielleicht drei bis fünf Zentimeter von der Einschussstelle entfernt.«

Rasmussen schrieb fleißig mit. Mochten die anderen Kollegen von den Rechtsmedizinern halten, was sie wollten, ihm hatten sie bei den meisten Gewaltverbrechen, die er zu untersuchen hatte, geholfen.

Wiesel wandte sich jetzt nach links. Er zog das grüne Tuch vom Gesicht der Caroline von Iven, und Rasmussen bekam sofort weiche Knie. Dass er sich an den Anblick toter Menschen nicht gewöhnen konnte, ärgerte ihn. Nicht, dass er Probleme mit dem Betrachten von Verletzungen hatte. Wie mochte Caroline von Iven sich gefühlt haben, als sie realisierte, dass ihr Leben zu Ende ging? Was waren ihre letzten Worte? Hat sie sich noch einmal bewegt? Gab es so etwas wie ein letztes Bild? So war es immer, er versuchte, sich in die Toten hineinzuversetzen, sein Gedankenfluss wuchs dann oft zum reißenden Strom an. Die Brix hatte mal gesagt, man nenne das Mitgefühl, und sie sei froh, dass er, Hans, so empfinde. Im Tagesgeschäft empfand Rasmussen das allerdings als hinderlich.

»Hier … hier hab ich noch mal was zum Thema Suizid oder Fremdverschulden.« Wiesel deutete auf die Schläfe und holte Rasmussen zurück in das Gespräch. Der Pathologe führte eine Sonde in die Einschusswunde. »Der nach vorn oben verlaufende Schusskanal weist darauf hin, dass ihr Ellbogen bei der Schussabgabe …« Wiesel legte die Sonde zur Seite und setzte sich jetzt selbst den Finger an die rechte Schläfe. »… ungewöhnlich weit hinter der Körperachse lag. Die Schulterpartie war nicht entspannt. Sie war, wie soll ich sagen, in einer Bewegung. So als habe sich ihr Arm nach rechts und ihr Körper nach links bewegt. Das bestätigt die Form der Wunde. Nicht ganz rund, leicht oval. Ansonsten typisch.«

Um seine Worte zu unterstreichen, hatte Wiesel eine Pinzette zur Hand genommen und zeigte Rasmussen den tatsächlich nicht perfekten Schmutzring, den Schürfsaum und den Dehnungssaum. Wiesel war bei diesen Erläuterungen immer wieder äußerst genau und nahm sich Zeit. Ihm war wichtig, dass er die Ermittler nicht nur mit seinen Schlussfolgerungen konfrontierte. Sie sollten verstehen, warum er zu seinen Ergebnissen kam.

Wiesel ging rüber zu einem Schreibtisch, klickte ein paarmal und zeigte Rasmussen dann einige Bilder, die eine Magnetresonanztomografie ergeben hatte. »Der Schusskanal ist wie gesagt aufsteigend, was für einen Suizid spricht, aber es gibt eben auch Anhaltspunkte für ein Fremdverschulden. Das Bild der Schmauchspuren, die ovale Einschusswunde. Tut mir leid, das ist alles nicht so eindeutig.«

»Gab es eigentlich bei den von Ivens und den Sicherheitsleuten Schmauchspuren? Die KTU hat doch alle Anwesenden kontrolliert.«

»Keine Spur.«

»Zurück zur Leiche, gibt es denn Abwehrspuren bei Caroline von Iven?«

»Ach, ein wüstes Sammelsurium von Hautpartikeln, Kosmetika und Speichel unter ihren Fingernägeln. Puder auch auf ihrer rechten Handfläche. Alles nicht einer Person zuzuordnen. Außerdem Hämatome an beiden Armen und auf der Brust ungefähr mittig zwischen den Schlüsselbeinen. Sie wurde gestoßen und gehalten, und sie hat vermutlich jemanden geschlagen, wegen des Puders an der Hand. Also eine Prügelei war das nicht, eher eine – Rangelei.«

Rasmussen dachte nach. Eine Rangelei passte zu der Beobachtung, die Kevin Schnurre gemacht hatte. Der Mann, der sich über die vermutlich bereits tote Caroline von Iven gebeugt hatte. Vielleicht hatte es einen Streit gegeben.

»Amos, hast du Anzeichen einer Vergewaltigung festgestellt?«

»Kein Geschlechtsverkehr. Nein.«

»Noch was, du hast gestern Nacht gesagt, sie sei gegen null Uhr dreißig gestorben. Bleibst du dabei?«

Wiesel nickte.

»Plus/minus?«

»Hm, sie war ja quasi unbekleidet und ist darum schneller ausgekühlt. Aber trotzdem, nicht später als null Uhr fünfundvierzig.«

Kurz war es still im Obduktionssaal. »Ich erbringe die letzte ärztliche Leistung für die Menschen«, pflegte Wiesel oft zu sagen. Heute sagte er das nicht. Vom Flur schallte das Lachen einer Frau zu ihnen herunter. Durch die Oberlichter schien die Sonne, und deren Licht ließ Wiesels blonde Haare glänzen. »Ich finde es immer besonders schlimm, wenn so junge Menschen gehen. Und manchmal so ohne Not.«

»Was wissen wir denn schon, Amos?«

Rasmussen und Wiesel klopften sich beiläufig auf die Schultern und gingen ihrer Wege. Als Rasmussen nach einigem Gefummel endlich das Schloss der Fahrertür geöffnet hatte und sich ächzend auf den Fahrersitz hatte plumpsen lassen, blieb er noch einen Moment in der Parkbucht stehen.

Dass Wiesels Schlussfolgerungen zum polizeilichen Ermittlungsstand passten, ließ den nächsten Schritt umso zwangsläufiger erscheinen. Zwar sah es nach wie vor so aus, als könne sich Caroline von Iven das Leben genommen haben, sicher war das aber keinesfalls. Der Kommissar griff zum Handy und rief Yvonne Calloe an.

Unerreichbar

Auf der Höhe vom »Grünen Jäger«, einem Gasthof, in dessen Biergarten Rasmussen als junger Polizist seine erste Festnahme durchgezogen hatte, freute er sich jedes Mal auf den Blick, den er zwei Minuten später haben würde. Ohne Wasser in der Nähe ginge er ein. Der alte Volvo gab sich auf der leicht abschüssigen Passage hier in Altenhof ganz ruhig. Im fünften Gang musste er sich nicht quälen wie sonst manchmal – Aufstiege waren einfach nicht mehr die Sache des alten Schweden.

Jetzt tauchte rechts das ehemalige »Kiekut« mit seinem friesenblauen Fachwerk auf. Hierher hatte Rasmussen mit Anfang zwanzig eine vermeintliche Eroberung aus Hamburg ausgeführt. Sie hatte es spießig gefunden. Es ist, wie es ist. Rasmussen dachte an Marlene. Er wollte sie doch anrufen, aber jetzt war auch keine

Zeit. Calloe wartete. Gedankengewitter. Das hatte er immer, wenn ein Fall Fahrt aufnahm.

Hier öffnete sich die Eckernförder Bucht seinem Blick, die Sonne glitzerte in den Wellen. Sein Hirn schaltete an dieser Stelle ganzjährig auf Heimat. Jetzt rannten zwei Kinder über den Strand, ein auffällig beleibter Herr reckte den Bauch in die Sonne, und die Ampel am Abzweig nach Altenhof zeigte Grün. Augen geradeaus, rief sich Rasmussen zur Ordnung. Seit Jahren fürchtete er, einen Auffahrunfall zu verursachen, weil er so oft raus auf die Ostsee schaute.

Yvonne Calloe stand vor der Zentralstation und sprach mit einem jungen Kollegen in Uniform, den Rasmussen nicht kannte. War jemand in Pension gegangen, ohne dass er davon etwas mitbekommen hatte? Calloe hatte ihn bemerkt und verabschiedete sich mit lässigem Knuckle-Gruß. Die Fäuste der beiden berührten sich kurz, und es sah vertraut und locker aus. Rasmussen hatte das mal mit Wiesel versucht. Der hatte dann prompt Rasmussens Faust umfasst. Nein. Seit diesem kurzen Ausflug in die Begrüßungsrituale der jungen Leute konnte Rasmussen auf derartige Experimente verzichten.

»*Bonjour, mon capitaine*«, flötete Calloe, die erst seit anderthalb Jahren zum Team gehörte. Anfangs war es Rasmussen gewesen, der sie mit den französischen Einsprengseln unbewusst niedlicher gemacht hatte, als sie war. Im Laufe der letzten Monate, in denen sie zeitweise bei einer LKA-Ermittlungsgruppe in Kiel Dienst tat, hatte sie deutlich an Selbstsicherheit gewonnen.

»Moin moin und *bonjour,* Calloe«, antwortete Rasmussen.

Offensichtlich war er gut drauf. Calloe lächelte. Sie war froh, dass ihr Chef hinter ihrer Dauerfortbildung beim LKA stand und keine blöden Bemerkungen machte. Somit konnte es ihr egal sein, wie mysteriös Kollegen wie Hinrichsen ihre Kieler Aktivitäten auch vorkommen mochten.

»Das Neueste zuerst. Vor einer halben Stunde hat Tristan von Iven angerufen und mitgeteilt, dass die Bareinnahmen verschwunden sind. Über hundertfünfzigtausend Euro.«

»Wie bitte? Hundertfünfzigtausend Euro?«, antwortete Rasmussen, als hätte er keine Ahnung, dass so viel Geld verschwunden war. Warum hatte er sich bloß von Eike Hansen breitschlagen lassen und ihm für eigene Nachforschungen Zeit eingeräumt? Das fragte er sich gerade.

»Ja, hat mich auch gewundert. Diese hohe Summe setzt sich wohl aus dem Eintritt, immerhin tausendeinhundert Euro pro Person, und dem Erlös aus dem Outlet-Verkauf von Wäsche und Kostümen zusammen. Die von Ivens waren ja über Nacht im Hotel, und er hat erst nach der Rückkehr bemerkt, dass der Tresor leer ist. Der ist übrigens im Büro hinter einer Holzvertäfelung in die Wand eingelassen. Die Kollegen der KTU konnten ihn nicht sehen, denn Eike Hansen hat diesen nach seinem Eintreffen am Leichenfundort verschlossen. Vorher muss das Ding offen gestanden haben. Wie wäre es mit Raubmord?«, fragte Calloe.

»Calloe, ich darf Ihnen an dieser Stelle gewissermaßen inoffiziell sagen, dass Eike Hansen gestern Morgen die Abrechnung gemacht hat und ungefähr zehn Stunden nach dem Ableben von Ivens einhunderteinundvierzigtausend Euro eingeschlossen hat. Hansen hatte einen Fehlbetrag von neuntausend Euro errechnet. Wir haben heute Morgen telefoniert. Von daher ist ein Raubmord auszuschließen. Es sei denn, wir gehen davon aus, dass jemand Caroline von Iven für einen Kleckerbetrag umgebracht hat.«

»Und wie sieht es mit dem Thema Mord aus?«, hakte Calloe nach.

»Durch die Obduktion ist Fremdverschulden jedenfalls nicht zweifelsfrei auszuschließen. Aber in Wiesels Bericht wird zu lesen sein, dass bei Tristan von Iven keine Schmauchspuren gefunden wurden. Und auch seine Frau ist raus. Und sämtliche Sicherheitsleute. Schnurre, Hansen und der Rest der Trachtengruppe«, sagte Rasmussen und trommelte nervös auf dem Lenkrad herum.

Yvonne Calloe betrachtete ihre Fingernägel, während sie am Fußgängerüberweg Vogelsang auf eine Einigung zwischen dem Fahrer vor ihnen und der Fußgängerin mit den drei Einkaufstaschen warteten. »Nicht hupen, Chef.« Calloe hatte Rasmussen gut kennengelernt in den letzten beiden Jahren.

»Chef, ich fass mal kurz zusammen. Wir haben einen unbekannten Eierdieb, der vor über hunderttausend Euro steht, sich aber lediglich ein paar Tausender in die Taschen stopft. Aber begeht so jemand einen Raubmord? Da wäre dann noch der große Unbekannte. Reden wir hier vielleicht über Schnurre, der versucht, seine eigene Tat zu verschleiern? Aber wer hat dann die Tür aufgebrochen? Konkreter wird es bei unserem nächsten Kandidaten, Dupont. Der hat starke Motive. Er streitet mit ›eroque‹ um einen siebenstelligen Betrag, er war unglücklich verliebt. Unser Freund war zwar eingeladen zum Lustlager, aber er behauptet steif und fest, nicht dort gewesen zu sein. Dupont hat aber kein wirkliches Alibi, denn ich habe im ›Hotel Atlantic‹ nachgefragt. Es kann sein, dass er auf seinem Zimmer war, es kann aber auch nicht sein. Tja, und dann haben wir den Stalker Mommsen«, schloss Calloe ihr Resümee ab.

»Unser Zielobjekt, Bent Mommsen«, sinnierte Rasmussen.

»Der hat das Wurstgeschäft schon vor anderthalb Jahren an den Nagel gehängt. Da ist dann wohl ein zweistelliger Millionenbetrag bei rausgesprungen. Hat damals zumindest die Presse berichtet. Seine Eltern sind 2009 bei einem Flugzeugabsturz in Argentinien ums Leben gekommen. Er hat sein Elternhaus inzwischen aufwendig umbauen lassen. Da fällt mir ein, wissen Sie, wo das ist?«

Rasmussen nickte. »Ellenberg, gegenüber vom Kappelner Hafen. Muss einen schönen Blick haben, der Herr Mommsen.«

Calloe fuhr fort. »Er lebt allein, soviel ich weiß, und versucht, als Anbieter von Sportreisen Fuß zu fassen. Caroline von Iven kennt er aus der gemeinsamen Schulzeit. Was er ihr schrieb und wie oft er ihr geschrieben hat, lässt ja keinen Zweifel an seinen Absichten. Paragraf 238. Der Mann ist ein Stalker. Auch auf von Ivens Handy bin ich fündig geworden. Unzählige Kurznachrichten. Ich habe nur einige gelesen. Was ich nicht verstehe: Warum hat sie die Nachrichten nicht gelöscht? Warum hat sie ihn nicht angezeigt?«

»Gute Frage, aber ich habe keine Ahnung. Ich habe mich auch durch die Kurznachrichten gewühlt und etwas Schönes gefunden. Sie dürfen gespannt sein«, sagte Rasmussen jetzt fast schelmisch.

Calloe wusste, dass es keinen Zweck hatte, nachzufragen. Solche Alleingänge ihres Chefs war sie gewohnt, sie hasste das geradezu. Mürrisch wühlte sie in ihrer Tasche. »Auch eine?« Sie hielt Rasmussen eine Möhre hin.

»Nee, danke, habe in Kiel gegessen. In der ›Bazille‹. Kennen Sie den Laden?«

»Hm, da haben Sie den Altersschnitt aber deutlich nach oben getrieben.«

»Den Trinkgeldschnitt auch.«

Eine Weile fuhren sie schweigend über Land. Dann nahm Calloe den Gesprächsfaden wieder auf. »Wir wissen zwar noch viel zu wenig über ›eroque‹ und vor allem über die Veranstaltung und deren Organisation, aber wir haben konkrete Ermittlungsanlässe«, gab sie sich zuversichtlich.

»Ermittlungsanlässe? Calloe, passen Sie schön auf, dass Ihnen die Bürokraten in Kiel keine Gehirnwäsche verpassen.« Rasmussen hatte einen leichten Ton gewählt, um seiner Kritik die Spitze zu nehmen. »Wir nehmen uns jetzt mal Bent Mommsen zur Brust, und dann sehen wir weiter. Hoffentlich ist der Bursche zu Hause. Ich habe vorhin mit unterdrückter Nummer angerufen. Da hat er abgenommen.«

Rasmussen hatte sich für den Weg über die Waabser Chaussee entschieden. Ab und zu blitzte die Ostsee rechts zwischen den Bäumen durch, und Rasmussen fragte sich, wie es wohl wäre, nicht mehr an Leichen und Mörder denken zu müssen. Er schaltete das Radio ein, und die beiden ließen sich die nächsten zwanzig Minuten von den »Hits der Achtziger, Neunziger und dem Besten von heute« berieseln.

Als die Klappbrücke in Sicht kam, gab Rasmussen noch kurz die Strategie vor. »Wir befragen ihn einfühlsam als Freund der Toten. Wir versuchen, sein Vertrauen zu gewinnen. Nach seinem Alibi fragen wir erst am Ende.« Dann bog er rechts ab.

Mommsens Haus lag auf einem Wassergrundstück. Ein Winkelbungalow aus den Siebzigern mit weißen Verblendklinkern. Schlicht, aber bei näherem Hinschauen erkannte Rasmussen die neuen Fenster mit Dreifachverglasung, den Marmor im Windfang, die Segmenttore der Doppelgarage. Davor einen Geländewagen mit Stern und ein Cabrio mit Katze. Mommsen litt wie erwartet keine Not, zumindest keine finanzielle.

Der Gong, dezent. Bent Mommsen ließ sich Zeit. Als Rasmussen die Klingel zum zweiten Mal betätigen wollte, öffnete ein groß gewachsener Mann Anfang dreißig. Kurze blonde Haare, sportliche Figur, offener Blick aus blauen Augen. Jeans, hellblaues Poloshirt, keine Armbanduhr.

Rasmussen zückte seinen Dienstausweis, Calloe tat es ihm gleich. Man stellte einander vor. »Wir möchten mit Ihnen über Caroline von Iven sprechen«, sagte Rasmussen.

»Warum?«, fragte Mommsen.

»Das würden wir Ihnen gern im Haus sagen.«

Mommsen überlegte kurz, trat dann zur Seite und deutete mit ausgestrecktem linkem Arm Richtung Wohnzimmer. Die Wasserfront war komplett verglast. Von links schien die Abendsonne in den Garten. Auf der anderen Schlei-Seite, vielleicht dreihundert Meter entfernt, erkannte Rasmussen die »Wappen von Schleswig«, das Ausflugsboot, das an seinen freien Tagen in der Saison vor seinem Missunder Fenster auftauchte. Mommsen wirkte angespannt, also so, wie Otto Normalverbraucher auf den Besuch der Kriminalpolizei reagiert.

»Bitte, nehmen Sie Platz.«

Calloe und Rasmussen setzten sich auf den längeren der beiden Schenkel einer abgewetzten, aber teuer wirkenden schwarzen Ledercouch mit Blick auf den Garten. Mommsen hockte sich in einen Sessel mit dem Rücken zum Fenster, und Rasmussen ärgerte sich. Anfängerfehler. Nun konnte er Mommsens Gesicht im Gegenlicht nicht gut erkennen, und vielleicht blieben ihm so Reaktionen verborgen, die aufschlussreich hätten sein können.

»Wie gesagt«, begann Calloe, »wir kommen wegen Caroline von Iven. Wie stehen Sie zu ihr?«

»Ich verstehe nicht.«

»Sie sind gut mit ihr befreundet?«

»Wir kennen uns seit der fünften Klasse. Schulfreunde. Ja, befreundet. Wie das so ist. Warum fragen Sie?«

»Wann haben Sie sie zuletzt gesehen?«

»Ach, das ist schon eine Weile her. Auf dem zehnjährigen Abitreffen letzten Sommer. Nein, warten Sie, auf dem Markt habe ich sie mal getroffen. In Eckernförde, vor ein paar Wochen erst. Aber da war sie in Eile. Was soll das? Warum wollen Sie das wissen?«

Rasmussen schaltete sich ein. »Frau von Iven ist tot. Wir können nicht ausschließen, dass sie Opfer eines Verbrechens wurde. Das Treffen vor ein paar Wochen war also Ihr letzter Kontakt, Herr Mommsen?«

»Ja, Caroline lebt ja in Belgien.«

»Sie waren in Belgien?«

»Nein, ich war noch nie in Belgien.«

»Also war der Kontakt auf dem Markt Ihr letzter Kontakt jeglicher Art mit Frau von Iven?«

Jetzt erst kam die Botschaft vom Tod bei Bent Mommsen an, oder er inszenierte sich – ziemlich durchsichtig, wie Rasmussen fand. Jedenfalls ließ Mommsen seinen Oberkörper vornübersacken, stützte seine Arme auf den Oberschenkeln ab, barg sein Gesicht in den Händen und begann nach wenigen Augenblicken, vernehmlich zu schluchzen. »Das kann ich nicht glauben.« Mehr brachte er nicht hervor.

»Sie leben hier allein, Herr Mommsen?« Calloe war aufgestanden und stellte sich schräg hinter Mommsen, sodass sie Rasmussen ins Gesicht schauen konnte. Sie deutete an, mit der rechten Faust in die linke Handfläche zu schlagen, und zog dann fragend die Schultern nach oben. Hatte Rasmussen nicht eine klare Ansage gemacht? Mommsen sollte zurückhaltend befragt werden, und jetzt hatten sie ihn schon nach einer Minute in der Ecke.

Rasmussen nickte unmerklich. »Herr Mommsen? Sie haben gehört, wonach die Kollegin fragte.«

Bent Mommsen schien durch Rasmussen hindurchzusehen. »Das kann ich nicht glauben«, wiederholte er.

Rasmussen kannte das zur Genüge. Menschen in emotionalen Ausnahmesituationen reagierten sehr unterschiedlich. Von massiver Aggression bis hin zur Ohnmacht hatte er schon alle Spielformen erlebt. Mommsen gehörte zu den Kandidaten, die tatsächlich oder kalkuliert aus dem Gespräch ausstiegen. Welche Motivation bei Mommsen nun dazu führte, dass er sich der Befragung zu entziehen versuchte, wusste Rasmussen nicht. Dass er seine Strategie der sanften Annäherung intuitiv über Bord geworfen hatte, brachte ihn aber in eine gute Position. Es war im Leben ja meist wie beim Fußball. Mommsen hatte den freien Raum für Rasmussens Vorstoß geschaffen, und Rasmussen spielte den langen Ball in seinen Rücken.

Er nestelte an seiner Lederjacke herum, die ihm unerlässlicher Schutz gegen übermäßige Sonneneinstrahlung und Zugluft gleichermaßen und daher sein ständiger Begleiter war. Dann zog er das iPhone aus der Innentasche, öffnete einen Screenshot und räusperte sich kurz.

»Am Sonnabend, dem 13. Juni, um elf Uhr sechsundvierzig vormittags, also vorgestern, haben Sie, Herr Mommsen, folgende E-Mail an Caroline von Iven geschrieben: ›Caroline, Liebste, heute feierst du ein Fest. Ich weiß das. Ein wunderbarer Triumph, den du dir verdient hast. Deine Klugheit, deine Schönheit und Güte. Ich bete dich an. Heute könnte ein Tag sein, an dem du dich zu uns bekennst. Ich werde da sein, immer an deiner Seite. In Liebe, dein Bent‹.« Rasmussen machte eine kurze Pause. »Klingt so, als sei Caroline von Iven für Sie vor allem eines gewesen – unerreichbar. Was meinten Sie eigentlich mit ›Ich werde da sein‹ auf den fraglichen Abend bezogen?«

Mommsen reagierte zumindest äußerlich nicht.

Calloe trat neben ihn. »Herr Mommsen, geht es Ihnen gut? Soll ich Ihnen ein Glas Wasser holen?« Noch immer saß Mommsen wie erstarrt in seinem Sessel. Sein Gesicht hielt er verborgen.

Rasmussen sah auf die Uhr. »Herr Mommsen, ich hatte einen langen Tag. Sie möchten jetzt nicht mit uns sprechen. Das ist kein Problem. Wir wissen ja um Ihre Aktivitäten, und nun gilt es, herauszufinden, wo Sie am Abend des 13. Juni waren. Eine Frage, die wir morgen mit Ihnen auf der Zentralstation in Eckernförde klären werden. Hier ist meine Karte. Wir erwarten Sie um zehn Uhr. Pünktlich.« Rasmussen stand auf.

Plötzlich kam Leben in den Stalker. »Hier, ich war hier.«

Rasmussen blieb stehen. Er ahnte, was kommen würde. »Zeugen?«

Mommsen schüttelte den Kopf.

»Das ist nicht gut für Sie, Herr Mommsen. Also, morgen um zehn. Moin.« Damit wandte er sich ab. Wie einer gut eingeübten Choreografie folgend, schritten Calloe und er im Gleichschritt Richtung Haustür. Kurz bevor sie dort ankamen, machte Calloe einen Schritt nach rechts, schaute über die Schulter in Mommsens gerötetes Gesicht.

»Ich darf doch?« Eine Antwort wartete sie nicht ab, öffnete die Tür zur Gästetoilette und hatte wenig später Haare aus der Bürste, die sie dort fand, in einem Plastiktütchen verstaut. Die Spülung hatte sie auch noch mal gedrückt.

»Aufgescheucht haben wir ihn«, sagte Calloe, nachdem sie die Seitenscheibe des Volvos heruntergelassen hatte. »Mehr aber auch nicht.«

Rasmussen zuckte mit den Schultern. »›Aufgescheucht‹ ist gut. Da sieht man das Wild wenigstens. Falls er Dreck am Stecken hat, macht er jetzt vielleicht Fehler. Dass er in diesem Büro auf Gut Ivenstedt war, können wir bislang nicht nachweisen, und ich habe Zweifel, dass wir es morgen oder übermorgen können. Wir machen ihm Stress. Mehr können wir nicht tun.«

Calloe griff in ihre Handtasche und zog das Tütchen heraus. »Falls er vor Ort war, falls er sich an Caroline von Iven zu schaffen gemacht und keine Handschuhe getragen hat, können wir ihm das jetzt zumindest nachweisen.« Sie wedelte mit dem Tütchen. »Nicht gerichtsverwertbar, aber als Ermittlungsbeschleuniger …«

Rasmussen nickte. »Wenn wir Schnurre glauben dürfen, dann trug der Unbekannte keine Handschuhe«, sagte er.

»Ich könnte wetten, Mommsen ist der große Unbekannte«, sagte Calloe. »Aber tun Sie mir bitte einen Gefallen, Chef, gewöhnen Sie sich diese Alleingänge ab.«

Dann sagten sie nichts mehr. Beide hingen ihren Gedanken nach. Höhe Holzdorf bog ein Wohnmobil auf die B 203 ab. Rasmussen hätte es beinahe übersehen. Erst im letzten Moment bremste er den betagten Schwedenpanzer stark ab.

»Beim LKA kann man Fahrtrainings machen.«

»Calloe, wenn ich Ihren Rat benötige, gebe ich Bescheid.«

An der Kreuzung beim Markant-Markt sagte Calloe: »Sie können mich hier rauslassen.«

Rasmussen stoppte. »Sie Dupont, Hinrichsen Schnurre. Gleich nachdem wir Mommsen morgen verarztet haben.«

Calloe nickte.

Als die Kollegin ausgestiegen war, griff Rasmussen zum Handy und rief Marlene an. »Bist du in Missunde?« Marlene bejahte. »Soll ich Pizza mitbringen?«

»Rucola, Serrano, Parmesan, Jumbo«, wiederholte Rasmussen. Dann legte Marlene auf.

Rasmussen atmete tief ein und aus. Er war erschöpft, kaum dass die Woche angefangen hatte. Der Streit mit Marlene, der neue Fall, die kurze Nacht.

Wenige Augenblicke später, Rasmussen hatte sich noch nicht wieder eingefädelt, klingelte sein Handy. »Na, lieber doch keine Jumbo, mein kleines Dickerchen?«, versuchte Rasmussen die Kurve ins Privatleben.

»Hans, du solltest aufhören, Marlene ›Dickerchen‹ zu nennen. Sie ist gertenschlank.« Es war Margarete Brix, die wie immer sofort im Bilde war. Sie rief nur an, um mitzuteilen, dass sie ihren Besuch bei den von Ivens auf den kommenden Vormittag verschoben hatte. Tristan von Iven war außer Haus gewesen, als die Brix ihm am späten Nachmittag einen überraschenden Besuch hatte abstatten wollen.

Rasmussen bedankte sich und spürte die aufmunternde Wirkung des kurzen Gespräches. Zu wissen, dass Margarete ins Geschehen eingriff, beflügelte ihn. Zur Pizza würde er gleich eine Flasche Wein öffnen. Essen und Trinken waren seine wichtigsten Verbündeten, wenn es darum ging, Marlene zu besänftigen. Gertenschlank, ja, im Vergleich zu ihm mochte das stimmen, aber die kleinen Hügel auf Marlenes Hüften waren ihm nicht verborgen geblieben. Vielleicht sollten sie mal wieder gemeinsam paddeln oder Rad fahren.

Radio NORA spielte Adriano Celentanos »Prisencolinensinainciusol«. Das passte irgendwie, und Rasmussen stampfte den Rhythmus mit dem Kupplungsfuß.

Dienstag, 16. Juni

Ungeahntes Tempo

Als Rasmussen am nächsten Morgen vor die Tür trat, leuchtete der Himmel über der Schlei in zarten Rottönen. Hohe Schäfchenwolken zogen langsam über ihn hinweg. Ostlage, Schönwetterlage. Am Beziehungshimmel dräute derweil eine Gewitterfront.

Zwar waren Marlene und er gestern Abend bei Pizza und Vino rosso wie zwei zivilisierte Menschen miteinander umgegangen. Voller Geigen hatte der Himmel aber nicht gehangen. Er hatte versucht, Marlene zu vertrösten. Über eine gemeinsame Zukunft mit Kind zu reden sei gerade schlecht, hatte er erklärt. Eine Todesfallermittlung passe eben nicht zu rosa Frauenphantasien. Kaum dass er das ausgesprochen hatte, hätte er sich die Zunge abbeißen können. Marlene war noch am späten Abend in ihre Wohnung gefahren. Stumm. Das war die Höchststrafe, und Rasmussen wusste, dass er sie verdient hatte.

Der Volvo sprang fast sofort an. Vielleicht erlebt mein Automobil überraschend einen zweiten Frühling, dachte Rasmussen. Als er in den Waldweg Richtung Fleckeby einbog, kam ihm im leicht federnden Joggingschritt Inka, die Chefin des dortigen Campingplatzes, entgegen. Rasmussen grüßte und schaute auf die Uhr. Noch keine acht. Woher nahm diese Frau bloß all die Energie und Disziplin? Ob das eine durch und durch weibliche Eigenschaft war?

Caroline von Iven musste auch ungeheure Willenskraft und Disziplin aufgebracht haben. Gerade neunundzwanzig und schon an der Spitze eines global agierenden Unternehmens. Ein Leben durchgetaktet bis in das letzte private i-Tüpfelchen. Er hingegen? Mit seinem Hang, manchmal die Dinge laufen zu lassen. Aber, fragte sich Rasmussen, wozu der ganze Aufwand? Was ist das für ein Trieb, der da befriedigt werden will?

Er verstand durchaus, dass Erfolg zufrieden stimmte. Wenn

St. Pauli ein Tor schoss, spürte er Adrenalin und hoffte, der Vorsprung möge bis zum Abpfiff reichen. Wenn er einen Fall gelöst hatte, war er froh. Aber er riss sich ja nicht wie ein Irrer um den nächsten. Der kam von ganz allein. Wie ein Irrer? War der Eifer in Wahrheit ein wahnsinniger Übereifer? Hatte Caroline von Iven etwas kompensieren müssen?

Rasmussen hatte keinen blassen Schimmer. Außerdem spürte er mal wieder, dass ihm jegliche Empathie für solche Karrieristen abging. Nicht die besten Voraussetzungen, um in der Sache voranzukommen. Aber für solche Fälle hatte er ja seine mütterliche Freundin, die Amtsrichterin a. D. Brix. Heute würde Margarete bei den von Ivens vorstellig werden. Er war sehr gespannt, was sie ihm später berichten würde. Über das Opfer und dessen Familie. Das war der erste und naheliegende Weg.

Aber was war mit Dupont, den Calloe gestern Morgen vernommen hatte? Er hatte die Vernehmung gemeinsam mit der Brix, der Staatsanwältin und Hinrichsen aus dem »Darkroom« heraus verfolgt. Die Brix und er hatten einen zwiespältigen Eindruck gewonnen. Ging es dem Galeristen um Liebe, oder ging es wieder mal nur um Macht und Geld?, hatten sie sich am Ende gefragt. Was war mit Schnurre? Hansens Aushilfssheriff hatte mal kurz in den Tresor gegriffen, davon konnten sie ausgehen. Aber hatte er dazu in gewalttätiger Weise auf das Opfer einwirken müssen? Schlussendlich die Frage, ob Mommsen nicht der Unbekannte im ersten Stock des Herrenhauses gewesen war. Stalker durfte man in ihrem Gewaltpotenzial nicht unterschätzen.

Zunächst einmal war aber der innere Zirkel der Caroline von Iven wichtig. Der Vater würde es jetzt mit der Brix zu tun bekommen, und Rasmussen selbst wartete auf die Genehmigung seines Reiseantrages nach Brüssel. Dort würden Calloe und er Fanny Jongen und John Brunsma auf den Zahn fühlen.

Inzwischen hatte Rasmussen Fleckeby erreicht und parkte auf dem Platz neben Edeka. Ihm war klar, dass er zu den Not- und Impulskäufern gehörte. Ordentliche Einkaufszettel, die die Basis einer vernünftigen Lagerhaltung hätten sein können, kamen Rasmussen nicht auf den Küchentisch. Wenn die Zahnpastatube leer war, kaufte er eine neue. Ein einfaches Prinzip, das ihn nur ein einziges Mal in eine scheinbar unkomfortable Lage gebracht hatte. Vor ein paar Jahren war ihm mal das gute Dreilagige ausgegangen. Er hatte sich mit den »Eckernförder Nachrichten« und schließlich mit der Handdusche beholfen. Mehr als okay, wie er noch heute fand.

Mit neuer Zahnpasta im Griff strebte Rasmussen der Backtheke von »Mordhorst« entgegen. Dort gab es anerkanntermaßen den weltbesten Mohnkuchen. Wann immer er eine Runde »Büromohn« spendierte, winkte Hinrichsen ab und warnte Calloe und ihn, sich in den nächsten Stunden vor Verkehrskontrollen in Acht zu nehmen, das Zeug gehöre ja wohl auf den Drogenindex. Rasmussen aß dann immer Hinrichsens Stück mit. Und jetzt lag wieder ein ganzes Blech in all seiner verführerischen Fülle und feuchten Pracht an Mohnmasse vor ihm. Allein der Gedanke daran, sich diese Köstlichkeit einzuverleiben, ließ ihn jeglichen Weltschmerz vergessen. Und er wusste, dass es Marlene nicht anders erging. Hatte sie nicht neulich noch von den »aphrodisierenden Kunststücken norddeutschen Bäckerhandwerks« geschwärmt? Er kaufte zwei Stücke und hoffte auf einen Gnadenakt seiner, seiner …?

Was Marlene eigentlich für ihn war, überlegte Rasmussen noch immer, als er den Ortseingang von Eckernförde erreichte, als rechts die Carlshöhe ganz in Backstein auftauchte und als er schließlich vor Marlenes Haus in Borby hielt. Der Gedanke an Marlene war momentan wie ein Knoten in ihm, der sich nicht lösen mochte.

Den Kuchen stellte er in den Schatten der kleinen Buchsbäume direkt vor die Haustür. Gegen Mittag würde Marlene seine Morgengabe entdecken, in die Küche tragen, das Papier aufreißen, mit der Gabel das erste Stückchen abteilen, es in den Mund schieben, kauen, den Mohn mit der Zunge hin und her bewegen, schlucken, lächeln, und dann wäre sie versöhnt. Rasmussens Handy klingelte und riss ihn aus seinen Phantasien.

»Moin, Chef, Mommsen hat eben angerufen und sich entschuldigt. Ihm sei nicht gut, ob er morgen kommen könne. Glaubwürdig hörte sich das nicht an.«

Calloes Bauchgefühl entsprach exakt dem seinen. »Ich hole Sie ab. Dann fahren wir hin.«

Calloe hatte sich bereits in Richtung Kappeln an die Eckernförder Reeperbahn gestellt. Reeperbahn, ausgerechnet, dachte Rasmussen und fragte, nachdem die Kollegin die Beifahrertür geöffnet hatte: »Machen Sie das inzwischen gewerbsmäßig?«

Kam nicht gut an. Calloe verzog nur das Gesicht. Schon wieder voll rein ins Fettnäpfchen. Das passierte ihm in letzter Zeit öfter. Mit Machosprüchen hatte er es doch bisher nie gehabt. Was war bloß los? Er arbeitete hart daran, seinen Womanizer-Appeal zu verlieren. Aber das konnte es ja wohl nicht sein?

Bis kurz vor Kappeln diskutierten sie darüber, wie sie an weitere »eroque«-Informationen kommen könnten. Rasmussen erwähnte, dass er den Reiseantrag nach Antwerpen für sie beide gleich am Montagmorgen gestellt habe.

»Das bringt uns jetzt herzlich wenig, wir bräuchten am besten heute eine Gästeliste vom letzten Samstag«, sagte Calloe genervt. »Soll ich mich da mal ranpirschen?«

»Das lassen Sie besser, ich habe wenig Hoffnung, dass es eine Liste mit Klarnamen gibt. Kostüme, Masken, Bürgen – das sind doch alles Geheimniskrämer ohne Ende. Wir warten besser mal ab, ob die Dienstreise genehmigt wird, und beschaffen uns all diese Infos vor Ort.« Damit war das Thema für den Hauptkommissar erst einmal beendet.

Als sie bei Mommsen vorfuhren, sahen sie schon, dass er ausgeflogen war. Der Jaguar war weg, das Tor war geschlossen, und alle Rollläden waren heruntergelassen. Rasmussen flankte lässig über den weißen Zaun, umrundete die ebenso weiße Villa und sah sich bestätigt. Mommsen war abgehauen. Eine ziemlich lächerliche Volte. Stalker wie Mommsen nervten nicht nur, sondern mindestens jeder Fünfte neigte auch zu Gewalt, hatte er letztens in Untersuchungen gelesen. Das durften sie nicht außer Acht lassen. Aber Rasmussen war sich sicher, dass sie den Burschen ruck, zuck ausfindig machen würden. Weit konnte er nicht sein. Er griff zum Telefon.

Wenig später hatte Hinrichsen dafür gesorgt, dass Bent Mommsen zur Fahndung ausgeschrieben war. Mit einem Ruck riss sich Rasmussen vom Blick auf die Schlei los. Die Schlei, das war schon sein Ding. Und die Ostsee. Heimatliche Gefühle? Unterhielt er sich über solche Anwandlungen mit seinem Freund Eike, der ihn nach wie vor gern als Prokuristen in seiner Hamburger Firma »Hanse-Security« sähe, empfahl der ihm immer, seinen Hormonspiegel untersuchen zu lassen.

Wieder am Zaun angekommen, sah er das zufriedene Gesicht seiner Kollegin. Routinemäßig hatte diese den Deckel der Papiertonne geöffnet.

»Chef, Mommsen hatte Besuch. Zwei Pizzakartons.«

Rasmussen grinste. Es gab in Kappeln nur eine Pizzeria, die lieferte. »Na, denn wollen wir mal los. Vielleicht hat Antonio ja einen Tipp für uns.«

»Sie kennen Antonio?« Calloe war überrascht. »So weit weg von Eck? Und so gar nicht Richtung Hamburg.«

»Internationale Beziehungen, Frau Kollegin.« Und dann übers Dach des Volvos gelehnt: »Mit Antonio habe ich in der B-Jugend Fußball gespielt. Hat schon seine Vorteile, wenn man seinen Kiez kennt.«

Sie überquerten die Kappelner Klappbrücke. Wieder lag das »Wappen von Schleswig« am Kai. Am großen Touristenparkplatz rechts, Dritte links, Erste links, und schon standen sie gegenüber der Mühle »Amanda«. Das Eckhaus hatten Antonios Eltern gekauft, nachdem der Vater jahrelang bei HDW in Kiel als Schweißer geschuftet hatte. Antonio hatte seine Kindheit in der Pizzeria verbracht und sie übernommen, nachdem seine Eltern wieder nach Italien gegangen waren. Antonio sprach Plattdeutsch, und er verstand das Pizzabacken wie kein anderer hier in der Gegend. Kein Wunder, dass Rasmussens ehemaliger Sturmpartner mit seinem Pizzaservice halb Angeln und auch Schwansen bis runter nach Damp belieferte.

Hinter der Theke stand ein Mitarbeiter, den Rasmussen nicht kannte. »Antonio da?«

»Der Boss ist im Lager.« Aber da kam er auch schon mit einem großen Kochschinken von hinten. »Moinsen, Hans, mien Jung, bannig weit wech vonn Stall, gift dat denn gor keene Verbrechers mehr in Eck? Oh, Yvonne, wie schön. Lange nicht gesehen.«

»Ihr kennt euch?« Rasmussen war verdutzt.

Antonio machte eine seiner großen Gesten. »Yvonnes, äh, Begleiter und ich, wir sind so.« Er kreuzte die Finger.

»Der Koch aus der ›Fischdeel‹?«

Antonio nicke, Calloe wurde rot. Sie wurde tatsächlich rot. Rasmussen wechselte das Thema.

»Habt ihr gestern Mommsen beliefert?«

Antonio zuckte mit den Schultern und wandte sich seinem Computer zu. Er klickte und scrollte mit der Maus und nickte schließlich. »Eine Prosciutto, du weißt ja, mit Schinken kennt Mommsen sich aus, und eine Funghi. Chris hat geliefert. Was fragst du?«

»Kann ich dir nicht sagen.«

Antonio reichte Rasmussen die Handynummer seines Mitarbeiters. »So, jung Lüüd, kann ick sonst noch wat doen? Beten Rindersushi? Lütten Wien?«

»Annern Mol«, sagte Rasmussen und lachte.

»Na, dann sett di dol. Ik mutt mol wedder.« Antonio verschwand in der Küche. Rasmussen und Calloe setzten sich auf die große Eckbank.

Das Kurzpassspiel der beiden Herren funktionierte wie früher. Jetzt musste Rasmussen das Ding nur noch reinmachen.

Chris war keine zehn Minuten später da. Calloe und Rasmussen stellten sich vor und gingen mit ihm rüber zur Mühle. Sie setzten sich auf die niedrige Mauer. Rasmussen schaute Chris an. Ein Mittzwanziger, etwas übergewichtig, mittellanges, dunkelblondes, gepflegtes Haar, rotes T-Shirt wie alle Mitarbeiter von Antonio, Jeans, Sneakers. Schnörkellos schilderte er seine Beobachtung vom Vorabend.

Er sei wie immer hintenrum gegangen. Direkt auf die Terrasse. Als er beinahe an der Hausecke war, hatte er gehört, wie eine Frau sagte: »Ein Alibi, für zehntausend. Bist du bescheuert?« Mehr hatte Chris im Grunde nicht mitbekommen, aber das reichte ja auch. »Die Frau war Gesa Bruns, die Frau des Bürgermeisters.«

»Und Sie haben es nicht für nötig gehalten, uns davon zu berichten?« Calloe war irritiert.

»Ach, was ich an einem Tag hinter fremden Mauern so zu hören und zu sehen bekomme. Da würden Sie staunen. Wollte ich das alles brühwarm der Polizei mitteilen, bräuchte ich eine Standleitung.«

Eine Viertelstunde später saßen Calloe und Rasmussen in Bruns' guter Stube. Mit Bruns, aber ohne seine Frau. Die war, so sagte Bruns, gestern am frühen Abend noch zum Joggen raus und seitdem nicht wieder aufgetaucht.

»Und da machen Sie sich keine Sorgen?«, wollte Calloe wissen.

Der Bürgermeister schüttelte den Kopf und lächelte mit schmalen Lippen. »Gesa ist zwanzig Jahre jünger als ich. Wir leben eine offene Ehe. Was soll ich auch machen? Nur öffentlich möchte ich das nicht haben. Sie verstehen das sicher?«

Nachdem Calloe und Rasmussen den Bürgermeister in die für ihn gewiss besorgniserregenden Vorgänge eingeweiht und anschließend zu beschwichtigen versucht hatten, ließen sie Hinrichsen auch Gesa Bruns zur Fahndung ausschreiben. Rasmussen trommelte auf das Lenkrad des Volvos. Der Fall gewann erfreulich rasch an Konturen, wie er fand. Fahndungen brachten immer ungeahntes Tempo. Er gab Gas.

Auf Höhe Vogelsang-Grünholz ein kurzes »Bling, bling« aus Rasmussens Jackentasche. Eine E-Mail. Bei Calloe klingelte es Sekunden später. Sie tippte aufs Display und fand eine Nachricht von Amos Wiesel.

»Moin, Kollegen, ich kann bestätigen, dass die DNA der Haarprobe, die ihr mir geschickt habt, mit der DNA übereinstimmt, die wir auf der rechten Wange von Caroline von Iven gefunden haben. Speichelreste, Hautpartikel. Das kann bedeuten, dass sie postmortal auf die rechte Wange geküsst wurde oder aber vor ihrem Tod, nur rechts, nicht links. Außerdem gehe ich davon aus, dass dieselbe Person Caroline von Iven auf dem Rücken, am Brustansatz und im Schritt berührt hat. Es ist von Streichbewegungen auszugehen. Viel Spaß beim Entwirren der Fäden. In Kiel scheint die Sonne.«

Calloe verstaute ihr Handy. »Hört sich gut an, muss aber nichts heißen.«

Rasmussen schaute kurz zu ihr rüber. »So skeptisch? Wir haben ihn, den großen Unbekannten. Wir holen uns Mommsen, konfrontieren ihn mit unseren neuen Erkenntnissen und sehen dann weiter. Eins nach dem anderen.«

Cathy in Pink

Hinrichsen fuhr mit seinem Opel Kombi in Richtung Weeskamp im Südwesten von Eckernförde. Eigentlich war die Rendsburger Landstraße die Einflugschneise zu seiner »famila«-Tour, um den Wocheneinkauf zu machen. Den sozialen Brennpunkt, der rechts und links der Rendsburger lag, den nahm er in der Regel vor lauter Gewerbebetrieben gar nicht so richtig wahr. Manchmal sah man hier auch während der Schulzeit verdächtig viele junge Menschen herumlungern, und des Öfteren hatte er schon Streetworker angetroffen, die nach Schulschwänzern und Kleinkriminellen Ausschau hielten.

Die Nummer 34 im Weeskamp war der zweite von vier Wohnblocks auf der rechten Seite. Hinrichsen fuhr ran. Mütze auf und raus. Mit seinem Deckel am Steuer sitzen, das mochte er gar nicht, das ließ so wenig Luft nach oben.

Die Gegend machte einen ungepflegten Eindruck. Dürres Grün, hier und da Müll verstreut, und wenn dann auch noch zwei finster dreinblickende Youngster, die wohl zu viel amerikanische Ghetto-Musik hörten, an der Hausecke vor abblätterndem Putz standen, dann war Hinrichsens Blutdruck schon wieder leicht in Gefahr.

»Äääh, Alder! Was willst du hier …?« Die letzten Worte dieses Geraunes verstand Hinrichsen schon gar nicht mehr. Er war genervt und hatte überhaupt keine Lust auf Standpauken, die er sonst so gern hielt.

Zweite Haustür. Sie stand sperrangelweit offen. Auf der Klingelleiste unten links wurde er fündig: »Schnurre«. Im Hochparterre begrüßte ihn vor der rechten Tür eine Mülltüte. Und links ging die Wohnungstür auf, bevor er klingeln konnte.

»Ah, Frau Schnurre?« Weiter kam er nicht. Hinrichsen musste echt verdattert aus der Wäsche geguckt haben. Vor ihm stand eine Asiatin, ungefähr eins siebzig groß, irgendwie alterslos, aber deutlich keine achtzehn mehr. Aus ihrem bildhübschen Gesicht blitzte ihn ein Zahnpastalächeln an, die tiefschwarzen Haare trug sie als Dutt. Sie steckte in einem pinkfarbenen Hausanzug, dazu trug sie pinkfarbene Pantoffeln mit Puscheln, im Hintergrund leuchtete ein pinkfarbener Flur.

»Ja, mein Name ist Schnurre, Cathy Schnurre.« Ihren Namen sprach die Lady in Pink irgendwie amerikanisch aus, so kam es dem Kommissar jedenfalls vor. »Mit wem, bitte, habe ich es zu tun?«

»Hinrichsen, Zentralstation Eckernförde. Ist Ihr Sohn, ich nehme mal an, Kevin ist Ihr Sohn, ist der da?«. In einer Übersprunghandlung nahm Hinrichsen jetzt sogar die Prinz-Heinrich-Mütze ab.

»Ich muss Sie enttäuschen, aber kommen Sie doch rein. Gut, dass Sie da sind.«

Da konnte der Kommissar Cathy Schnurre erst einmal zustimmen. Er trat ein, und je weiter er in die Wohnung vordrang, umso mehr entpuppte sich die picobello aufgeräumte Wohnung als Pink Palace. Er nahm im Wohnzimmer auf dem weißen »Skai«-Ledersofa Platz und freute sich an der Fototapete hinter dem Ungetüm von Flachbildfernseher. Riesenbildschirm vor Palmenstrand. Es lief gerade irgendein RTL-Talk.

»Herr Kommissar, Sie sind doch Kommissar, darf ich Ihnen einen Tee bringen? Ist ganz frisch.« Seine Gastgeberin wartete seine Antwort gar nicht ab und verschwand in der Küche.

Am Palmenstrand pflegte er in der Regel Cuba Libre zu trinken, wenn man das überhaupt so sagen konnte. Ein Mal war er mit seiner Frau und den Zwillingen vor Jahren auf Kuba gewesen. Das ist schon alles gar nicht mehr wahr, dachte er bei sich und starrte auf den Couchtisch vor ihm. Der Tischfuß bestand aus einem rosa Elefanten.

Er lauschte dem Tassengeklapper aus der Küche und ließ den Blick schweifen. Rosa Nippes, wohin er auch schaute. Eindeutiger Trennungsgrund, dachte Hinrichsen, das würde ich auf die Dauer nicht aushalten. Aber da erschien die Lady in Pink aus der Küche, und alles passte wieder.

»Ach, der Kevin.« Cathy Schnurre seufzte tief, und dabei hob und senkte sich ihre Oberweite bedenklich. Was Hinrichsen erstaunte, denn er war immer der Meinung gewesen, dass Asiatinnen gar nicht so viel Brust hätten. Gemeinsam legten sie eine Trinkrunde ein. Grüner Tee mit Limone, wenn er richtig schmeckte. Den mochte Hinrichsen nun gar nicht.

»Herr Kommissar, schmeckt Ihnen der Tee nicht?«

»Doch, doch, ich hätte mir nur beinahe die Lippen verbrannt.«

»Heiß, heiß, heiß. Da sagen Sie was.« Ihr Zahnpastalächeln begann ihn langsam zu nerven. Dann aber setzte eine Wortkaskade ein, wie er sie, vor allem auch in der Detailgenauigkeit, selten erlebt hatte. Hinrichsen lehnte sich ganz weit zurück in die rosa Kissen.

Kurzum und knapp zusammengefasst: Ihr Kevin machte der Cathy schon seit Langem Sorgen. Und das alles ohne Vater. Der Versicherungsvertreter Schnurre habe sie vor einundzwanzig Jahren aus Thailand hergeholt, da sei sie schon schwanger gewesen. Und als der Kevin zehn war, da sei der Schnurre frühmorgens tot aus dem Bett gefallen. Herzrhythmusstörungen habe er ja schon immer gehabt, aber dann sei es eines Tages zu Ende gewesen. Infarkt. Seitdem lebe sie von seiner kleinen Rente, wie gut, dass sie Schnurre rechtzeitig geheiratet habe, denn er wollte ja nicht so richtig.

Kevin sei bis zum Tod seines Vaters immer ein ganz guter Schüler gewesen, Schule sei eigentlich auch nicht das Problem gewesen. Immerhin habe er es auf der Fritz-Reuter-Schule im Ostlandviertel noch bis zur mittleren Reife geschafft. Aber da habe er schon ein großes Drogenproblem gehabt. Cannabis und Amphetamine. Dann habe er eine Lehre bei »famila« als Lagerist begonnen. Sie habe den Jungen getreten und getreten, Kevin sei aber ständig wegen seiner Unzuverlässigkeit aufgefallen. Der Marktleiter habe immer wieder alle Augen zugedrückt; als Kevin dann aber mal ein paar Tage hintereinander untergetaucht sei, da war dann Schluss. Im dritten Lehrjahr sei er rausgeflogen und habe erst recht angefangen, sie zu beklauen. Bis jetzt seien dreizehntausendfünfhundert Euro zusammengekommen.

»Diese Summe hat Ihr Sohn Ihnen gestohlen?«, fragte Hinrichsen ungläubig in den Redefluss hinein. »Hat er denn noch andere Straftraten begangen?«, fragte er weiter, um Cathy Schnurre auf die Probe zu stellen.

Sie berichtete ihm über Verstöße gegen das Betäubungsmittelgesetz und über den einen Fall von minderschwerer Körperverletzung. Die Taten waren nach Vollendung des achtzehnten Lebensjahres begangen worden. Der Sohn hätte seiner Mutter nicht davon berichten müssen. Ehrlich schien Kevin Schnurre zumindest zu sein.

»Wohnt er denn noch bei Ihnen?«

»Wo soll denn der sonst hin? Den nimmt doch keiner. Und Geld verdient er auch nicht regelmäßig.« Cathy Schnurre drehte noch weiter auf. Sie hatte jetzt schon lange kein Zahnpastalächeln mehr gezeigt, ihr Ton war aber bis dahin seltsam gefasst gewesen.

»Sie haben sich bisher nicht nach dem Grund meines Besuches erkundigt und sagten gleich zur Begrüßung: ›Gut, dass Sie da sind‹?« Hinrichsen kam ein wenig aus den Kissen und schaute die Lady in Pink fragend an.

»Der Junge gleitet immer weiter ab. Er hängt mit anderen Arbeitslosen rum. Irgendwo in Borby. Und jetzt hat er seit Kurzem einen Aushilfsjob bei einer Security-Firma aus Hamburg und kauft sich als Erstes ein paar Reitstiefel für fünfhundertneunundneunzig Euro. ›Guneri‹ oder so heißt die Marke. Kevin dreht total durch. Kommen Sie mal mit in sein Zimmer.«

Cathy Schnurre sprang auf und lief mit tippelnden Schritten aus dem Wohnzimmer. Hinrichsen quälte sich aus den rosa Kissen und hastete hinterher. Mutter Schnurre stand, die Fäuste in die rosa Hüften gestemmt, mitten im Zimmer, das einem Müllhaufen glich. Sie zeigte auf die schwarzen Lederstiefel.

»Ich kann Ihnen das erklären. Das sind Guarnieri-Stiefel, und die brauchte Kevin wirklich zur Ausübung seines Jobs letzten Samstag.«

»Und schauen Sie mal hier in den Schrank«, empörte sich Cathy Schnurre und zeigte auf eine Uniform.

»Das hat schon alles sein Richtigkeit«, fiel Hinrichsen dazu ein.

»Haben die denn ein Faschingsfest bewacht?«

»Das könnte man so sagen. Aber da machen Sie sich wirklich keine Sorgen. Das geht schon mit rechten Dingen zu. Allerdings …« Jetzt wurde es heikel, aber Hinrichsen entschloss sich, die Mutter einzuweihen. »… hat Ihr Sohn in der Nacht von Samstag auf Sonntag eine Tote auf dem Fest entdeckt. Und dazu habe ich noch einige Fragen. Kevin schien am frühen Sonntagmorgen, da steckte er übrigens noch in diesen Guarnieri-Stiefeln und seiner Gardeuniform«, Hinrichsen zeigte auf die Stiefel und den Schrank, »er schien etwas durcheinander. Aber ist das ein Wunder – nach so einem Leichenfund?«

»Davon hat er gar nichts erzählt. Er ist am Morgen gekommen, hat kurz geschlafen, und seitdem ist er abgetaucht. Übrigens haben die von der Firma, ›Hanse-Security‹ heißen die wohl, schon ein paarmal angerufen und nach Kevin gefragt.« Cathy Schnurre klang jetzt doch sehr besorgt. Sie seufzte wieder ganz tief und holte mächtig Luft. Aber das kannte Hinrichsen nun schon, von daher war er auch nicht mehr so beeindruckt.

»Haben Sie irgendeine Ahnung, wo er sein könnte? Haben Sie etwas gehört, wenn er telefonierte? Irgendein Wort, das Ihnen seltsam vorkam?«

»Moment mal, er sprach in der letzten Zeit ein paarmal vom Seeschlösschen, wenn er mit seinen Freunden telefonierte«, sagte Frau Schnurre und lächelte nun wieder.

»Wissen Sie denn, ob Ihr Sohn öfter in Borby war?«, fragte Hinrichsen.

Cathy Schnurre nickte nur.

»Na, dann habe ich einen Verdacht.«

»Herr Kommissar, ich bin ja so froh, dass Sie zu mir gekommen sind. Mir geht es gleich viel besser.«

Hinrichsen machte deutliche Anzeichen, dass er nun endlich aufbrechen wolle.

»Vergessen Sie Ihren schönen Hut nicht auf dem Wohnzimmertisch.«

»Wie könnte ich?« Hinrichsen musste mehrmals versprechen, Cathy Schnurre auf dem Laufenden zu halten. Wortreich verabschiedeten sie sich. Hinrichsen stand nun vor der 34 und holte seinerseits ganz tief Luft. Nichts wie weg, dachte er. Rosa steht manchen Menschen überraschend gut. Das dachte er auch noch.

Heftpflaster und Herzschmerz

Nach einer seltsam unruhigen Nacht mit Alpträumen war die Brix früh aufgewacht. Gewöhnlich schlief sie wie ein Baby. Vielleicht hatten sie der Partyausflug nach Köln und der ungewohnte Alkoholabusus aus der Bahn geworfen. Ein bisschen Disziplin würde ihr gewiss nicht schaden, rief sie sich selbst zur Ordnung. Das Leben als Pensionärin verführte zum Schlendrian. Gut, dass Rasmussen sie um Hilfe gebeten hatte.

Mit dem Familienvorstand der von Ivens stand sie in regelmäßigem Kontakt. Konzentriert war sie die Protokolle der letzten Sitzungen des kulturell engagierten Fördervereins »Baltische Talente« durchgegangen. Gemeinsam mit Tristan von Iven wollte sie heute das Programm für den Ausflug nach Riga besprechen. Seitdem mehr und mehr Leute mit Geld und Einfluss in Eckernförde Fuß fassten, hatte die Brix potente Unterstützer gewinnen können. Von Iven hatte gute Kontakte in die lettische Kulturmetropole, das half ungemein bei dem erklärten Ziel des Vereins, eine Ausstellung nach Eckernförde zu holen.

Mit von Iven hatte sie also einiges zu besprechen, und nachdem die Presse offensichtlich noch dichthielt – sie hatte jedenfalls noch kein Sterbenswörtchen über den Fall gelesen oder gehört –, konnte sie sich gegenüber von Iven ahnungslos stellen, was den Tod seiner Tochter betraf.

Gerade als die Brix loswollte, meldete sich ihr Smartphone. Es war Rasmussen, und der hatte einiges zu berichten. Die Einnahmen des Lustlagers in Höhe von hundertfünfzigtausend Euro seien verschwunden, und Tristan von Iven wolle jetzt Eike Hansen haftbar machen. Von Kevin Schnurre hatte sie noch nie gehört. Am Tatort war der Bursche gewesen, und jetzt war der Security-Mann nicht aufzufinden. Blieb zu hoffen, dass Hinrichsen ihn ausfindig machen konnte. Bent Mommsen? Besonders dessen Vater war ihr bekannt. Steuerhinterziehung hätte sie dem Wurstclan jederzeit zugetraut, aber einen Mord? Wobei, der Spross der Familie war Stalker, und mit solchen Typen hatte sie als Richterin die größten Überraschungen erlebt. Und nun war der auch noch entfleucht.

Die Brix machte sich jetzt rasch Notizen, während Rasmussen weitere Stichworte lieferte. Den Galeristen Dupont hatte sie am Vortag selbst erlebt, der kam ihr verdächtig vor. Ein erfahrener, gewandter Geschäftsmann mit Doppelmotiv. Geld und Liebe. Er behauptete, nicht am Lustlager teilgenommen zu haben. Das Gegenteil würde sich nur schwer beweisen lassen. Auf dem Täterseismografen der Brix hinterließ Dupont einen mächtigen Ausschlag.

»Margarete, ich habe noch kein klares Bild von Caroline von Iven. Versuche doch mal herauszufinden, wie sie auf andere wirkte, ob sie Neider und Feinde hatte. Du weißt schon. Ein schönes Opferpsychogramm. Das hätte ich gern. Und versuche doch zu klären, was es mit dem verschwundenen Geld auf sich hat.«

»Werde sehen, was ich tun kann. Bei euch alles in Ordnung?«

Rasmussen zögerte einen Hauch zu lange mit seiner Antwort. Das »Jo« klang dann keineswegs überzeugend. Die Brix war sofort misstrauisch. Da würde sie wohl mal bei Marlene ein bisschen pulen müssen. Sie beendete das Gespräch und ging in den Fahrradkeller.

Neben dem Training der grauen Zellen würde sie ab sofort auch verstärkt auf ihren Körper achten. Das neue E-Bike hatte Fiete ihr geschenkt. Dessen Geschenke anzunehmen war ihr anfangs schwergefallen. Aber inzwischen war ihr klar, dass Fiete der geborene Geber war, dem Schenken und Helfen einfach Freude machten.

Dass er sein Bauunternehmen so erfolgreich gemacht hatte, lag nicht zuletzt an seiner Beliebtheit bei öffentlichen Auftraggebern. Das konnte man auch im Nachhinein so und so sehen. Rasch verdrängte die Brix die bösartige Unterstellung und rückte ihr blau-grünes Hütchen zurecht. Ohne Hütchen verließ sie das Haus nicht, und auch wenn es opportun gewesen wäre, beim Radfahren Helm zu tragen, das kam für sie nicht in Frage. Und so trat sie in die Pedale. Bis raus nach Ivenstedt waren es gute zehn Kilometer. Mit Unterstützung des Akkus sollte sie das in weniger als fünfundvierzig Minuten schaffen.

Am Hafen spürte sie den auffrischenden, drehenden Wind. Auf Höhe des Eckernförder Segelclubs bog sie links in den Louisenberger Weg ein, und bevor sie oben auf der Kuppe die Hemmelmarker Schmiede erreichte, nahm sie eine Abkürzung durch die Felder. Wer sich hier auskannte, fand mit dem Rad fast immer verkehrsarme Schleichwege. Sie sollte viel öfter das Rad nehmen. Ihre Oberschenkel spürte sie nämlich schon jetzt. Auf den letzten Kilometern freute sie sich besonders, dass sie sich auf die Kraft des kleinen Elektromotors verlassen konnte, denn verschwitzt wollte sie nicht bei den von Ivens ankommen.

Schon vom Torhaus aus sah sie den weißen Lieferwagen der Kriminaltechnik. Fast drei Tage lag der Leichenfund zurück. Dass die Spurensicherung noch nicht abgeschlossen war, sprach für eine unübersichtliche Lage.

Die Brix stellte ihr Rad links des breiten Aufgangs ab, ihr Smartphone schaltete sie stumm. Dann klemmte sie sich die schmale Aktenmappe unter den Arm und setzte den Fuß auf die erste Stufe. Der rechte Oberschenkelmuskel verweigerte kurz den Dienst, das Bein gab nach, die Brix kippte nach vorn und schlug mit dem rechten Knie und dann mit beiden Händen auf die Stufen. Schmerz sowie Blut an drei Stellen. Kurz prüfte sie die Beweglichkeit ihrer Handgelenke und die des Knies. Alles okay, soweit sie das beurteilen konnte. Gut, dass sie ihr Hütchen festgesteckt hatte, dachte sie und musste über sich selbst lachen. Sie griff nach ihrer Mappe, die im Flug drei Stufen geschafft hatte, und rappelte sich auf, als sie Schritte auf dem oberen Absatz hörte. Tristan von Iven war aus der Tür herausgetreten.

»Mir war, als hätte ich etwas gehört. Was ist passiert? Sie sehen ein wenig mitgenommen aus.« Er eilte die Stufen hinab und reichte der Brix seinen Arm.

»Halb so wild. Ich bemühe mich gerade, die Theorie von der Gesunderhaltung mit der Praxis in Einklang zu bringen.«

»Nun, zwei Pflaster und ein Verband«, von Iven deutete auf das Knie der Brix, »werden sicher nicht schaden.«

Er reichte der Brix den Arm und führte sie die Treppe hoch. Gleich rechts neben der imposanten Freitreppe gingen sie in die Wirtschaftsküche. Von Iven bat die Brix, Platz zu nehmen. Aus einem Wandschränkchen mit grünem Kreuz auf der vergilbten Tür holte er ein Fläschchen Braunol, Tupfer, Pflaster und eine Mullbinde hervor. Er zog sich ein Fußbänkchen heran und hockte sich mit rührend in die Luft ragenden Knien vor seinen Gast. Von Iven war groß gewachsen, und seine Physiognomie entsprach dem Bild vom Storch im Salat. Wortlos reinigte er die Risswunde am Knie, drückte eine Kompresse auf die Wunde und fixierte sie mit geübten Bewegungen.

»Sie machen das sehr geschickt«, befand die Brix.

»Meine Mutter war Krankenschwester. Darf ich?« Er griff nach ihrer rechten Hand. »Nur eine Abschürfung, da wird ein Pflaster reichen.«

Von Iven versorgte auch die andere Hand mit einem Pflaster. Er machte das ruhig und fürsorglich. Die Brix verspürte eine mütterliche Form von Zuneigung. Von Iven hatte eben erst seine Tochter verloren und kümmerte sich nun ganz selbstverständlich um sie, ohne bisher auch nur eine Bemerkung zu seiner traurigen Situation gemacht zu haben. Sie wollte keine Spielchen mit ihm spielen. Als er das zweite Pflaster aufklebte, hielt die Brix seine Hand fest und umschloss sie mit ihrer Rechten.

»Ich möchte Ihnen und Ihrer Frau mein Beileid aussprechen, Herr von Iven. Ich wünsche Ihnen von ganzem Herzen Kraft und Zuversicht.«

Da saß er, der Gutsbesitzer. Wie ein Häufchen Elend saß er auf dem Fußbänkchen. In sich zusammengesunken, ganz plötzlich. Und aus seinen Augen sprach die zehrende Trauer des verwaisten Vaters. »Uns ist, als habe man uns die Herzen aus dem Leib gerissen.«

So saßen sie eine Weile und schwiegen.

Die Brix stand dann auf, schaute hierhin und dorthin. Es ist schlimm, wenn Großeltern sterben, Eltern, der Liebste, dachte sie. Dass Kinder vor ihren Eltern sterben, steht nicht geschrieben. Zumindest nicht in den Büchern mit der großen Auflage. Kinder starben nur nach dreiundzwanzig Uhr dreißig auf Arte.

»Mögen Sie einen Tee?« Auch Tristan von Iven war aufgestanden und hielt nun eine Packung Darjeeling in ihre Richtung. Die Brix nickte. Wenige Minuten später saßen sich die beiden am Küchentisch gegenüber. Der Tisch stand an der Wand. An ihm nur zwei Stühle. Der Tisch war so klein, dass sich die Teetassen beinahe berührten. Der Tee duftete frisch und blumig.

»Darjeeling habe ich getrunken, als ich noch Studentin war. First Flush. So war mein Lebensgefühl. Heute trinke ich meist eine Ostfriesenmischung.«

Beide lachten.

»Nehmen Sie noch eine Tasse?«

Die Brix verneinte.

Tristan von Iven griff nach seiner Brieftasche, die auf dem Wandregal lag. Langsam zog er ein Foto heraus, betrachtete es einige Augenblicke und drehte es dann, sodass die Brix in das nachdenkliche Gesicht eines vielleicht zwölfjährigen Mädchens schauen konnte. Das Mädchen hatte seinen Blick nicht auf die Kamera gerichtet, schaute verträumt in die Ferne.

»So saß Caroline oft am Wasser, den Blick ins Ungewisse gerichtet«, erinnerte sich von Iven. »Sie ist auch geritten und hat gemalt, aber wenn ich an sie denke, dann so.« Er drehte das Foto wieder zu sich.

»Hat sie Ihnen erzählt, wovon sie träumte?«

Von Iven nahm einen Schluck Tee. »Ich habe vor einigen Jahren eine Therapie gemacht. Wir sprachen auch über Caroline. Die Therapeutin meinte, Caroline habe sich entzogen. Meinen Angeboten und meinen Erwartungen. Sie wissen, ich bin ein Kunstmensch durch und durch. Ich weiß nicht, woran sie dachte. Vielleicht, wie sie hier wegkommen könnte.«

Die Brix nahm mit der Linken noch mal ganz fest seine Hand und umschloss sie mit ihrer Rechten. Sie durfte das, er ließ es zu. Tristan von Iven schmückte das Thema weiter aus, seine Besucherin fragte behutsam nach. Der eigentliche Grund des Besuchs blieb völlig außen vor.

»Es tut so weh«, wisperte der Freiherr abschließend.

Die Brix lockerte ihren Griff. Sie schwiegen nun wieder. Ab und an hörten sie ein Klappern der Kriminaltechniker im Haus. Draußen vor den Türen der Wirtschaftsküche liefen die Ermittlungen weiter. Und auf einmal fing Tristan von Iven an zu erzählen. Über Caroline, seine Frau Luise und sein Leben mit den Frauen.

Auf dem Weg

Der Gegenwind pfiff Margarete Brix um die Ohren. Und doch hörte sie das Smartphone. Sie hielt mitten auf dem Fahrradweg an und stieg ab.

»Neugierig, mien Jung?«

»Und wie, Margarete. Was hast du herausbekommen?«

»Tristan von Iven macht auf mich den Eindruck eines Mannes, der zu reflektieren in der Lage ist und der einen differenzierten Blick auf seine Tochter hat.« Das sagte die Brix zu Rasmussen. Dann drehte sie sich aus dem Wind, bevor sie fortfuhr.

»Das gilt aber nur für Carolines Leben bis zum Abitur. Danach verlor von Iven sie wohl aus dem Blick, er verlor zeitweise gar ihre Spur. Insbesondere die Aktivitäten rund um ›eroque‹ scheint er mir im falschen Licht zu sehen. Die künstlerischen Aspekte nimmt er wahr. Dass knallharte Geschäftsinteressen hinter ›eroque‹ stehen, blendet er aus. Caroline, so glaubt er, hatte seine Künstlergene und hat erreicht, was ihm verwehrt blieb – internationale Anerkennung. Er hat Caroline den Pinsel in die Hand gedrückt, bevor sie laufen konnte, er hat sie zu jeder Vernissage zwischen Pinneberg und Flensburg geschleppt. Es ist geradezu klassisch. Sie sollte seine Träume wahr machen.«

»Model und Macherin in einer Person, ist doch ganz einfach«, sagte Rasmussen am Telefon.

»Ach, Hans, das sagst du so. Du hast ja auch keine Kinder.« Die Brix hörte ein lautes Schnaufen am anderen Ende. Unbeeindruckt fuhr sie fort. »Ich kann dir leider deinen Wunsch nach einem umfänglichen Opferpsychogramm nicht erfüllen. Von Iven ist fertig mit der Welt. Der wartet nur auf die Freigabe der Leiche. Vor allem denkt er in Bildern und sieht immer wieder Caroline auf einem Edelstahltisch in der Kieler Uniklinik liegen. Also noch mal, der Mann hat ganz offensichtlich keine Kraft mehr, da habe ich die drängenden Fragen nicht gestellt, noch nicht.«

»Das sieht Eike aber ganz anders. Tristan von Iven hat sich ihm gegenüber fuchsteufelswild verhalten. Obwohl Eike die gut hundertvierzigtausend Euro vor Zeugen im Tresor verschlossen hat, behauptet der ganz frech, das Geld sei verschwunden. Du hast dich wohl hochnehmen lassen von diesem Herrn von und zu.«

»Hans, das muss ich mir jetzt nicht anhören, oder?«

Während sie mit Rasmussen telefonierte, hatte sich die Brix auf eine Bank gesetzt und schaute über die von Knicks gegliederte Kulturlandschaft. Zwischen den Bäumen blitzte das Wasser der Ostsee hervor. Postkartenidylle, und doch war ihre Stimmung beinahe düster. Es raschelte im Smartphone. »Hans, was machst du da?«

»Habe mir ein Fischbrötchen geholt«, erklärte der mit vollem Mund.

»Makrele?«

»Klar. Sag mal, hast du auch mit Frau von Iven gesprochen?«

»Nein, sie wird psychologisch betreut, stationär in Schleswig, und sie bekommt starke Beruhigungsmedikamente. Herr von Iven entschuldigte sie regelrecht bei mir. Ich sagte, ich sei ja nicht die Polizei. Vor Ende der Woche wird das ziemlich sicher nichts mit einem Gespräch mit Frau von Iven.«

»Hm, ja. Ich frage mich gerade, wie das alles zusammenpasst. Tristan von Iven hat offensichtlich nicht nur *ein* Problem. Aber eins davon ist sicherlich seine Tochter. Caroline von Iven war also wohl ein, jedenfalls äußerlich, nachdenkliches Mädchen, und ihr Vater versuchte, sie zur feinsinnigen Künstlerin zu machen. Wie passt das zu der Caroline von Iven, die zu einer knallharten und erfolgreichen Geschäftsfrau wurde?«

»Das passt wie die Faust aufs Auge, Hans. Lass mal aus Unwillen Trotz und aus Trotz Widerstand werden. Eine starke Triebfeder, da kannst du wetten. Ihr müsst euch mit ihren Geschäftspartnern und Freunden unterhalten. Vielleicht auch mit ehemaligen Kommilitonen. Die Lage ist so unübersichtlich. Ich sage aber mal, Täter und deren Motive müssen auch zum Opfer passen. Caroline von Iven scheint mir viele Facetten gehabt zu haben, von denen ihr noch nichts wisst. Hat sich Wiesel eigentlich inzwischen auf Fremdverschulden festgelegt?«

»Nein, ich hoffe auch nicht darauf. Wir wissen, dass es eine Rangelei gab, und wir wissen, dass der Schuss nicht aufgesetzt war. Aber das beweist nichts.«

Es hatte sich von Westen her zugezogen. Ein Tief über der Nordsee beendete die Schönwetterphase. Bald würde es zu regnen beginnen. Die Brix zog den Regenponcho aus der Satteltasche, streifte ihn über, setzte sich auf ihr Rad und trat kräftig in die Pedale. Die Oberschenkel meldeten sich. Morgen würde sie einen ausgewachsenen Muskelkater haben. Und die Risswunde am Knie tat auch weh.

»Hurra, wir leben noch«, sang die Brix einem spontanen Gefühl von Kraft und Energie folgend mit einem Mal über die Felder hinweg das alte Milva-Lied, das sie früher gehört hatte, wenn sie nächtelang über Prozessunterlagen gesessen hatte und erst am Morgen aus dem Büro gekommen war. Sie atmete tief und spürte Dankbarkeit. Das Bild des gebrochenen Tristan von Iven ging ihr nicht aus dem Kopf. Dass sie keine Kinder hatte, nagte an ihr. Aber vielleicht war ihr auch manches erspart geblieben.

Sagen wir mal, es war Notwehr

Der Himmel über Borby war wolkenverhangen. Das Pflaster der Bergstraße war leicht rutschig vom Nieselregen. Es war fast acht, als Hinrichsen seinen Wagen auf den Parkplatz gegenüber der »Linde« steuerte. Mit diesem Gasthof hatte er immer ein deftiges Grünkohlessen und ein kühles Blondes verbunden. Wohin war der Wirt vor einem Jahr eigentlich abgedampft, nach Mallorca oder Miami? Er tastete in seiner rechten Parkatasche nach der Frikadelle, die er sich noch schnell vor Ladenschluss in der Kieler Straße beim Metzger geholt hatte. Er schob »Diensthunger«, der ihn immer dann überfiel, wenn er im Laufe eines Tages nur gefrühstückt hatte. Nichts aber hasste er mehr, als am Steuer oder im Gehen zu essen. Die Frikadelle blieb also in der Parkatasche.

Hinrichsen nahm den Fußweg hinunter zum Seeschlösschen. Mal sehen, ob er hier irgendwelche Anzeichen von Kevin Schnurre und seinen Kumpels entdeckte. Die mannshohe Gartenmauer, die bis zum ehemaligen Hotel im Seebadstil hinabreichte, war über und über mit Graffiti besprüht. Das werde hier immer mehr zum Angstraum, das hatte er neulich noch in den »Eckernförder Nachrichten« gelesen, außerdem habe der Investor neue Baupläne für das Areal bis hinunter zum Vogelsang vorgelegt. Eine Einigung sei aber noch lange nicht in Sicht.

Er hörte das leichte Wummern einer Musikanlage, konnte die Geräusche aber nicht genau orten. Das waren noch Zeiten, als die alte Villa bis Mitte der Achtziger die Diskothek »Mausefalle« und später dann den Nachtclub »Paradiso« beherbergt hatte. Da gab es noch richtige Luden in Eckernförde. Gedankenverloren schob er ganz langsam eins der Tore zum Hinterhof auf. Das neue Warnschild »Bissiger Hund« am rostigen Hoftor übersah er.

Der Plan war, sich von hinten dem Gebäude zu nähern. Von der Promenade aus hatte er die Villa im Vorbeifahren kurz inspiziert, zum Vogelsang hin schien alles verrammelt und verriegelt. Nun tastete er sich Schritt für Schritt auf den Hof, dabei hatte er instinktiv eine Hand unter dem Parka am Schulterhalfter.

Vom Dach der Villa schrien ein paar Möwen. Er schaute hoch und rückte dann seine Mütze zurecht. Im ersten Stock waren fast alle Scheiben eingeschmissen, das Erdgeschoss war vernagelt. Die wummernden Geräusche kamen eindeutig aus den Tiefen des Gebäudes, und dann entdeckte er auch die Kellertür. Die Möwen auf dem Dachfirst meckerten ihn weiter an.

Hinrichsen drehte sich zweimal um die eigene Achse und konnte auf dem zugemüllten Hinterhof nichts Verdächtiges erkennen. Er wollte sich gerade dem Kellerabgang zuwenden, da sah er aus den Augenwinkeln, wie etwas Sandfarbenes mit einer unfassbaren Geschwindigkeit aus dem lang gestreckten Garten der Villa auf ihn zuschoss. Ihm schwindelte.

Als dieser pelzige Kugelblitz abhob und wohl auf seinen Brustkasten zielte, verlor er auf dem rutschigen Hofpflaster einfach das Gleichgewicht, stürzte und kam ganz in der Manier eines Maikäfers auf dem Rücken zu liegen. Wie in Zeitlupe sah er einen lang gestreckten Hund mit gefletschten Zähnen über sich hinwegfliegen. Dann krachte das Tier in eine alte Holztür, die an die Balustrade des Treppenabgangs angelehnt war. Hund und Tür gingen koppheister und landeten ein Stockwerk tiefer. Hinrichsen hörte jetzt nur ein fürchterliches Geheul und Gebell aus dem Kellerabgang.

Nichts wie hoch. Er rappelte sich auf, zog die Dienstpistole und schaute über das Geländer. Er erkannte jetzt, dass es ein Malinois war. Der belgische Schäferhund drehte sich orientierungslos im Kreis, ganz so, als wolle er sich selbst in den Schwanz beißen. Dann hielt er auf einmal inne, reckte ihm die schwarze Schnauze entgegen und sprang doch tatsächlich hoch. Hinrichsen drückte einfach ab und traf das Tier am höchsten Punkt seines letzten Sprunges beinahe mitten zwischen die Augen. Der Hund fiel und sackte auf den Betonplatten zusammen. Der Kommissar ließ die Waffe sinken.

Fast im selben Moment versuchte jemand, die Eisentür zu öffnen, das Gewummer von vorhin schwoll nun an zu einer Kakofonie aus kratzenden Bässen, schreienden Gitarren, grunzenden Stimmen. Und immer wieder krachte die Kellertür auf die Holztür, die sich im Abgang verkeilt hatte und nun von Schlag zu Schlag mehr zersplitterte. Nach dem fünften Versuch stand dort unten ein Mann um die fünfzig mit schweißig glänzender Halbglatze und schmuddelig beigem Blouson. Er starrte nach oben, dann starrte er den Hund an. Das ging ein paarmal hin und her. Im Rhythmus des Krachs da aus dem Keller.

Der Mann fuhr sich mit der rechten Hand durch seine fisseligen blonden Resthaare und schüttelte den Kopf. »Alter, Alter. Du hast ein verdammt großes Problem, Alter«, schrie er zu Hinrichsen rauf und knallte dabei die Eisentür hinter sich zu.

»Hinrichsen, Kripo Eckernförde«, versuchte es der Beamte erst einmal betont sachlich und hielt seinen Dienstausweis über die Balustrade. Er wusste, die Situation war jetzt etwas prekär, da hieß es, ruhig Blut zu bewahren.

»Wo leben wir denn eigentlich? Du kannst doch nicht einfach meinen Hund erschießen.« Der Typ verfiel jetzt unvermittelt ins Weinerliche.

»Das wäre meine erste Frage gewesen, ob Sie der Hundebesitzer sind«, sagte der Kommissar und grinste dabei in sich hinein. »Was haben Sie eigentlich auf dem Gelände zu suchen? Was bedeuten die Geräusche aus dem Keller? Leben die gute alte ›Mausefalle‹ oder das ›Paradiso‹ wieder auf?« Hinrichsen wusste sich mit der Methode »Tsunami« im Vorteil, um den Ankläger erst einmal wegzublasen.

»Malli und meine Wenigkeit machen hier den Objektschutz für den Investor.«

»Name?«

»Jessen, Erwin. Ich wohne gleich nebenan«, antwortete der Mann im Kellerabgang.

»Wie praktisch«, merkte Hinrichsen an und sah jetzt, wie sich der beige Blouson über den Malinois beugte. Die Rasse war ja als Polizeihund beliebt, und er hatte schon den einen oder anderen im Training und Einsatz erlebt. Von daher wusste er sehr wohl, wie gut die Viecher springen können und wie zäh sie sind. So was wie eben, so was hatte er jedoch noch nie gehört, geschweige denn gesehen. Sagen wir mal, es war Notwehr. Dachte er so bei sich.

Dann griff er zu seinem Mobiltelefon. Es folgte nur ein ganz kurzer Dienstschnack.

»Meine Kollegen sind gleich hier«, sagte Hinrichsen von oben herab. »Und tun Sie mir doch bitte den Gefallen und stellen Sie den Lärm da drinnen ab.«

Erwin Jessen verschwand hinter der Kellertür. Hinrichsen fiel es auf einmal wie Schuppen von den Augen. Er kannte den Typen, der sah jetzt nur einen Hauch gepflegter aus und trug auch so etwas wie eine Frisur.

Jessen wohnte im Haus direkt neben dem Seeschlösschen und war vor ein paar Jahren aktenkundig geworden, weil er mit Cannabis gedealt hatte. Der Gelegenheitsarbeiter wollte seine Einkünfte aufbessern, die vor allem aus Frührente und dem Pflegegeld für seinen an Alzheimer erkrankten Vater bestanden hatten. Vor Gericht hatte er den Tatbestand wohl damit beschönigt, dass er doch eigentlich seine Kunden, zumeist Jugendliche unter achtzehn Jahren, von der Straße geholt und in seinen Keller eingeladen habe. Das bisschen Hasch. In der Regel hätten sie doch sowieso nur Bier getrunken.

In dieser Weise musste er wohl argumentiert haben. So jedenfalls hatte Hinrichsen die Geschichte in Erinnerung, die Schrader ihm damals brühwarm erzählt hatte, weil der den Straftäter vor Gericht gebracht und infolgedessen auch auf der Zeugenbank Platz genommen hatte.

Jessen hat also direkt nebenan seine Flüsterkneipe wiederaufleben lassen, dachte Hinrichsen so bei sich. Auf dem Vogelsang hörte er schon die Kollegen vorfahren, die wenig später die Treppe zum Seeschlösschen hochstürmten und kurz darauf im Hinterhof standen.

»Habt ihr einen Leichensack dabei?« Zum Glück waren auch gleich zwei Kriminaltechniker mitgekommen.

»Was denkst du denn! Das ist doch kein Betriebsausflug, Meister«, antwortete einer von ihnen.

»Na, dann packt mal die Töle da unten ein.« Hinrichsen gab sich betont forsch. Die Prinz-Heinrich-Mütze hatte er jetzt tief in das Gesicht gezogen.

»Wie, Töle?«, sagte Schrader, der Kollege von der Streife, und zeigte lachend auf das Warnschild am offenen Hoftor. »Da steht doch: ›Vorsicht, bissiger Hund‹. Hinrichsen hat mal wieder geträumt«, wandte er sich an seine fünf Kollegen, die sich um ihn herum aufgebaut hatten. »Ich glaub es nicht, der Kriminalhauptwachmeister hat den Wachhund erschossen.«

Außer Schrader schien das niemand lustig zu finden.

»Du, pass bloß auf, du wirst gleich einen alten Bekannten wiedertreffen, Schrader«, spitzte Hinrichsen nun seinerseits den Kollegen an.

Da ging auch die Kellertür wieder auf. »Was wird das denn hier?«, kommentierte Jessen erstaunt das gesamte Aufgebot, das sich oben an der Balustrade versammelt hatte und auf ihn hinunterschaute.

»Ach, Schrader, Sie dürfen natürlich nicht fehlen, wenn es darum geht, mich dingfest zu machen.« Jessen legte jetzt ein feistes Grinsen auf. »Sie befinden sich auf dem Gelände der ›Optima-Immobilien‹, aber es ist sicherlich im Sinne der Geschäftsführung, wenn ich die Herrschaften mal einen Blick in das Gebäude werfen lasse.«

»Ich sage Ihnen, was jetzt passiert, Herr Jessen. Als Erstes räumen wir da unten auf.« Hinrichsen sprach hinunter in den Schacht und deutete auf den Fellklumpen. »Und dann geben Sie uns mal bitte eine Schlossführung. Sie haben ja wohl auch Gäste, die stellen Sie uns doch bitte freundlicherweise vor.«

Jessen verdrehte fragend die Augen.

Hinrichsen wandte sich zu den Kollegen um. »Auf geht es.«

»Na, dann wollen wir mal«, sagte Jessen jovial und hielt allen die Tür auf.

Schrader war schon vorgegangen und rüttelte an einer Eisentür. »Jessen, aufschließen, aber zackig«, brüllte der durch den Flur.

»Kein Schlüssel. Den hat nur der Chef«, entgegnete Jessen.

»Moment mal«, sagte Hinrichsen zum Rest der Truppe. »Nehmt inzwischen schon mal die anderen Etagen in Angriff.«

Die Beamten verschwanden im Treppenaufgang.

»Und nun zu dir! Mach hier jetzt nicht auf dicke Hose, Hausmeister«, brüllte Schrader Jessen an und stellte ihn mit dem Gesicht und zugleich ausgestreckten Gliedmaßen an die Kellerwand. Ruck, zuck hatte Schrader ein dickes Schlüsselbund aus der Blousontasche gefischt und beäugte die Schlüsselsammlung. Der erste Schlüssel drehte sich gleich im Schloss. »Glück muss man haben!«

Jessen ging voran und die beiden Beamten hinterher. Es stank nach verbranntem Hanf und abgestandenem Bier. Rauch hing noch in der Luft. Sperrmüllmöbel waren über den ganzen Raum verteilt. Einen selbst gezimmerten Tresen und einen Getränkekühlschrank gab es auch. Und in allen vier Ecken stand je ein Boxenturm, der mancher Diskothek zur Ehre gereicht hätte.

»Das ist also Ihre neue Flüsterkneipe«, fragte Hinrichsen und schaute sich um. »Da haben Sie eben noch mal picobello aufgeräumt?«

Jessen glotzte nur.

»Keine Gäste? Oder haben Sie vorhin nur die Staubmäuse mit diesem Höllenlärm unterhalten?«, setzte Hinrichsen nach.

Schrader rüttelte schon wieder an der nächsten Türklinke. »Jeesssssennn! Wer oder was versteckt sich hinter der Tür?«

»Das ist doch nur das Pissoir.«

»Aufmachen!«

»Sie haben doch die Schlüssel.«

»Wo Sie recht haben.«

Schrader probierte ein paar Schlüssel. Und dann ging die Tür auf, und sechs Typen in Hoodys und Baggys kamen aus einem WC, das nicht größer war als eine Besenkammer.

»Ihr Schnuckis, da habt ihr es ja richtig kuschelig gehabt«, begrüßte Schrader die Gruppe, hielt sich dann aber die Nase zu. Der Gestank aus diesem Verschlag war erbärmlich.

»Schnurre, schön, dich zu sehen, ich hätte dich beinahe nicht erkannt, so ohne Uniform und Dreispitz. Vortreten«, befahl Hinrichsen.

Der mit dem breitesten Kreuz machte sich bemerkbar.

»Gut. Schrader, Sie nehmen alle Personalien auf. Und dann möchte ich die ganze Gesellschaft morgen früh um elf Uhr auf der Zentralstation sehen. Wer noch nicht volljährig ist, der kommt bitte in Begleitung eines Erziehungsberichtigten. Und Sie, Schnurre, bringen Ihre Frau Mama mit, mit der hatte ich heute schon das Vergnügen. Zu guter Letzt, Jessen, Sie muss ich auch sehen. Sie kennen ja den Weg. Lebt Ihr Vater eigentlich noch?«

Hinrichsen drehte sich auf dem Absatz um, knallte die Tür. »Und tschüss«, hallte es noch vom Gang herein.

Polizeiobermeister Schrader blieb zurück. Er meinte, in die Mienen von Unschuldslämmern zu schauen. Wie der Schein doch immer wieder trog.

Misstöne

Nach ihrem Besuch bei Tristan von Iven war die Brix auf der Rückfahrt trotz des Regenponchos anständig nass geworden. Besonders ärgerlich war, dass ihr Hütchen gelitten hatte. Nun war es fleckig und drohte hier und da seine Form zu verlieren. Gleich morgen würde die Brix nach Kiel fahren. In der Dänischen Straße, gegenüber dem Stadtmuseum, arbeitete die Hutmacherin ihres Vertrauens. Die würde ihr Hütchen retten.

In Sorge hatte sie das gute Stück am Mittag auf das Schränkchen im Bad platziert. Erhöhte Luftfeuchtigkeit würde dem Material nach dem Malheur guttun. Nicht, dass sich doch noch was verzog. Zärtlich tätschelte sie die Krempe. Dabei fiel ihr Blick auf die roten Ziffern des Radioweckers. Schon fast halb acht.

Die Brix musste sich sputen. Zuspätkommer konnten von Chorleiter Heiner Hoss keine Gnade erwarten.

Zügig erneuerte sie den Verband am Knie und zog eine Hose an. Sie wollte mit den anderen nicht über ihren Treppensturz auf

Gut Ivenstedt sprechen. Das wirkte so gebrechlich. Fünf Minuten später schwang sich die Brix erneut auf ihr E-Bike. Die Straße war nass, aber es hatte aufgehört zu regnen.

Die Evangelische Kirche oben auf dem Petersberg, umgeben vom Friedhof, war für die Brix ein Ort der Besinnung und Erinnerung. Seit 2005 gab es neue Glocken, die auf die schönen Namen Hoffnung und Frieden hörten. Das fand die Brix für die Chorproben programmatisch. Friedlich blieb es nicht immer, die Hoffnung aber war dem Chor noch nie abhandengekommen.

Heute sollten sie noch mal das Shantyprogramm durchsingen. Erstmals hatten sie sich entschieden, anlässlich der Sprottentage als Frauen-Shantychor aufzutreten. Bisher hatten sie volkstümliche Musik eher gemieden, aber Heiner Hoss hatte sie überzeugt. Inzwischen waren auch die Bach-Fetischistinnen mit Begeisterung dabei. Die schmissigen Lieder machten allen Riesenspaß. Gisela, die Psychotherapeutin von Beruf war, hatte jüngst gesagt, dass Shantysingen vermutlich besser gegen Depressionen helfe als Psychopharmaka.

Die Brix war pünktlich und hatte die Noten parat, bevor ihre Mitsängerinnen eintrafen. Marlene Nissen, die Frau an der Seite von Rasmussen, war spät gekommen, und sie hatte ein Gesicht gezogen, dem man die miese Laune leicht ansehen konnte. Nach der Probe würde die Brix mal ein bisschen Ursachenforschung betreiben.

»Seemann, deine Heimat ist das Meer« war ihr Rausschmeißer, und als kurz vor zweiundzwanzig Uhr der letzte Ton verklungen war, strahlten die Damen. Heiner Hoss rief: »Hossa!«, und die Damen antworteten: »Hossa, hossa, hossa!«

Die Brix bat Marlene, mit ihr die Notenständer in die Sakristei zu tragen, und weil sie wusste, dass Marlene nicht gern um den heißen Brei herumredete, fragte sie ohne Umschweife: »Und, willst du mir davon erzählen?«

Marlene atmete geräuschvoll durch die Nase aus, stemmte die Hände in ihre Hüften und legte los. Mit Hans sei sie jetzt mehr oder weniger ihr halbes Leben zusammen, sie hätten Höhen und Tiefen geteilt, und sie seien wirklich keine jungen Hüpfer mehr.

Der Zeitpunkt der Entscheidung sei für sie nun da. Schulleitung oder Mutter? Das sei hier die Frage. Und die habe sie Hans auch gestellt. Den Stapel Noten knallte Marlene mit Wut und Wucht auf den Tisch.

»Es kommt mir vor wie der sich ständig wiederholende Refrain eines Liedes, das man auf den Tod nicht abkann! Du fragst Hans, wie es mit Urlaub auf den Kanaren wäre. Er antwortet: ›Jo, mal sehen.‹ Du fragst ihn, wie es wäre, Inka und Ruben zum Kaffee einzuladen. Er antwortet: ›Hm, jo, eher nächste Woche, oder?‹ Oder sein Volvo. Die Karre bleibt andauernd liegen. Keine Klimaanlage und schluckt Benzin, als gäbe es kein Morgen. Glaubst du, er könnte sich entschließen, ein neues Auto zu kaufen? Nein, natürlich nicht. Immer nur ›Hm, jo‹. Keine Entscheidungen. Er trifft keine Entscheidungen.« Marlene hatte sich das Gesicht rot geredet.

»Doch«, sagte die Brix. »Er trifft Entscheidungen. Er entscheidet sich nur ziemlich oft dafür, nichts zu verändern.«

»Nichts zu verändern? Und warum höre ich mir dann seit Jahren an, wie gern er aus Eckernförde rauswill, wie toll es wäre, mit Eike in Hamburg zu arbeiten?«

»Du verstehst mich falsch. Er möchte im privaten Bereich nichts verändern. Er ist glücklich so.« Die Brix verstaute die Notenblätter in einem Wandschrank, schloss ab und ließ den Schlüssel in eine der Vasen auf der Fensterbank klimpern.

»Aber ich, Margarete, ich möchte was verändern. Ich möchte ein Kind. Mit Hans. Wenn er kein Kind will, dann soll er das gefälligst klar sagen. Dann muss ich eben neu nachdenken. Aber dass er mich und meine Wünsche ignoriert, einfach darüber hinweggeht, das ist eine verdammte Unverschämtheit. Zu einer funktionierenden Partnerschaft gehört, dass man die Bedürfnisse des jeweils anderen zumindest wahrnimmt und bespricht, ob man sie befriedigen kann. Er weicht aus, er weicht einfach aus. Das ist feige. Und das ist unfair. Und …« Jetzt wurde ihr Ton spitz. »Es gibt auch Männer mit Kinderwunsch.«

»Warum brüllst du hier denn so rum?« Heiner »Hossa« Hoss war noch mal zurückgekommen.

»Das geht dich gar nichts an. Würdest du sowieso nicht verstehen. Als Mann.« Ohne den Chorleiter eines weiteren Blickes zu würdigen, küsste Marlene die Brix auf die Wange und rauschte davon.

Hoss zog fragend die Augenbrauen hoch und schaute seine Notenwartin hilfesuchend an. Die winkte ab, klopfte ihm zum Abschied auf die Schulter und stimmte im Herausgehen »Bye Bye Love« an.

»Everly Brothers, 1957.« Heiner Hoss war ein wandelndes Lexikon der Popmusik.

Mittwoch, 17. Juni

Schockstarre

Bent Mommsen stand vor der Revierkarte, die seit vielen Jahren an der Tür der kleinen Hütte hing. Ansitze, Kirrungen, Luderplätze, Abschüsse, Reviergrenzen. Alles hatte Kurt-Georg Mommsen akribisch vermerkt. Schon seit Anfang der siebziger Jahre hatte sein Vater in den Hüttener Bergen eine Eigenjagd. Hier hatte er auf Damwild und Sauen angesessen. Und vielleicht hatte er, der Schatzmeister der Kreisjägerschaft gewesen war, mehr Zeit beim Jagdhornblasen verbracht als am Schreibtisch seiner Wurstfabrik.

Mommsen setzte sich und startete seinen Tablet-PC. Während der Rechner hochfuhr, massierte Mommsen seine Schläfen. Er hatte Kopfschmerzen. Feuchtes Holz, Pilze bei der Arbeit und Waffenöl. Er nannte das seinen olfaktorischen Dreiklang. Mommsens empfindlicher Geruchssinn signalisierte ihm, hier gehöre ich hin, hier bin ich zu Hause. Andere hätten womöglich gesagt, in der Hütte stinke es. Aber er war schon als Kind mit den Ausdünstungen lebender und toter Tiere konfrontiert worden. Er unterschied Duftnoten wie andere vielleicht Farben.

Lag es daran, dass sein liebster Platz, die Jagdhütte, an Farben nicht viel zu bieten hatte? Braun, Dunkelbraun, Grün und Dunkelgrün. Das war es dann im Wesentlichen. Mommsen kleidete sich jenseits des Jagdreviers dem jeweiligen Modediktat entsprechend. Aber hier duckte er sich in braun-beiger Hose und grün-grauer Strickjacke beinahe weg. Man hätte ihn beim Blick durch eines der beiden Sprossenfenster kaum sehen können. Er würde vor dem Auge des Neugierigen verschwimmen, so wie er da vornübergebeugt am Tisch saß.

Die Tischplatte war einst blank gewesen. Von seiner Mutter immer wieder gescheuert, gewienert und poliert. Sie konnte die Ränder nicht leiden, die die Biergläser vom Vorabend über Nacht hinterlassen hatten. Zuwider war ihr auch die Asche der

Stumpen gewesen, die die Männer hier gepafft hatten. Jetzt war die Platte ganz stumpf. Seit seine Eltern vor drei Jahren bei einem Flugzeugabsturz in Argentinien ums Leben gekommen waren, war die Tischplatte nicht mehr abgewischt worden.

Seitdem hatte Mommsen hier oft gesessen. Ganz allein. Nur mit all den Fotos, die er von Caroline gemacht hatte. Mit den Briefen, die er kopiert hatte, bevor er sie abgeschickt hatte, mit all den Zeitungsausschnitten und mit seiner Sehnsucht nach ihr. Er hätte sie auch ohne den Erfolg geliebt, ohne diesen Ruhm.

Er nahm einen Artikel aus dem »Economist« mit der Schlagzeile »Another Fräuleinwunder« zur Hand. Er las noch einmal Satz für Satz. Alles, was da stand, war irgendwie richtig. Die Lobeshymne auf ihren rasanten Aufstieg, ihre Kreativität und ihren Geschäftssinn wären in einer weniger seriösen britischen Zeitung wohl mit »Miss Blitzkrieg« überschrieben worden.

Wer sie wirklich kannte und wer dann solche Artikel las, der fragte sich, von welchen Mächten diese letztlich so zartfühlende Person getrieben worden war. War sie wirklich nur auf Anerkennung und Geld aus gewesen? Hatte sie ihm am nächsten Tag nicht zugelächelt, als er ihr spätnachts im Internat die ersten Gedichte unter der Tür zugeschoben hatte? Hatte sie nicht vollkommen in ihre Arbeit versunken im Kunstraum gesessen und dann manchmal zu ihm herübergeschielt? Das waren ganz zarte Knospen der Liebe, die über die Jahre einen regelrechten Feuersturm in ihm angefacht hatten.

Liebe? Bei ihm hätte sie davon so viel bekommen, wie sie gewollt hätte. Und wenn man dann diese Abziehbilder von ihr im Netz sah – Social-Media-Star Caroline von Iven. Die Klickzahlen behaupteten, dass sich Millionen Menschen die Fotos anschauten. Caroline war auf den Bildern immer umgeben von diesen Maskenmenschen, die nicht genügend Mumm gehabt hatten, der Kamera ihre Gesichter zu zeigen. Caroline hatte immer schon Mumm gehabt und immer schon um Aufmerksamkeit gebuhlt. Wenn er es recht bedachte, hatte Caroline bereits in der Schule alle in den Schatten gestellt, und es hatte ihr gefallen, wenn sie auch noch den letzten Lichtstrahl absorbieren konnte.

In der Oberstufe hatte sie Bioeier aus Holland importiert und an Biogroßhändler weiterverkauft. Im Sommer vor ihrem Studium hatte sie mit einem Parkplatz an der Ostsee, altem Landbesitz der von Ivens, ein kleines Vermögen verdient. Dann marschierte sie in Nullkommanix zum Prädikatsexamen und hatte immer ihre kleinen Geschäfte nebenbei. Und schließlich der internationale Durchbruch mit »eroque«. Sie war manisch erfolgsgeil gewesen, da war er sich vollkommen sicher. Aber er kannte sie eben auch anders, und er ahnte, dass sie in ihrem tiefsten Innern unwahrscheinlich verzweifelt gewesen sein musste.

»Ich hätte dich so gerne gerettet«, flüsterte Mommsen. »Deine feine Seele, dein Kunstsinn … wo ist das alles hin?«

In seinen Augen hatte sich Caroline mit »eroque« und diesen Abziehbildchen einfach nur prostituiert. »Lust for Life« oder wie der »eroque«-Slogan auch immer heißen mochte, dass er nicht lachte. Leben war für ihn auch immer damit verbunden, Verantwortung zu übernehmen. Für das, was man tat, auch geradezustehen. Caroline hingegen war von einem Haufen Feiglinge umgeben gewesen. Keiner von denen hatte einen Arsch in der Hose. Alles Lesben und Schwanzlutscher. Obwohl ihm die sexuelle Orientierung von Carolines Hofstaat eigentlich völlig egal war.

Mommsen wollte Caroline von Iven gar nicht mit Haut und Haaren. Das hatte er sich schon lange abgeschminkt. Zugegeben, wie oft hatte er sich mit ihr ein gemeinsames Familienleben ausgemalt. Mit Pferden und Kindern. Dass sie nicht geantwortet hatte, war kein Wunder. Sie konnte ihre Fesseln eben nicht abschütteln. John Brunsma und Fanny Jongen saßen ihr im Nacken. Da war Mommsen sich ganz sicher. Die waren noch gieriger als Caroline. Und die wussten alle genau, dass sie ohne den Kopf von »eroque« nur noch wenige Runden tumb umherirren würden, wie geköpfte Hühner.

Caroline brauchte ihn, den Wurstkönig. So hatte er sich und seinen Vater immer genannt. Mommsen selbst war nun Wurstkönig außer Dienst. Die Millionen aus dem Verkauf der Fabrik hatte er jedoch parat und hatte insgeheim gehofft, Caroline würde ihm dabei helfen, seine Geschäftsidee mit den Sportreisen auszubauen. So hätten sie sich in ihrer gemeinsamen Heimat eine gemeinsame Zukunft aufbauen können. Ohne Wurst und ohne diese Perverslinge von »eroque«.

Dreiundzwanzig neue E-Mails zeigte das Mailprogramm an. Aber die Bestätigung für den Flug war nicht dabei.

Ziellos schob er die Fotos auf dem Tisch hin und her. Caroline auf dem Hamburger Flughafen, Caroline bei einem Italiener in Antwerpen, als Vortragende auf einem Managementkongress in Berlin. Er war ihr überallhin gefolgt. Bis er Zugriff auf ihren Terminkalender, überhaupt auf ihren Computer erlangen konnte, war fast ein Jahr ins Land gegangen. Fast zwanzigtausend Euro hatte er diesem schmierigen Hacker gezahlt. Von diesem Zeitpunkt an war er zu ihrem Schatten geworden. Und seitdem hatte Mommsen auch Zugriff auf alle Namen und Adressen aus dem Umfeld von Caroline. Er kannte all die Personen, von denen »eroque«-Geschäftspartner oder gar Reporter überhaupt keine Ahnung hatten.

Er nahm ein Foto hoch, das Caroline und Fanny im Gegenlicht zeigten. An einem Strand auf Texel. Eng umschlungen. Er war nie eifersüchtig gewesen. Caroline hätte weiterhin mit Fanny zusammen sein können, wenn sie sich nur ein bisschen auch für ihn entschieden hätte.

Wie ein Paparazzo hatte Mommsen auf der Lauer gelegen. Immer hatte er sich entweder versteckt oder verkleidet. Deswegen schaute Caroline auch auf keinem der Fotos direkt in die Kamera. Und wenn sie sich dann mal kurz von Angesicht zu Angesicht begegneten, dann hatte er seine Utensilien stets gut verborgen. Es gab nur ein Bild, auf dem er ihr in ihre schönen Augen blicken konnte. Das war das Klassenfoto aus dem zehnten Schuljahr.

Irgendwo rumpelte es. Mommsen schaute nur kurz hoch. Noch einen Schluck aus der Whiskyflasche. Letzten Samstag, da hatte er Caroline einen Vorschlag machen wollen. Für ein gemeinsames Leben. Er hätte ihr den Rücken freihalten, sie vor der »eroque«-Clique beschützen können, vor diesen geldgierigen Haien, die sie sonst so umgaben. Ihr ehemaliger Galerist Dupont war wohl auch so einer. Den hätte er ganz einfach aus dem Feld geschlagen.

Aber so war es alles nicht gekommen. Es war am Samstag in Ivenstedt wie auf dem Lustlager in Paris gewesen. Essen, Musik, alles vom Allerfeinsten. Unglaubliche Kostüme, die Fanny Jongen entworfen hatte. Besonders beeindruckt hatten ihn die lebenden Statuen. Überall sehr schöne Frauen und sehr schöne Männer, die auf Säulen standen und durch Berührung »zum Leben erweckt« werden konnten. Nachdem er Caroline den ganzen Abend nicht gesehen hatte, hatte er eine atemberaubende Schönheit mit asiatischen Gesichtszügen für sich aktiviert und in eines der Himmelbetten geführt. Er hatte sich ganz ihrer Führung überlassen, sich hingegeben und – wieder mal keinen Höhepunkt erlebt. Er dachte immerzu nur an Caroline.

Kurz vor Mitternacht hatte sie dann ihren Auftritt gehabt. Mit großem Pomp und mit einer bemerkenswerten Botschaft. Wie sie leuchtete. Alle Gäste trugen wie immer Masken, nur Caroline nicht. Wie sie dort oben stand – ein weißer Gaze-Umhang umspielte ihren wunderschönen Körper, der nur spärlich von einem Hauch von Slip und Oberteil verhüllt war. Sie gab ein unwahrscheinlich begehrenswertes Bild dort oben ab, das musste sogar er sagen, auch wenn er ihre öffentlichen Auftritte hasste. Die Halbnackte mit offenem Visier unter all diesen Maskierten. Ihr Gesicht strahlte, als sie verkündete, die Moderation der neuen Kultur-Talkshow eines reichweitenstarken Privatsenders zu übernehmen, den sie jetzt noch nicht bekannt geben wolle.

Wie eine Bombe hatte die Nachricht eingeschlagen. Ihre Gäste hatten gejubelt. Nur die beiden an ihrer Seite hatten anders reagiert, sie erstarrten sichtlich in ihren Kostümen und warfen sich wohl unter den Masken irritierte Blicke zu. Er wusste, dass das Fanny und John gewesen waren. Andere ließ sie ja nie mit sich auf eine Bühne. Hatten die beiden nicht auch den Saal vor Caroline verlassen?

Die Erinnerung war verschwommen. Er war rausgegangen, an die Luft, sich beruhigen. Eine Fernsehsendung. Was das an Zeit kosten würde. Dabei wollte er sie doch in dieser Nacht persönlich überzeugen. Wie gut hätten sie zusammengepasst. Sein Lebenstraum war dann vollends zerplatzt. So kurz vor ihrem gemeinsamen Ziel. Er hatte es jedenfalls nicht verhindern können, das Ende der Schlei-Diva.

War das nicht auch so eine Erfindung eines Schmierfinken der Boulevardpresse gewesen: Schlei-Diva? Obwohl, der Name passte. Caroline war exzentrisch wie eine Diva gewesen, aber ihren wahren Kern, den kannte nur er. Bent Mommsen. Und niemand anders. Ein feinfühliger und gutmütiger Mensch war sie gewesen.

Mommsen zuckte zusammen. Er sah mit einem Mal all das Blut, die Wunde in Carolines Schläfe. Eine heiße Welle der Enttäuschung brandete tief in seiner Brust auf. Mit ungeheurer Wut und Kraft schlug er mit der flachen Hand auf den Tisch. Einmal, zweimal. Und dann brüllte er raus, was er empfand: »Ich – kann – nicht – mehr! Ich – kann – nicht mehr!« Erschöpft schloss er die Augen und atmete tief aus.

Als er aufwachte, war es schon dunkel geworden. Sein Nacken war ganz steif. Er hatte mit dem Kopf auf dem Tisch, auf den Fotos gelegen. Jetzt rumpelte es wieder. Mommsen stand auf, durchquerte den kleinen Raum, öffnete die Tür zum Schlafzimmer und knipste die Deckenleuchte mit dem hässlichen Hänsel-und-Gretel-Schirm an. Das hier war mal sein Zimmer gewesen. Damals, als er Caroline noch nicht kannte. Als er noch in Kappeln zur Schule ging. Als noch alles gut gewesen war. Er schaute aufs Bett. Nachsichtig schüttelte er den Kopf. »Dich hört hier niemand. Weit und breit kein Mensch.«

Er hob die Wasserflasche auf, die vor dem Bett auf den ausgetretenen Holzdielen lag. Irgendwie hatte Gesa Bruns es geschafft, sie vom Nachttisch zu stoßen. Er hatte sie mit breiten Transportgurten ans Bett gefesselt, damit nichts scheuerte. Aber nun würde er die Gurte nachziehen müssen. Vorher ein bisschen Entspannung. Zur Sicherheit.

Er zog den Reißverschluss seiner Umhängetasche auf, entnahm ihr eine kleine Dose mit der Aufschrift »Tavor«, rüttelte sich zwei der angstlösenden Tabletten auf die Hand, schob sich eine in den Mund und ließ die andere in die Wasserflasche plumpsen. Ganz sicher war er nicht, ob Gesas Dosis für heute nicht bereits erreicht war. Aber das war eine besondere Situation. Da konnte er ausnahmsweise mal keine Rücksicht nehmen.

»Gesa, hast du Durst? Möchtest du noch einen Schluck Wasser?«

Gesa schüttelte den Kopf. Die Augenbinde verrutschte leicht und zeigte einen geröteten Streifen Haut.

»Komm, trink einen Schluck, und dann lockere ich mal ein bisschen das Tuch.« Mommsen entfernte den Knebel aus ihrem Mund, unterstützte den Kopf mit seiner rechten Hand und führte die Flasche mit der linken zu Gesas Mund. Er würde sie gut versorgen, nahm er sich vor. Und sobald er in Argentinien war, würde er die Polizei informieren.

Gesa öffnete leicht die Lippen, nahm einen Schluck, dann spuckte sie das Wasser in seine Richtung und schrie. Laut.

Mommsen bedauerte das, aber was sollte er tun? Rasch und doch möglichst vorsichtig stopfte er den Knebel zurück in Gesas Mund. Bald wäre sie wieder frei. Wie Caroline. Caroline war jetzt auch frei.

Ganz schön in der Patsche

Den ganzen Morgen hatte Hinrichsen mit der Staatsanwältin Katz und Maus gespielt. Wegen des Hundes, des toten Hundes. Aber dann hatte sie ihn doch erwischt. Als er die Tür der Toilette öffnete, sah er sie. Rauchend am geöffneten Fenster. Die vermaledeite Tür quietschte, die Staatsanwältin schaute. Ende im Gelände.

Sie öffnete das mit Wasser gefüllte Marmeladenglas, versenkte zischend ihre Kippe und dirigierte Hinrichsen mit ihrem rechten Zeigefinger in ihr Büro. Was dann kam, überraschte den alten Fahrensmann der Eckernförder Polizei außerordentlich. Nicht die juristischen, nicht die dienstrechtlichen Belange waren Thema einer Standpauke. Nein, die Staatsanwältin machte auf Brigitte Bardot des Nordens. Sie entpuppte sich als Tierschützerin und, was Hinrichsen regelrecht schockierte, als Sammlerin von Tierbabyfotos mit dem Spezialgebiet Katzenbabys.

Hinrichsen war mit Tieren aufgewachsen. Er kannte sich aus. Schweine, Rinder, Hühner. Am Ende war es Reinold Harms, der Dorfschlachter, oder ein osteuropäischer Leiharbeiter gewesen, der den Viechern die Gurgel durchschnitt. So war das nun mal. Und jetzt dies Getue um den bissigen Köter. Tierkalender kamen in Hinrichsens Welt nicht vor, und dabei würde es bleiben.

In den Eckernförder Tierschutzverein einzutreten, hatte sie ihm geraten. »Sozusagen ein Kuhhandel, den Sie mir hier vorschlagen«, hatte er gesagt und kumpelhaft gelacht. Da hatte sie ihn rausgeschmissen. Gerade rechtzeitig, denn auf ihn wartete die Befragung der Spackos von gestern Abend.

Im Vergleich zu seinen Schützenbrüdern und deren Alkoholkonsum bei einschlägigen Treffen waren diese Kiffer zwar harmlos. Aber er hatte einen hübschen Hebel in der Hand. Die Kollegen hatten gesucht und jede Menge Gras gefunden. Bei den Jungs und bei Jessen sowieso. Er würde improvisieren, um Kevin Schnurre zum Reden zu bringen. Dass der die von Iven erschossen hatte, schloss Hinrichsen zwar für sich aus, aber irgendwie hatte der bei der ganzen Sache seine Finger drin.

Kaum saß Hinrichsen wieder an seinem Schreibtisch, tauchten auch schon die Schnurres auf. Überpünktlich.

»So, jetzt mal Butter bei die Fische, Kevin«, versuchte es Hinrichsen ganz jovial.

Kevin schwieg. Mit seinem eurasischen Aussehen und dem massigen Körper hatte er fast etwas Buddhahaftes. Kevin kaute Kaugummi. Seine Mutter Cathy plapperte. Wortgenau wiederholte sie ihr Lamento über ihren missratenen Sprössling, aber das kannte Hinrichsen ja alles schon von seinem Besuch im Pink Palace. Überrascht war der Kommissar über Cathy Schnurres Aufzug. Ganz in Schwarz gekleidet – nur der Modeschmuck und das Make-up verrieten ihren Farbtick.

Hinrichsen hatte die Lady in Pink noch am Dienstag angerufen und sie von der Vorladung ihres Sohnes am heutigen Tag in Kenntnis gesetzt. Cathy Schnurre hatte mit aller Entschlossenheit verkündet, dass sie da sein werde – mit oder ohne Kevin im Gepäck. Sie bestand sogar darauf, eine Stunde früher zu kommen. Man habe dann mehr Zeit füreinander. Die beiden saßen nun im Teambüro auf Hinrichsens Seite, der zwei Hartplastikstühle aus dem Flur vor seinen Schreibtisch platziert hatte.

»Was sagst du denn zu den Anschuldigungen deiner Mutter, Kevin?«, fragte Hinrichsen, obwohl ihn das nicht wirklich interessierte. Ein paar Lockerungsübungen konnten aber nie schaden. Schweigen. Der Kommissar blätterte in der Akte Kevin Schnurre. »Man kann zwar in deinem Fall nicht von einem schweren Jungen sprechen, aber du hast ja doch schon einiges auf dem Kerbholz.«

»Der war gut, Herr Hinrichsen«, kiekste Cathy Schnurre und kniff die Augen zusammen. Dabei verzog sie die pinkroten Lippen zu einem Kussmund. Kevin schaute vorwurfsvoll zur Seite, um dann gleich wieder stoisch einen Punkt an der Wand hinter Hinrichsen zu fixieren.

»Zum Griff in Mutterns Geldbörse willst du also nichts sagen. Nicht schlimm, Kevin. Wir beide haben ja auch noch andere Themen. Dein Geldbedarf als Drogenkonsument dürfte durch den Job bei ›Hanse-Security‹ nicht zu befriedigen sein. Richtig? Wie viel Gramm hattest du eigentlich in den Taschen?« Wieder nichts. »Schon 'ne Stange Geld, die aus dem Tresor der von Ivens verschwunden ist. Bewährung wird es da nicht mehr geben. Vielleicht fangen wir mal vorne an. Erzähl mir doch mal, wie das war, als du das Büro betreten hast.«

Kevin Schnurre schwieg beharrlich. Und Hinrichsen nun auch.

»Kevin, sei schlau. Sag doch was, deiner Mutter zuliebe«, sagte jetzt Cathy Schnurre und sah ihren Sohn fast flehend an.

»Deine Mutter macht sich große Sorgen um dich. Warum erleichterst du nicht dein Gewissen? Du steckst tiefer im Dreck, als du glaubst.«

Hinrichsen machte wieder merklich lange Pausen zwischen den Fragen. Mutter Schnurre wollte immer dazwischen, aber der

Kommissar signalisierte ihr mit deutlichen Blicken, dass sie doch bitte ruhig sein möge. Das funktionierte.

Der Sohn Schnurre kaute weiter Kaugummi. Das Thema Geld machte ihn jedoch merklich nervös. Er hatte ein paarmal mit seinen Airmax auf dem Boden gescharrt.

»Diese Nike-Schuhe kosten sicher ein kleines Vermögen, Kevin«, sagte Hinrichsen.

»Äh, Cop, die hat meine Mudder mir gekauft«, rührte sich der Sohn jetzt doch mal. »Und überhaupt. Für Sie: ›Herr Schnurre‹. Und die Bitch, was meine Mutter ist, die sollte jetzt mal besser'n Abflug machen.«

»Kevin, so was kannst du zu Hause sagen.« Cathy Schnurre sprang auf. Sie zog in Richtung Hinrichsen fragend ihre Schultern hoch. Der Kommissar gab ihr mit einer Geste zu verstehen, dass sie jetzt wirklich besser den Raum verlasse. Die Tür klappte zu.

»Cop, wieso sollte ich das Geld klarmachen?«, sagte Kevin Schnurre ohne jede Umschweife. »Wissen Sie eigentlich, wie froh ich bin, dass ich diesen Job bei ›Hanse-Security‹ habe? Mudder sagt immer: ›Junge, das ist deine erste und letzte Chance.‹ Nee, Herrn Hansen würde ich niemals beklauen, der ist voll in Ordnung.«

»Und warum rufst du Herrn Hansen nicht zurück, wenn er darum bittet?«, fragte Hinrichsen und lehnte sich ganz weit in seinem Bürostuhl zurück. »Was ist das überhaupt für eine Nummer? Du machst hier einen auf großen Schweiger, und kaum ist deine Mutter aus der Tür, fängst du an zu plappern«, sagte Hinrichsen und kratzte sich erst einmal am Kopf.

Schnurre rieb sich mit beiden Händen über das fettige Gesicht. Er sah auch blass aus. Cool ganz sicher nicht. Schnurre hatte zwar ein Kreuz wie ein Kirmesboxer, aber welcher Kriminalbeamte ließ sich davon schon täuschen? Hinrichsen ganz sicher nicht.

»Ich bin total fertig, echt. Ich muss erst mal da drauf klarkommen, bevor ich mit dem Chef spreche. Der hält mich doch für total bekloppt, so verpeilt, wie ich im Moment bin. Ich hab doch gesehen, wie der Typ die Alte kaltgemacht hat. Krass.«

Schnurre holte jetzt tief Luft. »Als ich den Typen bei der

von Iven gesehen habe, habe ich die Tür verrammelt und bin sofort zu Hansen. Der hat mich zurückgeschickt. Tür bewachen, hat er gesagt. Aber als ich wieder im Büro ankam, war die Tür aufgebrochen und der Typ nicht mehr da. Also bin ich rein. Das war so krass, ey. Ich hab noch nie'n Toten gesehen. Ich hab sofort wieder weggeguckt.«

»Wohin geguckt? Wenn wir deinem Chef Hansen glauben dürfen, dann stand zu diesem Zeitpunkt der Tresor offen. Und du hast das Geld genommen.«

»Behauptet der Chef das wirklich? Was denn für'n Geld? Da war kein Geld. Als der Abend losging, da haben alle Gäste meinen Kollegen am Einlass einen Umschlag gegeben. In der Küche hat der Chef dann die Kohle in so kleine Alukisten verpackt. Voll viele. Aber danach habe ich die Dinger nicht mehr gesehen. Echt nicht.«

»Du hast also in diesem Büro auf deinen Chef gewartet? Und was geschah dann?«, fragte Hinrichsen.

»Der Chef kam rein, ist zu der Frau, hat den Puls gefühlt und so – und dann, dann hat er telefoniert, glaube ich. Mehr weiß ich nicht. Echt nicht. Ich bin dann ja rausgelaufen zum Kotzen. Ihr habt Glück, dass ich die Leiche nicht noch vollgekotzt habe.«

»Herr Schnurre, herzlichen Dank dafür. Noch mal einen Schritt zurück: Wie sah denn der Typ aus, der sich über Caroline von Iven gebeugt hat?«, wollte Hinrichsen wissen.

»Keine Ahnung. Die hatten doch alle diese blöden Kostüme an.«

»Wie groß?«

»Keine Ahnung.«

»Wie alt«

»Boa, ey. Kein Plan, Alter.«

»Dick, dünn?«

»Nä, dick war der nicht.«

»Woran hast du denn erkannt, dass der andere Mann die Frau getötet hat?«

Schnurre war irritiert.

»Hatte der ein Messer, hat er auf sie eingestochen?« Schnurre zuckte mit den Schultern.

»Oder hat er sie womöglich gewürgt?«

»Gewürgt, ja, das kann sein.«

»Hat die Frau geblutet?«

»Ja klar, überall war Blut. Krass. Das war voll krass.«

Hinrichsen hatte eigentlich genug gehört. »Wovon hast du noch mal die Nikes bezahlt?«

Jetzt grinste Kevin Schnurre. »Denkste, ich wär doof, oder wie? Meine Mutter hat sie mir geschenkt, Alter.«

Hinrichsen beugte sich vor. »Gut, dann werden wir mal sehen, wo die Techniker deine Fingerspuren gefunden haben. Vielleicht am Tresor? Eins sag ich dir. Das Gras im Knast hat einen anderen Preis als im Seeschlösschen.«

»›Sie‹, Herr Hinrichsen, und vergessen Sie bitte nicht: Zu meiner Dienstkleidung bei ›Hanse-Security‹ gehören weiße Handschuhe.«

Draußen auf dem Flur brach auf einmal Getöse und Geschimpfe los. Es war eindeutig Cathy Schnurre, die sich ereiferte. Hinrichsen stand auf, öffnete die Tür, und beide hörten, wie Kevins Mutter keifte: »Ihr Gangster, ihr habt meinen Sohn auf dem Gewissen.«

Hinrichsen stellte sich in den Türrahmen. »Herr Jessen, guten Morgen. Und wen haben wir denn da? Das ist doch die Kiffertruppe vom Herrenklo. Und zwei der Schnuckis haben offensichtlich ihre Frau Mama mitgebracht. Niedlich. Herzlich willkommen auf der Zentralstation. Oder sollte ich besser sagen: Central Station Ecktown? Das ist doch eher euer Slang, ihr kleinen Gangster.«

Cathy Schnurre kiekste jetzt wieder.

»Bitte treten Sie doch alle ein.« Hinrichsen ahnte, was kommen würde, aber er ließ es einfach darauf ankommen. Er hatte es schon oft erlebt, dass sich in solch unübersichtlichen Situationen verdächtige Personen gegenseitig beschuldigten. Eskalation war angesagt, und Vorfreude stieg in Hinrichsen auf.

Kaum hatte sich Cathy Schnurre wieder auf den Hartplastikstuhl neben ihren Sohn gedrängt, während Jessen, die fünf anderen Jungs und die zwei Mütter hinter den beiden Schnurres Aufstellung genommen hatten, da ging es schon los.

»Mein Michi hat nichts verbrochen, und wenn, dann hat der da«, eine wasserstoffblond gefärbte Mutter mit sonnenstudiogegerbter Lederhaut zeigte auf Jessen, »ja, der da, der jetzt so unschuldig guckt, der hat die Jungs auf dem Gewissen. Gibt denen Rauschgift und Bier. Ausgenommen hat der meinen Michi. Wissen Sie, wie viel Geld mir mein Sohn aus der Haushaltskasse gestohlen hat?«

Geschnatter und Geraune kam auf im Teambüro, in dem es fast dampfte vor billigem Parfüm, ebensolchem Rasierwasser, Angstschweiß und Körperhitze. Zehn Personen auf engstem Raum. Immerhin.

»Da sind Sie leider nicht die Einzige, Frau Schnurre kann auch ein Lied davon singen«, versuchte Hinrichsen, beruhigend auf die Situation einzuwirken. Ehe sie sich jedoch versahen, wendeten sich auf den billigen Stehplätzen zwei der großen Jungs ganz langsam Erwin Jessen zu.

»Michi!« – »Sergej!« Die Mütter der beiden Stiernacken kreischten im Chor. »Tut das nicht!«

Die Jungs nahmen Erwin Jessen in die Zange, hakten ihn unter und hoben den kleinen zappelnden Mann im beigen Blouson in die Höhe. »Lasst mich bloß los, ihr Dödel«, brüllte Jessen die beiden an. Als jetzt auch noch die beiden Mütter auf die drei zustürmten, flog die Tür auf, und Polizeiobermeister Schrader kam herein.

»Loslassen, hinsetzen, Maul halten«, sagte Schrader, der die Situation sofort erfasste und bei den Irren erstaunlich viel Respekt genoss. Vielleicht die Uniform oder das Pistolenhalfter, dachte Hinrichsen. Das Menschenknäuel entwirrte sich. Ruhe kehrte ein.

»Danke, Herr Kollege«, sagte Hinrichsen und schaute auf seine Timex, ein Konfirmationsgeschenk seines Patenonkels Heinz. »Alles in Ordnung, Jessen?«

Jessen schnaufte durch und klopfte auf seinem Blouson herum, als wolle er Staub entfernen. »Herr Hinrichsen, ich würde Sie gern mal unter vier Augen sprechen.«

Hinrichsen erhob sich und führte Jessen rüber in Rasmussens Büro. Schrader hielt die Irren in Schach.

Kaum hatte Hinrichsen die Tür geschlossen, ging Jessen in die Offensive. »Was halten Sie von einem Handel?«

Hinrichsen dachte sofort an die Staatsanwältin und musste grinsen. »Handel ist immer gut. Handel macht, dass die Welt sich dreht.«

»Sie wissen was über mich. Ich weiß, dass das nicht gut ausgeht, aber Sie könnten ein gutes Wort für mich einlegen.«

»Ist das ein Angebot?«

Jessen nickte.

»Na, dann mal los.«

»Kevin ist seit Montagmittag schuldenfrei. Er hat alle seine Schulden aus den letzten Monaten bei mir beglichen. Sechstausendeinhundertundachtzig Euro. Wo sollte das Bürschchen wohl so viel Geld herhaben, na?«

»Und, was geht mich das an?« Hinrichsen tat uninteressiert.

»Mal ehrlich. Blasen Sie sich nicht so auf. Ich muss Sie ja wohl nicht an meinen belgischen Schäferhund erinnern? Der ist selbstverständlich Teil des Handels«, schnaufte Jessen.

»Wir nehmen das jetzt mal schön zu Protokoll, und dann sehen wir weiter.« Hinrichsen lächelte Jessen an. Er wusste, dass er sich auf Glatteis bewegte. Aber das Ding würde er schon zu seinen Gunsten drehen, da war er sich sicher. Tierschutzverein, nicht mit ihm.

Die Bande der Irren ließ er von Schrader zunächst wieder auf den Flur verfrachten, dann nahm er Jessens Aussage auf. Mit dieser konfrontierte er Kevin Schnurre. Eine halbe Stunde später hatte er ein Geständnis. Schnurre hatte neuntausend Euro aus dem Safe genommen. Der hatte offen gestanden. Aus den obersten Kassetten hatte er sich Scheine gegriffen und diese in seine Taschen gestopft. So viele wie möglich. Geld beulte ganz schön die Taschen aus, und gerade die Kostümjacke, die er als Security-Kraft auf dem Lustlager getragen hatte, war ziemlich eng geschnitten.

Noch vor der Mittagspause hatte Hinrichsen also die Aussage eines Dealers und die eines Diebes. Nicht schlecht. Den Rest würde die Staatsanwältin erledigen. Außerdem hatte sich der Kreis der Verdächtigen enger ziehen lassen. Schnurre schloss Hinrichsen aus. Und sollte er es gegen alle Intuition und Erkenntnis doch gewesen sein, hatten sie ihn jetzt sowieso am Wickel.

Hinrichsen ließ Schrader die beiden abführen und freute sich auf eine schöne Frikadelle mit Senf. Zwei Geständige gegen einen toten Hund. Da würde selbst die Tierliebe der Staatsanwältin ein Päuschen machen. Hinrichsen schob die Prinz-Heinrich-Mütze keck in die Stirn und verließ die Zentralstation Richtung Metzger.

Fritze hat eine Idee

Hinrichsen hatte letzten Herbst seinen Geburtstag in der »Wiker Post« mit Kollegen nachgefeiert. »Aus einer Laune heraus«, wie er gesagt hatte. Stehempfang mit Bier und Köm und dann die Überraschung, Kegeln. Der Abend in Kiel war ein Riesenerfolg gewesen. Auf der Zentralstation erzählte man sich noch immer davon. Polizeiobermeister Schrader war die Hose geplatzt, die Staatsanwältin hatte außer Pudeln eigentlich nichts Zählbares geworfen, und als dann noch der Innenminister, dessen Eltern Hinrichsens Nachbarn waren, auftauchte, hatte die »Wiker Post« gekocht.

Die Brix hatte so viel Gefallen daran gefunden, dass sie seitdem mit den Knilchen und zwei Sängerinnen aus dem Chor alle zwei Wochen mittwochs hierherkam. Fiete hatte sie nicht lange überreden müssen. Das Buch »111 spannende Kegelspiele« kannte er fast auswendig.

So saßen sie auch heute wiedermal in dem alten VW-Bus, den sich Fiete aus der Konkursmasse eines ehemaligen Konkurrenten gesichert hatte. Wenn man ganz genau hinschaute, konnte man auf den Türen, mattweiß auf schmutzig weiß, noch ganz blass »Brodersen-Bau« lesen. Der Bulli hatte nachträglich zwei Sitzbänke bekommen, aber keinen Ausbau. Überall nacktes Blech. Der alte Diesel veranstaltete einen infernalischen Lärm, die Karosserie klapperte, und an ein Gespräch war nicht zu denken.

So rumpelte die zusammengewürfelte Kegelsportgruppe Eck, kurz KSE, gen Kiel.

Niemand verstand, warum Jörn das Wörtchen »Sport« in den Namen der Truppe eingeschmuggelt hatte, aber das Logo, das nun alle auf ihren blau-gelben T-Shirts trugen, war ihm wirklich gut gelungen – das fand jedenfalls Jörn. Sechs farbenfrohe Kugeln mit den Vornamen der Keglerinnen und Kegler. Die Truppe trug die Trikots mit Fassung. Was blieb ihnen auch anderes übrig. Sie fuhren durch die Holtenauer Straße, und der Regen pladderte nur so gegen die Scheiben. Alle freuten sich, dass Fiete einen Parkplatz direkt vor der Gaststätte erwischte.

Sie enterten die Kegelbahn, gingen zu ihren Stammplätzen am langen Eichentisch, hängten die dünnen Regenjacken über die Stuhllehnen und bestellten Getränke. Der Brix war aufgefallen, dass Fritze schon die ganze Fahrt über einen verträumt-verschmitzten Gesichtsausdruck trug. Jetzt fragte sie nach.

»Margarete, heute habe ich eine Überraschung für euch. Eine Idee.« Dann griff er nach einer Kugel und begann das allgemeine Einwerfen.

Schnell hatte sich im niedrigen Raum ein besonderes Luftgemisch gebildet. Menschliche Ausdünstungen, Bier, kalte Zigarettenasche und die Parfüms der Damen halfen mit, eine Atmosphäre von Gemeinschaft zu schaffen, wie man sie auch aus Umkleidekabinen kannte. Jörn war jedoch nach zwei Niederlagen bei den »Niedrigen Hausnummern« zum Nölen aufgelegt. Es sei so warm und stickig, warum man denn nicht im Winter spielen könne. Die Brix klärte ihn auf: »Jörn, wir sind modern, wir verhalten uns antizyklisch.«

Bei den »Hohen Hausnummern« verlor Jörn erneut und blieb den Abend über ungewohnt sprechfaul. Das fiel aber nicht weiter auf, weil gescherzt, gelacht und angefeuert wurde, dass die Decke bebte. Es gab bis auf einen blauen Daumennagel keine Sportverletzungen zu beklagen, die Pudelkasse füllte sich, und entspannte Heiterkeit ließ Zipperlein und Sorgen in den Hintergrund treten. Dazu pfiff der gut gelaunte Fiete immer mal wieder Reinhard Meys »Über den Wolken«.

Nach zwei Stunden wurde abgerechnet, und wie so häufig war Fiete der Sieger des Abends. Obwohl er ob seines kräftigen Körperbaus eher grobschlächtig wirkte, hatte er doch ein erstaunlich gutes Fingerspitzengefühl und holte die Bauern links und rechts beinahe nach Belieben.

»So jung kommen wir nicht mehr zusammen.« Mit diesen Worten läutete die Brix jeden zweiten Mittwoch das gemeinsame Essen nach dem Kegeln ein, das fast schon Pflicht geworden war. Die Küche war bodenständig, und die Portionen waren großzügig. So hatte das Ritual vor allem einen Effekt: Die durch Bewegung, Kalorienzufuhr und mäßigen Alkoholkonsum erreichte Bettschwere war einzigartig. Nicht selten schliefen zwei oder drei Sportskameraden ein, bevor Fietes Kegelbus auf der Rückfahrt den Nord-Ostsee-Kanal überquerte.

Heute war alles ein bisschen anders. Denn kaum hatte Fritze sein Hacksteak verputzt, wischte er sich mit seinem blau-weiß-roten Taschentuch den Schweiß von der Stirn und aus dem Nacken, nahm einen langen Schluck Holsten Edel und kam dann endlich mit seiner Idee um die Ecke, auf die er schon den ganzen Abend immer wieder hingewiesen hatte.

»Was haltet ihr davon, wenn wir in diesem Jahr mit einem Seniorenteam am GUMM-PRIX teilnehmen?« Fritzes Augen funkelten. Erwartungsvoll schaute er in die Runde. Betretenes Schweigen.

»Das sind doch nur junge Leute, die da mitmachen. Da können wir überhaupt nicht mithalten.« Jörn fing schon wieder das Nölen an und hatte sofort Fietes wunden Punkt erwischt.

»Na und? Vielleicht stellen wir nicht das schnellste Boot, aber womöglich das größte oder schönste. Außerdem, Herr Kapitän, wer ist denn von uns die Wasserratte? Und warst du im Dienst auf deinem U-Boot nicht auch verkleidet?«

Jörn schmollte, aber wie. Gisela, die im Chor Sopran sang, nickte. »Stützstrümpfe als Segel, und gepaddelt wird mit Gehhilfen.« Die Damen brachen in Gegickel aus.

»Pst, da wird nichts verraten, das müssen wir im Geheimen entwickeln. Wir brauchen eine Scheune oder eine Garage, in der wir uns treffen können«, warf Fritze ein, der vor Enthusiasmus sprühte.

Den wollte die Brix eigentlich nicht bremsen, denn Fritzes Idee fand sie mindestens charmant, und Marlene als Organisatorin des GUMM-PRIX würde sich bestimmt über die Teilnahme eines Seniorenteams freuen. »Freunde, der GUMM-PRIX findet in knapp zwei Wochen statt. Das dürfte doch sehr knapp werden«, warf sie dennoch ein.

Fritze hob beschwichtigend die Hände. »Margarete, da ist was dran, aber du kennst uns doch, wir als Rentner haben Zeit, Erfahrung und gute Kontakte. Das kriegen wir schon hin.«

Und dann, für alle überraschend, brach Jörn sein Schweigen. »Ich kann die Schichten auf der Fähre tauschen. Also ich wäre dabei.«

Allgemeines zustimmendes Gemurmel. »Wir brauchen einen Schlachtruf«, rief Fiete.

»Vielleicht was mit Osteoporose«, schlug Gisela vor.

Die Rückfahrt nach Eckernförde fühlte sich an wie ein Triumphzug.

Wird schon gut gehen

»Is it my shirt, is it my shoes …« Hans Rasmussen drehte den CD-Player im blauen Volvo noch weiter auf, er stimmte sich auf das Konzert mit Triggerfinger am Abend im »Uebel & Gefährlich« ein.

Der Laden im Hochbunker auf dem Hamburger Heiligengeistfeld war ziemlich angesagt, und Rasmussen hatte richtig Bock, endlich mal wieder rauszukommen. Der Wagen dieselte ohne Stau vor sich hin. Gleich würde Rasmussen seinen alten Weggefährten Eike Hansen auf einen Dönerteller und ein Astra treffen. Amos Wiesel, der Dritte in der Runde, hatte abgewinkt: »Nee, Alter, mitten in der Woche abends nach Hamburg, das packe ich momentan nicht. Die Kühlfächer sind voll, den Bericht für euch habe ich immer noch nicht geschrieben, und sowieso quillt der Schreibtisch über.«

Rasmussens Ausritt nach Hamburg war auch nicht ausschließlich privat motiviert. Er hatte heute Morgen mit Eike Hansen telefonieren müssen, denn Tristan von Iven hatte sich gemeldet und Rasmussens Kumpel indirekt beschuldigt, hundertfünfzigtausend Euro entwendet zu haben. Die »eroque«-Gelder seien weg, behauptete jedenfalls von Iven und hatte das jetzt zur Anzeige gebracht. Mittags war er auf der Zentralstation gewesen und hatte Yvonne Calloe seine Anschuldigungen in die Tastatur diktiert. Daraufhin hatten sich Rasmussen und Hansen verständigt und eine Lagebesprechung mit anschließendem Konzertbesuch vereinbart.

Nun saßen sie im »Pamukkale Köz« in der Susannenstraße. Rasmussen war zum ersten Mal hier.

»Ganz gediegen, was für ein Dönerschuppen!«, sagte Rasmussen. »Und das im Schanzenviertel.«

»Ja, ich geh hier öfter mal mit Petra rüber, ist gar nicht so weit von der Simon-von-Utrecht-Straße entfernt. Immer lecker und frisch.« Jetzt hielt Hansen die Speisekarte hoch. »Für den Kurs kannst du zu Hause nicht kochen.«

»Wann hast du denn das letzte Mal gekocht?«, lachte Rasmussen. »Sag mal, wollte Petra nicht mitkommen, so klettig, wie sie am Montag war?«

»Herr Kommissar, wir sind ja geschäftlich hier. Und wenn ich erst einmal aus der Käfigtür entwischt bin, dann ist das eben so«, grinste Hansen.

»Das traurige Kapitel Petra lass uns mal nicht vertiefen. Sag mir lieber, was du mir in Sachen von Iven vorschlagen wolltest«, sagte Rasmussen und nippte an seinem halben Liter Astra.

»Der von Iven, der tickt doch nicht richtig. Ich schwöre dir bei allen Zeugen, die ich habe. ›Hanse-Security‹ hat korrekt abgerechnet, und ich habe das gesamte Geld in den Tresor eingeschlossen. Bis auf den Fehlbetrag, der sich durch Schnurres Griff in den Tresor ergeben hat. Aber das wisst ihr mittlerweile ja auch schon von ihm selbst.«

»Ja, Hinrichsen hat den Knaben und seine Mutter vernommen. Das war wieder ein Theater, na ja, du kennst ihn ja, unseren Mann mit der Prinz-Heinrich-Mütze und dem Parka.«

»Weißt du, worauf ich überhaupt keinen Bock habe? Auf Hinrichsen, der mich auf der Zentralstation zu der Anzeige von Ivens vernimmt. Ich sehe es vor mir, wie er das zelebrieren wird. Die Vernehmung eines Exkollegen. Mir ist also etwas eingefallen, und ich habe bereits mit Margarete telefoniert.«

Die Dönerteller kamen.

»Wir spannen die Knilche ein. Die spionieren von Iven aus. Ich wette mit dir. Der hat das Geld zur Seite geschafft, als er am Sonntagabend wieder nach Hause kam. Die Ivens waren ja wohl im Hotel, weil sie auf dem Gut nach dem Mord nicht nächtigen konnten, und dann hat er seine Frau in einer Klinik untergebracht. Und dann, schön unbeobachtet, hat der alte Geier zugeschlagen. Das riecht man doch zehn Meilen gegen den Wind. Das Gut und die feinen Herrschaften, die sind angeranzt.« Hansen stocherte mit der Gabel vorsichtig im Fleisch herum. »Die haben Geldsorgen.«

Rasmussen nickte nur bestätigend.

»Alles klar, Herr Kommissar. Im ersten Schritt setzen wir die Knilche auf ihn an, Maggie sagt, das geht schon in Ordnung. Wenn dabei nichts Konkretes herauskommt, dann setzen wir im zweiten Schritt Kevin Schnurre ein. Wenn dieser Schrank in den Raum tritt, dann wird es dunkel. Der braucht gar nichts zu sagen, der muss sich einfach nur vor von Iven aufbauen.«

»Eike, du machst ja sowieso, was du willst. Aber wir haben dieses Gespräch nie geführt.«

»Hänschen, du wirkst etwas verkniffen, bleib einfach mal locker. Klar, wir haben dieses Gespräch nicht geführt. Aber was ist los? Du nippst nur an deinem Astra, und der Dönerteller ist auch noch fast komplett.«

»Alles gut, Eike. Die Party kann losgehen. Und … Herr Ober, noch zwei Bier.«

Das Essen schmeckte dann doch. Und die Gespräche perlten. Musik war Thema. Wann und wie oft sie diese flämische Band schon gesehen hatten? Was für abgefahrene Schuhe Ruben Block heute wohl trage? Ob Triggerfinger ihren brachialen Hardcore-Pop wieder ganze zwei Stunden raushauen würden? Sie sprachen auch über Antwerpen, was das für eine Szenestadt sei. Das zumindest behauptete Hansen, der mehrmals zu Verhandlungen mit Caroline von Iven dorthin gereist war. »Freu dich drauf, echt eine Reise wert, Hans«, schwärmte er.

Gegen neun bummelten sie durch die Schanze in Richtung Feldstraße. Den Hochbunker neben der Tanke konnte man dann ja überhaupt nicht mehr verfehlen. Und aus dem Rückraum grüßten die Flutlichtmasten des Millerntor-Stadions.

»Fahrstuhl ist ja wohl nur was für Uschis«, dröhnte Hansen in der Eingangshalle, bevor er in das Bunkertreppenhaus einbog. Rasmussen folgte ihm, fing aber leider ab dem zweiten Stockwerk an zu schnaufen. Kein Wunder bei einer Geschosshöhe von vier bis fünf Metern. Und dann der rettende Hafen, das »Uebel & Gefährlich«, ein übersichtlicher Rockschuppen, der um diese Zeit schon ordentlich gefüllt war.

Schnurstracks ging es an die von unten beleuchtete Theke, wo sie El Smoothy und Ron trafen, zwei Konzertgänger aus Kiel, die man überall traf, wo es laut und heftig zuging. Über ihnen baumelte ein Kronleuchter.

»Ihr hier?«

»Wir hier.«

»Okay, dann hole ich mal vier Bier«, sagte Hansen konspirativ.

»Für mich nur ein bleifreies, ich muss noch fahren«, schickte ihm Rasmussen hinterher.

»Hättste mal was gesagt, wir hätten dich glatt mitgenommen«, sagte El Smoothy.

Hansen kam mit dem Bier.

»Aber er sagt ja nie was. Immer so geheimnisvoll, der Herr Kommissar.« Ron konnte es nicht sein lassen, immer musste er auch noch seinen Senf hinzugeben. Er wollte noch schnell ein Konzert-Selfie schießen. »So, kommt mal alle her und guckt mal kurz auf mein Telefon da unten. So, das war es schon. Ist nur für das Archiv.«

»Wehe, du stellst das auf Facebook …« Das wurde Rasmussen gerade noch los, da erklang auch schon das Intro. Ruben Block, der alte Womanizer, betrat ganz in Schwarz die Bühne. Ab jetzt sollte es wilde zwei Stunden geben. Die vier drängelten sich schnell nach vorn, aber gegen Mitte des Sets verzogen sich Hansen und Rasmussen wieder an den Tresen. Dieses Trio machte Krach für zehn, und Mister Paul am Bass ließ in den ersten Reihen die Hosenbeine flattern. Ron und El Smoothy hielten die Stellung vor der Bühne. Hatte Mister Paul bei einem der letzten Auftritte nicht El Smoothy die Hand gedrückt? Das erzählte der jedenfalls immer gern in seinen Tresengesprächen.

»Auauaua …« Die Menge tobte. Bei der letzten Zugabe, »Is It«, warfen sich Rasmussen und Hansen noch mal in das Gedränge. *»Is it possible, baby?«* Die beiden brüllten aus vollem Halse mit. Das war mal wieder so ein Abend, an dem viel möglich schien. Nach weiteren fünf Minuten Gebrülle und Getänzel gingen dann aber die Kronleuchter an.

»Ich hol mir noch ein Fahrbier«, sagte Rasmussen draußen vor der Tür und nickte in Richtung Kiosk gegenüber auf der Feldstraße. El Smoothy und Ron standen da schon an.

»Ich muss in die andere Richtung, ich hab genug für heute. Ich rufe morgen früh gleich Maggie an, mach dir keine Sorgen. Ich krieg das schon hin«, sagte Hansen.

Rasmussen nickte ihm nur noch kurz zu. Schaute links, schaute rechts und ging dann quer über die Feldstraße. Würde schon gut gehen, war ja bisher immer gut gegangen.

Donnerstag, 18. Juni

Heinrich hält Hof

Ob das verspätete Frühjahrsmüdigkeit war? Heute kam die Brix trotz ihrer Morgengymnastik nicht richtig auf Touren. Sie schüttelte sich, kippte einen Espresso, dann schaute sie die Knilche der Reihe nach an.

Fiete, der es sich im ererbten Ohrensessel der Brix bequem gemacht hatte, knabberte an seinem Kreuzworträtsel, und Fritze, kerzengerade auf einem der Esszimmerstühle sitzend, hatte sich in die Fußballfachliteratur verbissen. Allein Jörn wartete mit wachem Blick darauf, dass die Brix das Startzeichen gab. Mit verschränkten Armen stand er am Fenster und trat von einem Fuß auf den anderen.

Murrend hatten sich die drei Freunde der Verlegung des geliebten Morgenschnacks gebeugt. Für gewöhnlich trafen sie sich drüben im Hafen und nahmen ihre flüssigen Muntermacher im »Luzifer«. Heute hatte die Brix aus gutem Grund in ihr Wohnzimmer gebeten.

Ausnahmen bestätigen nicht nur die Regeln, dachte die Brix bei sich. Sie betrachtete das Abweichen von Gewohnheiten als einen der Garanten für die Aufrechterhaltung einer akzeptablen Denkleistung und war nicht bereit, sich den Erosionsprozessen des Lebens einfach so zu ergeben. Wie aussichtslos der Kampf auch sein mochte und so vorhersehbar der Ausgang war, die Brix war Sportsmann vom Hütchen bis zu ihren Pumps. Mit bunten Programmen und gelegentlichen Ermittlungen kämpfte sie leidenschaftlich gegen den bösen Gilb. Jenen Gilb, der das Denken eindimensional macht, der um die Bequemlichkeit des Geistes weiß und in Jahrzehnten des konstanten Einlullens aus kindlicher Neugier altersstarrsinnige Vorurteile formt.

»T minus zehn«, sagte die Gastgeberin, und von jetzt auf gleich wurde ihr die volle Aufmerksamkeit der Herren zuteil. »In zehn Tagen muss unser Seniorenteam beim GUMM-PRIX Geschichte schreiben. Bitte die Berichte.« Die Brix schaute entschlossen in die Runde.

»Oh, là, là, heute bläst aber ein scharfer Wind, liebe Margarete«, sagte Fiete und begann als Bauleiter des Projektes sofort, den Stand der Arbeiten am Wettbewerbsgefährt zu erläutern, dabei klappten Jörn und Fritze zackig ihre Mappen auf. Unter dem Geheimnamen »Gerontimo« befassten sie sich mit den Fragen Training und Strategie sowie Maske und Kostüm. Die Sitzung des Planungsstabes dauerte anderthalb Stunden. Dann erhielt die Brix einen Anruf.

»Ach, Eike, jaa« und »Ja, ja, wir sprachen drüber« und »Ach, das geht schon in Ordnung, das werde ich den Knilchen schon verklickern«. Die Knilche wussten, was nun auf sie zukommen würde, und während des Gesprächs baute sich bei ihnen noch mal eine ganz andere Art von Hochspannung auf.

Die Brix sah das Jagdfieber in den Augen der Herrenrunde aufblitzen. Der Fall war schnell aufgeblättert. Tristan von Iven spielte ein Spiel, von dem keiner so richtig wusste, was es zu bedeuten hatte.

»Meine Herren, jetzt gilt es, die Betablocker auszupacken, Eike Hansen bittet uns, einzugreifen. Tristan von Iven muss observiert werden, und zwar gewissermaßen gleich. Ich weiß, das können wir mitten in den GUMM-PRIX-Vorbereitungen überhaupt nicht gebrauchen. Aber wir schaffen das, wir haben schon ganz andere Sachen geschafft«, verkündete die Brix mit Nachdruck.

»Margarete, uns musst du nicht überzeugen«, sagte Fiete und schaute Fritze dabei an. Der nickte. Nur Jörn verzog bedauernd das Gesicht, er habe die Mittagsschicht auf der Missunde II.

Die Brix vergatterte die Anwesenden in beiden Angelegenheiten erneut zu absolutem Stillschweigen und verbreitete Optimismus. »Du weißt, Fritz, wie skeptisch ich war, als du deine GUMM-PRIX-Idee beim Kegeln vorgestellt hast. Aber es läuft ja alles wie am Schnürchen. Von null auf hundert über Nacht. Da wirft uns so ein bisschen Ermittlungsarbeit doch nicht aus der Bahn.«

Die Knilche lächelten milde und gingen ihrer Wege. Die Brix

bestellte ein Taxi. Sie wollte heute einen Besuch bei Heinrich im Pflegeheim machen. War sie deswegen so in Aufruhr? Heinrich, das wusste die Brix sehr wohl, rühmte sich insgeheim noch immer einer intimen Bekanntschaft mit ihr, die sie vor etwa vier Jahrzehnten verbunden hatte. Zu diesem Zeitpunkt war er Professor an der Muthesius-Kunsthochschule in Kiel und außerdem verheiratet gewesen. Die Brix hatte ihm privat Modell gesessen, und es war gekommen, wie es angesichts der Reize der jungen Margarete hatte kommen müssen. Von ihr hatte bisher niemand von der Verbindung erfahren, und so sollte es auch bleiben.

Heinrich war nun vierundachtzig, verwitwet und hatte, wenn man den Ärzten Glauben schenken durfte, nur noch wenige Monate zu leben. Er hatte sich für ein Pflegeheim in Stexwig entschieden. Nur ein paar Meter von der Schlei entfernt, an deren Ufern Heinrich geboren worden war.

Die Brix ließ sich am kleinen Stexwiger Bootshafen absetzen. Ihr war nach Luftholen. Langsam ging sie über den Steg hinaus Richtung Wasser. Die leichte Brise war angenehm frisch. Über Reesholm, der Halbinsel auf der nördlichen Schlei-Seite, kreiste ein Seeadler. Der weiße Schwanz leuchtete vor dem blauen Himmel für kurze Momente hell auf, bevor er sich auf seine Beute stürzte. Fressen und gefressen werden, dachte die Brix nüchtern. Es ist, wie es ist, bald wird Heinrich Futter für die Würmer sein. Die Endlichkeit empfand sie als etwas Tröstliches und vor allem Gerechtes. Ihr konnte sich nichts und niemand entziehen. Sorgfältig zog sie ihre Lippen nach und kontrollierte das Ergebnis im Spiegel. Heinrich war sterbenskrank, aber seine Augen waren die eines – Adlers.

Die Brix sah Heinrich vor dem Haus unter einem Sonnenschirm sitzen. Wie so oft trug er das ausgewaschene, einst wohl dunkelblaue Sweatshirt seines Segelclubs. Auf dem Tisch ein Laptop. Heinrich war, was Technik anging, stets auf dem Laufenden geblieben. Und er war und blieb ein Kavalier der alten Schule. Kaum dass er die Brix erspäht hatte, rappelte er sich aus dem Korbstuhl hoch.

Heinrich stand schwankend. Aber er stand. Die Brix trat einen Schritt vor. Beinahe sah es aus, als würde sie gleich einen Knicks machen. »Darf ich dich küssen?«, fragte sie mit einer Mischung aus Fürsorge und Sorge in der Stimme.

»Von ansteckenden Krankheiten weiß ich nichts.« Heinrich, der noch immer ein stattlicher Mann war, neigte den Kopf, sodass die Brix den Schalk in seinen Augen blitzen sehen konnte. Heinrich war wunderbar. Sie küsste ihn auf seine knöcherne Wange. Papieren und zart war die Haut über dem Schädel, ein Schädel wie der eines großen Vogels. Heinrich brummte wohlig. Die Brix schluckte.

»Was darf ich dir bringen lassen, Margarete, einen Sanddornsaft wie immer oder …?« Heinrich schaute auf die Uhr. »Oder wollen wir gemeinsam zu Mittag essen?«

»In dieser Reihenfolge«, antwortete die Brix. Deutlich sah sie, wie schwer Heinrich atmete. In seinem Körper tobte der Kampf Chemie gegen Biologie. Die Chemie würde den Kürzeren ziehen. Aber Heinrich war ein Romantiker, und solange er an Heilung glaubte, bliebe ihm der Charme wie eine strahlende Aura erhalten. Dass ich ihn einst geliebt habe, ist kein Wunder, dachte die Brix.

Beim Sanddornsaft sprachen sie über einen gemeinsamen Segeltörn, der sie vor vielen Jahren nach Bornholm geführt hatte. Und zum gebratenen Hering, den sie sich bestellt hatten, drehte sich die angeregte Konversation um die Finanzierung der Theater und Museen im Land. Als Heinrich nach dem sehr gelungenen Tiramisu den Löffel genüsslich ableckte, erinnerte sich die Brix an eine Packung Löffelbiskuit, die auf dem Tisch gestanden hatte, an dem sie mit Tristan von Iven gesessen hatte.

»Sag mal, die von Ivens kennst du doch auch?«, wandte sie sich an Heinrich. Der nickte. »In der Kunstszene steht man sich im Norden ja irgendwie ständig gegenseitig auf den Füßen.«

»Deren Tochter Caroline ist tot. Ob durch eigene oder fremde Hand, weiß die Polizei noch nicht«, sagte die Brix.

Heinrich sackte ein paar Zentimeter in seinem Korbstuhl zusammen. Er war ein einfühlsamer Mensch, dessen intellektuelle

Leistungen nur noch von seiner großen Empathie übertroffen wurden. Er hielt inne, und dann sagte er: »Wie ein Sonnenuntergang, bevor der Abend kommt. Es muss sich falsch anfühlen, ein Kind zu verlieren. Wie traurig werden sie sein, Tristan und seine Frau. Wie heißt sie doch gleich?«

»Luise.«

»Ah, ich erinnere mich. Sie ist noch jung, nicht wahr?«

»Ende fünfzig vielleicht.«

»Furchtbar.«

Heinrich nippte an seinem Cognac. Viel Alkohol vertrug er nicht mehr. »Tristan von Iven. Tja.« Er lächelte schmal. »Eine Existenz auf tönernen Füßen. Anspruch traf auf Wirklichkeit. Hoch hinaus hat er gewollt. Dabei taugte sein Talent gerade zum Gebrauchsgrafiker. Anfang der achtziger Jahre hat er mal eines seiner Bilder für sehr viel Geld verkauft. Tagelang hing er uns in den Ohren. Das sei der Durchbruch. Aber es kam nichts nach. Statt an sich zu arbeiten, gefiel er sich darin, internationale Kunstmessen zu besuchen. Wie Sauerbier hat er die Auswüchse seines spärlichen Talents angeboten. Das war von vornherein zum Scheitern verurteilt. Am Ende hat er sein Gut als Ausstellungsort für regionale Kunsthandwerker angeboten. Nichts gegen Kunsthandwerk, aber Tristans Verzweiflung muss schon sehr groß gewesen sein. Ewige Geldsorgen und das Gefühl, das vermutlich alle Künstler haben. Unter Wert geschlagen worden zu sein.«

Die Brix war überrascht. Sie hatte Tristan von Iven bis zuletzt für eine Art Grandseigneur der holsteinischen Kunstszene gehalten, und von Geldsorgen in größerem Umfang hörte sie auch zum ersten Mal. Seine Tochter baut in Windeseile ein Weltunternehmen auf und schaut zu, wie ihre Familie zu Hause am Hungertuch nagt? Wie kaltschnäuzig war Caroline von Iven denn gewesen? Oder steckte vielleicht noch etwas ganz anderes hinter ihrem Verhalten? Die Brix hing noch ihren Gedanken nach, als Heinrich zart ihre Hand berührte. Sie würde auf jeden Fall mit Hans darüber sprechen.

»Margarete, sosehr ich es bedaure. Eine Verabredung mit meinem Medizinmann ruft. Bitte lass mich nicht allzu lang auf einen weiteren Besuch warten.«

Die Brix verstand. Zeit konnte zu einem sehr kostbaren Gut werden.

Außer Spesen nichts gewesen

»Hast du den Blick gesehen?«, fragte Fiete Burmester.

»Ja, habe ich«, nickte Fritze Köppen. »Was ist los mit Maggie, dieser Seele von Mensch?«

»Die ist durcheinander. Und vor allem bannig enttäuscht. Dienstag war sie bei Tristan von Iven. Als sie mir abends von dem Besuch erzählt hat, standen ihr die Tränen in den Augen. So gerührt war sie von dem trauernden Vater.«

»Ein trauernder Vater kann doch in die Firmenkasse seiner verstorbenen Tochter greifen, wo ist das moralische Problem?«, fragte Fritze.

»Am besten fragen wir sie selbst. Aber mir war schon öfter angst und bange.« Fiete klang jetzt richtig kleinlaut, und das war sonst nicht seine Art. »Ich bin immer erschrocken über diese Entschlossenheit, die Maggie in ihre Blicke legt. Dieser Frau traut man alles zu. Nicht genug damit, dass sie irgendwelche Verbrecher zur Strecke bringt, da liegt noch mehr drin.«

»Du übertreibst mal wieder, ist aber auch nicht wirklich mein Problem.« Fritze Köppen griente seinen Kollegen an und biss dann voller Lust in den Kopenhagener, den er sich bei der Bäckerei Junge geholt hatte. Er mampfte die süße Tellermine weg und klopfte sich danach zufrieden die Hände an seinem Blaumann ab, den Fiete und er zur Tarnung noch schnell bei Krafft Lorenzen in Eckernförde gekauft hatten. So saßen sie nun beide in Fietes Kasten-R4, einem Relikt aus den Zeiten von »Burmester-Bau«. Einer Zeit, in der sich Friedrich Burmester nicht hatte träumen lassen, als Monteur verkleidet stundenlang auf dem Blücherplatz zu hocken. Der Schriftzug auf den Seiten war vollkommen verblasst, und man musste schon dreimal hingucken.

»Fiete, jetzt sag mal, was machen wir eigentlich hier? Wie lange wollen wir noch warten? Jetzt lass uns auf den Hinterhof stratzen, und dann schauen wir uns einfach mal um, wo der Herr abgeblieben ist. Hier werden Sie geholfen.«

»Aber wenn da niemand ist, der Hilfe braucht, Fritze?«

»Das werden wir schon sehen, lass mich mal machen.«

»Als Baulöwe stand ich mit mindestens einer Pranke immer im Gefängnis. Ich dachte, dass ich wenigstens auf meine alten Tage in ruhigeren Gewässern schippern würde«, sagte Fiete Burmester und legte die Stirn in Falten. »Du überraschst mich aber, Zollinspektor a. D., warst du schon immer so ein Haudrauf?«

Fritze Köppen reagierte gar nicht und starrte auf die Toreinfahrt.

Bisher hatten sie eine Stunde vor Gut Ivenstedt verbracht, hatten von Iven dann bis nach Kiel verfolgt und sich schlussendlich auf dem Blücherplatz positioniert, genau vor der Einfahrt, in der der Herr von und zu verschwunden war.

»Dabei hatte der Tag so gut angefangen, Fiete.«

»Da sagste was, Fritze.«

Die Brix und die Knilche hatten getagt, mittlerweile waren tägliche Teambesprechungen für den GUMM-PRIX nötig. Am übernächsten Sonntag war bereits das Rennen. Und dann kurz vor Schluss funkte Papageno dazwischen, das Smartphone der Brix meldete sich, und schon hatten sich die Prioritäten verschoben. Kurzfristig trat der GUMM-PRIX in den Hintergrund, und Observation war angesagt. Jetzt saßen Fritze und Fiete schon neunzig Minuten auf dem Blücherplatz.

»Komm schon«, sagte Fritze, und dann schwangen sich die beiden Senioren aus dem Kasten-R4, dass die Knochen nur so knackten. Fiete schnappte sich den Bohrhammer, und Fritze nahm den Werkzeugkasten. Sie schauten einander an und fingen an zu lachen.

»Welcher Handwerker schleppt sich ab, wenn er irgendwo vorfahren kann? Das sag mir mal, Fritze.«

»Na, dann mal wieder alles auf Anfang.«

Sie verstauten das Werkzeug. Ließen die Türen klappen, und

dann startete Fiete den R4. Als sie auf den engen gepflasterten Hinterhof einfuhren, kamen sie direkt auf ein zweistöckiges weißes Hinterhaus zu, an dessen Fassade sich Stockrosen und Efeu entlangrankten. Die Fensterrahmen und Türen waren blau abgesetzt.

»Wo hat der Kerl seine Karre gelassen? Siehst du eine Garage?«, fragte Fiete.

»Nö. Aber kann es sein, dass von Iven uns in dem Moment entwischt ist, als wir hinten an der Ladeklappe standen?« Großes Raunen im Wageninnern, und ein paarmal hieß es »Menno«. Fiete haute sogar auf das Lenkrad. Mehrmals.

Fritze stieg aus und klingelte. Er ging um das Haus herum und klopfte an die Fenster. Dann stieg er kopfschüttelnd wieder ein.

»Nüscht. An der Klingel steht sein Name, der eine Raum ist ein Atelier, Staffelei und jede Menge Leinwände in allen Größen, in dem anderen steht ein Bett wie auf dem Präsentierteller mitten im Raum. Die Wäsche ordentlich verknüllt. Und dann führt eine Treppe nach oben, aber wir haben ja keine Leiter dabei«, kicherte Fritze in sich hinein.

Die Amateurermittler einigten sich darauf, dass es vielleicht gar nicht schlecht sei, von Iven an seinem Zweitwohnsitz nicht angetroffen zu haben. Allein die Tatsache, dass der Herr von und zu einen Zweitwohnsitz habe, sei ja auch schon eine Erkenntnis. Mal sehen, wie sie das schmale Ergebnis der momentan so strengen Margarete Brix verkaufen würden. Die Blaumänner-Nummer im Handwerkerwagen war jedenfalls erst einmal abgefrühstückt.

The sunny side up

Die Küchentür schwang auf, und nacheinander marschierten sie alle herein. Die Brix, Fiete Burmester und Fritze Köppen. Nun standen sie da wie Orgelpfeifen mitten in Erikas Reich.

»Guten Abend, meine Lieben. Und Fritze, toll, dass du mal wieder hergefunden hast«, sagte Rasmussen und schaute auf die

Uhr. »Schon geabendbrotet?« Die drei nickten. »Na, dann hole ich euch mal schnell ein Pils.«

»Na, Hans, das ist doch eine gelungene Überraschung. Herr Köppen mal wieder in unseren Gefilden.« Erika hatte den Kopf in die Küche gesteckt. Am Donnerstagabend war nicht so viel los. Die Woche nimmt Anlauf für ihr dickes Ende, pflegte Erika immer zu sagen.

»Bringst du uns mal vier Pils, liebste Erika?«, flötete Rasmussen. »Ich hatte einen harten Tag.«

Die vier setzten sich um den Küchentisch, und Rasmussen fing an zu plappern. Erika brachte die Biere.

»Mensch, du bist aber 'ne fixe Deern«, flötete Fiete.

Die Dienstreise nach Antwerpen sei nun endlich durch, berichtete Rasmussen. Die Staatsanwältin habe ihn deswegen heute Morgen angerufen. In Sachen Hausdurchsuchung bei Bent Mommsen seien sie sich aber nicht einig geworden. Die – ach so geschätzte – Staatsanwältin halte seinen Vorschlag für vollkommen überzogen. Was er auch in Anschlag brachte, Stalking, DNA-Spuren an der Leiche oder die Entführung der Bruns, alles prallte an ihr ab. Sie konnten sowieso nicht lange schnacken, weil er da schon längst auf dem Weg nach Schleswig hätte sein sollen. Dort wollte er Luise von Iven treffen, die in der psychiatrischen Klinik zur Kurzzeitpflege gelandet sei. Obwohl er einen festen Termin vereinbart hatte, wollte ihn die Patientin nicht sehen. Keine Chance. Also hatte er sich umsonst auf den Weg nach Schleswig gemacht.

»Mensch, Hans, was ist los?«, fragte Fritze und stieß ihn in die Rippen. »Du bist doch sonst nicht so auskunftsfreudig uns gegenüber?«

»Ach, weißt du, Fritze, ich muss ja meinen Kram auch mal loswerden.«

»Weißt du, was ich glaube? Du ahnst, warum wir hier sind. Fiete und ich wollen dir aus erster Hand berichten, was wir heute herausgefunden haben. Und da der Auftrag für die Observation Tristan von Ivens von Eike kam, könnte es sein, dass du gar nichts darüber wissen willst, und jetzt quatschst du uns hier sozusagen vorsorglich dicht.« Fritze und Fiete grienten Rasmussen an. Die Brix hielt sich vollkommen zurück und schaute ganz sparsam.

»Fritze, darf ich dich um eins bitten? Sprich bitte nicht so laut über solche Sachen, hier in aller Öffentlichkeit.« Rasmussen deutete zur Tür. Die beiden Knilche schauten sich fragend an.

»Geschenkt«, flüsterte Fiete. »Aber willst du denn gar nicht wissen, was wir in Erfahrung gebracht haben?«

»Und wie es weitergehen soll?«, fügte die Brix hinzu.

»Vielleicht erzählt ihr beiden mir doch kurz, was ihr rausbekommen habt«, sagte Rasmussen etwas verkniffen.

Die beiden Knilche lieferten nun einen sehr blumigen Bericht über die Liebeslaube von Ivens am Kieler Blücherplatz. Jedenfalls habe alles danach ausgesehen. Rasmussen warf ein, dass er doch die blühende Phantasie der Senioren kenne.

Dann mischte sich die Brix ein. »Das ist ja nur der erste Schritt …« Sie hatte gerade angesetzt, um das anzusprechen, was noch kommen sollte, da ging Rasmussen dazwischen.

»Ich habe bereits Eike gesagt: Macht, was ihr wollt, aber lasst mich bitte aus dem Spiel. Noch bin ich Beamter, und ich möchte das eigentlich noch ein Weilchen bleiben.« Rasmussen klang jetzt doch etwas harsch.

»Da haben wir aber auch schon ganz andere Töne von dir gehört«, stellte die Brix entschieden fest. »Sei es drum. Wir verschonen dich mit der geplanten Mission am Montagmorgen.« Das schob die Brix jetzt doch mit einem breiten Grinsen hinterher.

»Aber eigentlich wollte ich dir auch nur von dem Treffen mit dem emeritierten Kunstprofessor berichten. Nach allem, was ich über Tristan von Iven gehört habe, muss ich sagen: Selten habe ich mich so in einem Menschen getäuscht. Heinrich hat mir berichtet, mit was für einem Blender und Schaumschläger ich es zu tun gehabt habe. Und ich habe von Iven immer für eine echte Kapazität auf dem Gebiet der Kunst, der Kunstgeschichte und vor allem auch der Kunstkritik gehalten. So kann man sich täuschen. Da liegt nicht nur finanziell einiges im Argen.«

»Das ist alles höchst interessant. Ich habe es abgespeichert, aber jetzt machen wir mal schön Feierabend.« Rasmussen ging das alles zu weit, und er holte noch eine Runde Pils. Und dann noch eine und noch eine.

Sie schnackten und schnackten. Dann aber schaute der Kommissar fragend in die Runde. »Wer von euch kutschiert denn nachher den Schlitten wieder nach Ecktown?« Als wäre es abgesprochen gewesen, ging in diesem Moment die Tür auf. Jörn Jensen kam zur Tür herein. »Unser Fährmann und Fahrer kommt«, riefen die Brix und die Knilche.

Aber es war noch lange nicht Schluss. Es gab drei Extrarunden Pils, und Erika machte für einen mauen Donnerstagabend dann doch ganz anständig Umsatz, vor allem weil alle Küchengäste auf einmal Hunger bekamen. Erst weit nach Mitternacht rollte die DS vom Hof. Jörn Jensen am Steuer. Stocknüchtern, aber dafür gut gesättigt.

Rasmussen, der wieder mal als Küchenbulle eingesprungen war, hatte ihn noch gefragt, wie er sein Ei haben wolle. *»The sunny side up.«* Das hatte er geantwortet. Besser konnte man das Programm der Knilche nicht auf den Punkt bringen.

Freitag 19. Juni

Gedämpfte Vorfreude

»Bitte beruhigen Sie sich doch, Frau Jongen«, sagte Yvonne Calloe fast schon unwirsch.

Seit zehn Minuten hörte sie der Belgierin zu, die sich darüber beklagte, dass »eroque« offensichtlich bestohlen worden sei. Dabei sei es ihr egal, ob nun Hansen oder von Iven schuldig sei. Es gehe ihr vor allem darum, dass die deutsche Polizei seit Tagen untätig zuschaue und gar nichts tue.

Eigentlich hatte sie ja auch Rasmussen sprechen wollen, aber der hatte sich heute Morgen abgemeldet. Mit Kopfschmerzen, und zwar in ganz heftiger Ausprägung, wie er beteuerte. Woraufhin Calloe ihm den Rat gegeben hatte, da helfe nur Paddeln auf der Schlei. Rasmussen versprach daraufhin, spätestens mittags wieder am Platz zu sein.

»Der Chef ist heute Nachmittag wieder zu sprechen, er kann Ihnen aber auch nichts anderes sagen. Uns ist der Verlust des Geldes erst vorgestern zur Anzeige gebracht worden.« Calloe war hörbar genervt.

»Von wem? Etwa von Carolines Vater?«, keifte Fanny Jongen unbeeindruckt.

»So ist es.« Calloe schlug nun einen versöhnlicheren Ton an. »Ich würde zu Folgendem raten. Wir könnten jetzt die grenzüberschreitende Rechtsmaschinerie anwerfen. Aber lassen Sie uns doch noch ein wenig warten. Herr Rasmussen und ich werden am nächsten Montag in Antwerpen sein. Es wäre gut, wenn Sie dann gemeinsam mit Herrn Brunsma für ein Gespräch zur Verfügung stünden. Mein belgischer Kollege Cogghe wird Sie noch kontaktieren.«

Fanny Jongen war auf einmal milde gestimmt. Sie freue sich, das werde ihr doch eine Menge Ärger ersparen, wo es doch momentan sowieso so viel zu tun gebe und sich die Ereignisse in der Firma überschlügen.

Herrjemine, dachte Calloe und legte auf, was für ein Tagesauftakt. »Der Chef macht sich vom Acker, Hinrichsen spürt dem Phantom Mommsen hinterher, und ich darf den Aufenthalt in Antwerpen klarziehen. Danke, Freitag.«

Das mit den Selbstgesprächen hatte sie von ihrer Mutter. Den Kopf hatte sie auf die Hände gestützt und starrte nun auf den Dienstplan. Hinrichsen hatte die Dienstreise nächste Woche schon geblockt. Drei Tage mit dem sonderbaren Chef in Antwerpen, na, das konnte ja was geben.

Es klopfte an der Tür.

»Na, Madame. Wie läuft es?« Die Staatsanwältin rauschte ein. »Der Chef gar nicht da? Na ja, das wäre auch ja auch mal etwas Neues. Den sieht man in der letzten Zeit immer seltener. Ich wollte mit Ihnen beiden Antwerpen besprechen.«

»Ist der Chef denn schon instruiert?«, fragte Calloe.

»Wir haben gestern Morgen ganz kurz miteinander telefoniert, die Bewilligung der Reise von ganz oben kam ja erst am späten Mittwochabend rein.« Die Staatsanwältin setzte sich und schlug die Beine übereinander.

Calloe erstattete kurz Bericht über den Ermittlungsstand und den gerade eingelaufenen Anruf. Die Staatsanwältin ermahnte Calloe, nichts ohne die Rückendeckung der belgischen Kollegen zu tun. »Aber das muss ich Ihnen ja gar nicht sagen, da hätte ich lieber Herrn Rasmussen noch mal ins Gewissen geredet.«

»Sie können sich voll und ganz auf mich verlassen, ich passe schon auf ihn auf.« Das sagte Calloe, ohne rot zu werden, und merkte gleich, dass sie etwas zu weit gegangen war.

»Frau Calloe, ich hoffe, dass Ihnen der LKA-Lehrgang in Kiel nicht allzu sehr zu Kopf steigt. Ihr Platz ist in Eckernförde, leider habe ich keine Zeit, ansonsten könnten wir beide ja mal wieder zu Mittag essen.«

»Mir geht es genauso. Ich habe Stallwache, die Herren sind ausgeflogen.« Calloe breitete die Arme aus und zog die Schulter hoch. »Da ist noch was. Kevin Schnurre haben Sie ja Mittwochnachmittag noch nach Hause geschickt. Was machen wir aber mit diesem Kleindealer Jessen?«

»Gut, dass Sie fragen. Den musste ich heute Morgen gegen Kaution rauslassen. Das wollte ich Ihnen überhaupt noch mitgeteilt haben. Spielt der im Fall von Iven eine Rolle?«

Calloe schüttelte den Kopf. Die Staatsanwältin verabschiedete sich hochtrabend und vielversprechend: »Sie werden schon sehen. Alles wird gut.«

Als ob sie das jemals bezweifelt hätte. Sie würde sich jetzt noch bei Ralph Dupont anmelden. Auf das Treffen mit dem Galeristen freute sie sich direkt.

Ausgeflogen

»Polizeiarbeit besteht ja oftmals darin, lange genug zu warten. Auf den Zufall, auf die Eingebung, den Fehler des anderen – oder einfach nur so, damit die Zeit vergeht.«

Calloe drehte den Kopf und sah Rasmussen an, als habe der den Verstand verloren. Rasmussen griff sich seine Pistole, seine Jacke und seine Sonnenbrille. Es mochte damit zusammenhängen, dass der Chef einen halben Tag freigenommen hatte. Solche Töne hörte Calloe von ihm eher selten.

Jetzt hielt er Calloe auch noch die Bürotür auf. *»Top, c'est parti!«*

»Chef, alles okay mit Ihnen? Kurze Nacht, oder was?«

»*Oui, oui.* Wir machen eine kleine Landpartie.«

Calloe folgte Rasmussen, der beschwingt die Treppe hinunterging. Der Volvo sprang sofort an. Fenster runter, Ellbogen in den Wind. Mit Sonnenbrillen und Wind im Haar sahen die beiden Ermittler aus, als wären sie tatsächlich ins Wochenende unterwegs.

Am Lornsenplatz zeigte die Ampel Rot. Wie immer, wenn ich hier langfahre, dachte Rasmussen. Seine Kollegin zückte ihr neues Tablet. Inzwischen waren alle Kollegen auf mobile Kommunikationselektronik umgestiegen. Notizen, Fotos und sogar Videos landeten so ohne Zeitverzug in der Teamcloud. »Also.«

Rasmussen lächelte, befand aber, dass er nun genug herumgealbert hatte. »Unser sehr geschätzter Kollege Hinrichsen, Sie wissen schon, der, den man den Hundefreund nennt, hat ja eine beeindruckende Reihe von Dienstjahren auf dem Buckel und kennt Leute, von deren Existenz ich nicht einmal wusste. Und er hat eine Art der informellen Informationsbeschaffung, die ich mal … effektiv nennen möchte. Das liegt an seinem Netz von Kollegen, Freunden, Vereinskameraden und Exknackis und an seiner Fähigkeit, Informationen innerhalb dieses Netzes zu verknüpfen. Ein alter Hase eben, unser Hinrichsen.«

Calloe verlagerte ihr Gewicht nach links, drehte den Oberkörper und wiederholte: »Also?«

»Hinrichsen hat mit einem alten Schulfreund gesprochen, dem der Edeka-Laden in Rieseby gehört. Und der hat früher für seine Fleischtheke bei Mommsen eingekauft. Ab und zu auch …« Rasmussen legte eine Wirkungspause ein. Er war doch noch ein bisschen albern aufgelegt. »Ab und zu auch – Wild. Wild, das Mommsen senior höchstselbst erlegt hatte, und zwar in den Hüttener Bergen, wo er auch eine Jagdhütte besaß, die nun Mommsen junior gehören dürfte. Mommsen junior hat sich verdünnisiert, und mangels Phantasie des Ersttäters wage ich vorherzusagen, dass wir ihn dort hopsnehmen werden.«

»Ersttäter? Was hat er denn verbrochen?«, fragte Calloe.

»Geiselnahme.«

»Eine Vermutung, mehr nicht.«

»Mord.«

»Der Wunsch eines müden Polizisten nach einer einfachen Lösung.«

»Eine heiße Spur. Ohne Zuversicht wird man nichts in diesem Beruf«, beendete Rasmussen den Wortwechsel.

Auf der Höhe von »famila« spürte Rasmussen ein leichtes Hungergefühl oder besser: Appetit. Aber er beherrschte sich. Jetzt kämpfte er schon zwei Jahre gegen den mittlerweile nicht mehr zu übersehenden Bauch und verbuchte als Erfolg, dass das Wachstum zu stagnieren schien.

Sein iPhone klingelte. Mit dem Telefon am Ohr – die nachträglich installierte Freisprechanlage hatte noch nie funktioniert –

murmelte er »Ahs« und »Ohs«. Viel mehr nicht. Und als er das Gespräch beendete hatte, sagte er nur: »Antwerpen.«

Calloe lächelte genervt. »Ich wiederhole mich ja ungern, aber heute schon zum dritten Mal: Also …?«

»Die Staatsanwältin war dran. Sie hat mich für die Dienstreise gebrieft. Aber das wissen Sie ja sowieso schon alles, nicht wahr?«

»Auf die Staatsanwältin ist eben Verlass«, sagte Calloe und betonte »Staatsanwältin« so, dass Rasmussen lediglich mit einem »Ts« antwortete.

Auf Höhe von Groß Wittensee nahm Rasmussen die Querverbindung rauf nach Damendorf. Eine Viertelstunde später parkte er den Volvo tief im Wald, vielleicht einen Kilometer östlich von Brekendorf.

»So, noch ein Stück den Waldweg hier entlang. Nicht, dass er uns noch bemerkt.«

Rasmussen gab den Trapper, der er als Kind so gern geworden wäre. Förster hatte auf seiner Berufswunschliste weit oben gestanden. Nun, eine grüne Uniform hatte er wenigstens eine Zeit lang getragen.

Die Hütte kam in Sicht. Wie nicht anders zu erwarten ein Blockbohlenhaus. Das Holz stark verwittert und nachgedunkelt. Kein Obergeschoss. Rechts eine überdachte Veranda. Mittig die Eingangstür. Links davon zwei quadratische Sprossenfenster. Die Zufahrt endete vor der Veranda. Tiefe Fahrspuren. Es hatte ja geregnet. Kein Auto, kein Licht in der Hütte.

»Calloe, bleiben Sie mal hier hinter dem Holzstapel. Ich geh einmal rum.«

Darauf bedacht, möglichst keine Geräusche zu machen, schlich Rasmussen sich von der linken, fensterlosen Giebelseite aus an die Hütte heran. Irgendwann hatte hier mal jemand sehr großzügig Unkrautentferner eingesetzt. Auf einem Streifen von vielleicht zwei Metern um die Hütte herum wuchs so gut wie nichts. Rasmussen kam das nun zugute. Er konnte sich beinahe geräuschlos an die Hütte heranpirschen. Der Boden war fest und frei von kleinen Ästen. Die Hütte lag windgeschützt.

Vorsichtig streckte er den Kopf um die hintere linke Ecke. Niemand zu sehen. Zwei Schritte bis zu einem der rückwärtigen Fenster. Jetzt spürte Rasmussen die Anspannung. Bisher war ihm im Dienst nichts passiert. Mal ein gebrochener Arm, als er noch in der Einsatzhundertschaft auf Ultras des Hamburger Sportvereins aufpassen musste. Aber man konnte nie wissen. Ein Blick durchs Fenster, ein Verrückter mit einer Schusswaffe, und es war schneller vorbei, als man »Moin« sagen konnte.

Aber es war niemand in dem düsteren Raum, den Rasmussen nun hinter dem schmutzigen Fensterglas sehen konnte. Ein Tisch, darauf Zeitungen, vier Stühle, eine grüne Cordcouch direkt unter dem Fenster. Gegenüber zwischen den beiden Fenstern an der Front ein alter Fernseher, rechts an der Giebelwand ein Schrank mit Bauernmalerei. Links neben der Haustür zwei Türen, eine davon offen stehend, dahinter offenbar ein Bad. Die andere Tür war geschlossen. Dazwischen ein Küchenblock.

Rasmussen ging weiter zur nächsten Ecke. Ein prüfender Blick auch ins Unterholz. Nichts. An dieser Giebelwand ein Wasseranschluss, ein Spülbecken, eine Arbeitsfläche aus verwittertem Edelstahl. Daneben eine Mülltonne, zwei Fenster. Das kleinere von beiden gehörte wohl zum Bad, das andere war vermutlich das Schlafzimmerfenster. Er schlich voran. Zugezogene Vorhänge. Grün mit roten Wichtelfiguren.

An der Front angekommen, drehte er den Kopf Richtung Holzstapel und deutete an, Calloe solle Richtung Eingang gehen. Mit vorgehaltener Waffe huschte sie geschmeidig über die Lichtung und postierte sich links seitlich der Tür. Vorsichtig betätigte sie die Klinke. Nichts. Abgeschlossen.

Rasmussen lehnte nun an der Hütte und spürte seinen Puls. Alles wirkte ruhig, aber sie konnten nicht ausschließen, dass sich jemand hinter der Wand aufhielt, an der jetzt Rasmussens Kopf lag.

Dann, ohne jede Vorwarnung, ertönte irgendwo hinter ihm ein durchdringender gutturaler Laut, ein archaisch klingendes Gurgeln. Calloe reagierte als Erste, drehte sich um neunzig Grad nach rechts, ging in die Hocke und riss die Waffe hoch. Rasmussen war vollkommen überrascht. Er hatte sich auf das Innere der Hütte konzentriert. Mit einem Angriff aus dem Dickicht heraus hatte er nicht gerechnet. Ihm selbst kam es vor, als vergingen Minuten, bis auch er endlich den Waldsaum fixierte und mit weit aufgerissenen Augen absuchte. Für Calloe und ihn gab es keine Deckung. Nur die Hütte im Rücken.

Und nun brach sie aus dem Unterholz hervor, eine Rotte Schwarzkittel. Im Schweinsgalopp über die freie Fläche vor Mommsens Hütte und grunzend und quiekend hinein in die Schonung rechts der beiden Polizisten. Noch bevor Rasmussen tief durchgeatmet hatte, fing Calloe an zu kichern.

»Und was ist daran jetzt so lustig?«, fragte Rasmussen.

»Schade, dass Hinrichsen nicht dabei war. Der hätte uns garantiert einen Braten geschossen.« Sie kicherte weiter.

Rasmussen winkte ab. Er steckte für den Moment seine Pistole weg, zückte sein Picking-Werkzeug und knackte das billige Schloss im Handumdrehen. Calloe öffnete die Tür fast lautlos. Vier kurze Seitschritte, und sie stand mit dem Rücken zum Küchenblock.

Rasmussen durchquerte den Raum bis hin zum Tisch und sicherte die Tür zum Bad. Dann nahm er die Waffe nach oben. Calloe schaute ins Bad, ging hinein und kam kopfschüttelnd wieder heraus. Blieb die verschlossene Tür. Sie öffnete nach innen. Die Beamten tauschten zwei Blicke. Sie hatten solche Situationen schon oft miteinander geübt und wussten, was zu tun war.

Calloe kam von links, drückte die Klinke herunter und stieß die Tür krachend auf. Rasmussen war sofort im Raum. Keine Personen, wie er sah, doch im selben Augenblick wusste er, dass hier ein Mensch festgehalten worden war. Wäsche auf dem Bett, zwei Gurte, wie Umzugsunternehmen sie verwendeten, zwei leere Wasserflaschen, eine geöffnete Packung Pralinen, ein angebissener Apfel.

Die beiden gingen zurück in den Wohnraum. Calloe hatte schon das Telefon am Ohr und verständigte die Spurensicherung. Mit dem Telefon wanderte sie durch den Raum und blieb vor der Revierkarte an der Eingangstür stehen. Rasmussen schob die Zeitungen auf dem Tisch hin und her. Artikel über Caroline von Iven und »eroque«.

»Was bitte sehr ist eine Kirrung?«, fragte Calloe. »Und was ist ein Luderplatz?«

Rasmussen freute sich. Als Junge vom Land war er mit den Begriffen vertraut, die die Jäger verwendeten. »Wenn ich Ihnen Blumen mitbringe, um Sie anzulocken, um Sie kirre zu machen, und wenn ich die dann ablege, dann könnte man von einer Kirrung sprechen. Mein Lockmittel ist pflanzlich. Wenn ich aber mein Hemd aufknöpfe und Ihnen meine starke Brust präsentiere, dann richte ich eine Art Luderplatz ein, weil ich mit Fleisch locke.«

»Chef, Sie machen mir ein bisschen Angst. Hoffentlich kommen die Kollegen bald.« Calloe ging ins Schlafzimmer. »Hatten Sie nicht prognostiziert, wir würden Mommsen hier locker und leicht hopsnehmen?«

»Hatte ich. Habe mich getäuscht«, sagte Rasmussen ohne eine Spur von Resignation.

»Wir sollten die Fahndung nach Bent Mommsen und Gesa Bruns intensivieren«, schlug Calloe vor und legte dabei ihre Stirn besorgt in Falten.

»Sollten wir. Machen wir. Ich werde Hinrichsen bitten, diese Spur weiterzuverfolgen. Denn uns schickt die Staatanwältin ja zum Pommesessen.«

»Das ist Ihr Clownstag heute, oder? Können Sie auch mal ernst sein?«

»Ach, Ernst oder Hans. Was macht das für einen Unterschied?«

Calloe holte ihren Tablet-PC aus dem Auto und begann zu fotografieren. Wenigstens eine musste hier ja arbeiten.

Sonnabend, 20. Juni

Auf Mommsens Fersen

Hinrichsen schlug die Augen auf. Es dauerte einen Moment, bis er orientiert war. Neben ihm leichte Schnarchgeräusche der Gattin. Die Sonne blinzelte durchs Rollo. Rollläden konnte Hinrichsen nicht ausstehen. Begraben würde er ja wohl lang genug sein. Irgendwann. Sein zweiter Gedanke: Schwiegermutters Geburtstag. Seine Laune: sofort auf dem Nullpunkt. Ein verlorener Sonnabend. Mit dem dritten Gedanken kam die Erleichterung. Dienst. Er hatte ja Dienst. Bent Mommsen und Gesa Bruns mussten gesucht werden. Wunderbar. Mit altersgemäßem Schwung brachte er die Beine aus dem Bett, reckte sich, grunzte und machte sich mit schmerzender Hüfte und entsprechendem Watschelgang auf den Weg zur Kaffeemaschine.

Um sechs Uhr fünfundvierzig rollte sein Opel von der Auffahrt auf die Straße. Tief in seiner Kriminalistenseele spürte Hinrichsen, dass er heute Mommsen und Bruns auf die Spur kommen würde. Als er die Zentralstation betrat, begrüßte ihn der unverwechselbare Akustikabdruck von POM Schrader. Doro Pesch – volles Rohr.

Während die Rockröhre ihren Hit »All We Are« sang und Schrader aus voller Brust mitgrölte, schlich sich Hinrichsen an den Kollegen an. Der stand mit dem Rücken zu ihm und hatte sich über Bürokram gebeugt. Dann tippte er Hinrichsen auf die Schulter, und Schrader zuckte, als sei ihm die leibhaftige Doro erschienen.

»Willst du mich umbringen?« Schrader war nicht amüsiert.

»Nö, an die Arbeit kriegen. Hast du die Auswertung der Verkehrsüberwachung schon fertig?«

Schrader grinste schon wieder. »Hm, während du gepennt hast, habe ich Radar- und Überwachungskameras gecheckt. Und zwar nicht wahllos, Herr Kollege, sondern mit Idee und System. Falls Mommsen richtig die Muffe geht und falls er richtig abtauchen will, muss er entweder ohne Grenzkontrollen in die Wälder nach Nordskandinavien, oder er muss Europa verlassen. Und zwar nicht mit dem Flugzeug.«

»Komm auf den Punkt«, forderte Hinrichsen ihn auf.

»Mommsen, Fleisch, Steak, Argentinien, Containerschiffe, Wohnmobil. Na?«

»Wieso Wohnmobil?«

»Ach, das hast du noch nicht gehört? Mommsen hat ein Wohnmobil, das noch immer auf die Wurstfabrik zugelassen ist. Und nun ist es weg, das Wohnmobil. Haben die Kollegen aus Kappeln mitgeteilt.«

Hinrichsen kratzte sich am Kinn. Schrader hatte nie Karriere gemacht, aber blöd war er nicht. »Hamburger Hafen?«

»Nah dran.«

Jetzt zog Hinrichsen ungeduldig die Augenbrauen zusammen – und Schrader lieferte.

»Auf der B 431 zwischen Hamburg und Wedel ist Mommsen geblitzt worden. Gestern, siebzehn Uhr sechsundvierzig. Also sein Wohnmobil. Und in Wedel, nahe der 431, liegt ein Wohnmobilstellplatz. Strom, Wasser, alles da, und vor allem käme Mommsen von dort schnell in den Hamburger Hafen, um an Bord eines Schiffes zu gehen, das ihn nach Südamerika bringt. Geld hat er ja genug und Kontakte auch.«

Hinrichsen nickte anerkennend. »Dann fahr ich da jetzt mal hin. Danke, Schrader.«

Da hatte Schrader den langweiligen Nachtdienst gut genutzt. Er würde das Rasmussen und der Staatsanwältin berichten. Schrader wurde oft behandelt wie ein Parkplatzwächter. Das war nicht gerecht. Hinrichsen war richtig gerührt ob seiner aufwallenden Sympathie für Schrader.

Eine Dienstfahrt am Samstagmorgen auf der Autobahn. Höchste Zeit, sich Gedanken über ihren Fall zu machen. Amos Wiesel ließ die Frage Selbsttötung oder Fremdeinwirkung noch immer offen. Es war kein absoluter Nahschuss gewesen, der von Iven getötet hatte. Es hatte vor dem Schuss eine Rangelei gegeben. Mit wem?

Schnurre kam nicht in Frage. Dupont hatte ein starkes Motiv, aber sie wussten über diesen Galeristen noch zu wenig. Ihm schien, dass Calloe nicht so richtig an ihn rankam. Einer von den Gästen? Mommsen vielleicht. So ein Stalker war unberechenbar. Und außerdem war seine DNA am Leichnam gefunden worden. Der Unbekannte, den Schnurre bei der Leiche gesehen haben wollte, war wohl Mommsen gewesen, das glaubte Hinrichsen inzwischen auch. Ein Ansatz, aber eigentlich tappten sie so was von im Dunkeln. Das war wirklich ein Scheißfall.

Dass er nach Wedel fuhr und warum er das tat, hinterließ er als Sprachnachricht in der Teamcloud. Wirklich praktisch, diese Datensammlung.

Die A 7 war überraschend leer. Immerhin.

Freiheit und Abenteuer. Noch ein Selbstgespräch

Bent Mommsen kannte sich gut aus in Wedel. Jahrelang hatte er hier mit einem Hersteller von Verpackungen an immer auffälligeren und für den Handel optimierten Produkten getüftelt. Wiederverschluss-Systeme hatten sich durchgesetzt. So langweilig war das Wurstgeschäft gar nicht gewesen, dachte er jetzt.

Gesa hatte noch geschlafen, und da war er rasch zur Bäckerei Junge rübergegangen. Sein Herz hatte ein bisschen schneller geschlagen, als er an der Polizeistation in der Gorch-Fock-Straße vorbeiging. Aber die Kappe und die Sonnenbrille ließen ihn aussehen wie jeden x-beliebigen Segler. Er würde nicht auffallen. Bei Junge hatte er dann Schwarzbrotbrötchen gekauft und Dinkelbrötchen und Croissants und Franzbrötchen. Gesa war ja eher von der süßen Fraktion. Und Ngorongoro-Kaffee hatte er auch besorgt. Für Gesa einen Latte und für sich einen Espresso. Wurst und Käse waren noch im Kühlschrank. Butter auch. Außerdem hatte er im Wohnmobil leckeren Honig dabei.

Er würde Gesa ganz vernünftig erklären, dass sie nicht schreien dürfe. Dann würde er ihr den Knebel abnehmen, und sie könnten gemeinsam ein schönes Frühstück genießen. Inzwischen glaubte er fest daran, dass sie ihn endlich verstehen würde.

Was sollte er denn auch machen? Die Polizei war hinter ihm her, und Gesa wollte ihm bisher kein Alibi für den Lustlager-Abend geben. Irgendwann würde die Polizei ihm schon beweisen können, dass er an dem besagten Abend auf Gut Ivenstedt war. Die mit ihren modernen Geheimdienstmethoden. Kostümierung hin, Maske her. Womöglich würden sie ihm noch Mord oder Totschlag in die Schuhe schieben. Gefängnis. Das ging auf keinen Fall. Wie aber sollte er das Gegenteil beweisen? Er brauchte schließlich seine Freiheit.

Da gab es aber noch etwas. Wenn er an den Abend im Büro im Herrenhaus zurückdachte, dann spürte er eine Last. War das Schuld?, fragte er sich. Als er über Carolines toten Körper gestrichen hatte, waren ihm unentwegt Schauer über den Rücken gelaufen. Da war auf einmal dieses Gefühl gewesen, das ihm vorher beim Sex mit der Statue in diesem riesigen Himmelbett versagt geblieben war. Der weiße, reglose Körper und das Blut überall hatten ihm Lust bereitet. War das Wollust gewesen? Mommsen war vor sich selber erschrocken. Es hatte ihn, als er vor dem Schreibtisch gestanden hatte, beinahe euphorisch gestimmt, dass in Zukunft niemand mehr von Caroline würde Besitz ergreifen können.

Mommsen fühlte sich in die verwirrenden Augenblicke an dem Abend in Ivenstedt zurückversetzt. Es erschien ihm immer noch geradezu schicksalshaft, dass er sich plötzlich in der intimen Situation befunden hatte, nach der er sich all die Jahre gesehnt hatte. Er hatte, seine Erinnerung war verschwommen, die Tote wohl auch geküsst. Innig. Auf eine der Wangen. Das Blut störte ihn dabei gar nicht, das hatte sogar ein wenig nach Leben geschmeckt.

Am liebsten hätte er Caroline in die Arme geschlossen, sie zart an sich gedrückt, hochgehoben, und dann wäre er mit ihr geflohen. Gemeinsam in eine bessere Welt. Aber da stand unversehens, wie aus dem Nichts, dieser bullige Sicherheitsmensch in Soldatenuniform in der Tür, zerstörte den Augenblick der Zweisamkeit, schaute ihn mit irrem Blick an, drehte sich um und wuchtete die schwere Tür ins Schloss. Dann hörte er nur noch den Schlüssel, der sich klappernd im Schloss drehte.

Er hatte sofort von seiner Geliebten abgelassen. Hätte er sie besser beschützen müssen? Hätte er sie eher befreien müssen? Er war schnell zur Tür hinübergelaufen, hatte sein Ohr an das kühle Holz gelegt. Alles war still gewesen. Er hatte Anlauf genommen und sich krachend gegen die Tür geworfen. Der Aufprall war schmerzhaft gewesen, eine Kassette war zersplittert, aber die doppelflügelige Tür hatte sich keinen Zentimeter bewegt. Am Kamin hatte ein Kaminbesteck gehangen. Er hatte sich den massiven Feuerhaken gegriffen, ihn in den Schlitz zwischen Schlosskasten und Türblatt geschoben, den Feuerhaken zur Tür hin gedrückt, und schon war er frei gewesen. Durch den Spalt hatte er in den Gang hinausgeschaut. Keine Menschenseele weit und breit.

Er hatte sich unauffällig davonstehlen können. Niemand hatte ihn beobachtet. Und wenn schon? Alle waren kostümiert und maskiert gewesen, alle hatten Handschuhe getragen. Wo aber hatte er nur seine Handschuhe gelassen? Bei der Schlampe im Himmelbett? Nein, er hatte die Handschuhe erst ausgezogen, um Caroline intensiver streicheln zu können. Die steckten sicherlich noch in seinem Kostüm, und das hing im Schrank in Kappeln. So war es wohl, denn er war sich ganz sicher gewesen, dass die Spurensicherung nicht mal würde feststellen können, dass er sogar den Revolver einen Moment in den Händen gehalten hatte, denn da hatte er noch Handschuhe getragen. Er hatte diesen dann wieder sorgfältig unter Carolines rechte Hand drapiert.

Er war unschuldig. Das stand außer Zweifel. Warum sollte er seine Geliebte umbringen? Das war doch total widersinnig. Caroline war doch auf dem besten Weg gewesen, sich ihm zuzuwenden, seine Geliebte zu werden. Warum sonst hatte sie diesen Event in Ivenstedt veranstaltet? Und wollte sie sich nicht seriöseren Tätigkeiten zuwenden? Vor der Kamera? Als Fernsehstar? Sicher, er hätte sie teilen müssen, aber wenn das seine Aufgabe in ihrem Leben, an ihrer Seite gewesen wäre, dann hätte er sie angenommen. Warum sollte er Caroline, diesen leuchtenden Stern in seinem Leben, umbringen? Auslöschen?

Wie er aus dem Gebäude herausgekommen war, wusste er nicht mehr. Er hatte gefroren. An mehr konnte er sich nicht erinnern. Unwichtig. Caroline war tot. Jemand hatte sie erschossen. Jetzt musste er an sich denken. Vielleicht konnte er ihr Andenken retten. Aber dazu musste er frei sein, und er brauchte eine neue Gefährtin. Gesa. Von Caroline abgesehen, war er einer Frau nie so nahe gewesen, und jetzt teilten sie dieses Abenteuer miteinander. Ob Gesa vielleicht mitkäme nach Argentinien?

Mommsen war ganz in Gedanken an einem Stromkasten stehen geblieben. In der rechten Hand die Brötchentüte plus Kaffee, mit der linken Hand stützte er sich ab und starrte auf den Parkplatz. Langsam ging er auf den Wohnmobilstellplatz zu. Der war beinahe voll belegt. Kein Wunder bei dem schönen Wetter. Direkt vor der Einfahrt stand ein grüner Opel Omega, hatte der nicht ein Eckernförder Kennzeichen und einen Aufkleber des Polizei-Sportvereins Kiel?

Hinten links sah er jetzt seinen Clouliner von Niesmann + Bischoff. Den Kauf hatte er nie bereut. Das Gefährt hatte alles, was er brauchte, wenn er zu seinen Touren nach Norwegen aufgebrochen war. Ob er sich in Argentinien wieder ein Wohnmobil kaufen sollte? Warum sollte er das Ding nicht gleich mit verschiffen lassen? Manchmal war gebraucht besser als neu. Und Gesa würde er auch mitnehmen. Ohne dass er es sich erklären konnte, nahm Gesa einen neuen Platz in seinem Herzen ein. Ein Platz war ja frei geworden. Sie würde mitkommen. Ganz sicher.

»Keine Angst, Polizei!«

Um kurz vor neun hatte Hinrichsen seinen Opel gegenüber dem Wedeler Freizeitbad geparkt. Der Stellplatz war beliebt. Kaum eine freie Lücke. Er tippte auf vielleicht zwanzig Fahrzeuge. Gemütlich schlenderte er im Uhrzeigersinn um den Platz und wurde rasch fündig. Auf elf Uhr, hinten links, parkte tatsächlich das gesuchte Wohnmobil. SL-CB-11. »CB«. Mommsen war auf seine Art bekennender Romantiker. Hinrichsen hingegen fand Initialenkennzeichen absolut lächerlich.

Er öffnete seinen Parka, es war sowieso ziemlich warm, und

löste den Sicherungsbügel des Holsters. Erfreulicherweise hielten sich um diese Zeit die Wohnmobilisten in ihren Fahrzeugen auf. Die meisten Vorhänge hinter den Fenstern waren zugezogen. So auch am Wohnmobil des Wurstkönigs. Langsam ging er einmal um den riesigen Kasten herum. Das Ding war locker sieben Meter lang.

Nach weniger als einer Minute war Hinrichsen wieder an der Eingangstür angekommen. Er legte sein Ohr an die Außenhülle. Nichts. Dann klopfte er und rief: »Polizei. Machen Sie bitte auf.« Wieder lauschte er und hörte etwas, das wie ein erstickter Schrei klang. Hinrichsen zögerte keine Sekunde. Hinter dem Wohnmobil am Zaun hatte er Gartengeräte gesehen. Nur Augenblicke später war er mit einer Spitzhacke zurück, rammte das Werkzeug in den Spalt zwischen Tür und Karosserie, hebelte die Tür auf, zog die Pistole und drang in das Fahrzeug ein.

Gleich links jenseits der Bordküche lag eine Frau. Gefesselt auf dem breiten Bett. »Keine Angst, Polizei«, sagte er leise. Dann nahm er der Frau die Augenbinde ab und entfernte den Knebel. Kein Zweifel, das gerötete und leicht geschwollene Gesicht gehörte Gesa Bruns. Sie hustete.

»Ich bin von der Polizei. Mein Name ist Hinrichsen. Geht es Ihnen gut? Können Sie aufstehen?« Rasch löste er die beiden Gurte, mit denen die Frau ans Bett gefesselt worden war.

Gesa Bruns nickte kurz und richtete sich auf. Nach dem langen Liegen war ihr Kreislauf schwach. Wackelig kam sie auf die Beine. Hinrichsen führte sie zur Tür und sprang heraus. Die automatisch ausfahrende Stufe war verklemmt. Er schaute sich um. Er schwitzte. Dann reichte er Bruns die Hand. Sie sprang und knickte um. Hinrichsen half ihr auf. Er umfasste ihren Oberkörper, stützte sie, und gemeinsam gingen sie unsicher hinter das Nachbarwohnmobil. Gesa Bruns lehnte sich an.

»Geht's?«, fragte Hinrichsen. Bruns antwortete mit einem unbestimmten Gesichtsausdruck. Hinrichsen nahm sein Smartphone aus der Hemdtasche und tippte auf Rasmussens lächelndes Konterfei.

Mommsen hatte inzwischen den Neunzig-Grad-Knick des umlaufenden Weges erreicht und innegehalten. Er hatte gesehen, wie ein Mann mit Prinz-Heinrich-Mütze versuchte, durch eines der Fenster zu spähen. Mommsen hatte sich hinter einem alten T3 mit Aufstelldach versteckt und die Szenerie weiter beobachtet. Der Mann nahm ihm Gesa weg, und er konnte nichts machen.

Mommsen griff in die Innentasche seiner dünnen Sommerjacke. Links seine Brieftasche mit Bargeld und allen Papieren, rechts das Tablettendöschen. Langsam drehte er sich um und verließ das Gelände mit der Tüte der Bäckerei, die er zwischenzeitlich abgestellt hatte. Den Schlüssel des Wohnmobils warf er ins Gebüsch. Er brauchte eine Mitfahrgelegenheit, und er brauchte sie schnell.

Nur Verlierer

Der Mohnkuchen von »Mordhorst« hatte Marlene nicht milde gestimmt. In solch einer Stimmung wirkte die Zornesfalte über ihrer Nasenwurzel immer so bedrohlich. Zumindest hatte Rasmussen sie überreden können, sich heute zum Frühstück auf neutralem Boden im »Café Lindauhof« zu treffen. Karen, die aus ihrem Elternhaus, das lange die Kulisse für den »Landarzt« gewesen war, ein wunderbares Café gemacht hatte, ruderte mit Marlene im Eckernförder Ruderclub. Rasmussen kannte Karen, weil sie Eike Hansen mal den Kopf verdreht hatte. So hing zwischen Schlei und Ostsee irgendwie alles miteinander zusammen.

Marlene und Rasmussen hatten sich für getrennte Anreisen entschieden. Sie mit dem Auto, er mit dem Rad, was zur Folge hatte, dass Rasmussen ein bisschen zu spät kam. Als er auf das Reetdachhaus zufuhr, sah er die beiden Frauen schon auf der neuen Terrasse sitzen. Sie steckten die Köpfe zusammen.

»Moin, habe mich auf der Fähre verquatscht, sorry.«

»Du bist zu spät losgefahren.« Das war Marlenes Antwort. Fing ja gut an.

Karen lächelte ein bisschen verlegen. Sie wusste Bescheid. Was auch sonst. »Moin, Hans, Croissant und Milchkaffee?«

Rasmussen nickte. Er setzte sich, und prompt war er es wieder, der in die Sonne blinzeln musste. Wie in Mommsens Wohnzimmer vor ein paar Tagen. Eine kühle Brise ging, und Rasmussen fröstelte. Passte gut zur Stimmung zwischen Marlene und ihm.

Vielleicht sollte er nach diesem Fall einfach mal Urlaub machen. Mit Eike auf Malle. Richtig die Sau rauslassen. Diese ewigen Versuche, sich anzupassen, schlugen ihm schon auf den Magen. Dieser Bürokratiemist im Job, die stetigen Versuche, auch dem unfreundlichsten Mitansteher an der Supermarktkasse ein Lächeln zu schenken, das Anhalten an Zebrastreifen, obwohl man schon von ferne sieht, dass die Oma zwanzig Minuten brauchen wird. Was hatte ihn bloß dazu gebracht, immer politisch korrekt zu handeln? Seine Mutter, die ihr Ledergesicht jetzt in die spanische Sonne hielt, bestimmt nicht. Die hatte sich immer genommen, was sie wollte. Aber vielleicht war es genau das.

Karen brachte ihm sein Frühstück und verschwand ohne jeden Small Talk.

»Hans, ich hab nachgedacht. Du bist glücklich mit mir. Du hast Angst, dass ein Kind unser Glück zerstören könnte«, sagte Marlene.

Das brachte Rasmussen total aus der Balance. Einsicht, Verständnis? Ein Rückzieher? Oder eine Finte? Er rutschte ein paarmal auf dem Stuhl hin und her, nahm einen Schluck Kaffee, verschluckte sich, musste husten. Marlene lachte kurz auf. Sie war einfach entwaffnend charmant, wenn sie lachte.

»Also, was soll ich sagen? Ja, du hast vielleicht recht.«

Er konnte sehen, dass das die falsche Antwort war. Er sah es an Marlenes Körperspannung und an der Pfütze, die sich um ihre Kaffeetasse bildete, nachdem sie die Tasse ruckartig abgestellt hatte.

»Vielleicht, Hans, vielleicht. Es ist, und ich verwende dieses Wort sehr selten, es ist immer das Gleiche. Du legst dich nicht fest, du weichst aus, du manipulierst, und am Ende, Hans Rasmussen, manövrierst du dich selber ins Aus. Wir sprechen über unsere

Zukunft, und du läufst davon. Und das wirklich nicht zum ersten Mal.«

Marlenes Wut war ungebrochen. Aber Rasmussen hatte nicht damit gerechnet, dass sie ihn so heftig angehen würde. »Ich laufe nicht davon. Ich treffe nur keine leichtfertigen Entscheidungen. Wir sprechen hier über dein Leben, mein Leben, unser Leben und das eines dritten Menschen. Ich bin es gewohnt, abzuwägen.«

»Abzuwägen? Hans, Liebe lässt sich nicht abwägen.«

»Du meinst, Liebe ohne Kinder ist keine Liebe?«

»Doch, viele Paare ohne Kinder lieben einander. Aber für mich wäre ein Kind mit dir die Erfüllung unserer Liebe, die Vervollständigung unseres gemeinsamen Lebens.«

»Eines Lebens, das es schon eine ganze Weile gibt und das ja nicht nur aus uns beiden besteht. Familie, Freunde, unsere Berufe.«

Marlene stand auf. »Ich muss mal zur Toilette.« Rasch ging sie Richtung Eingang, nahm je zwei Stufen der Treppe ins Haupthaus auf einmal. Ihrem Gang war anzusehen, wie erregt sie war.

Rasmussen dachte nach. Marlene erkannte an, dass er die Liebe zwischen ihr und ihm schützen wollte. Aber ihr Kinderwunsch, da war er inzwischen sicher, war die stärkste Kraft in ihr. Sie würde nicht lockerlassen. Und wenn sie lockerlassen würde, dann wäre es seine Hand, die sie losließe. In Rasmussen kämpften Verständnis und das Gefühl, erpresst zu werden, miteinander. Es stand unentschieden. Er hoffte, dass sie ihm nicht die Pistole auf die Brust setzen würde.

Sie kam zurück. Noch immer mit Zornesfalte und leicht gerötetem Gesicht. Eine schöne Frau. Sie setzte sich. »Hans, die ganze Wahrheit ist, dass mir die Zeit davonläuft. Ich wäre jetzt schon eine späte Mutter. Wir müssen bald eine Entscheidung treffen.«

»Ich muss jetzt erst mal nach Antwerpen«, sagte Rasmussen und wusste nicht, warum er das gesagt hatte.

»Klar, versteck dich hinter deinen Ermittlungen. Da hast du sicheren Boden unter den Füßen. Schade, dass du so feige bist.«

»Du lässt deine Schüler ja auch nicht allein, wenn irgendwer irgendwas von dir will. Und ich kann einen Fall eben auch nicht einen Fall sein lassen.«

»Das sind nur Tote.« Marlenes Ton verschärfte sich.

»Und ein Kind?«

»Ungeborene Phantasie.«

Sein iPhone erlöste ihn. Es war Hinrichsen. Der hatte Gesa Bruns aus Mommsens Wohnmobil in Wedel befreit. Mommsen war aber leider schon wieder über alle Berge. Das konnte doch nicht sein, dass sich die Wurst einer landesweiten Fahndung erfolgreich entzog.

Er beendete das Gespräch, fummelte an seinem Portemonnaie rum und sagte zu Marlene: »Wir kommen wohl nicht auf einen Nenner, und, das wirst du schon ahnen, die Arbeit ruft. Tschüssing.« Rasmussen legte zwanzig Euro auf den Tisch, schwang sich auf sein Rad und sah zu, dass er wegkam. Ein beschissener Abgang. Er wusste das.

Über kurz oder lang

Die Strecke von Lindaunis nach Eckernförde war Rasmussen schon einige Male gefahren. Heute stellte er alle je von ihm gefahrenen Zeiten ein. Nach nur fünfundfünfzig Minuten kam sein Fahrrad auf dem Hof der Zentralstation zum Stehen. Ausgepumpt und nass geschwitzt, aber den Frust über den Streit mit Marlene hatte er irgendwo auf der Strecke zwischen Stubbe und Rieseby gelassen. Das ging aber auch fies den Berg rauf. Er war voller Tatendrang.

Als er gute fünf Meter am Glaskasten des Wachhabenden vorbei war, rief Schrader ihm hinterher: »Mit Verlaub, Herr Hauptkommissar, Sie stinken.«

»Das ist der Duft der Jagd, Schrader, der Duft der Jagd.« Da war er aber schon auf dem ersten Treppenabsatz.

Im Büro kippte Rasmussen anderthalb Liter Wasser in sich hinein, prüfte, ob Mommsens Handy auf der Liste stand, sein Foto raus war. Hinrichsen hatte alle für eine Fahndung notwendigen

Maßnahmen getroffen, die Staatsanwältin hatte den Haftbefehl erlassen. Jetzt war ihnen Mommsen zum zweiten, eigentlich zum dritten Mal entwischt, wenn man das erste Gespräch in Kappeln mitzählte. Der Mann war Metzger, Betriebswirt und, nicht zu vergessen, Stalker. Wie konnte der sich bloß so dünnmachen?

Rasmussen spürte, dass er einen gewissen Respekt entwickelte. Heutzutage spurlos zu verschwinden, war das eine, dabei Straftaten zu begehen, das andere. Was er auch immer mit Caroline von Iven in deren Büro angestellt haben mochte, er hatte Tage später Gesa Bruns entführt. Allein dafür würde er einfahren. Paragraf 239 Strafgesetzbuch, Freiheitsberaubung. Mommsen war jetzt ein Verbrecher. Mommsen hatte DNA-Spuren an der Leiche hinterlassen, jedoch nicht an der Waffe. Hatte er nicht einen Fachartikel über Stalking ausgedruckt, wo war der? Jeder fünfte Stalker werde massiv gewalttätig, das war ihm in Erinnerung geblieben.

Rasmussen ging an die Täterzielscheibe. Dieser Dupont, der war ihm ja nicht geheuer. Der stand jetzt mitten im Fadenkreuz. Mommsen umkreiste den Hauptverdächtigen aus Belgien aber auf einer ganz engen Umlaufbahn; der Kerl aus Kappeln war wahnsinnig, aber war ihm ein Mord zuzutrauen? Schnurre war raus. Tristan von Iven nahm er mal mit ins Visier. Der Vater hatte offenbar finanzielle Schwierigkeiten, warum sollte er mit seiner schwerreichen Tochter nicht in Streit über frisches Kapital für Gut Ivenstedt geraten sein? Die Antwerpener Geschäftspartner standen noch außerhalb des Kreises. Außer dass sie im Büro gewesen waren, gab es keine Indizien, dass einer von ihnen an einem Mord beteiligt sein könnte. Aber dem würden sie ab Montag nachgehen, wenn er dann mit Calloe in Antwerpen weilte.

Rasmussens Smartphone meldete die Brix. Seit Kurzem hatte er ihr ihren eigenen Klingelton, die Arie des Papageno, zugeordnet.

»Hans, ich habe eben zufällig Mommsens Steuerberater getroffen. Der wusste noch nichts von all dem Schlamassel. Und selbstverständlich habe ich nur Andeutungen gemacht. Wie auch immer. Ich habe eine Handynummer von Mommsen, die angeblich nur einige Geschäftspartner haben. Willst du die mal notieren?«

Rasmussen kritzelte die Ziffern auf seine Schreibtischunterlage, klickte sich in die Teamcloud, und tatsächlich wichen die Nummern voneinander ab.

»Bingo, Margarete, du bist die Beste. Ich lasse das Handy sofort suchen. Er ist nämlich schon wieder abgehauen.« Rasmussen berichtete kurz von den Ereignissen in Wedel. Dann fragte die Brix nach Marlene.

»Margarete, das ist schwierig. Ich möchte da jetzt nicht drüber sprechen.« Die Brix akzeptierte. »Kurz mal ganz was anderes. Hast du schon mal von der ›unsichtbaren Hand‹ gehört?«

»Ja, sicher. Wirtschaftstheorie. Keynes. Nein, warte, Adam Smith. Ach, das reicht ganz weit zurück. Moment. Ich hab's gleich. Selbstregulierung der Märkte. Genau. Im Grunde geht es wohl darum, dass der Unternehmer, auch wenn er ganz egoistisch seinen Wohlstand zu vermehren sucht, unausweichlich eine Leistung für die Allgemeinheit erbringt. Warum fragst du?«

»Caroline von Iven hat das auf ihre rechte Handkante tätowieren lassen. Bedeutet das, dass sie mit ›eroque‹ zur Samariterin werden wollte?«

Rasmussen erhielt keine Antwort. Die Verbindung war abgerissen. Er fragte sich, ob es in von Ivens Firma vielleicht Unstimmigkeiten über die Ziele gegeben hatte.

Kaum hatte er aufgelegt, betrat Hinrichsen schnaufend das Büro.

»Moin, der Hunger treibt mich zurück. Auch Hunger?«

Fünf Minuten später saßen die beiden Männer im »La Taverna«. Anständig Pasta nach dem anstrengenden Vormittag. Auf dem Weg hatte Hinrichsen detailliert berichtet, wie er Gesa Bruns befreit hatte und dass er diese in die Obhut der Psychiatrie in Pinneberg hatte geben müssen.

»Die war komplett durch den Wind. Ich hatte Angst, sie würde kollabieren. Schock, Post-Belastungs-Dingens, was weiß ich. Keinen geraden Satz konnte sie rauskriegen.«

Es gab Spaghetti Carbonara für Hinrichsen und Tortellini

Gorgonzola für Rasmussen. Mit Walnüssen. Da hätte er sich reinsetzen können. Eine Formulierung, die Marlene stets missfiel. Die Männer mampften, und die Kalorien vertrieben für eine gnädige Pause die bedrückenden Gedanken. Eine tote Frau, eine traumatisierte Frau. So verschieden die beiden Kriminalbeamten waren – Dickhäuter waren sie nicht.

Nachdem sie ihren Espresso genossen hatten, war es Rasmussen, der als Erster wieder dienstlich wurde. »Calloe und ich fahren Montag nach Antwerpen. Brauchen Sie Verstärkung für die Suche nach Mommsen?«

Hinrichsen lachte. »Die Brix und die Knilche wären nicht schlecht. Vielleicht frage ich mal ganz informell nach. Aber wenn wir Glück haben, ergibt ja die Handyortung ein schnelles Ergebnis. Über kurz oder lang kriegen wir sie alle.«

Damit war das Thema für Hinrichsen durch. Er hatte wohl recht.

On the run

Mommsen schaute auf die Uhr. Zehn vor zwei. Über vier Stunden waren jetzt vergangen, und er hatte keine Erinnerung. Sein Wohnmobil, der Mann mit der Mütze. Danach weißes Rauschen. Er war gelaufen. Mehr wusste er nicht. Mommsen setzte sich auf eine Bank und stellte die Brötchentüte ab. Er war durstig.

Jetzt schaute er auf und orientierte sich. Leuchtend weiße Fassaden jenseits der Straße. Hausnummer 332. Ein geöffnetes Schutztor. Er drehte sich um. Die Elbe. Der Anleger … den Anleger erkannte er: Teufelsbrück. Wie passend. Gerade kam eine Fähre. Mommsen sprang auf. Wenn er das Schiff noch erreichen würde, schoss es ihm durch den Kopf, dann wäre er in Sicherheit.

Aber so schnell der absurde Gedanke kam, so schnell verschwand er auch wieder, und Mommsen begann, einigermaßen klar zu denken. In Sicherheit, so ein Unsinn. Er hatte Gesa Bruns entführt, die Polizei suchte nach ihm. Auf einer Fähre des HVV war er garantiert nicht in Sicherheit. Er musste nach Südamerika. Hektisch tastete er nach seiner Brieftasche, seinem Handy. Jetzt hatte er die Brötchentüte an der Haltestelle auf der Bank vergessen. Dennoch, er ging an Bord.

Die Sonne stand steil. Er fand einen Sitzplatz. Sanft schaukelnd brachte ihn die Fähre nach Finkenwerder. Nur zehn Minuten. Beinahe wäre er eingeschlafen. Nun der Ausstieg Finkenwerder. Er folgte einer Gruppe Touristen mit sächsischem Akzent. Die Menschen lachten. Jetzt stiegen sie um in die Linie 62.

Albern, dieses Gelb, dachte Mommsen. »Der König der Löwen«. Werbung auf einer Fähre. Das hatte er schon immer blöd gefunden. Er blieb unten im Gang stehen, wollte sich nicht wieder mit anderen an einen Tisch quetschen, eingeklemmt sein. Dieser Durst, er wurde noch verrückt vor Durst. Aber ans Personal traute er sich nicht heran.

Unvermittelt überkam ihn die Angst vor Entdeckung. Ein Schiff war in seiner Situation nicht der beste Ort. Hier käme er nicht weg. Im Fall eines Falles. Er hielt den Ausgang fest im Blick. Ein schrilles Klingeln aus seiner Jackentasche ließ ihn zusammenfahren. Sein Handy. Ein Mitglied der Besatzung sah ihn an. Mommsen drehte sich weg und zog das Smartphone aus seiner Jacke. Auf dem Display las er: »Dirk Drolldinger«. Drolldinger, der Schwabe. Sein Steuerberater. Heute am Sonnabend. Mommsen nahm den Anruf nicht an. Er war doch nicht blöd.

Mommsen ging zur Toilette, versteckte das Handy im Handtuchspender. Ein kurzer Moment des Triumphs. Er würde Landungsbrücken aussteigen, sein Handy führe weiter spazieren. Sollte der Typ mit der Prinz-Heinrich-Mütze mal schön suchen. Links vor dem Bug sah Mommsen jetzt die Türmchen der Fischauktionshalle. Gleich müsste er aussteigen. Und dann? Mommsen hatte keine Idee.

Die »Altenwerder«, das gelbe »König der Löwen«-Schiff, legte an. Mommsen geriet kurz aus dem Gleichgewicht, musste sich festhalten. Und dann ging er mit den anderen Passagieren an Land. Seine Schritte aber wurden plötzlich schwer. Ohne Vorwarnung gingen ihm die Kräfte aus. Nicht langsam, aber sicher, wie man so sagt, eher Knall auf Fall. Die schiefe Ebene der Brücke 3 hoch schaffte er nur mit Mühe. Unter ihm dümpelte eine rote Barkasse. Wenn bloß dieser Durst nicht wäre. Das Brauhaus kam ihm in den Sinn. Das kannte er. Furchtbares Gedränge. Überall Touristen. Es wurde geschoben, er wurde abgedrängt. Ein grobschlächtiger Mittfünfziger mit verspiegelter Sonnenbrille rempelte ihn an. Mommsen stieß gegen eine junge Frau, die ihn aus tiefschwarz umrandeten Augen böse anblitzte.

Das »Blockbräu«. Grün und Gold und Weiß und Rot. Die Farben beruhigten ihn. Mit der Schulter öffnete Mommsen die Tür und stolperte mehr ins Brauhaus, als dass er ging. Seine Arme fühlten sich unglaublich schwer an. Erschöpft setzte er sich an einen Zweiertisch am Rand des hohen Raumes. Er bestellte ein Pils und einen Kapitänsteller. Jetzt spürte er auch den Hunger. Seit gestern Morgen hatte er nichts mehr gegessen, obwohl der Kühlschrank im Wohnmobil doch gut gefüllt war. Oder doch, einen Schokoriegel, den Gesa nicht gewollt hatte. Aber auch der war irgendwie quer in seinem Magen gelandet. Magenschmerzen, das war eine ganz neue Erfahrung.

Der Service im Brauhaus war geübt. Schnell kam das Pils, er bestellte gleich ein zweites. Und dann der Kapitänsteller, der eigentlich nicht zu schaffen war. Aber Mommsen putzte den Teller fast blank. Nur den Staudensellerie ließ er übrig. Den mochte er nicht. Ob Caroline ihn jetzt wohl sehen konnte? Hier hätten sie gemeinsam sitzen können. Oder in einem Münchener Biergarten oder in New York. Die Welt hätte ihnen offengestanden. Ihren Kindern hätten sie irgendwo in Schwansen ein Zuhause gegeben, und in den Ferien wären sie verreist, auf alle Kontinente. Er hatte ihr das doch alles haarklein aufgeschrieben. Sie hätte nur Ja sagen müssen.

Mommsen musste rülpsen. Mehrfach. Er hielt sich eine Serviette vor den Mund und schaute sich dabei um. Rechts oben auf der Empore lehnte sich eine ganze Familie über das Geländer. Mutter, Vater, drei Kinder. Die Jungs im Grundschulalter, würde er tippen, und das Mädchen mit dem genervten Blick vielleicht dreizehn. Fröhlich ausgelassen schnatterten sie, fotografierten in die Halle hinunter und zeigten mit dem Finger auf ihn. Sie zeigten tatsächlich mit dem Finger auf ihn. Sah man ihm was an? Stand etwa »Verbrecher« auf seiner Stirn? Er musste hier weg.

Mommsen legte dreißig Euro auf den Tisch und ging. Das Bier war ihm zu Kopf gestiegen. Als er in die Sonne hinaustrat, war ihm schwindelig. Er hielt sich am Mast der Ampel fest. Grün. Ein bisschen wackelig überquerte er die Hafenstraße. Über ihm, von der Sonne angestrahlt, das Hotel »Hafen Hamburg«. Ein Bett. Dort würde er sich ausschlafen. Mommsen konnte nur noch an weißes Bettzeug denken. Ein kühles weißes Laken. Er hätte das Bier nicht trinken sollen. Aber vor ihm der Hügel, da sollte er jetzt hochsteigen?

Auf dem zweiten Treppenabsatz knickte er um. Ein stechender Schmerz im rechten Knöchel. Er hielt sich am Geländer fest und atmete tief durch. Dann ein Schwall alkoholgeschwängerter Atemluft gleich links neben ihm. Das Gesicht, nein vor allem die riesige, rot geäderte Nase einer Frau undefinierbaren Alters.

»Na, meen Kleener, nüscht jewöhnt, wa.« Die Frau mit der Nase hatte eine Berliner Schnauze. Sie griff nach seinem Arm. Mommsen zog ihn weg. »Oh, janz een feiner Pinkel. Na komm, ick helf dir mal.«

Irgendwie bugsierte ihn die Frau die Treppe rauf.

»Ich muss hier ins Hotel.«

Sie stützte ihn. Er hinkte weiter. Vor dem Eingang legte sie kurz den Kopf schief. »Nich meene Kragenweite. Allet Jute.« Und dann verschwand sie Richtung Helgoländer Allee.

Eine Viertelstunde später lag Mommsen im Bett und fiel in einen unruhigen Schlaf. Er hatte die Vorhänge zugezogen. Er sah nicht den Hafen, nicht die Schiffe, nicht die Elbe. Der Blick in sein Inneres, den wurde er nicht mehr los. Carolines Kopf auf der Schreibtischplatte. Der scharfe Geruch von Pulver. Ihr Blut. Mommsen schreckte auf. Kurz war er hellwach. In dieser Nacht hatte er Caroline eine Haarsträhne abgeschnitten, die er seitdem immer bei sich trug. Er legte seine rechte Hand auf die Brust, dort, wo er sie in der Innentasche seines Sakkos verwahrte. Dann schlief er wieder ein.

Sonntag, 21. Juni

Der feine Herr von Iven

Die Brix wusste, dass es ohne Training nicht ging. In all den Jahren als Richterin hatte sie es als unerlässliche Fingerübung angesehen, Gesetzestexte, Kommentare und Urteile zu lesen. In der Bahn, beim Friseur und manchmal auch an einem stilleren Ort. So war sie daran gewöhnt, zu üben. Ihr Stimmtraining konnte sie in nahezu jeder Lebenslage absolvieren.

An diesem strahlend sonnigen Sonntagmorgen stand sie am Fenster, schaute in den blauen Himmel und übte. Nachdem sie Kopf, Schultern, Arme und Rumpf gelockert hatte, begann sie wie gewöhnlich mit »O« und baumelnden Armen, steigerte sich über »Mjaum« und »Mjum« in die von ihr geliebten Lippenblähübungen, bei denen sie zum Beispiel »Bababa, bobobo, bububu« und »Blamblamblam, blomblomblom, blumblumblum« von sich gab. Sie tat das gewissenhaft. In zwei Stunden nämlich hätte der Chor einen Auftritt in der Waabser Marienkirche. Dort sangen sie in der Saison regelmäßig nicht nur vor einheimischen Kirchgängern, sondern auch vor den zahlreichen Urlaubern der umliegenden Campingplätze.

Bei Anlässen wie diesen bat die Brix regelmäßig Fiete Burmester um einen kleinen Liebesdienst, genauer gesagt Fahrdienst, den dieser erwartungsgemäß mit Freuden erbrachte. Und so bestieg die Notenwartin des Kirchenchores Borby pünktlich um acht Uhr den weißen VW-Bus, der auch heute sechs weiteren Sängerinnen und Sängern als Musiktaxi dienen sollte.

Der Gottesdienst würde um zehn Uhr beginnen. Kurz vor halb trafen Chor und Chauffeur in Waabs ein. Chorleiter Heiner Hoss, der seine Sängerinnen und Sänger bereits vor der Kirche erwartete, hatte immer noch dies und das zu besprechen. Das obligatorische Einsingen nicht zu vergessen. Vor Auftritten schlief Hoss stets schlecht, feilte nächtens an Kleinigkeiten und sparte auch an diesem Sonntag nicht mit Tipps.

Die Glocken läuteten, die Kirchgänger strömten, und die Brix kribbelte es. Das Lampenfieber hatte sie nie losgelassen. Doch nach den ersten getroffenen Tönen übernahm die Freude am gemeinsamen Klangkörper die Regie, und das Singen gelang wie von allein. Zwischen den Liedern nutzte die Brix die Zeit, um nach Bekannten in den Bänken zu suchen, und schnell wurde sie fündig. Hinten links, ganz außen in der letzten Bank, entdeckte sie Luise von Iven. Offensichtlich hatte sie den ersten Schock über den Tod der Tochter überstanden und die Obhut der Psychiatrie verlassen.

Der letzte Ton war verklungen, die Kollekte eingesammelt, und am Ausgang schüttelte der Pastor leutselig die Hände seiner Schäfchen. Jetzt hieß es, flink zu sein. Die Brix hatte vorsorglich ihre Aufgaben als Notenwartin delegiert und die Kirche durch einen Nebenausgang verlassen. Nun saß sie auf der Bank neben dem Portal. Hier entlang würde Luise von Iven gehen. Nicht nur heute, sondern wohl auch bald, wenn sie ihr Kind beerdigen musste.

Die Brix musste nicht lange warten. Luise von Iven, in einen schlichten schwarzen Leinenmantel gekleidet, ihr weißes Haar streng nach hinten gebunden, wirkte beinahe wie eine Nonne in ihrem Habit. Die Blicke der beiden Frauen trafen sich. Die Brix erwartete, Trauer zu entdecken. Stattdessen strahlte von Iven vor allem eines aus – mühsam gezügelte Wut. Zwei Schritte bevor sie die Bank erreichte, blieb sie abrupt stehen, denn sie hatte die Brix erkannt. Dann machte sie eine entschlossene Bewegung und setzte sich rechts neben sie.

»Zum Aus-der-Haut-Fahren, es ist zum Aus-der-Haut-Fahren.«

Die Brix antwortete nicht. Sie war sprachlos.

»So viele Jahre habe ich um Carolines Seelenheil gekämpft, so viele Sträuße mit ihrem bornierten Vater ausgefochten. Endlich hatte ich sie so weit, eine Therapie zu beginnen. Und dann endet ihr Leben, bevor sie eine Chance hatte, es zu beginnen.«

Die Brix schaute fragend.

»Sie kennen ihn doch, diesen ach so kunst- und feinsinnigen

Blaublüter. Als ich ihn kennenlernte, hat mich seine Weltgewandtheit, seine Selbstsicherheit beeindruckt. Ich komme hier vom Dorf. Das war schon alles sehr konservativ. Und Tristan, der war so frei. Na ja, die klassische 68er-Nummer. Und dann all die Vernissagen, Finissagen, unkonventionelle Menschen aus aller Herren Länder. Das Ende der Piefigkeit, die mich über zwanzig Jahre erdrückt hatte. Er schmeichelte mir, gab mir Bedeutung, das Gut als sichere Burg.«

Luise von Iven stieß ein verächtliches Lachen aus. »Ein Kind mit ihm. Konnte es für das Kind, für unser Kind bessere Bedingungen geben? Konnte es nicht. Davon war ich felsenfest überzeugt. Er hat ja auch tatsächlich dieses eine Bild verkauft. Also – gut verkauft. Von diesem Geld hätte eine normale Familie zehn Jahre leben können. Aber Herr von Iven musste das Gut halten, Empfänge geben. Dieser Idiot hat sich völlig verspekuliert.«

Luise von Iven hatte die Stimme gehoben. Ein junges Paar ging an den beiden Damen vorüber. Die Blicke waren irritiert.

»Was glotzt ihr? Soll ich Kunststücke vorführen?«

»Frau von Iven, ich könnte Ihnen ein Taxi rufen.« Die Brix bemühte sich um Deeskalation.

»Ein Taxi? Die von Ivens sind insolvent. Pleite. Wovon sollte ich denn ein Taxi bezahlen?«

Die Zahl der unfreiwilligen Zuhörer wuchs.

»Und wissen Sie, was das Schlimmste ist? Diese Drecksau hat jahrzehntelang ein Liebesnest in Kiel gehabt. Das war sein ehemaliges Studentenatelier auf einem Hinterhof am Blücherplatz. Das hat er all die Jahre über behalten und dafür auch noch Geld herausgeschmissen. Und wissen Sie, was er da gemacht hat?«

»Nein, Frau von Iven, das weiß ich nicht, und ich bin sicher, dass es die anderen Menschen hier auch nicht wissen. Dabei sollte es besser bleiben. Meinen Sie nicht auch?«

»Nein, Frau Brix, meine ich nicht. Schluss mit dem Getue. Tristan von Iven hat es in den letzten zehn Jahren mit Frauen getrieben, die seine Töchter hätten sein können. Der vornehme Herr von Iven. Da guckt ihr, was?«

Die Brix ließ sich nicht anmerken, dass ihr die Knilche bereits von der Liebeslaube berichtet hatten, griff nun nach dem Arm von Luise von Iven und führte sie auf den Friedhof hinter die Kirche, außer Hörweite jedenfalls. Inzwischen liefen Tränen über die Wangen der gebrochenen Frau. Sie weinte. Lautlos.

»Und wie haben Sie von alldem erfahren?«

Jetzt begann Luise von Iven zu lachen. »Dieser Idiot hat die letzte Muse wohl alle naslang mit seinem Handy fotografiert. Und jede Menge Akte hat er gepinselt, der geile Bock. Das muss man sich mal vorstellen. Wie blöd kann man nur sein?«

Von Iven blieb vor einem schlichten Grabstein mit der Inschrift »Anna Schlüter 12.03.1928 – 22.12.1979« stehen.

»Meine Mutter ist mit einundfünfzig Jahren gestorben. Herzinfarkt. Mein Vater hat ihr das Leben zur Hölle gemacht, der alte Säufer. Lebt immer noch. Männer. Dreckspack. Ich habe Caroline immer gesagt, sie solle vorsichtig sein, nicht an den Falschen geraten. Und was war das Ende vom Lied? Sie hat alle abgewiesen. Sie war allein, so allein. Das können Sie sich nicht vorstellen. Und ich bin schuld.«

Die Brix hakte vorsichtig nach. »Wusste Caroline, dass Ihr Mann Verhältnisse hatte?«

»Sie wollte meinen Mann vor Kurzem noch zur Rede stellen. Ich habe sie gebeten, nicht daran zu rühren.«

Sie ging drei Schritte, setzte sich auf eine Mauer.

»Caroline hat ihren Vater trotz allem geliebt. Sie wollte ihn immer retten. Vor vier Wochen hat sie angerufen und mir erzählt, sie werde über eine Eventagentur ein Angebot für die Nutzung des Gutes machen. Ich solle ihrem Vater gut zureden. Kulturveranstaltungen, irgend so was, was Tristan auch schon immer versucht hat, nur seine Tochter wollte das endlich auf professionelle Füße stellen. Sie glauben nicht, was mein Mann für ein Stümper ist!«

»Frau von Iven!«

»Sie brauchen diesen feinen Herrn gar nicht in Schutz zu nehmen. Caroline sagte, wir müssten uns dann keine Sorgen mehr um den Unterhalt des Gutes machen. Ich war so dankbar. Und wissen Sie, was mein Mann gemacht hat? Sich auf sein scheiß hohes Ross gesetzt und den Strohmann hochgehandelt. Dieser arrogante Nichtsnutz.«

»Weiß er denn mittlerweile, dass Ihre Tochter hinter dem Angebot steckte?«

Von Iven zuckte matt mit den Schultern. Sie öffnete ihre Handtasche, entnahm ein Arzneidöschen und schob sich eine kleine weiße Tablette in den Mund.

»Psychopharmaka. So weit ist es gekommen mit mir. Wissen Sie, Frau Brix, Kinder können auch dann großen Kummer bereiten, wenn sie gut geraten sind. Caroline war empfindsam und klug. Aber ihrem Vater konnte sie es nie recht machen, obwohl sie ungleich erfolgreicher war als er. Sie fühlte sich immer schuldig, und ich, ich fühlte mich schuldig mit ihr.«

»Wie ist Ihre Tochter eigentlich mit dem Druck und dem Wissen umgegangen? Das Unternehmen, die Angst um den Vater. Sie war sehr jung.«

»Am letzten Freitag standen wir gemeinsam am Strand und schauten raus auf die Ostsee. Da hat sie gesagt: ›Der Moment vor dem Einschlafen. Darauf freue ich mich bei jedem Erwachen. Es ist der einzige Moment, in dem ich mich frei fühle.‹ Ich habe das aufgeschrieben.«

Luise von Iven stand auf. Sie küsste die Brix auf beide Wangen, drehte sich um und ging.

Die Brix rieb sich die Oberarme. Sie fröstelte trotz sommerlicher Temperaturen. Dann griff sie zum Smartphone.

»Hans, ich habe eben mit Luise von Iven gesprochen. Erstens: Die von Ivens sind pleite. Zweitens: Luise von Iven weiß, dass ihr Mann über die Jahrzehnte dieses ganz private Lustlager in Kiel betrieben hat, das die Knilche bereits aufgestöbert haben. Es ist sein ehemaliges Studentenatelier. Caroline wusste auch davon. Fragt sich, ob er vielleicht in Streit mit der eigenen Tochter geriet. Ich möchte nicht daran denken. Aber ausschließen möchte ich das auch nicht. Die Wahrheit ist in der Familie von Iven unter die Räder gekommen. Er folgt ihr nach ihrem Auftritt und der Ankündigung der Fernsehsendung ins Büro. Will ihr gute Ratschläge geben. Sie ist genervt. Offenbart ihr verdecktes Angebot, weil sie seine Überheblichkeit gerade nicht aushalten kann. Emotionen, Alkohol, ein Handgemenge. Und als dann die Chose gelaufen ist, greift er sich als Erbe seiner Tochter auch noch die Abendkasse. Durchaus vorstellbar.«

»Margarete, daran gedacht habe ich auch schon. Aber glaubst du, er könnte sich nach einer solchen Tat noch einigermaßen angepasst verhalten? Mörder der eigenen Tochter. Das hätte auch den Selbstdarsteller von Iven umgehauen. Aber sicher sein kann man nicht. Ich werde ihn noch mal sprechen, wenn wir aus Antwerpen zurück sind. Tschüssing.«

Bevor sich die Brix weitere Gedanken machen konnte, bog Fiete um den großen Rhododendron.

»Da bist du, wir suchen dich schon. Abfahrt. Komm. Wir wollen alle gemeinsam essen. Hoss hatte Geburtstag. Er schmeißt eine Runde.«

Und plötzlich verlief der Sonntag wieder in geregelten Bahnen.

Montag, 22. Juni

Von hinten durch die Brust ins Auge

»Ich hoffe, ich kann Ihnen helfen.«

Die Brix hatte Luise von Iven um die Mobilnummer ihres Mannes gebeten und war noch am Sonntagabend zur Generaloffensive übergegangen. Tristan musste doch in seiner Chuzpe zu knacken sein, das hatte sie auch noch zu Rasmussen am Telefon gesagt, den sie vor seiner Abfahrt nach Antwerpen noch in Kenntnis setzen wollte. Er sollte zumindest wissen, was Eike Hansen und die Brix im Schilde führten. Dann hatte sie von Iven am Rohr.

»Helfen? Verehrte Margarete, verzeihen Sie, aber ich weiß überhaupt nicht, was Sie meinen.«

»Verehrter Iven, dann sage ich Ihnen das jetzt mal ganz einfach.« Die Brix erzählte von ihrem Gespräch mit seiner Ehefrau, sie berichtete ihm aber auch, wie ergriffen sie nach dem Gespräch mit ihm am Dienstag gewesen sei, und sie gab ihm zu verstehen, dass sie Kenntnis von seiner Liebeslaube habe.

»Sie haben recht, Frau Brix, die Situation ist etwas vertrackt, und in der Tat, ich habe momentan niemanden, mit dem ich über diese Probleme reden kann. Ich habe es bisher immer genossen, mit wie viel Respekt Sie den Menschen begegnen, von daher nehme ich Ihr Angebot gerne an.«

Sie hatten sich also für den heutigen Morgen in seinem »Atelierhaus«, wie von Iven es nannte, verabredet. »Wenn Sie so nett sein wollen und sich auf den Weg nach Kiel an den Blücherplatz machen.«

Tristan von Iven hatte einen kleinen Bistrotisch und passende Stühle auf den Hof gestellt. Ein orangefarbener Sonnenschirm schützte die Brix und ihn vor allem vor Blicken aus den umliegenden Häusern. Aus den Tassen duftete türkischer Tee, hinter ihnen verströmte Lavendel seinen Duft.

Der Gastgeber schaute die Brix an. Die Brix schaute zurück. Mochte er noch so staksig daherkommen, er war eine elegante

Erscheinung. Selbst in dunkelblauem Polohemd und gelben Canvashosen, ganz entspannt ohne jedes Schuhwerk, hatte der Mann Stil. »Schön haben Sie es hier. Wirklich schön.« Mehr sagte die Brix nicht. Ich lasse ihn kommen, dachte sie noch.

Tristan von Iven fing an, über seine Ehe zu erzählen. Die fleißige Luise, die er immer wieder enttäuscht habe in den über dreißig Jahren Ehe. Und betrogen habe er sie. Nach Strich und Faden. Aber er sei mit ihrer Strenge in allen Lebensbelangen nicht klargekommen. Und dann seien seine Gespielinnen immer jünger geworden. Es ging um Sex, es ging aber auch um gesellige und ausgelassene Abende, und für den einen oder anderen Urlaub hatte er sich auch freimachen können. Momentan sei er mit einer fünfundzwanzigjährigen Frau zusammen, die eine kleine Tochter habe und jede Menge Geldsorgen. Kennengelernt hätten sie sich in einem Internetportal.

»Sugardaddy irgendwas Dot Com. Ist das nicht albern? Alte Säcke glauben, sich hier Nähe kaufen zu können. Es geht eben nicht nur um Sex. Zuneigung wie auch immer erzwingen zu wollen, das ist schwierig bis unmöglich.«

»Entschuldigen Sie, wenn ich das frage«, die Brix schmunzelte dann doch leicht verlegen, »aber warum wurden die Frauen immer jünger? Fünfundzwanzig? Das sind vierzig Jahre Altersunterschied. Sie gehen immer noch für einen Mittfünfziger durch, aber … was soll ich sagen?«

Tristan von Iven nippte an seiner Teetasse. Er sprach nun davon, dass er wohl das Rad der Zeit habe zurückdrehen wollen. Diese jugendliche Schönheit sei durch nichts zu ersetzen. Frauen, die noch blühten oder vielleicht erst noch aufblühten. Celina könne ihm so viel geben, das seidige Haar, die straffe Haut, ihre exotischen Tätowierungen, das fasziniere ihn. Ihre Verhältnisse hätten ihr im Weg gestanden, deswegen habe sie die Ausbildung abgebrochen und sich in eine frühe Ehe gestürzt. Celina gehöre zu den Frauen, denen er helfen könne, sich selbst zu entdecken. Die er noch auf den richtigen Weg bringen könne, die ihm zuhörten und ihn dann irgendwann genau dafür zu schätzen wüssten. Herzensbildung.

»Herr von Iven, glauben Sie das wirklich alles selbst?«, fuhr ihm die Brix leicht entrüstet in die Parade. Sie verkniff sich die bohrende Frage, wie er das alles mit dem Bild von seiner Tochter übereinbekomme. »Sehen Sie sich wirklich als verkappter Sozialarbeiter?«

Der Senior ruckelte auf seinem Bistrostuhl herum. Er fuhr sich durch das leicht schüttere Haar. »Ja, es ist das verdammte Geld. Was sonst?« Immer sei ihm klar gewesen, dass er diese jungen Frauen nicht auf freier Wildbahn hätte erobern können. Charme und Weltläufigkeit übertünchten das eigene Welken nur bei sehr schummerigem Kerzenlicht. Auch Celina habe er gekauft, aber mit ihr dann den Himmel auf Erden gefunden.

Seine Augen blitzten ernst und dunkel.

Aber nach einigen Monaten habe es schnell Abnutzungserscheinungen auf ihrer Seite gegeben. Nicht, dass er sie weniger begehrenswert gefunden hätte. Aber die junge Frau habe sich mehr und mehr zurückgezogen und auf der anderen Seite ihre finanziellen Forderungen erhöht. »Momentan bedrängt sie mich, mit ihrer Tochter hier einziehen zu dürfen. Aber soll ich meinen letzten Rückzugswinkel aufgeben?« Von Iven schaute jetzt einigermaßen unglücklich aus.

»Wie viel zahlen Sie ihr im Monat?«, fragte die Brix geradeheraus.

»Genug, jedenfalls bisher. Als ich jetzt offenbart habe, dass ich zahlungsunfähig bin, hat sie ein Riesentheater gemacht. Obwohl wir uns wirklich nur noch selten sehen, ich weiß schon gar nicht mehr, wann ich das letzte Mal mit ihr geschlafen habe. Wenn ich sie allzu oft kontaktiere, fühlt sie sich bedrängt. Ich lasse es also sein. Frau Brix, ich bin in einer fürchterlichen Klemme. Ich verzehre mich nach dieser jungen Frau, und je mehr sie sich entzieht, desto größer wird meine Sehnsucht. Und ich kann mir Celina nicht mehr leisten. Die von Ivens sind insolvent.«

»Darf ich etwas sagen?«, unterbrach ihn die Brix. Er schwieg. »Sie beide versuchen, sich gegenseitig zu kontrollieren. Jeder nach seinen Möglichkeiten. Jeder beutet den anderen aus.«

»Ich weiß.« Von Iven sackte immer weiter in sich zusammen.

Sein wahres Alter wurde nun auch für die Augen der Brix offenbar. »Bei einem unserer letzten Treffen habe ich Celina gesagt, sie habe das Letzte verkauft, was ihr noch geblieben sei von ihrem Leben, ihren Körper. Die Selbstachtung hatte sie längst verloren. Sie hat stumm geweint. Und hat mir dann angeboten, sofort mit mir zu schlafen. Sei es im Fahrstuhl oder draußen im Wagen. Da wusste ich, dass es vorbei ist. Es ist vorbei, aber ich kann Celina mit ihrem Kind doch nicht allein lassen? Sie hat doch niemanden sonst. Ich kann sie doch nicht so einfach wegwerfen nach dieser Zeit.«

»Wenn ich Ihnen einen guten Rat geben darf, Herr von Iven, kümmern Sie sich um sich selbst.« Die Brix hatte sich bei diesem Satz vorgebeugt und ihrem Gegenüber ganz tief in die Augen geschaut. Jetzt aber wühlte sie etwas hektisch in ihrer Handtasche. Ihr Sommerhütchen wippte. »Sie entschuldigen mich für einen Moment.«

»Ja, sicher. Wenn Sie hineingehen, ganz durch und dann rechts.«

Die Brix verschwand im Atelierhaus und fand das Bad auf Anhieb. Sie drehte den Schlüssel im Schloss um und hängte ihre Kostümjacke über die Klinke. So konnte niemand sehen, wie sie auf dem geschlossenen Klodeckel saß und hektisch eine SMS in ihr Smartphone tippte. Sie stand auf und öffnete das Fenster zum Hof. Dann setzte sie sich wieder, die Handtasche auf den Knien und stocksteif im Rücken, sie mochte sich nicht an den Spülkasten lehnen.

Von draußen hörte die Brix das Fahrgeräusch eines Autos, das ganz langsam in den Hof über das Kopfsteinpflaster rollte. Es schien eine schwere Limousine zu sein. Es lief alles wie am Schnürchen, Eike war wirklich ein Profi.

Sie schaute auf die Uhr und ließ auf die Sekunde genau die abgesprochene Zeit verstreichen. Dann stand sie auf, zog die Kostümjacke an und rückte das Hütchen vor dem Badezimmerspiegel gerade. Der Schlüssel drehte sich.

Als sie in den Hof trat, sah sie als Allererstes einen Rücken wie ein Kleiderschrank. Der gehörte einem baumlangen Mann in einem schwarzen Anzug. Gegeltes schwarzes Haar und verspiegelte Sonnenbrille. Ihm gegenüber stand Tristan von Iven. Kevin Schnurre hatte wirklich eine beeindruckende Statur.

»Meine Herren, gibt es irgendwelche Probleme?«, fragte die Brix. Sie hatte sich wieder an den Bistrotisch gesetzt, schaute zu den beiden Männern auf und blinzelte mit den Augen.

»Soll ich?«, fragte Schnurre, der so aggressiv, wie er nur konnte, um sich blickte.

»Tun Sie sich keinen Zwang an. Frau Brix genießt mein volles Vertrauen.«

»Von Iven hat uns hundertfünfzigtausend Euro gestohlen. Ihr habt bis zum Mittwoch Zeit, dann ist das Geld wieder da. Wir«, jetzt nickte Schnurre zur voll besetzten S-Klasse, bei der jetzt gleichzeitig alle Fenster heruntergingen, »wir sind am Mittwoch wieder da. Und dann ist Zahltag.«

»Das ist unmissverständlich, meinen Sie nicht, Herr von Iven?«, mischte sich die Brix ein. Der nickte nur. Man sah aber, dass er pumpte.

»Ich frag nicht Sie, Frau … Dingsbums. Von Iven, dich frag ich, was ist also? Wenn nicht, dann zähl schon mal deine Knochen.«

Schnurre genoss diese Rolle jetzt sichtlich, nach den Demütigungen der letzten Woche war das hier eine Wohltat und Rehabilitation für ihn. Hansen hatte den richtigen Riecher gehabt, den Jungen auf von Iven anzusetzen. Rohe Gewalt – oder auch nur die Vorstellung davon – gehörte nicht zu von Ivens Erfahrungen. Und so unternahm er einen letzten, einigermaßen hilflosen Versuch, den schwarzen Hünen mit Worten zu beeindrucken.

»Wollen Sie mir drohen, Sie Fatzke? Außerdem kommt mir Ihr Gesicht bekannt vor. Kann es sein, dass wir uns schon mal gesehen haben?« Von Iven steckte einfach nicht auf. Er gab sich jetzt alle Mühe, möglichst gefährlich zurückzuschauen. Die Brix zuckte kurz zusammen.

»Von Iven, damit das klar ist. Mittwoch, zwölf Uhr, und keine Minute später, dann hole ich mir das Geld.« Mit diesen Worten drehte sich Kevin Schnurre um und ging zum Wagen. Die Tür schwang auf, Schnurre schwang sich hinein, die Tür schwang zu, und die S-Klasse rollte rückwärts und ganz langsam aus dem Hof.

»Wir müssen reden«, sagte Tristan von Iven zu Margarete Brix. Er wirkte nach Schnurres Drohkulisse doch sehr zerknirscht. »Jetzt müssen wir mal auf richtig große Probleme zu sprechen kommen. Ich weiß so gar nicht, was ich tun soll. Für Ihren Rat wäre ich dankbar. Ich mache uns aber erst einen frischen Tee.«

Die Brix rückte ihren Stuhl in die Sonne. Sie schloss die Augen und lächelte in sich hinein. Den kauf ich mir, dachte sie. Und so kam es. Sie tranken Tee, und nach und nach war von Ivens Widerstand der Einsicht gewichen, dass er bei der Polizei besser aufgehoben war als mit Beton an den Füßen auf dem kühlen Grund des Hemmelmarker Sees. Er versprach, auf der Zentralstation in Eckernförde vorzusprechen.

Wen er da am besten ansprechen solle, fragte er noch. Da gebe es nur einen, Hans Rasmussen, antwortete die Brix.

Einfach mal laut werden

»Jetzt haben wir es ja bald geschafft.« Yvonne Calloe schaute auf die Uhr. Um fünf Uhr zweiunddreißig waren sie gestartet. Viermal waren sie umgestiegen, zuletzt in Amsterdam. Und nach fast neun Stunden Reisezeit sollte sie gemeinsam mit Rasmussen Antwerpen-Centraal erreichen.

Rasmussen hatte die meiste Zeit am Laptop und unter seinen Kopfhörern verbracht. Er hatte die Augen jetzt geschlossen und summte und murmelte einen Song mit. Calloe verstand nur irgendetwas mit »homie« und »boy«, aber als Rasmussen dann lautstark im Großraumwagen des Thalys den Refrain mitgrölte, erkannte sie »Lonely Boy« von den Black Keys. In dem Moment wurde es Zeit, ihrem Chef ordentlich in die Rippen zu stoßen.

»Mademoiselle?« Rasmussen schaute sie leicht entrüstet an. Dann nahm er die Brille ab und rieb sich die Augen.

»Sie waren gerade dabei, die gesamte Reisegesellschaft mit ihren Gesangskünsten zu unterhalten.« Calloe ließ den Zeigefinger über die Umsitzenden kreisen. Die glotzten sowieso schon. »*Oh, oh-oh I got a love that keeps me waiting, I'm a lonely boy* – Chef, ist es mal wieder so weit? Haben Sie Liebeskummer?«, flüsterte Calloe ihrem Sitznachbarn zu.

»Aber, Calloe, das wollte ich doch Sie schon die ganze Fahrt über fragen. Fürsorgepflicht, Sie verstehen. Aber mal im Ernst, zwischen mir und meiner, sagen wir mal, Lebensgefährtin, läuft es gerade nicht so gut.«

»Lassen Sie mich raten, sie will Kinder, und Sie wollen partout nicht an das Thema ran. Es ist doch überall das Gleiche, der eine will und der andere nicht«, sagte Calloe, und ihr eigener Frust war ihr deutlich anzumerken.

Calloe hatte einen Zufallstreffer gelandet. Rasmussen musste sich kurz sammeln. Alltagshandlungen waren ein probates Mittel, um Zeit zu gewinnen. Er prüfte den Verschmutzungsgrad seiner Brille und putzte sie dann sorgfältig. »So einfach ist das nun aber auch nicht. Aber sagen Sie mal, Sie und der Koch aus der ›Fischdeel‹?« Rasmussen erinnerte sich an Antonios Anspielung und staunte jetzt nicht schlecht.

»Ach, Jean-Jacques. Der ist lieb und nett. Und vor allem sehr sexy. Außerdem haben wir ja beide Schichtdienst, da beschränkt sich das, was man so Beziehung nennen könnte, auf wenige Treffen im Monat. Das hat aber auch was.« Calloe lächelte zufrieden, um dann gleich wieder ziemlich sauertöpfisch zu schauen. »Erinnern Sie sich an Kai-Uwe?«

»Husum?«

»Genau. Kai-Uwe war eigentlich mein Traummann. Aber er wollte wenige Monate nach unserem Kennenlernen gleich die Ehe und das Versprechen, dass ich ihm einen Sack voller Kinder schenke.« Calloe hatte die Stimme jetzt erhoben und schüttelte den Kopf. »So nicht, Herr Rasmussen. Nicht mit mir. Ich habe einen Beruf, den ich liebe.« Auch sie konnte hier einfach mal laut werden, da sie sowieso niemand verstand. Bis auf Rasmussen, der bestätigend nickte und in Gedanken einem total vergurkten Wochenende mit Marlene nachhing.

Der Zug lief pünktlich in die kolossale Bahnhofshalle ein. Die beiden Kriminalbeamten betraten den Bahnsteig des Kopfbahnhofes, der von mächtig viel Stahl und Glas in beeindruckender Höhe überspannt wurde.

»Wenn ich als Kind mit meinen Eltern im Kieler Kopfbahnhof ankam, dann dachte ich immer, die Welt sei zu Ende«, sagte Calloe.

»Mademoiselle, in Kiel mag dieser Gedanke ja aufkommen«, sagte Rasmussen, »aber wir sind in Antwerpen. Warten Sie ab, bis Sie die Eingangshalle sehen. Ich habe gelesen, die Leute hier nennen sie *›kathedraal‹*.«

»Dieser Raum ist wirklich eine Wucht«, staunte Calloe.

Da standen sie nun ein paar Momente mit ihren Rollkoffern an der Wand und ließen die Blicke schweifen. Das Klingeln von Rasmussens iPhone beendete die Betrachtung.

»Margarete, was verschafft mir die Ehre? Gibt es etwa Neuigkeiten vom verarmten Landadel?«

In dem kurzen Gespräch stellte sich heraus, dass Tristan von Iven in Sachen »eroque«-Gelder verhandlungsbereit war und sich auf der Zentralstation melden wolle. Das waren gute Nachrichten.

Es herrschte wie selten Einvernehmen unter Rasmussen und Calloe. Die Aufgaben waren klar. Fanny Jongen und John Brunsma sollten mit Hilfe der belgischen Kollegen einvernommen werden. Ralph Dupont hingegen würde sich Calloe eher privat unter Geleitschutz von Rasmussen vornehmen. Die örtliche *politie* musste nicht alles wissen, was sie hier in der Rubensstadt so treiben wollten. Spannende Aufgaben lagen vor ihnen, und die Ermittler waren eigentlich froh, fernab der Heimat ein wenig auslüften zu können.

»Go for gold« … Der Zukunft zugewandt

Mommsen schaute in den Spiegel. Er sah ein fahles Gesicht, glanzlose Augen. Stumpf der Blick. War das wirklich sein Blick? Und der Blick eines Mörders dazu? Wie lange hatte er bloß geschlafen? Er spürte, wie sich ein Schauer über seinen Rücken ausbreitete. In welche Falle war er bloß getappt?

Er öffnete die Tür der Dusche, drehte den Hahn mit der blauen Markierung bis hintenhin auf, hielt die Luft an und trat unter den kalten Wasserstrahl. Er wollte wieder klar werden. Unter Druck hatte er schon immer schlechte Entscheidungen getroffen. Der Druck musste weg. Er musste weg.

Mit noch nassem Haar setzte er sich eine Viertelstunde später in den Frühstücksraum, trank drei Tassen Kaffee und konzentrierte sich darauf, die nächsten Schritte zu planen. Für Caroline konnte er nichts mehr tun. Er würde von jetzt an nur noch an sich denken. Die Zimmerrechnung beglich er in bar, ließ sich ein Taxi rufen und sich zum Bahnhof bringen. Kurz nach zehn Uhr trat er in Kiel auf den Bahnsteig. Jetzt, das spürte er, war alles im Fluss. Er verließ wie ferngesteuert den Bahnhof, ging zielstrebig durch die Fußgängerzone und klingelte schließlich unweit des Schwedenkais an einer unscheinbaren Tür.

Es dauerte ein wenig, man musterte ihn wohl durch eine fest installierte Kamera, ließ ihn dann aber ein. Mommsen hatte eben seine Beziehungen. Der Geschäftsführer dieses privaten Clubs war ihm seit Jahren schon verbunden. Ohne Fragen zu stellen, lieh er Mommsen einen Volvo mit Allradantrieb, der stehe sich sowieso nur auf dem Hof die Reifen platt. Er traf irgendeine Vereinbarung mit dem Leihgeber, darauf kam es jetzt auch nicht mehr an. Er ging auf den Hof, schaute etwas neidisch auf den Lamborghini und stieg in den Volvo. Nahm er eigentlich wahr, dass er sich mit quietschenden Reifen verabschiedete? Mommsen fühlte sich wie in Watte gepackt. Aber wenigstens der Druck war weg.

Seine erste Fahrt führte ihn in sein Haus nach Kappeln zurück. Mit jedem Kilometer wurde er klarer. Entschlossener. Er musste an seine Reserven im Keller. Der Gedanke an das ganze Gold wirkte wie eine Frischzellenkur. Mit Gesa war er überhastet geflohen. Jetzt würde er einen blitzsauberen Abgang ohne Spuren hinlegen. Er war froh, dass er seine Erbschaft nicht in Immobilien angelegt hatte. Häuser waren ein Klotz am Bein. *»Go for gold«*, so hatte er stets gedacht, und so bewahrheitete es sich jetzt.

Die Sonne stand hoch, als Mommsen in Eckernförde einfuhr. Ha, da sitzen sie, meine Häscher, wenn ihr wüsstet, dachte er, und in diesem Augenblick trennten ihn nur dreihundertfünfzig Meter Luftlinie von der Zentralstation. Seine Spuren verloren sich in Hamburg. Sollten sie doch sein Handy orten, das er auf der Fähre im Handtuchspender versenkt hatte. Wie hießen doch gleich die beiden Figuren, die ihn am Dienstagnachmittag in Kappeln aufgesucht hatten? Die Frau hatte einen französisch klingenden Namen. Und dieser Hauptkommissar, der immer in die Sonne geblinzelt hatte, zu dämlich, diese Landbullen.

Vorschriftsmäßig reduzierte er seine Geschwindigkeit auf dreißig Stundenkilometer. Die Dauerbaustelle auf der B 76 hielt ihn aber nur wenige Minuten auf. Auf der 203 hatte er wieder freie Fahrt. Rechtzeitig, bevor er in Sichtweite der Brücke über die Schlei in die Ellenberger Straße abbog, zog er die blaue Kappe tiefer in die Stirn und setzte sich eine Sonnenbrille auf. Aufmerksam musterte Mommsen die Gärten seiner Nachbarn. Niemand zu sehen. Dann zückte er sein Smartphone, klickte auf die »Sesam, öffne dich!«-App und ließ sein Gartentor ferngesteuert zur Seite gleiten. Bis hierhin war er unentdeckt geblieben.

Er parkte den Volvo so, dass er von der Straße aus nicht zu sehen war. Sein Haus betrat er durch den seitlich gelegenen Kellereingang. Jetzt zeigte sich, dass ein von drei Seiten zugewachsenes Grundstück große Vorteile hatte. Für einen Gangster auf der Flucht jedenfalls. Ein Gedanke, bei dem Mommsen kurz lachen musste. Wann hatte er eigentlich zuletzt gelacht? Urplötzlich fühlte er sich wie befreit. Befremdlich. Es war, als fiele eine Last von ihm ab, und es war nicht nur eben mal ein Gefühl, er spürte die Freiheit von Kopf bis Fuß, es war, als ob ein Eispickel in die Stirn eindrang und unheimliche Frische sein Bewusstsein durchlüftete.

Was er nach dem Verkauf des Familienunternehmens auch unternommen hatte, das Erbe des Wurstimperiums hatte mit den gesellschaftlichen Verpflichtungen, den ritualisierten Einladungen und unvermeidlichen Mitgliedschaften immer auf ihm gelastet. Nun hatte er die Chance, das alles hinter sich zu lassen. Und er musste auch keine Anstrengungen mehr unternehmen, um Caroline zu erobern. Ob das ein emotionales Zwischenhoch war, nur eine vorübergehende Phase hysterischer Euphorie?

Mommsen öffnete die Tür zum Schwimmbad, griff nach einer Knarre, einer 13er Nuss, und näherte sich dem überdimensionierten Sandfilter. Das Becken fasste etwa siebzig Kubikmeter Wasser, der erst vor drei Jahren nachgerüstete Filter war für die doppelte Menge ausgelegt. Er setzte den Steckschlüssel an und lockerte die Schrauben des Deckels, entfernte die Schrauben, nahm den Deckel ab, und dann schaufelte er sorgfältig den Sand auf eine Folie, die er neben dem Becken ausgebreitet hatte. Der Filter war mit immerhin fünfhundert Kilogramm Quarzsand feinster Körnung befüllt. Eine schweißtreibende Arbeit.

Nach ein paar Minuten stieß er auf einen Widerstand und zog den ersten von vierzig Barren zutage. Vierzig Kilo Gold. Über den Daumen gepeilt stellten sie einen Gegenwert von knapp eins Komma zwei Millionen Euro dar. Er würde ein neues Leben beginnen. Devisen, Wertpapiere, Gold, was für eine Frage? Einer wie er würde auch in Zukunft geschmeidig und beweglich bleiben. Die Barren stapelte er zu Paaren, die Lagen jeweils um neunzig Grad versetzt. Beweglichkeit und Stabilität, dachte er. Seine Laune wurde mit jedem Barren besser. Matt glänzend und kühl lagen sie in seinen Händen.

Kurz ging er zur Musikanlage rüber, zog mit sandigen Fingern eine CD von Bryan Adams aus dem Regal, und es erklang dessen Selbstbestätigungshymne »We're Gonna Win«. Es dauerte eine Weile, bis er seinen Schatz geborgen hatte. Dann schaufelte er den Sand von der Folie zurück in den Filter und spülte die Folie in der Dusche ab. Der Polizei wollte er es nicht unnötig leicht machen.

Die Goldbarren trug er zum Auto und schichtete sie hinter und unter den Sitzen in den Fußraum der Fondpassagiere. Eine nur wenige Zentimeter hohe Lage. Er drapierte eine Decke über das Edelmetall und quetschte zwei blaue Ikea-Taschen mit Schmutzwäsche in die Lücke vor der Rücksitzbank. Um auf Nummer sicher zu gehen, stopfte er auch noch seine zwei »eroque«-Kostüme mit in die Taschen. In der Küche löffelte er einen Joghurt und blätterte im Straßenatlas. Reisefieber hatte er schon als Kind gemocht.

Noch immer wunderte sich Bent Mommsen, wie beschwingt er die Dinge anging. Ob er noch eine Runde durch sein Haus gehen sollte? Eine Frage, die nur für einen Moment auftauchte und von Mommsen ohne jedes Zaudern mit »Nein« beantwortet wurde. Er war flüchtig, sein altes Leben war flüchtig. So schätzte er es jedenfalls ein. Nur keine Zeit verlieren, um zu neuen Ufern aufzubrechen. Gegrübelt hatte er weiß Gott genug.

Ohne auch nur einen Blick über die Schulter zu werfen, bestieg er den Volvo. Er setzte sich, aktivierte das Navigationssystem und empfand plötzlich – wie schon gestern – Durst, großen Durst. Nun gut, ein letztes Mal also zurück ins Haus, um ein paar Flaschen Wasser zu holen.

Auf dem Weg zum Vorratsraum kam er am Telefon vorbei. Das Lämpchen des Anrufbeantworters blinkte. Mommsen konnte nicht widerstehen. Der Anrufversuch war erst wenige Stunden alt. Der Anrufer hatte vom Anschluss der von Ivens aus seine Nummer gewählt, aber keine Nachricht hinterlassen. Mommsen schluckte. Zurück im Auto gab er sein Ziel ein. Das Gerät zeigte ihm eine Fahrtstrecke von zweitausendneunhundertzweiundsechzig Kilometern an.

Bloß kein Stress

Calloe kam kaum hinterher. Rasmussen hastete die Treppen hoch wie der Teufel hinter der armen Seele. Dabei würdigte der Kommissar das Art-nouveau-Treppenhaus der *politie centraal* keines Blickes.

»Kommen Sie, kommen Sie, Calloe, der Kollege Geerd Cogghe sitzt im zweiten Stock.«

»Ich kann mich ja glücklich schätzen, dass Sie eben noch unsere Koffer in das Hotel gebracht haben«, beklagte sich Calloe. »Ehrlich gesagt, ich hatte mich bereits gewundert über den Kavalier in Ihnen.«

»Ach«, schnaufte Rasmussen, als er den Treppenabsatz erreichte. »Dahinten zweite Tür rechts, da muss es sein. Zimmer 203.« Und schon verschwand ihr Chef hinter der grauen Bürotür.

»Das glaube ich jetzt nicht.« Calloe war baff. Sie nahm sich aber noch kurz Zeit zum Durchschnaufen und klopfte dann erst an besagte Tür. Sie trat ein und sah, dass Rasmussen schon Platz genommen hatte.

»Darf ich vorstellen, meine Kollegin, Yvonne Calloe«, posaunte Rasmussen in die Runde. Calloe schickte sich an, einem nach dem anderen die Hand zu geben. Fanny Jongen und John Brunsma waren sehr verhalten, ganz im Gegensatz zum Kollegen Cogghe, der sie anstrahlte und ihr zublinzelte.

»Auf gute Zusammenarbeit, Frau Kollegin, bitte setzen Sie sich.« Der massige Belgier in Anzug und mit Krawatte auf halb acht zeigte auf den Stuhl neben sich.

»Schön, dass es mit unserem Treffen so reibungslos geklappt hat. Erst einmal möchten wir Ihnen noch einmal persönlich unser herzliches Beileid aussprechen«, sagte Rasmussen. »Und vorab kann ich Ihnen die Information geben, dass die hundertfünfzigtausend Euro wieder aufgetaucht sind. Rechtliche Schritte von Ihrer Seite sind damit nicht mehr notwendig. Wir haben das auf dem kleinen Dienstweg geregelt«, verkündete der Kommissar selbstzufrieden und gab sich damit sicherer, als er eigentlich aufgrund der Brix'schen Informationen sein konnte. Eine Nebelkerze in der Hoffnung, dass die Belgier demnächst ihr Geld bekämen und die Sache auf sich beruhen ließen.

Dass die Finte von Eike Hansen mit Kevin Schnurre in der Hauptrolle erfolgreich gewesen war, hatte die Brix ihm vorhin am Telefon berichtet, Tristan von Iven hatte wohl richtig Angst bekommen. »Darf ich Sie beide fragen, wie es Ihnen geht?«

Fanny Jongen und John Brunsma schauten sich gegenseitig an. Sie wirkten irgendwie steif und unwillig. Geerd Cogghe nickte ihnen aufmunternd zu, so als wolle er das hier schnell über die Bühne bringen. Der gastgebende Kommissar schaukelte so sehr auf seinem Stuhl hin und her, dass sein fülliger Körper richtig in Schwingungen geriet. Außerdem wischte er sich schon zum wiederholten Mal mit einem weißen Taschentuch über die hohe

Stirn. Der Belgier schwitzte. »Ein Typ wie ein Wasserbüffel«, würde Calloe später vor der Tür zu Rasmussen sagen, und Rasmussen würde grinsen. Cogghe hatte damit seinen Spitznamen weg.

»Ehrlich gesagt, weiß ich immer noch nicht, was ich zu den Vorgängen in Ivenstedt sagen soll.« Jongen wisperte diesen Satz mehr, als dass sie ihn sprach. Das passte zu dieser zierlichen Frau Anfang dreißig. Fast in Zeitlupe schüttelte sie ihre schulterlange rotbraune Mähne. Ihre Kleidung verriet die Modedesignerin in ihr – für einen Montagnachmittag brachte sie ungewöhnlichen Glanz in die *politie centraal* in der Paleisstraat. Calloe bemerkte, dass Rasmussen nur noch Augen für die Designerin hatte.

»John und ich sind immer noch vollkommen verstört. Als wir gingen, lebte Caroline noch. Mehr als das. Sie strotzte vor Lebenskraft. Das war nicht immer so.«

»Meine Dame, meine Herren, ich darf Sie darauf aufmerksam machen, dass Frau Jongen und ich mehr als ein Geschäftsverhältnis zu Caroline von Iven hatten.« John Brunsma fing an, auf seinem Stuhl zu kippeln.

Der Fotograf hatte äußerlich ein bisschen was von Kurt Cobain. Er war die Ausgabe hippeliger Sonnyboy und Surftyp. Mit sonnengebleichter halblanger Strandmatte und einem tadellos durchtrainierten Körper fiel er mit Sicherheit überall auf, wohin er auch kam.

»Damit Sie gleich im Bilde sind, wir haben eine Beziehung zu dritt geführt. Offen und ohne Tabus. Dass wir dabei ›eroque‹ gemeinsam geleitet haben, das war fast nebensächlich. Wir waren ein Team. Im Privaten wie im Business. Da brauchen Sie auch gar nicht nach Problemen oder Konflikten zu suchen. Wir waren uns immer einig. Und Caroline hat uns drei nach außen hin vertreten. Fanny und ich wollten diesen Medienrummel gar nicht. Von Anfang an nicht. Fanny wollte ihre Mode machen, und ich wollte fotografieren. Die Firma war unser Leben, ›eroque‹ war unser gemeinsames Baby, das wir großgezogen haben.«

»Sehen Sie das auch so?«, fragte Cogghe in Richtung Jongen.

»Genau so«, sagte Jongen.

»Herr Brunsma, entschuldigen Sie bitte«, warf Rasmussen ein

und fuhr sich mit der rechten Hand über die Stirn. »So genau wollten wir das alles gar nicht gleich wissen. Mir kommt es nun so vor«, jetzt räusperte sich Rasmussen, »als hätten Sie sich gut vorbereitet. Sie präsentieren uns hier Geständnisse über ihr Intim- und Geschäftsleben, die wir Ihnen nicht abverlangt haben. Da wundere ich mich. Sie demonstrieren Einigkeit. Dabei wollten wir einfach nur wissen, wie es Ihnen geht. Und was uns noch viel dringender interessiert: Haben Sie in Ivenstedt irgendwelche Beobachtungen gemacht, die uns interessieren könnten? Sie können sich vorstellen, dass für uns als Ermittler bei einer Veranstaltung, auf der alle Teilnehmer maskiert sind, jede Beobachtung wichtig ist. Können Sie uns da weiterhelfen?«

Jongen und Brunsma schilderten den Ablauf des Abends, so wie er sich der Polizei auch bisher dargestellt hatte. Die Aussagen von Eike Hansen, Tristan von Iven, Kevin Schnurre und den beiden belgischen Paradiesvögeln passten zusammen. Eintreffen der Gäste, Party, Augenschmaus, Gaumenschmaus und dann der Auftritt der von Iven gegen Mitternacht. Nur dass sich Jongen und Brunsma gegenseitig ein Alibi für ihre verfrühte Abfahrt gaben, das blieb unbefriedigend.

»Warum haben Sie Ihre eigene Veranstaltung eigentlich so früh verlassen?«, insistierte Rasmussen.

»Caroline genoss Triumphe gern allein. Das wussten wir ja. Die Fernsehpläne, Sie wissen schon.«

»Warum sprechen Sie eigentlich so gut Deutsch?«, fragte Rasmussen, der ob der Sprachkenntnisse von Jongen und Brunsma schon eine ganze Weile erstaunt war.

»Wir gehören der deutschsprachigen Minderheit an. Ostkantone. Wir kommen beide aus Eupen«, erklärte Brunsma.

Rasmussen nickte. »Noch mal zum Abend in Ivenstedt. Hatten Sie drei vielleicht Streit? Kommt ja in den besten Familien vor.«

»Ich muss Sie enttäuschen, Herr Kommissar«, hauchte Jongen und klimperte mit den Liddeckeln. »Es war so, wie ich gesagt habe. Caroline von Iven war gut drauf. Sehr gut sogar.«

»Aber Sie sagten anfangs, dass das nicht immer so war«, hakte Calloe ein.

»Caroline von Iven war zugegebenermaßen unser geschäftlicher Motor, jeder von uns dreien war in den letzten Jahren extrem im Stress. Caroline war manchmal überlastet und hat das auch ziemlich raushängen lassen. Jeder von uns hatte seine eigenen Auszeiten, trotzdem sind wir immer wieder zusammengekommen. Fanny und ich sind erschüttert, dass Caroline aus unserem Leben gerissen wurde. Von jetzt auf gleich. Wir haben das nicht geahnt, und wir haben damit auch gar nichts zu tun.«

»Wie hätten Sie das auch ahnen können?«, ging Calloe dazwischen.

»Darf ich Ihre Aussage von letztem Montag am Telefon – ›Hat sie es jetzt doch getan?‹ – so interpretieren, Frau Jongen, dass Frau von Iven in Ihren Augen selbstmordgefährdet war?«

Jongen schwieg, stattdessen druckste Brunsma herum. »Ach, wie soll ich das sagen? Caroline war im letzten halben Jahr oft so niedergeschlagen, und Fanny und ich, wir haben uns Sorgen um sie gemacht.«

»Sorgen. Damit können wir nicht viel anfangen.« Rasmussen stand auf und ging zum Fenster.

»Das heißt nicht, dass wir Ihnen nicht helfen wollen, Herr Kommissar.« Brunsma wirkte jetzt offener und einvernehmlicher. »Uns ist aber bisher noch nichts eingefallen, was auf einen Täter hinweisen könnte. Was wir wissen, ist, dass Caroline jahrelang von einem Stalker belästigt wurde. Sie hat daraus aber nie eine große Sache gemacht. Und zuletzt hat es ziemlichen Ärger mit einem Galeristen aus Antwerpen gegeben. Dupont heißt der.«

»Wir sind bereits im Bild«, sagte Rasmussen etwas überheblich, um sich sogleich zu verbessern. »Gut, dass Sie darauf hinweisen. Wissen Sie mehr über den Stalker? Und wie hat sich die Sache mit Dupont entwickelt? Inwieweit waren Sie eigentlich in diese Dinge eingebunden?«

»Das ist es ja«, sagte Jongen, »Caroline war gewissermaßen unsere Präsidentin und Außenministerin, und die Finanz- und Marketingchefin war sie auch. Und darin war sie einsame Klasse. Sie hat uns vor dem ganzen Stress da draußen beschützt und uns Raum für unsere Kreativität gegeben. Doch ohne uns, unsere

Ideen und unsere Liebe zu ihr wäre sie auch nicht weitergekommen. Wir brauchten uns alle gegenseitig. Das wusste sie ganz genau.«

Brunsma nickte, und das tat er mit allem Nachdruck. Jetzt wippte er auf seinem Stuhl, während sich Fanny Jongen eine Träne aus dem Augenwinkel wischte. Rasmussen fuhr nun die Krallen ein und stellte die Frage nach der Suizidgefährdung von Ivens einfach zurück.

»Ja, wenn Ihnen dann nichts mehr einfallen sollte zu dem Abend auf Ivenstedt?« Calloe schwenkte damit auf Rasmussens Kurs ein und machte eine kleine Pause. »Dann möchte ich Sie doch bitten, uns Ihre Karten zu geben, damit wir Sie gegebenenfalls kontaktieren können. Wir sind morgen noch in der Stadt.«

»Sie müssen mich unbedingt in meinem Atelier besuchen«, blitzte Jongen Rasmussen an. »Wie wäre es mit morgen früh?«

Die Frage blieb einfach so im Raum stehen. Brunsma sah so aus, als ob er das für eine weniger gute Idee hielt. Und auch Cogghe, der sowieso schwitzte, fuhr sich auf einmal sehr hektisch mit dem weißen Taschentuch durch das Gesicht.

Rasmussen lächelte den belgischen Kollegen an. Und Calloe tat das Gleiche. Rasmussen nickte ihm ganz leicht zu. Bloß kein Stress, signalisierten die beiden Eckernförde-Bullen dem Wasserbüffel. Woraufhin Cogghe seine »Gäste« mit großer Geste und wortreich verabschiedete. Rasmussen blinzelte Jongen beim Abschied zu.

Der Retter

Es klopfte an der Tür zum Teambüro. Calloe war nicht im Raum, und Hinrichsen geriet in Hektik. Er hatte sich neue Schuhe gekauft. Halbhoch. Im Sommer. Die Verkäuferin hatte gesagt, das sei ganz dünnes Leder, die würden atmen. »Die sehen so aus wie Chucks, die jetzt alle haben.« Und wenn er das nicht tragen könne, wer dann? Da hatte er sich ergeben. Es war auch so warm gewesen im Schuhladen. Jetzt saß er auf seinem Bürostuhl und bekam den rechten Schuh nicht wieder an. Er war nicht weit genug, der Strumpf warf Falten, und das Preisschild hing auch noch hintendran.

Gegen seine Gewohnheit blieb er sitzen und rief: »Herein!«

Die Tür öffnete sich, und Gesa Bruns betrat den Raum. Mit Blumen. Hinrichsen stand auf und ging Bruns zwei Schritte entgegen. Der rechte Fuß war jetzt drin, aber die Schnürsenkel baumelten. Hinter dem mächtigen Strauß bunter Blüten wirkte die zierliche Frau noch zierlicher.

»Guten Morgen, Herr Hinrichsen, ich möchte mich bei Ihnen bedanken. Für die Rettung.«

Hinrichsen wusste nicht, wohin mit seiner Verlegenheit, und er wusste auch nicht, wo er eine Blumenvase finden könnte. So nahm er die Blumen entgegen, ging zum Telefon, tippte mit einer Hand auf »POM«, Schraders Kurzwahl, und sagte: »Schrader, wir haben Blumen, bring mal 'ne Vase.« Dann beendete er die Verbindung. Nun wechselte er den Strauß in die andere Hand und deutete auf den Besucherstuhl. »Bitte.«

Gesa Bruns setzte sich und stellte ihre kleine Handtasche sittsam auf die geschlossenen Knie. Sie trug ein dunkelgraues Kostüm und wirkte, als wolle sie sich bewerben. Wo Schrader nur blieb?

»Alles gut überstanden?«

»Ja, doch.«

»Sie wollen Anzeige erstatten, vermute ich?«

»Muss ich das?«

»Nein, wir ermitteln auch von Amts wegen.«

»Ist aber üblich?«

Hinrichsen nickte.

»Dann …«

Endlich kam Schrader, nahm Hinrichsen die Blumen ab und wandte sich wieder zum Gehen. Hinter Gesa Bruns Rücken machte er ein anerkennendes Gesicht. Idiot, dachte Hinrichsen.

»Wollen wir mal.« Hinrichsen öffnete das entsprechende Formular am Rechner und fragte dies und jenes ab. Nichts, was er noch nicht gewusst hatte. Als der Bürokram erledigt war, bot er Gesa Bruns einen Kaffee an. Sie lehnte ab.

»Woher kennen Sie Bent Mommsen eigentlich?«

»Mein Mann ist Bürgermeister, Mommsen war jahrelang nach der Bundeswehr der größte Arbeitgeber in Kappeln. Empfänge und so.«

»Private Kontakte gab es nicht?«

Gesa Bruns war das unangenehm. Sie knetete die Griffe ihrer Handtasche.

»Mein Mann ist älter als ich. Zwischen Bent und mir …« Sie schaute sich im Raum um. »Ob ich vielleicht ein Glas Wasser …?«

Hinrichsen angelte unterm Schreibtisch eine Flasche hervor, schenkte in sein noch unbenutztes Glas ein und reichte es Gesa Bruns. Als sie nach dem Glas griff, hätte sie beinahe ihre Handtasche vom Schoß verloren. Hinrichsen entschied sich, die Qual zu verkürzen.

»Sie hatten ein Verhältnis.«

»In gewisser Weise.«

»In gewisser Weise?«

»Sporadisch.«

»Eine sexuelle Beziehung.«

»Dann und wann.«

»Wie lange geht das?«

»Sechs Jahre.«

Jetzt war Hinrichsen platt. »Sechs Jahre? Sie kennen den Mann sechs Jahre und lassen sich von ihm entführen? Nur weil er drohte, Ihren Mann einzuweihen, sind sie in sein Wohnmobil gestiegen, haben sich später fesseln und knebeln lassen? Also, das haben Sie jedenfalls vor ein paar Minuten behauptet. Frau Bruns, das widerspricht meiner Erfahrung.«

Gesa Bruns zog sich nun noch weiter in sich zurück. Welcher Art die Beziehung war, wie Mommsen als Mensch, als Liebhaber war, wollte sie wohl nicht sagen. Als Hinrichsen Fesselspielchen andeutete, lief sie rot an.

»Lassen wir das vorerst. Hat er gesagt, wo er hinwill?«

»Nicht konkret. Ans Wasser.«

»Aber da kommt er doch her. Vom Wasser. Eine Himmelsrichtung vielleicht, Frau Bruns?«

»In seinem Schlafzimmer hat er Bildbände über Afrika. Er weiß alles über Afrika.« Gesa Bruns' Augen bekamen mit einem Mal einen leichten Glanz.

»Afrika?«, erwiderte Hinrichsen. »Jo, dann ruf ich doch gleich mal da an.« Er war nun doch ungeduldig geworden. »Haben Sie Tickets gesehen, Landkarten? Hat er mit jemandem telefoniert?«

Sie schüttelte den Kopf.

»Gut, dann haben wir das erst mal. Wenn Ihnen was einfällt …« Hinrichsen legte ihr seine Karte auf die Schreibtischkante.

Sie stellte das Glas ab, nahm die Karte und stand auf.

»Moin moin.«

Beinahe war sie schon aus der Tür, da rief Hinrichsen ihr noch nach: »Vielen Dank für die Blumen.« Udo Jürgens, dachte er und hatte für den Rest des Tages einen Ohrwurm.

Auf die Probe gestellt

Es war kurz vor fünf, als Calloe und Rasmussen die Galerie »Walker 1938« in der kleinen Nebenstraße Klapdorp 6 erreichten. Die Fußwege waren eng und verdreckt. Der Putz an den Fassaden blätterte ab. Gegenüber waren Fenster mit Holzplatten vernagelt, ein Stück weiter dröhnte ein Presslufthammer. Die Glasfassade der Galerie setzte sich bereits von Weitem von der leicht angegammelten Umgebung ab. Die bodentiefen Schaufenster fielen allein schon dadurch auf, dass sie geputzt waren. »Walker 1938« war einer dieser typischen Vorboten der »Schickifizierung«, wie Rasmussen das immer nannte.

»Das ist doch in allen Städten das Gleiche«, fing er an, sich zu echauffieren. »St. Pauli –«, konnte er gerade noch sagen, aber da hatte seine Kollegin bereits die Galerietür geöffnet. Der Galerist Ralph Dupont eilte sofort auf sie zu. Er war mutterseelenallein in den sehr weißen und sehr hohen Räumen. An den Wänden Fotografien, die in ihren Ausmaßen an Werbeplakate entlang städtischer Ausfallstraßen erinnerten.

»*Bonjour*, Yvonne«, begrüßte Dupont die Beamtin fast herzlich, um sich dann förmlich Rasmussen zuzuwenden. Die beiden Männer tauschten einen festen Händedruck.

Rasmussen in seinem typischen Look mit Sommerlederjacke, Jeans und leichten schwarzen Boots hätte von seinem Aussehen her auch ein umworbener Künstler auf Besuch bei einem Galeristen sein können. Das hätte auch von seinem Verhalten her gepasst. Er schaute mürrisch bis misstrauisch, der Galerist, schnieke in einen Maßanzug gekleidet wie bei seinem Besuch in Eckernförde, machte auf gute Laune und große Geste. Dazwischen Calloe, die sich in ihrem dünnen Sommerkleidchen auf ihren Riemchensandaletten so schnell um die eigene Achse drehte, dass ihre blonde halblange Ponyfrisur nur so flatterte.

»So schön hätte ich mir Ihre Galerie gar nicht vorgestellt, also wirklich, Monsieur Dupont«, flötete Calloe. Heute Nachmittag trug sie mal die Haare offen, was Rasmussen bisher entgangen war. Die Kollegin ging zum Großangriff über, dann konnte er ja ruhig grummeln.

Es gab eine unvermeidliche Galerieführung. Dupont erklärte, er habe seine Galerie nach dem amerikanischen Fotografen Walker Evans benannt, der in den 1930er Jahren im staatlichen Auftrag die Armut der amerikanischen Landbevölkerung fotografierte. »Evans war nicht nur Dokumentarist, er war auch Künstler, und 1938 hat er mit seinem Buch ›American Photographs‹ und der gleichnamigen Ausstellung im New Yorker MoMA Fotogeschichte geschrieben.«

Dupont brannte dann ein kleines Namedropping-Feuerwerk an Fotografen und Kunstmessen ab, hielt sich aber eigentlich kurz und knapp, weil er es gar nicht erwarten konnte, den Polizisten den »eroque-Zyklus« vorzuführen, wie er die Werbebilder selbst getauft hatte. Den Zyklus, den er als Galerist in der Weltkunstszene respektabel gemacht hatte und den er nun auf Geheiß Caroline von Ivens nicht mehr ausstellen durfte. Sie traten nach einem kurzen Rundgang an einen schmalen, dafür aber umso längeren Tisch, auf dem Kataloge und Bücher ausgebreitet waren.

»Es ist schon irre.« Dupont schlug einen Katalog auf. Rasmussen und Calloe sahen sich an, und sie wussten beide, dass sie jetzt ganz geduldig sein mussten. »Hier sehen Sie die Adaption von Poussins ›Raub der Sabinerinnen‹. Das war sozusagen die Geburtsstunde des ›eroque-Zyklus‹. Als ich die Bilder zum ersten Mal im Internet gesehen habe, dachte ich nur, diese Horde junger Künstler spinnt ja total. ›Lust for Life‹. Unterwäschewerbung, die ihre Ideen aus dem Barock bezieht. Das ist ja noch nicht mal künstlerischer Eklektizismus. Das ist Verballhornung. Und dann dieser ganze Social-Media-Kram. Aber die Kostüme und die Dessous, die waren schon verdammt raffiniert. Es ist der Kern, ohne den die Hülle nicht strahlen kann. Und je länger ich mich mit dem Thema beschäftigte, desto mehr erkannte ich die Leistung dieser Clique von Kunstverrückten an. Die trafen sich immer wieder, um barocke Szenerien wie die ›Bauernkirmes‹ von Rubens nachzustellen. Aber was heißt hier ›nachstellen‹? Das geschah mit einem immensen Aufwand. Die Designerin hat die Vorlagen ideenreich weiterentwickelt, Caroline von Iven hat die Darstellungen inszeniert, und der Fotograf war auf seine Weise auch einzigartig. Wie cool der in diesem Tohuwabohu gearbeitet hat. Das Ganze sah aus wie eine Party, war letztendlich aber eine unendliche Plackerei.«

Dupont blätterte ein paar Katalogseiten weiter. »Ich durfte ja bei der Arbeit an dem ›Medici-Zyklus‹ dabei sein. Wir hatten uns da Motive aus der Rubens-Serie vorgenommen. Peter Paul Rubens hatte sich 1622 verpflichtet, vierundzwanzig Bilder aus dem Leben der Maria de' Medici zu malen. Schauen Sie hier. Wir haben zum Beispiel ›Die Königin flieht aus Blois‹ nachempfunden. Wir haben es hinbekommen, die Göttin Minerva und Maria in der Luft über den Truppen Ludwigs XIII. förmlich schweben zu lassen. Minerva rettet Maria. Und sehen Sie hier, die vollschlanke Frau, die dort aus dem Fenster fällt, die hat Caroline höchstpersönlich gegeben. Der Unfall in der Geschichte rückt in den Vordergrund. Und wie Sie hier sehen – wir haben in diesem Katalog Original und Neuinterpretation gegenübergestellt –, dadurch, dass alle Darsteller bis auf Caroline Masken tragen, erhalten die Bilder zusätzlich eine ganz neue Qualität. Welche Rolle sie auch einnahm – dadurch, dass sie allein ihr Gesicht zeigte, war sie die dominante Person in den

Werken. Hier, schauen Sie, wird das Original auf den Kopf gestellt. Das war schon phänomenal, hier bediente sich diese Clique Kunstwütiger der barocken Kunstgeschichte und interpretierte diese auf ihre Art. Und wenn diese einzigartigen Fotos dann in diesen Großformaten wirken können«, Dupont zeigte auf die riesigen Fotografien an seinen Galeriewänden, »dann entfalten die Bilder erst ihre wahre Größe, will sagen: ihren ganzen künstlerischen Wert. Diese üppigen Rahmen, die ich hier in Antwerpen im Retrostil habe anfertigen lassen. Das Tüpfelchen auf dem i, nicht wahr?«

Dupont strahlte seine Besucher mit leuchtenden Augen an. Calloe strahlte zurück. Rasmussen kniff die Augen zusammen, denn fast wäre er im Stehen eingeschlafen.

»Neobarock, das ist das nächste große Ding in der Kunstszene. Last but not least ist es aber diese stilvolle Erotik, die die Werke beseelt und die sie so erfolgreich macht. Das Verhüllte ist immer spannender als das Nackte. Und lassen Sie mich noch etwas sagen, ›eroque‹ hat nicht nur meine künstlerische Seele berührt, ›eroque‹ als Phänomen, und da meine ich nicht nur die Person Caroline von Iven, hat mich mitten in mein Herz getroffen. Wahnsinn, einfach Wahnsinn. So macht Kunst Spaß.«

Der Galerist hatte abschließend die rechte Hand auf seine linke Brust gelegt. Es war jetzt ganz still im Raum. Selbst Rasmussen war beeindruckt von diesen letzten Worten, die ganz ohne Pathos oder gar Anzüglichkeit rübergekommen waren. Der Kommissar hatte fast Mitleid mit dem Kunstliebhaber und dachte: Schöner Schiet, wenn einem die Lieblingsspielzeuge abhandenkommen.

»Monsieur Dupont, ich könnte Ihnen stundenlang zuhören«, sagte Calloe. So zuckersüß sprach sie nie mit ihm, dachte Rasmussen und verfiel gleichzeitig in ein Nicken gegenüber Dupont. Rasmussen selber mischte sich am besten gar nicht mehr in die Konversation ein. Er war hier jetzt über, denn sie hatten verabredet, dass sie dem Galeristen erst einmal Auslauf gewähren wollten. Dupont sollte noch einmal Gelegenheit bekommen, seinen Fall auszurollen. Rasmussen würde sich dann verabschieden, und Calloe würde alles Weitere unter vier Augen klären.

Vielleicht konnte sie dem Galeristen endlich abringen, ob er entgegen seinen bisherigen Aussagen von vor einer Woche in Eckernförde nicht vielleicht doch in Ivenstedt gewesen war und was er dort hatte beobachten können. Calloes Nachforschungen in Hamburg hatten jedenfalls ergeben, dass er für den 13. Juni abends kein Alibi hatte. Außerdem gab es ja da noch das Angebot, dass Dupont unter gewissen Umständen bereit sei, den Eckernförder Ermittlern Zugang zum Intranet der Lustlager zu verschaffen.

»Ich muss jetzt aber wirklich.« Rasmussen hatte sein iPhone gezückt und wedelte mit der Zeitanzeige in der Luft herum. »Unsere Zeit in Antwerpen ist begrenzt.«

»Sie bleiben aber noch, Yvonne«, sagte Dupont. Calloe nickte. Die Männer drückten sich die Hände. Rasmussen sah zu, dass er die Galerie verließ.

»Ich habe einen Tisch im ›Zuiderterras‹ reserviert«, sagte Dupont. »Mit Blick auf die Schelde. Ein ganz besonderes Restaurant.« Calloe schaute etwas zweifelnd. »Keine Sorge, ich kenne die Budgets der Polizei. Fühlen Sie sich eingeladen. Schauen Sie sich doch noch etwas um, in fünf Minuten nehmen wir ein Taxi.«

So war es auch. Calloe hatte sich mittlerweile an den Tisch in der Mitte der Galerie gesetzt. Sie blätterte in den Katalogen, ohne jedoch irgendwelche weiteren Erkenntnisse zu gewinnen. Das eine oder andere kam ihr bekannt vor. Das Kunstding hier war ja nur das Vorspiel. Gleich beim Dinner würde es um das Ganze gehen. Sie wollte »eroque« und das Lustlager-Netzwerk auf jeden Fall knacken. Und Dupont war der Schlüssel dazu.

Ein Taxi hielt vor der Tür, und los ging es. Die Sonne stand schon tief über der Stadt und tauchte die Straßen in ein goldenes Licht. Calloe lehnte sich weit zurück und fühlte sich fast wie im Urlaub, ab und an schielte sie auf den gut aussehenden Mann an ihrer Seite. Jean-Jacques, ihr Koch, ab und an, Ralph, der Galerist, nur zum Anschauen und bloß nie wieder Kai-Uwe von der Westküste, das klang nach einem guten Plan.

Der Galerist plauderte und plauderte und wies auf die Sehenswürdigkeiten längs der Fahrtstrecke hin, denn er hatte das Taxi extra auf die Strecke durch die historische Altstadt geschickt. Calloe stellte die Ohren einfach auf Durchzug und nahm die langsam vorbeirauschenden Bilder mit einer wohltuenden Unschärfe wahr. Sie musste Anlauf nehmen für den Abend mit Ralph Dupont. Dann sah Calloe das Wasser, und sie wusste, dass sie am Ziel waren.

»Zuiderterras« lag am Ufer der Schelde wie ein gestrandetes Schiff – Schiffsaufbauten mit einem knallweißen Schornstein, nur ohne Rumpf.

Dupont hatte einen Tisch mit einem phantastischen Ausblick reserviert. Die Ausstattung des Restaurants war sehr sachlich und minimalistisch, was ja wiederum zu dem Galeristen passte, wie Calloe befand. Die Auswahl des Menüs und der Getränke überließ die Kommissarin ganz allein ihrem Gastgeber.

Dupont machte Konversation. Er war jetzt endgültig beim Thema Schönheit angekommen und verlor das Biest Caroline von Iven mehr und mehr aus den Augen. Immer wieder streute er Komplimente ein. Calloe stellte sich langsam auf, um zum Schlag auszuholen. Mehrmals nahm sie Anlauf, um dann wieder im Mahlstrom des Dupont'schen Wortmeers zu versinken.

Sie waren beim Dessert und Espresso angekommen. Calloe löffelte ein Erdbeerparfait. Legte dann aber den Löffel weg und stützte versonnen den Kopf auf ihren rechten Arm.

»Mir können Sie es doch sagen. Waren Sie am Samstag beim Lustlager?« Calloe schaute Dupont bittend an. Der verstummte schlagartig. »Monsieur Dupont, wir brauchen so dringend Zeugen. Wir müssen in Einzelheiten wissen, was Frau von Iven passiert ist.«

»Was habe ich davon? Yvonne, Sie sind eine bezaubernde Frau. Die letzten Stunden haben in mir etwas entzündet. Sie wissen gar nicht, was ich für Sie empfinde.«

Calloe war irgendwie perplex. Noch nie war ihr so charmant das »Eine-Hand-wäscht-die andere«-Prinzip unterbreitet worden. Sie fing an zu lächeln und konnte nicht aufhören. Sie strahlte Dupont an.

»*Cher monsieur*, das wird nichts mit uns beiden.«

»Genau das wollte ich hören«, sagte Dupont fast erleichtert und nahm ihre Hand. »Yvonne, Sie wissen gar nicht, wie bezaubernd Sie sind.«

»Das kann eine Frau gar nicht oft genug hören.« Calloe versuchte zu lächeln. Sie sah nun jedoch etwas geknickt aus, da sie alle ihre Felle in der Schelde davonschwimmen sah. Dupont bemerkte das sehr wohl. Und himmelte sie weiter an. Sie schwiegen. Und Calloe wusste gar nicht mehr, wohin mit ihren Blicken.

»Yvonne, hier haben Sie meine Zugangsdaten zu dem Lustlager-Netzwerk. Sie können sich nach Lust und Laune dort informieren. Sie werden bei Ihrer Recherche bemerken, dass ich mich für Ivenstedt angemeldet habe. Und ich gestehe, ja, ich war dort.« Dupont hatte ihr einen Umschlag zugeschoben. »Sie finden dort alles, was sie suchen. Aber enttäuschen Sie mich bitte nicht. Keine Sauereien.« Dupont lächelte jetzt verschmitzt.

»Wie könnte ich«, sagte Calloe. So zuckersüß, wie sie nur konnte. »Aber, Ralph, könnten Sie mir nicht doch ein paar Hinweise darauf geben, was Sie dort im Herrenhaus erlebt haben?«

»Yvonne, nur so viel. Ich hatte ganz bestimmt keinen Kontakt mit Caroline. Ich war nur als Beobachter dort.«

Calloe nahm den Umschlag an sich und steckte ihn in ihre Handtasche. »Darauf noch etwas von diesem köstlichen Erdbeerparfait. Ich danke Ihnen, Monsieur Dupont. Welch ein wunderbarer Abend.«

»Yvonne, Sie Schöne. Jeder andere Verlauf des Abends hätte mich auch zutiefst enttäuscht. Aber wissen Sie, in meinem Beruf muss man die Menschen, mit denen man zu tun hat, auch immer wieder auf die Probe stellen.«

Yvonne Calloe war glücklich. Und als sie sich nach einem kurzen Spaziergang auf der Promenade an der Schelde verabschiedete, hauchte ihr Dupont einen zarten Abschiedskuss auf die Wange. Sie sog den Duft dieses Mannes ein. Herrlich. Calloe drehte sich dann schneller als nötig um. Sicherheitshalber.

»Wenn Sie noch Fragen haben, Sie wissen ja, wo Sie mich finden«, rief ihr Dupont nach.

Ohne sich umzudrehen, wirbelte Calloe mit der rechten Hand ihre Handtasche durch die Luft. Dieser Abend, dieser Erfolg. Champagner lag in der Luft.

Der Reihe nach. »Fritkot Max« und Champagner

Hauptkommissar Rasmussen schlenderte von der Galerie »Walker 1938« aus durch die Gassen der historischen Altstadt und ließ sich von seinem iPhone zum Groeneplats leiten. Als er um die Ecke bog, sah er schon die lange Schlange vor »Fritkot Max«. »Der beste Frittenladen in ganz Antwerpen«, hatte ihm Eike Hansen mit auf den Weg gegeben. Dieser Laden passte zu seinem Freund und Exkollegen, der auf seinen Geschäftsreisen nur zu gern Imbissbuden und Schnellrestaurants erkundete.

Auf dem Trottoir schloss Rasmussen an der hässlichen Frittentonne aus Plastik, die die Passanten zu Max locken sollte, zur Reihe der Hungrigen auf. Er mochte die Flamen um sich herum sprechen hören, das kam ihm fast ein wenig wie Dänisch vor, und damit fühlte er sich dann auch gleich heimischer. Diese nachbarschaftlichen Gefühle wurden allerdings etwas gestört, denn in das örtliche Idiom mischte sich unvermeidliches Touristen-Englisch – *»how lovely«*, *»pretty cool«* und *»fucking awesome«*. Und was waren das für Laute da vorn? Etwa Chinesisch? Hatte er so was überhaupt schon mal gehört? Auf St. Pauli wahrscheinlich, aber da gab es regelmäßig kleine Erinnerungslücken.

Rasmussen verschloss die Arme über der Brust und schaute in den Abendhimmel. Er fühlte sich verdammt wohl und war fast am Fast-Food-Ziel angekommen. Nun dachte er nur noch darüber nach, wie er die kleine, pummelige Blonde mit dem Pferdeschwanz ansprechen wollte, die sich jetzt gerade den Schweiß von der Stirn wischte. Wollte er in Belgien etwa *French fries* bestellen? Wohl nicht. Er bestellte auf Deutsch eine große Portion Fritten mit Zwiebeln. Scheiß auf die zwei Weltkriege, was kann ich für die Kriegsgelüste meiner Vorväter?, fragte sich Rasmussen.

Er wandte sich dem Soßenspender links neben der Theke zu

und klatschte ordentlich *saus tartaar* auf die Portion. Mit Glück fand er einen freien Platz auf der Sonnenterrasse. Hansen hatte recht, wenn Fritten, dann hier und mit dieser Soße. Nebenan auf der Terrasse der Brasserie wurde gerade wieder frisches Bier an die Tische ausgeliefert. Man kann eben nicht alles haben, hier gab es sowieso nur Flaschenbier. Aber die Schlange war mittlerweile noch ein Stück länger geworden.

Als Rasmussen den Groeneplats verließ und die Liebfrauenkathedrale zu umrunden begann, war er zumindest satt. Sollte Calloe sich doch mit dem Schnösel Dupont rumplagen, er würde jetzt die Arbeit einstellen. Kurz vor dem Hotel »Maison d'Anvers« in der Blauwmoezelstraat ließ er sich auf den Freisitzen des »Paters Vaetje« nieder. Allerdings hatte er Calloe versprochen, dass er noch einen Termin mit den »eroque«-Geschäftspartnern arrangieren würde. Also zückte er das iPhone und rief Fanny Jongen an.

»Entschuldigen Sie, dass ich vorhin in der *politie centraal* nicht direkt reagiert habe, aber ich komme gern auf Ihr Angebot zurück und besuche Sie in Ihrem Atelier.«

Ruck, zuck war der Termin im »eroque«-Atelier vereinbart. Morgen um zehn Uhr, und Jongen hatte versprochen, auch Brunsma dazuzubitten. Wer sagte es denn. Den Termin würden sie einfach ohne den »Wasserbüffel« machen. Geerd Cogghe hatte heute Nachmittag im Präsidium sowieso nur dabeigesessen und geschwitzt. Offensichtlich war die belgische Polizei nur wenig am Ableben von Caroline von Iven interessiert.

Rasmussen rückte seine Sonnenbrille zurecht, hob die Hand. Er gab ein Leffe bruin in Auftrag, wechselte später zu dem hochprozentigeren Rochefort mit immerhin elf Komma drei Umdrehungen und ging dann über zu zwei Gläsern Barbãr. Die Abendsonne stach noch richtig, und es schien, als sei ganz Antwerpen auf den Beinen. Jedenfalls brummte es ordentlich vor dem Dom. Als Absacker nahm Rasmussen noch ein Leffe bruin, verspürte danach aber den spontanen Wunsch, sich auszustrecken. Er bezahlte und ging ins Hotel.

Er bekam ein Zimmer nach hinten raus, so wie er es wollte.

Rasmussen hatte genug von dem Trubel und schlief in Sommerlederjacke, Jeans und Boots auf seinem Bett ein.

Später klopfte es an seiner Tür. Jemand rief seinen Namen. Wie durch Watte erkannte er die Stimme Calloes. Schon wieder klopfte es. »Chef, nun machen Sie doch endlich die Tür auf.«

»Mademoiselle, finden Sie das angemessen, zu später Stunde noch bei Ihrem direkten Vorgesetzten an die Zimmertür zu klopfen?« Mit diesen Worten öffnete Rasmussen die Tür und bekam dann kaum den Mund zu, als ihm Yvonne Calloe eine Flasche Champagner entgegenhielt und ihm in ihrem Sommerkleidchen entgegentänzelte.

»Ach, Sie wollen noch arbeiten«, griente Rasmussen.

»Genau.« Calloe konnte ihre Freude kaum unterdrücken. »Schmeißen Sie Ihren Laptop an. Wir entern jetzt das Lustlager. Zumindest deren Internetplattform. Ich habe Duponts Passwörter.«

»Wie aufregend, aber wir sollten trotzdem die Tür schließen, was meinen Sie, Calloe?«

Rasmussen köpfte die Flasche, Calloe holte zwei Gläser aus dem Bad, und zwischenzeitlich fuhr der Laptop hoch. Als sich die beiden Beamten zuprosteten, waren sie fast in feierlicher Stimmung. Und gespannt waren sie.

Das Surfen auf der Lustlager-Plattform erwies sich jedoch als Reinfall. Sie loggten sich mit Duponts Zugangsdaten ein: »01089723«. Jedes Mitglied wurde mit seinem persönlichen Zahlencode begrüßt. Geboten wurde jede Menge Marketing reinster Güte. Das Unternehmen »eroque« wurde in all seinen Facetten angepriesen. Das Prinzip Lustlager und dessen Entstehung wurden geklärt. Und es gab Fotos über Fotos. Filmchen über Filmchen. Und alle Neobarockianer waren kostümiert und maskiert. Bei den leicht bekleideten Personen sahen sie lediglich hier und da körperliche Merkmale wie Leberflecken oder aber Tätowierungen.

»Das ist nicht viel, Calloe«, sagte Rasmussen. »Aber sagen Sie mal, wie wird man eigentlich Mitglied bei ›eroque‹?«

»Soweit ich von Dupont weiß, braucht man zwei Bürgen«, sagte Calloe und biss sich auf die Lippe. »Nur wenn ich dann drin bin, tauche ich wie alle anderen in der Anonymität ab? Das ist doch irgendwie Quatsch.«

»Das sagen Sie vielleicht. Als typische Norddeutsche. Sie müssen das als Karneval mit dem immer gleichen Motto betrachten. Bock auf Barock.« Rasmussen war jetzt anzumerken, dass er seine Ausführungen höchst originell fand. »Kostüm an, Maske auf und die weißen langen Handschuhe nicht vergessen, und ab geht die Post. Und, ich sage das jetzt mal aus meiner Männersicht, Sie wissen nicht genau, wen Sie da vor die Flinte bekommen. Vielleicht ist das genau der Reiz. Sie wissen es nicht, aber Sie können Vermutungen anstellen. Dahinten, das könnte doch der Dingens sein, und die da vorne, ist das nicht die Bums?« Rasmussen nahm noch einen großen Schluck Champagner aus seinem Wasserglas und nickte dann Calloe zu.

»Chef, man könnte meinen, Sie seien dabei gewesen. Sind Sie aber nicht. Von daher sollten wir jemanden auf das Foto- und Filmmaterial ansetzen. Das ist ein Job für Hinrichsen, Fotos drucken und sortieren«, schlug Calloe vor und wandte sich schon zum Gehen.

»Wo Sie recht haben, da haben Sie recht. Ich schicke heute Abend noch eine Mail an Hinrichsen. Wir haben morgen um zehn unseren Termin. Stunde vorher Frühstück?«

»Abgemacht. Schlafen Sie gut, Chef.« Die Enttäuschung war aus Calloes Stimme herauszuhören. Rasmussen hingegen stöberte schon wieder in den Lustlager-Fotos. Fritten, Champagner, »eroque«. Antwerpen fing an, ihm richtig Spaß zu bringen.

Dienstag, 23. Juni

Mommsen en route

Mommsen war die ganze Nacht durchgefahren. Seit einer halben Stunde fielen ihm ständig die Augen zu. Kurz hinter Paris hatte er die Aquitaine verlassen und stand nun auf dem Parkplatz eines schmuck- und seelenlosen Einkaufszentrums. Über ihm Hochspannungsleitungen und Flugzeuge. Paris-Orly war ganz in der Nähe. Es rauschte im Kopf, es summte in seinen Adern, und es kribbelte in den Fingern. Außerdem war sein linker Oberschenkel eingeschlafen. Lange Autofahrten steckte er nicht mehr so locker weg wie noch vor fünf Jahren. Aber es gab keine Alternative. Er musste zügig das Weite suchen.

Murat, dem Clubbesitzer in Kiel, hatte er was von Litauen vorgeschwärmt, und so hoffte er, dass die Polizei auf der falschen Spur war, falls man Murat ausfindig gemacht hatte. Loyal war der Vogel sicher nicht, zumindest wenn es hart auf hart kam. Sein Laden war aber für so manche Geldwäsche gut gewesen. Noch am Abend hatte sich Mommsen mit Murats Wagen südlich von Aachen auf einem Waldweg über die Grenze nach Belgien geschlichen. Gut, dass der Volvo geländegängig war.

Schon wieder tauchte ein Flieger über ihm ab. Mommsen ging um das Auto herum, setzte den linken Fuß auf einen Vorderreifen und dehnte die Muskeln. Er bildete sich ein, die Sonne über Paris hätte schon mehr Kraft als im Norden. Ob er das Rauchen wieder anfangen sollte? Früher hatte er Gauloises-Tabak geliebt. Bis ihm ein Schulfreund, der zu diesem Zeitpunkt Medizin studierte, von Blausäure erzählt hatte, die insbesondere in diesem Tabak vorkomme. Mommsen hatte nie erfahren, ob das wirklich stimmte. Es gab ja immer wieder irgendwelche Miesepeter, die einem das mediterrane Leben madig machen wollten. Er liebte den Wein und die langen lauen Abende am Strand. Sein Französisch war dürftig, aber er hatte ja Zeit. Seine Geld- und Goldmittel würden bis ans Lebensende reichen.

Mommsen schaute in die Sonne, und fast wäre er im Stehen eingeschlafen, er war so unglaublich müde. Ächzend stieg er wieder ins Auto und schob die Rückenlehne zurück. Eine halbe Stunde Powernapping wäre sicher kein Problem. Der Parkplatz war belebt. Nirgendwo konnte man sich besser verstecken als in der Menge. Er schloss die Augen, konzentrierte sich auf seinen Atem, aber der Wunsch nach Entspannung blieb unerfüllt. Kaum dass sein Puls ruhiger wurde, explodierte ein Feuerball hinter seinen Lidern, und dann rollte Carolines Kopf auf der Schreibtischplatte umher. Mommsen schreckte hoch. So ging das nicht. Er musste auf andere Gedanken kommen. Also wieder raus aus dem Auto und rüber in die *boulangerie*. Kaffee. Kaffee würde ihn wieder munter machen. Mommsens Plan ging auf. Für eine Weile jedenfalls.

Am Abend erreichte er in Saint-Jean-de-Luz den Atlantik. Gleichzeitig erreichte ihn eine alarmierende Nachricht. Noch in Deutschland hatte er sich ein neues Smartphone und eine Prepaidkarte gekauft. Als er sich nun in den französischen Sand gesetzt hatte und auf das weite Wasser schaute, installierte er Facebook und stieß dort sofort auf eine Privatnachricht von Murat. »Der Volvo ist nicht mehr sicher. Die Polizei hat das Kennzeichen. Alles Gute, Murat«.

Jetzt zeigte sich Mommsens neue Entschlossenheit. Er war alarmiert, beunruhigt, aber nicht gelähmt. In all den Jahren, in denen er sich nach Caroline verzehrt hatte, war er zögerlich gewesen. Das war vorbei. Mommsen drehte dem Atlantik den Rücken zu, zog die Schuhe wieder an und setzte sich dann auf die Treppenstufen, die Straße und Strand miteinander verbanden. Er holte das Smartphone wieder aus der Tasche und suchte nach einem Autohändler.

Wenig später stellte er den Volvo auf dem Parkplatz am Bahnhof ab. Gleich gegenüber war der Citroën-Händler, den er im Internet gefunden hatte. Mommsen erzählte dem scheinbar aus Nordafrika stammenden, außerordentlich freundlichen Chef, er sei Tourist und brauche ein Auto für sieben Tage. Der Autovermieter am Ortsausgang habe aber keinen C5. Er, Mommsen, fahre jedoch ein solches Prachtstück französischer Automobilbaukunst daheim in Deutschland. Seine Botschaft trug er radebrechend vor. Dennoch gelang es ihm, den Händler einzulullen. Vielleicht war der aber auch nur deshalb so entgegenkommend, weil Mommsen in bar und im Voraus bezahlte.

Den schneeweißen Citroën fuhr er über die Straße auf den Bahnhofsparkplatz direkt neben den Volvo. Gerade eben war der Autohändler vom Hof gefahren. Er öffnete die sich gegenüberliegenden Türen und hatte so einen recht guten Sichtschutz. Dann lud er die Goldbarren um.

Nur dreißig Minuten nach der Facebook-Nachricht verließ Mommsen Saint-Jean-de-Luz Richtung Spanien. Weitere fünfundvierzig Minuten später überquerte ein weißer C5 die Landesgrenze mit vierzig Kilogramm Gold hinter den Rücksitzen. Mommsen war übermüdet, er war überdreht, und er sang: »Die Sonne scheint bei Tag und Nacht, Eviva España.«

Inside out

»Herr Rasmussen, seitdem wir vor über einer Woche telefoniert haben, kann ich mich kaum mehr konzentrieren.« Fanny Jongen schaute gequält in die Runde. »An Schlaf ist gar nicht zu denken.« Nun ging ihr Blick in Richtung Chaiselongue, die mitten in ihrem Atelier stand.

An den Längsseiten des Raumes waren deckenhohe Regale mit Stoffen und Materialien verteilt. Außerdem gab es drei große, schmale Arbeitstische. Rasmussens Blick blieb am Namensschild einer alten Nähmaschine hängen. Singer, so was ist also auch noch in Gebrauch, na ja, wenn man barocke Kostüme und Dessous schneidert, dachte er. Gleichzeitig erinnerte ihn ein fürchterliches Druckgefühl in der Körpermitte daran, dass er nun schleunigst und zwar möglichst elegant seinen Toilettengang einläuten sollte.

Der Versuch Fanny Jongens, ihr gefühltes Innerstes nach außen zu stülpen, stand seinem Bedürfnis, sich zu erleichtern, diametral entgegen. Warum hatte er auch am Vorabend so viel Bier trinken müssen und dann noch den Tee und Saft heute Morgen im Hotel. Auf jeden Fall litt seine Aufmerksamkeit.

»Und ich fange immer wieder und mehrmals täglich an zu weinen. Wenn ich in unserer Wohnung hier gleich um die Ecke bin, ist es besonders fürchterlich. Ich gehe ins Bad, sehe dort Carolines Lieblings-Mascara-Stift auf der Ablage, und schon ist es um mich geschehen.« Jongen war wirklich eine zarte Person, und hier im Atelier gab sie sich ungewohnt natürlich und längst nicht so verschlossen wie noch in der Polizeizentrale. In ihrem schwarzen T-Shirt und der schwarzen Jeans ohne jeden Schmuck und fast ungeschminkt sah sie so jung und zerbrechlich aus.

»Die letzten Nächte habe ich bei unserem Geschäftspartner verbracht.« Fanny Jongen schaute John Brunsma an. »Wissen Sie, was mir letzte Nacht passiert ist? Ich hatte so wilde Träume und so viel Aggression in mir, ich habe John im Schlaf aus dem Bett geworfen. Das fanden wir zuerst noch ganz lustig, aber dann habe ich einen Weinkrampf bekommen, wie ich ihn noch nie vorher hatte. Ich habe es einfach nicht in meinen Kopf bekommen, dass ich den letzten Menschen, der zu mir steht, angreife.«

»Fanny, es ist alles cool. Bitte reg dich nicht wieder so auf. Ich bin doch bei dir.« Brunsma hatte sich jetzt erhoben und stand hinter Jongen, der er beide Hände auf die Schultern gelegt hatte. Der Sonnyboy sah jetzt gar nicht mehr so cool aus. Und Jongens Brustkorb hob und senkte sich heftig.

»Wollen wir nicht mal eine kurze –?« Rasmussen konnte seinen Satz nicht zu Ende bringen, denn da war ihm Calloe schon ins Wort gefallen.

»Frau Jongen, haben Sie keine Familie mehr?«

»Familie in dem Sinne, nein. Meine Mutter habe ich schon ein paar Jahre nicht mehr gesehen. Mein Vater ist zumindest mir unbekannt. Meine wirkliche Familie ist ›eroque‹, und die ist nun nicht mehr komplett. Es fehlt der Kopf, Caroline war unser Oberhaupt, das wir beide«, sie schaute hoch zu Brunsma, »verehrt und abgöttisch geliebt haben.«

»Vielleicht ist das ja genau das Problem, abgöttische Liebe«, rutschte es Rasmussen so heraus. »Also bevor wir hier weitermachen, ich muss mal eben um die Ecke.«

»Nehmen Sie einfach mein privates Kabinett, Herr Kommissar, da ganz hinten rechts und dann gleich wieder links, die erste Tür.

Rasmussen verließ eilig den Atelierraum, ohne auf das Gemurmel hinter ihm zu achten. Schwungvoll öffnete er die Tür zum sogenannten Kabinett und wusste sofort, was gemeint war. Ihm fielen nicht zufällig Francine aus Paris und Beate aus Hamburg ein. Deren Badezimmer waren ähnlich opulent ausgestattet gewesen.

Hier waren die Stirnwände blutrot gekachelt und gestrichen. An der längeren Wand zur Rechten waren zwei antik wirkende Waschtische montiert, die gegenüberliegende Wand war komplett verspiegelt. Auf den Ablagen standen überall Töpfchen und Tiegel. Hier war ein olfaktorischer Dampf in der Bude, aber es half alles nichts. Er musste dringend pinkeln. Dabei schaute er sich aufmerksam um und entdeckte sofort die Tablettenpackungen über der Badewanne. Valiumpackungen und verschiedene Sorten Barbiturate offen übereinandergestapelt, damit hätte man eine Elefantenkuh betäuben können.

Als er zurück ins Atelier kam, saß Fanny Jongen allein im großen Raum. Nun sah sie noch verlorener aus. Die braunen Haare hatte sie zu einem Pferdeschwanz gebunden. Die Zeigefinger presste sie an die Schläfen. Sie war vor allem blass, fand Rasmussen. Vorne flach und hinten auch, dachte er noch, und er konnte sich in diesem Moment kaum vorstellen, dass dieses zarte Mäuschen das kreative Gehirn einer aufstrebenden Weltfirma sein sollte.

»Frau Jongen, habe ich etwas verpasst?«, sagte Rasmussen.

»Wie? Was meinen Sie?« Jongen schlug nur ganz langsam die Augen auf, während sie schon sprach. Zum ersten Mal heute fand der Kommissar die Dame etwas manieriert. »Ach, die beiden«, fuhr Jongen immer noch retardiert fort. »John und Ihre Kollegin sind nur kurz in die ›eroque‹-Verwaltung gegangen, die ist auch am Waalsekaai, direkt neben dem Fotomuseum. John hat dort sein Studio. John und ich haben eben beschlossen, dass wir alle unsere Unterlagen und Daten zum Thema Lustlager offenlegen werden. Ich denke mal, dass Sie und Ihre Kollegin mit einer Liste aller Teilnehmer am Ivenstedter Lustlager nach Eckernförde reisen werden.«

»Danke, danke vielmals.« Rasmussen war ganz überrascht. Das hätten die beiden nicht tun müssen. Der deutschen Polizei ohne erkennbare Not datengeschütztes Material aushändigen, das roch nach einem Ablenkungsmanöver. Oder waren die beiden einfach nur arglos und hatten wirklich nichts zu verbergen?

In solchen Situationen massierte er sich gern mal mit der linken Hand die Nasenflügel und fuhr sich über die Stirn. Das tat er auch jetzt. Sicherlich würde er mit Calloe später klären können, welche Wendung das Gespräch nach seinem Abgang genommen hatte. Allein die Wendung gefiel ihm nicht. Er wollte Fanny Jongen noch weiter auf den Zahn fühlen. Denn abgöttische Liebe war nicht immer mit absolutem Gehorsam gleichzusetzen, vor allem wenn das Verhältnis von Iven–Jongen–Brunsma in Schieflage geraten sein sollte. Und für ihn sah es danach aus. Im Geschäftsplan »eroque 2020« hatten von Ivens Partner wohl keine große Rolle mehr gespielt, wenn er das richtig in Erinnerung hatte.

»Frau Jongen, Sie haben uns ja eben bereits Einblicke in Ihr Seelenleben gegeben, das hat mich sehr beeindruckt. Und wie schlecht es Ihnen gehen mag, konnte ich an Ihrer Medikamentensammlung im Bad ablesen, die war nicht zu übersehen.« Rasmussen schlug sich jetzt demonstrativ mit der linken Hand auf die Stirn, Jongen schlug die Augen nieder. »Aber sagen Sie mal, wo der Herr Brunsma jetzt weg ist, ich tippe mal, Caroline und Sie hatten das ältere Verhältnis, der Dritte im Bunde kam erst später hinzu.«

»Wie kommen Sie darauf?« Jongen lächelte Rasmussen jetzt provozierend milde an. »Es ist vollkommen richtig. Machen Sie aber bitte nicht den Fehler, unsere Ménage-à-trois nach Ihren, ich schätze mal, heterosexuellen Maßstäben zu beurteilen.« Jongen lächelte weiter. »Wir drei haben eine ganz besondere Beziehung entwickelt. Neben dem Sex haben wir eine gemeinsame spirituelle Ebene gefunden.«

»Und vor allem auch eine geschäftliche, oder nicht?«, fragte der Kommissar, bevor Jongen womöglich in esoterische Sphären des Trios entfleuchen konnte.

»Caroline hat John und mir den künstlerischen Freiraum gegeben, nach dem wir uns schon lange gesehnt haben. Ohne finanzielle Sorgen arbeiten. Haben Sie mal freiberuflich gearbeitet?« Jongen spitzte die Lippen und schaute Rasmussen herausfordernd an. Der jedoch wackelte nur mit dem Kopf hin und her. Das Thema schien damit erledigt.

»Wie haben Sie denn Caroline kennengelernt?«

Fanny Jongen lehnte sich zurück und griff nach ihrem Pferdeschwanz. Dann legte sie los. In einer Bar sei ihr die strohblonde dralle Schönheit aufgefallen, sie sei eben schon immer das voluminöse Gegenstück zu ihr gewesen. Gleich am ersten Abend habe ihr Caroline erzählt, dass sie schon früh Sex mit Mädchen probiert habe. »Das macht die Jungs doch nur noch schärfer«, pflegte sie auch später noch zu sagen. Aber sie sei nicht so nüchtern und berechnend gewesen, wie es manchmal scheinen konnte. Auch wenn sie mal wieder den Spruch rausgehauen habe: »Der Orgasmus ist auch nur eine Form von Rendite.« Die Betriebswirtschaft sei so etwas wie ihr Schutzpanzer gewesen.

Am ersten Abend habe die damalige Wirtschaftsstudentin, die von Hamburg nach Antwerpen gewechselt sei, auch davon erzählt, dass die monatlichen Schecks aus dem Elternhaus ausgeblieben seien. Sie habe damals weder ein noch aus gewusst, und sie, Fanny, habe ihr gegen zweiundzwanzig Uhr in der Bar gesagt: »Caroline, ich muss zum Dienst. Ich hatte auch mal dieses Problem. Komm mit mir, wir lösen das.« Sie seien dann gemeinsam zu dieser Masken-Gruppensex-Party des Escortservice gegangen. »So duhn, wie ich gerade bin, mache ich alles mit«, habe Caroline vorher gesagt, das klang sehr lustig.

Spaß habe sie dann gehabt, und schlussendlich sei jede von ihnen mit vierhundert Euro nach Hause gegangen. Auf diesem Weg finanzierten sie sich fortan das Studium. Sie gehörten zum Stamm dieses Escortservice – »mir fällt der Name gerade nicht ein« –, und keine von ihnen habe irgendetwas dabei gefunden.

Ganz im Gegenteil, sie seien die besten Freundinnen geworden. Sieben Jahre seien sie alles in allem ein Paar gewesen, alles ganz harmonisch.

In den Kursen für Kostümdesign habe sie sich für das Barock begeistert, und Caroline habe sich ja im Prinzip ausgekannt, Tristan von Iven habe da ganze Arbeit geleistet, jedenfalls benötigte ihre Freundin ganz bestimmt kein Kunstgeschichtsstudium mehr. Caravaggio und auch Rembrandt sowie Peter Paul Rubens hatten es den beiden angetan.

»Kennen Sie die Judith Caravaggios mit dem Schwert? Wie sie gerade das Haupt des Holofernes abschlägt und dabei kaum die Miene verzieht?« Fanny Jongen hatte sich fast in einen Rausch geredet. Ihre Mimik war total entspannt.

»Entschuldigen Sie bitte, aber das ist nicht meine Welt. Das mit dem Kopfabschlagen schon, aber ich beschäftige mich eher mit Fällen aus dem 21. Jahrhundert«, entgegnete Rasmussen.

»Ach, die Barockkunst ist lebensnäher, als Sie denken. Die Judith war verdammt abgezockt. Das war keine Heroine, das war eine vom Leben gezeichnete Kellnerin aus einer römischen Taverne.«

»Woher wollen Sie das wissen?«

»Aber das sieht man doch auf dem Bild von Caravaggio.« Fanny Jongen haute sich jetzt fast auf die Schenkel. »Und wissen Sie was?«

Rasmussen schwieg und schaute zur Singer-Nähmaschine hinüber. War er denn bei diesem Fall nur von Kunstbesessenen umgeben?

»Wir stehen gemeinsam vor dem Poussin im Louvre, ›Raub der Sabinerinnen‹, wir beide verlieben uns in das Bild. Und während wir da so stehen, kommt Caroline eine Idee. Wofür Marketingkurse alles gut sein können, das glauben Sie ja gar nicht. Denn sie erinnerte sich an eine Werbekampagne. 1993 hatte ein deutscher Werbefotograf das Abendmahl für einen Modehersteller fotografiert. Jesus und seine weiblichen Jünger. Alle mit nacktem Oberkörper. In Deutschland gab es so etwas wie einen Bildersturm. Die Kirchen schrien: ›Blasphemie‹, und kriegten sich nicht mehr ein. Wenn das mit Jeans klappt, dann geht das auch mit Unterwäsche, dachten wir uns. Solche Reaktionen konnten meine Kreationen auch gebrauchen.«

Es klingelte. Fanny Jongen reagierte jedoch nicht. Erst als Rasmussen mit dem Kopf zur Tür deutete, ging sie Richtung Eingang. Nur eine Minute später kam sie mit einem Päckchen zurück. »Für Caroline.« Kopfschüttelnd stellte sie es ab.

»Post aus der Vergangenheit«, sagte Rasmussen.

»Ja, genauso ist es. Aber es ist noch nicht vorbei. Ich mache weiter. Das bin ich Caroline schuldig.«

»Sie haben eben von der Abendmahlszene erzählt«, sagte Rasmussen, und Fanny Jongen nahm den Faden gleich wieder auf. Ihre Begeisterung, die Leidenschaft, die sie nach wie vor für das Projekt empfand, war für Rasmussen offensichtlich.

»Wir beschlossen, in unserem Antwerpener Freundeskreis das Bild der Sabinerinnen nachzustellen. Jedes der Modelle im Bild würde mit Kostümen und Unterwäsche aus meiner Werkstatt ausgestattet. Wir trieben das leicht Skandalöse der barocken Bilder auf die Spitze, die Bilder, die wir nachstellten, bekamen ein gehörige Portion Sex verpasst. Wollte die Barockkunst noch den Glauben in das Leben zurückholen, so wollten wir die Lust in das Leben zurückholen. ›Lust for Life‹ wurde dann ja auch unser Werbeslogan. Das alles war einfach genial. Nun brauchten wir nur noch einen Fotografen. John Brunsma hatte die Schnauze voll, als Fotojournalist EU-Politikern in Brüssel nachzustellen. Ich kannte ihn gut und holte ihn in unser Team. Fortan hatte er auch mehr Zeit zum Kitesurfen in Cadzand.«

»Hatten Sie denn schon vorher was mit ihm, oder entwickelte sich das erst später?« Rasmussen biss sich jetzt fast auf die Zunge.

»Herr Kommissar, das müssen Sie nicht wissen. Und Sie werden von mir auch nicht mehr über unser Dreierverhältnis erfahren. Das tut nichts zur Sache.«

»Das versteh ich. Es ist aber nicht von der Hand zu weisen, dass Sie beide am Tatort waren, und wir haben Zeugen dafür, dass Sie beide nach der Mitternachtsrede mit Caroline von Iven in Richtung Büro verschwunden sind.« Rasmussen schlug nun einen nachdrücklichen Ton an. »Außerdem haben wir allen Grund zu der Annahme, dass Ihre Freundin die Zukunft von ›eroque‹ mehr oder weniger ohne Sie beide geplant hat.«

Fanny Jongen schwieg eine Weile. Sie schluckte. »Herr Rasmussen, Caroline war krank. Schwer krank.«

»Wem wollen Sie denn das erzählen? Diese Karrierefrau. Die omnipräsente Caroline von Iven.« Rasmussen schaute ungläubig.

»Caroline war schwer depressiv. Wir haben sie geschützt, aber das sage ich nur Ihnen. Den ersten Schub bekam sie vor sechs Jahren, da waren wir erst ein Jahr zusammen. Sie verfiel in einen wochenlangen Dämmerzustand. Ihr konnte geholfen werden, und sie war danach medikamentös sehr gut eingestellt. Was blieb, war das Flatterhafte. Außerdem hatte sie regelmäßig Aggressionsschübe. Gegen alles und jeden in ihrer Umwelt und auch gegen sich selbst. Eine Zeit lang hat sie sich geritzt, dann trug sie sich immer wieder mit Selbstmordgedanken. Sie kaufte sich einen Revolver, mit dem sie gerne mal nachts herumhantierte. Vor allem, wenn sie wieder mal voller Adrenalin und Alkohol war. Jede ihrer guten Ideen, davon hatte sie oft mehrere am Tag, wurden mindestens mit einer Flasche Schampus begossen. Es war ein Teufelskreis.« Wütend schlug sie mit der flachen Hand auf den Tisch.

»Je mehr ›eroque‹ wuchs, desto öfter tauchte sie wieder mal für Tage in ihre Düsternis ab. John und ich durften nichts entscheiden, wir konnten alle immer nur vertrösten, bis sie wieder auf dem Damm war. Das war die Hölle. Und wenn Caroline dann wie gewohnt auf der Kommandobrücke stand, dann tat sie immer so, als sei nichts gewesen. John und ich haben oft das Gefühl gehabt, immer mehr zu ihrem Dienstpersonal zu werden. Und dann gab es wieder Momente, da hat sie jeden von uns umschmeichelt. Ich war jedes Mal perplex und habe mich gefragt, wie geht das bloß, wie schafft sie das? Ich bin doch kein Kleinkind, warum lasse ich mich so behandeln? Ich glaube, John und ich standen kurz davor, selbst depressiv zu werden. Aber letztendlich haben wir an die Idee geglaubt und haben uns, ich sage mal, dreiseitig geliebt.«

Fanny Jongen ging jetzt an eins der Regale und zog eine Schublade auf. Sie nahm einen Brief heraus. »Ich habe mich immer gefragt, wie ein so wundervoller Mensch nur so traurig und verzweifelt sein kann. Und es war ja nicht so, dass wir keine Antworten bekommen haben.«

Fanny Jongen hielt den Brief aus der Schublade hoch. »Der hier ist von Caroline. Ich kenne den Brief fast auswendig. Der letzte Absatz ist für mich fast zu einem Gebet geworden.« Mit diesen Worten setzte sich Fanny Jongen wieder und fing an zu rezitieren:

»›Der Schmerz arbeitet sich durch meinen ganzen Körper. Der Schmerz ist sprunghaft. Tief in den Eingeweiden, dann direkt hinter der Stirn. Er brennt und drückt, er pocht und zieht. Er ist einfallsreich. Der Schmerz ist mein dunkler Begleiter. Aber an einem hellen Tag werde ich ihm entkommen. Ins Licht. Ins schattenlose Licht.‹«

»Nichts anderes ist jetzt wohl passiert.« Mehr fiel Rasmussen in dem lichtdurchfluteten Atelier einfach nicht ein.

Jongen lehnte sich zurück und schloss die Augen. Rasmussen blinzelte jetzt durch das Fenster in die Mittagssonne. Es blieb spannend. Aus dem Stand wollte er Fanny Jongen und John Brunsma nicht zu Tätern machen. Er wollte das aber auch nicht ausschließen.

Adieu, Dupont

»Monsieur, Sie sind eine einzige Enttäuschung.« Mit diesen Worten war Yvonne Calloe in die Galerie »Walker 1938« hineingerauscht. Sie hatte Ralph Dupont bereits durch das Schaufenster erblickt, wie er bewegungslos hinter seinem Eiermann-Schreibtisch saß und auf einen Bildschirm starrte. Die Tür knallte hinter ihr zu.

Dupont blickte erstaunt. Sehr erstaunt. »Yvonne, meine Schöne. Sie sehen heute Morgen wieder bezaubernd aus. Aber warum so erzürnt?« Der Galerist, heute mit einem frischen mintblauen Anzug und rosa Hemd angetan, lehnte sich zurück und breitete die Arme aus.

»Sie stehen nicht einmal auf?«

»In der Regel schon, aber dann werde ich auch angemessener begrüßt, Madame.« Dupont gefiel der Auftritt, das war offensichtlich. Nun stand er auf und gab Küsschen links, Küsschen rechts.

»Im Ernst. Sie machen solch ein Trara um Ihre Zugangsdaten, und was muss ich dann feststellen? Alles nur heiße Luft. Bis auf die Information, dass Ihre Anmeldung zum Lustlager in Ivenstedt angenommen wurde, war auf der Seite nicht viel über Ihre Aktivitäten bei ›eroque‹ zu erfahren. Außerdem haben wir jetzt eine lückenlose Dokumentation, wann Sie wo an Lustlagern teilgenommen haben. Sie waren in Paris, in Mailand und so weiter. Ich hatte ja gehofft, dass es so etwas wie ein Forum für ›eroque‹-Mitglieder gibt, aber Fehlanzeige. Nüscht, gar nüscht.« Calloe gab sich weiterhin echauffiert.

»Yvonne, ich habe Ihnen nichts versprochen. Nichts. Foren oder Ähnliches widersprechen dem ›eroque‹-Prinzip der Anonymität. Im Netz können Sie alle Unternehmens-Infos abgreifen und shoppen, alles andere spielt sich in der Wirklichkeit ab. Das hat doch auch etwas, vor allem wenn es so irreal wie bei ›eroque‹ inszeniert ist. Masken, Kostüme, Handschuhe. Das Einzige, was die Teilnehmer einander auf den Lustlagern überlassen, sind Körperflüssigkeiten. Das ist doch ein Kunststück an sich? Wo doch heute das virtuelle Teilen so *en vogue* ist.«

»Austausch von Körperflüssigkeiten, Monsieur Dupont. Ein Kunststück?«, fragte Calloe und sah den Galeristen provozierend an.

»Nun ja?« fragte Dupont zurück.

Calloe bekam dann aber die Kurve und erzählte nun im Telegrammstil, dass die »eroque«-Partner alle relevanten Daten herausgegeben hätten. Daraus gehe eindeutig hervor, dass er, Dupont, sich nicht nur zum letzten Lustlager in Ivenstedt angemeldet, sondern auch daran teilgenommen hatte. Entscheidend sei das handschriftliche Kreuz hinter seinem Namen auf der Gästeliste. John

Brunsma habe ihr eine Kopie der Liste ausgehändigt. Brunsma habe ihr außerdem erzählt, dass der Galerist versucht habe, sich in Ivenstedt an Fanny Jongen heranzuschmeißen. Zumindest habe er gleich zu Anfang mit Jongen über die Vertriebsrechte der Werbebilder gesprochen und ihr seine Karte zugesteckt. Die »eroque«-Partnerin habe ihn daraufhin nicht mehr aus den Augen gelassen. Danach habe es keinen Kontakt zwischen ihm und Caroline von Iven gegeben. Jedenfalls bis zur Mitternachtsrede.

»Nur noch eine Frage. Und Schluss jetzt mit der Salamitaktik. Ich bitte Sie um eine ehrliche Antwort. Wann waren Sie nach der Mitternachtsrede bei Caroline von Iven im Büro?« Wieder so eine Nebelkerze – Calloe konnte es einfach nicht lassen.

»Yvonne, meine ehrliche Antwort lautet: Gar nicht.«

»Haben Sie im Umfeld des Büros oder des Darkrooms vielleicht etwas beobachten können, das uns weiterhilft?«

»Ich war nicht dort und konnte nach Mitternacht dort oben auch nichts mehr beobachten, da ich direkt nach der Rede gegangen bin. Der Shuttleservice hat mich nach Eckernförde chauffiert, von dort bin ich mit dem eigenen Auto direkt nach Hamburg gefahren.«

»Waren noch weitere Gäste an Bord? Oder hatten Sie ein Gespräch mit dem Fahrer?«

»Ich war der erste Gast, der das Lustlager verlassen hat. Ich bin kurz vor dem Ende der Ansprache raus. Ich wollte einfach nur noch weg. Es kam mir alles auf einmal so sinnlos und albern vor. Blasiert, das trifft es wohl am ehesten. Ich habe mich mit dem Fahrer über die Reeperbahn unterhalten. Und der hat mir dann ein paar Läden genannt. Ich war ein bisschen neben der Spur und habe den jungen Mann darauf hingewiesen, dass ich auf gar keinen Fall bumsen wollte, sondern mich einfach nur amüsieren. ›Verstanden, Chef‹, hat er gesagt.«

»Wenn sich das bestätigt, sind Sie für mich vollkommen uninteressant geworden.« Calloes letzter Satz war so was von gelogen, aber sie blickte ihn weiterhin streng an. Ohne eine Miene zu verziehen. Sie musste sich jedoch beherrschen, weil ihr langsam dämmerte, was sie da eben von sich gegeben hatte.

»Yvonne, ich möchte mich herzlich für die Sonderbehandlung bedanken. Es scheint ja so, als ob die deutsche Polizei extra eine Beamtin für mich abgestellt hat. Das Ergebnis Ihrer Recherchen weiß ich sehr zu schätzen.« Dupont verzog jetzt das Gesicht. »Was ich sehr bedaure, ist die Konsequenz.«

»So leid es mir tut. Ich muss. Im Hotel wartet mein Boss, mein Zug geht in neunzig Minuten«, sagte Calloe und tänzelte auf den Galeristen zu. Der kam auf sie zu, und sie nahmen Aufstellung.

»Zumindest ein Tanz, der hätte drin sein müssen«, sagte Dupont.

»Das meine ich auch, aber es ist definitiv zu spät. Alles, was ich jetzt brauche, ist ein Taxi.«

Wieder mal gab es einen zarten Kuss auf Calloes Wange. Wieder fand sie seinen Duft betörend. Und wieder schwang Yvonne Calloe ihre Handtasche, als sie die Fotogalerie »Walker 1938« verließ.

Mittwoch, 24. Juni

»Man ist ja kein Unmensch«

Rasmussen hetzte die Treppen in den ersten Stock hoch. Er wusste, dass er spät dran war. Aber Calloe und er waren gestern erst spätabends aus Antwerpen wieder in Eckernförde eingetroffen, Hinrichsen hatte ihnen auf der Rückreise den Termin mit Tristan von Iven telefonisch avisiert. Bevor er in das Verhör gehen würde, wollten sie eigentlich noch kurz eine Teambesprechung halten.

Doch zu spät. Als Rasmussen in den Flur einbog, nahm er schon Bewegung in seinem Büro wahr. Nun konnte er alles vergessen. Kein Klogang, keine Besprechung und kein Kaffee in Ruhe. Ihm schwante Böses, und so betrat er seinen Arbeitsplatz mit schiefem Lächeln.

»Herr von Iven, guten Morgen, ich bin Hauptkommissar Hans Rasmussen. Wir haben uns bisher nur kurz gesehen. Entschuldigen Sie, dass Sie warten mussten.«

»Ach, das macht doch nichts. Frau Calloe hat mich schon bestens …« Dann griff der Gast zur Espressotasse und genehmigte sich einen Schluck mit Nicken in Richtung Calloe. Der Gutsherr zeigte heute wieder formvollendeten Landadel-Chic, sodass sich Rasmussen in schwarzer Lederjacke und schwarzem T-Shirt gleich etwas tiefer in seinen Schreibtischsessel sinken ließ.

»Bestens. Dann können wir ja gleich beginnen. Herr von Iven, Sie haben letzten Mittwoch Anzeige erstattet. Gegen unbekannt …« Rasmussen hätte sich ohrfeigen können, das war ja der komplett verkehrte Einstieg. Er wollte von Iven doch die Gelegenheit geben, die Geschichte mit den veruntreuten »eroque«-Geldern reinzuwaschen. Auf dem Weg hierher hatte er noch darüber nachgedacht. Abholen, nicht anklagen, so hatte es ihm die Brix, die das Gespräch eingefädelt hatte, mit auf den Weg gegeben. So ein Schiet.

Instinktiv griff er in die Hosentasche und schaute auf das Display seines iPhones. Er tat so, als ob er ein Gespräch annehme. Es sagte noch: »Tut mir leid, es ist sehr dringend. … Ja, Frau Staatsanwältin. … Mach ich, Frau Staatsanwältin. … Aber selbstverständlich werde ich Herrn von Iven grüßen. Habe die Ehre.« Er legte das Ding nun vor sich hin. Calloe schaute ihren Chef an und zog die Augenbrauen hoch. Rasmussen nahm das einfach mal als anerkennende Geste hin.

»Entschuldigen Sie vielmals. Wie Sie gehört haben, die Staatsanwältin lässt Sie herzlich grüßen. Wo waren wir stehen geblieben? Ach ja, Sie wollten uns Bericht erstatten, wie Sie den Samstagabend vor eineinhalb Wochen auf Ihrem Gut erlebt haben. Bei der Gelegenheit möchte ich Ihnen auch noch einmal mein Beileid aussprechen.« Er deutete ein mitfühlendes Nicken an.

Rasmussen und Calloe schauten den Gutsherrn erwartungsvoll an. Der sammelte sich. Der räusperte sich. Der lehnte sich zurück.

»Ja, es gibt ein paar Beobachtungen, über die ich bisher noch nicht einmal mit meiner Frau Luise sprechen konnte. Wir haben uns während des Ereignisses, das uns unsere Tochter da ins Haus gebracht hat, vornehm zurückgehalten. Wir haben uns eigentlich den ganzen Abend in der Küche aufgehalten und den Caterern geholfen, soweit wir das konnten. Man ist ja kein Unmensch, man hilft ja, wo man kann. Zudem hat meine Frau die Soldaten, wie ich sie mal nennen will, betreut. Ganz nette, plietsche Burschen darunter, hat mich gewundert. Man hat da ja so seine Vorurteile, was Sicherheitsleute angeht. Und selbstverständlich habe ich hinter der Küchentür gestanden, als Caroline ihre Mitternachtsrede gehalten hat. Ich habe mich so für sie gefreut, dass sie demnächst eine eigene Fernsehsendung haben sollte. Das hörte sich ja so an, als ob ›eroque‹ in Zukunft ein Medienunternehmen würde. Das fand ich großartig.«

»War das wirklich so?«, fragte Rasmussen dazwischen, um von Iven ein wenig zu irritieren.

Von Iven stutzte. »Aber selbstverständlich. Glauben Sie, ich habe meiner Tochter jemals irgendetwas geneidet?«

Es war schon komisch, Rasmussen wollte einfach nur wissen, ob der Vater irgendwelche weitergehenden Informationen über die Zukunft der Firma bekommen hatte. Dem schien nicht so zu sein. Dass von Iven seine Nachfrage auf das Verhältnis zu seiner Tochter bezog, deutete auf seinen wunden Punkt hin.

»Was haben Sie denn nach der Rede getan? Wollten Sie Ihrer Tochter nicht gratulieren?«, fragte jetzt Calloe.

»Genau. Das wollte ich. Und wie Sie sich vorstellen können, so ein Herrenhaus hat viele Wege. Ich konnte ja schlecht in Zivil durch diesen Masken- und Kostümball marschieren. Also bin ich durch den Keller in den östlichen Flügel, dort gibt es ein schmales Treppenhaus, das früher ausschließlich von den Bediensteten benutzt wurde. Jedenfalls gelangt man von hier aus in den ersten Stock. Im Büro gibt es einen separaten Eingang. Ich sah von Weitem, dass diese Tür halb offen stand. Und ich hörte schon sehr laute Stimmen. Außerdem blitzte es andauernd. Ich schlich mich dann heran.« Er tat einen tiefen Seufzer. »Sie glauben nicht, was ich alles gesehen und vor allem gehört habe. Das war ganz, ganz schlimm.«

Tristan von Iven wollte anscheinend sein Pulver nicht allzu leichtfertig verschießen. Er lehnte sich vor, und er lehnte sich wieder zurück. Er schaute Calloe an. Er schaute Rasmussen an. Der Kommissar dachte: Komm, jetzt bitte nicht die Märchenonkeltour. Aber es schien, als hätte sich Carolines Vater einfach nur noch gesammelt und sortiert. Denn seine weiteren Ausführungen waren durchaus strukturiert.

»Caroline war mit ihren beiden Geschäftspartnern im Büro. Ich konnte allerdings immer nur Ausschnitte erkennen, da ja die Tür nur halb offen stand. Fanny Jongen schrie ganz fürchterlich. Wenn ich es zusammenfassen soll, dann warf sie meiner Tochter vor, ihre Partner schamlos auszunutzen. Sie hätten gemeinsam etwas aufgebaut, und in den letzten zwei Jahren habe sich meine Tochter immer weiter von ihnen entfernt. Caroline sei immer nur gekommen, wenn es ihr schlecht gegangen sei. Ich habe den Grund der Auseinandersetzung zuerst gar nicht verstanden. Natürlich ging es auch um Geld. Zwischendrin brüllte Caroline:

›Ich schließ jetzt den Tresor auf‹, und: ›Nehmt euch doch, so viel ihr wollt, ihr Aasgeier.‹«

Von Iven räusperte sich und bat um ein Glas Wasser. Rasmussen machte eine Geste in Richtung Calloe, die sogleich aufstand. Von Iven fuhr fort.

»Den Geräuschen nach zu urteilen, hat sie dann genau das gemacht, den Tresor geöffnet. Aber der eigentliche Grund der Streiterei lag viel tiefer und hat mich als Vater zutiefst schockiert. Meine Tochter scheint schwer krank gewesen zu sein. Es war deutlich herauszuhören, dass Caroline tagelang in Depressionen verfallen war. Jongen warf ihr vor, dass sie zeitweise überhaupt nicht geschäftsfähig gewesen sei. Während dieser Auszeiten hätten sich Jongen und Brunsma um alles kümmern müssen, allerdings ohne irgendetwas wirklich entscheiden zu können. Dann sei Caroline wieder aufgetaucht und habe alles an sich gerissen, als sei nichts gewesen.«

Von Iven begann wieder mit diesem Hin-und-Her-Geruckel auf dem Stuhl. Er holte Luft. »›Und jetzt macht die feine Dame Fernsehen, und uns hast du nichts davon gesagt, du elendes Miststück!‹ Das hat die Jongen gebrüllt. Wie eine Furie. Um im Bild zu bleiben: Caroline muss regiert haben wie eine Sonnenkönigin. Das tut weh, wenn man das als Vater hört, das sag ich Ihnen. Bei der Gelegenheit erfuhr ich auch gleich, dass die beiden Frauen ein jahrelanges Liebesverhältnis hatten. Ich war davon ausgegangen, dass meine Tochter mit dem Fotografen zusammen war und in einer Art Wohngemeinschaft mit der jungen Frau lebte. Die haben sich ja ganz früh kennengelernt, Caroline wohnte ja praktisch vom ersten Tag in Antwerpen an mit ihr zusammen.«

»Herr von Iven, was passierte in dem Büro? Haben sich die beiden auch körperlich auseinandergesetzt?« fragte Calloe.

»Nun, also die beiden führten fast so etwas wie einen Tanz um den Schreibtisch herum auf. Sie keiften und zeterten, aber zeitweise klang es auch nach Kampfgebrüll. Sie drifteten dabei aufeinander zu und dann wieder auseinander, das konnte ich sehen. Und dabei rangelten sie die ganze Zeit immer wieder um eine Pistole.«

»Wie hat sich denn Ihre Tochter dabei verhalten?«, fragte Rasmussen.

»Sie hat ihre Partner in unflätigster Weise beschimpft. Ich möchte das nicht in Einzelheiten wiedergeben.« Von Iven kratzte sich am Kopf. »Was ich mitbekommen habe, war, dass Caroline Jongen und Brunsma als reine Nutznießer ihrer Fähigkeiten gesehen hat. ›Ihr wollt immer nur etwas von mir, aber seid nicht bereit, etwas zu geben. Und wir müssen alle alles geben, um in diesem Rattenrennen zu gewinnen.‹ Das wiederholte sie mehrmals. Sie fühlte sich einfach nicht genügend unterstützt von den beiden. So kam es rüber. Es war wie eine Berg- und Talfahrt. Da kippte meine Stimmung schon wieder. Wenn die eigene Tochter angegriffen wird, dann schwillt dem Vater der Kamm.«

»Und was hat Brunsma während des Streits gemacht? Hat der nur fotografiert?«, fragte Calloe.

»Der Fotograf heizte die Stimmung an. Und dann blitzte es wieder. Der fotografierte also den Streit. Und dann rief der Mann immer wieder so perverses Zeug dazwischen. Der führte sich auf wie bei einem Fotoshooting, so wie man es aus Filmen kennt. Das war furchtbar. Zwischendurch schrie er ein paarmal: ›Schieß doch, du Schlampe!‹«

»Wer hatte da die Waffe? Konnten Sie erkennen, was in diesem Moment hinter der Tür passierte?«, fragte Rasmussen.

»Ob Caroline oder ihre Freundin gemeint war, konnte ich nicht sehen. Die Tür stand ja nur einen Spalt offen und geht nach außen auf. Ich sah also immer nur, was sich auf der dem Raum zugewandten Seite des Schreibtisches abspielte.«

»Konnten Sie erkennen, wie die Pistole aussah?« Calloe verstand mittlerweile ihr Handwerk.

»Sie war nicht besonders groß, kurzer silberner Lauf, brauner Knauf. Wenn ich mich nicht täusche, war das ein Trommelrevolver.«

»Wie konnten Sie das so genau sehen, Sie sagten, die beiden hätten sich um den Revolver gestritten?« Jetzt wollte es Calloe aber ganz genau wissen.

»Caroline und diese Frau standen einmal fast genau vor der

Tür, sie haben sich wie die Wilden angeschrien, ich hätte mir am liebsten die Ohren zugehalten, aber ich wagte mich nicht zu bewegen. Und in dieser Situation hatte ich den Revolver mehr oder weniger direkt vor meinen Augen. Fast hätte ich danach gegriffen.«

»Warum haben Sie es nicht getan?« Jetzt war Rasmussen wieder dran. »Ihre Tochter war in Gefahr. In großer Gefahr. Zwei Frauen raufen um einen Revolver, der kann auch mal unbeabsichtigt losgehen.«

»Sie haben vollkommen recht. Aber ich war wie gelähmt.« Von Iven standen die Tränen in den Augen. »Je mehr die Situation eskalierte, desto mehr Angst bekam ich. Und dann war die Tür auf einmal zu. Ich sah noch, wie Fanny Jongen den Revolver in ihrer rechten Hand hatte und die Mündung in Richtung Carolines Schläfe führte. Dann schlug jemand die Tür zu.«

»Sie können bezeugen, dass Fanny Jongen die Waffe auf die Schläfe Ihrer Tochter gerichtet hat?«

»Ja, das kann ich bezeugen.«

»Es bleibt die Frage: Warum haben Sie nicht die Polizei gerufen?« Rasmussen schaute von Iven an. Als der nicht antwortete, sprach er ihn noch mal an: »Herr von Iven, ich habe Sie etwas gefragt.«

»Das habe ich wohl mitbekommen. Ich hatte Angst vor meiner Tochter. Ich wollte mich nicht in ihre Angelegenheiten mischen. Wissen Sie, wie mich meine Tochter behandelt hat in den letzten Jahren? Immer von oben herab. Ich durfte die Brotkrumen nehmen, die vom Tisch fielen. Die beiden Frauen, meine Gattin Luise und deren Tochter, waren sich einig. Mich hatten sie zum Verlierer bestimmt. Von Anfang an. Ich habe ganz früh versucht, Caroline an die Kunst heranzuführen. Sie hat sich über mich lustig gemacht. Ich habe versucht, sie vor falschen Freunden zu beschützen. Sie hat nur gelacht. Sie ist ihren ganz eigenen Weg gegangen, und das so fürchterlich erfolgreich. Glauben Sie, dass ich aus dieser Position heraus die Tür aufstoße und mal eben frage: Herrschaften, was ist denn hier los? Kann ich etwas für euch tun? Caroline hat mich doch zum Schluss überhaupt nicht mehr ernst genommen und mich gedemütigt, wo sie nur konnte. Durch Hintermänner wollte sie Ivenstedt zum Discountpreis haben, um das Gut wieder aufzupäppeln.«

»Aber Sie haben es eben selbst gesagt, Ihre Tochter war in Gefahr. Fanny Jongen hat einen Revolver auf sie gerichtet, und Brunsma hat geschrien: ›Schieß doch!‹ Und da bemühen Sie nicht die Polizei, wenn Sie schon nicht selbst dazwischengehen? Das verstehe ich nicht.« Rasmussen schüttelte den Kopf.

»Haben Sie denn einen oder mehrere Schüsse gehört?«, fragte Calloe.

Von Iven schaute aus dem Fenster. »Keinen.«

»Was haben Sie denn gemacht, als die Tür zu war?«

»Ich habe noch einen Moment gewartet und mich dann in die Küche geschlichen und noch eine Flasche Wein aufgemacht.« Von Iven hatte zu diesem Zeitpunkt die Hände vor das Gesicht geschlagen. Er weinte. Bitterlich. »Kurz danach lief auch schon die Nachricht durch das Haus, dass Caroline Selbstmord begangen habe.«

»Das kam Ihnen nur so vor. Der Notruf kam erst um ein Uhr elf. Wer hat es Ihnen mitgeteilt, und wann war das?« Rasmussen wurde jetzt richtig bissig.

»Herr Hansen. Das muss so gegen halb zwei gewesen sein.«

»Eine Frage noch, Herr von Iven. Sie haben doch sicherlich mit Herrn Hansen über die Einnahmen gesprochen, die im Haustresor lagen«, warf Calloe jetzt wesentlich sachlicher ein und versuchte, die heiße Luft aus dem Gespräch zu nehmen.

»Selbstredend. Caroline war nicht mehr, die beiden anderen Herrschaften hatten sich bereits aus dem Staub gemacht. Die Abrechnung musste noch gemacht werden. Da musste ich mich ja kümmern. Da müssen Sie auch gar nicht so komisch gucken, Herr Kommissar«, sagte nun von Iven mit sehr gefasster Stimme. »Caroline hatte einen Tresorschlüssel, Hansen hatte einen, den hatte er von Caroline bekommen. Und ich habe einen Schlüssel für den Tresor.«

»Eine allerletzte Frage noch. Haben Sie die fast hundertfünfzigtausend Euro aus dem Tresor an sich genommen?« Rasmussen musste jetzt auf den Punkt kommen. Er konnte diesen larmoyanten Landadeligen keine Sekunde länger ertragen.

»Selbstverständlich habe ich das gemacht. Ich musste ihr Geld retten. Caroline ist ›eroque‹. Diese Schmeißfliegen Jongen und Brunsma haben doch nur von ihr profitiert. Caroline hatte das Ruder in der Hand, sie hat den Dampfer ›eroque‹ gesteuert. Mein Mädchen. Caroline ist genial, es gibt kaum etwas, was sie nicht kann. Diese beiden Gangster, anders kann ich diese Geschäftspartner nicht bezeichnen, haben an diesem Abend meine Tochter wie zwei Hyänen umkreist und in den Selbstmord getrieben, wenn sie sie nicht gar selbst umgebracht haben. Es sah alles danach aus, bevor die Tür zuging.«

»Das sagen Sie«, bellte Rasmussen jetzt fast.

»Befragen Sie die beiden«, schlug von Iven ungerührt vor.

»Das lassen Sie einfach unsere Sorge sein. Kommen wir zurück auf das Thema ›eroque‹-Gelder. Sie haben vor einer Woche eine Anzeige gegen unbekannt gestellt, wollen Sie diese aufrechterhalten? Ich denke mal, das wäre sehr unklug. Angeraten wäre es jetzt auch, schleunigst Herrn Hansen anzurufen, um eine Übergabe des Geldes zu vereinbaren. Ich denke, ›Hanse-Security‹ hat einen ausgezeichneten Job während des Lustlagers gemacht, und Herr Hansen muss jetzt endlich mit seinen Auftraggebern abrechnen, und das sind nun mal, wie Sie das auch immer sehen mögen, John Brunsma und Fanny Jongen.«

»Ja«, sagte Tristan von Iven und nickte. Er war auf einmal doch sehr einsichtig.

»Kann ich davon ausgehen, dass Sie das genauso handhaben? Und noch was. Bleiben Sie bitte in der Region. Sicher müssen wir noch mal mit Ihnen sprechen. Sie finden heraus?«, fuhr Rasmussen fort.

»Ja«, sagte von Iven und schaute fragend in die Runde. Stocksteif und grußlos verließ der Vater des Opfers schließlich das Büro.

Das war geschafft. Ein bisschen Pulverdampf hing in der Luft, und die Fronten waren geklärt. Aber Rasmussen war ärgerlich und verstört. Er konnte mit von Iven nichts anfangen. Ein Vater sah, wie seine Tochter bedroht wurde, und ging, um eine Flasche Wein zu öffnen?

»Dass dieses Arschloch ein Kind haben musste. Ein Trauerspiel.« Das sagte Rasmussen noch zu Calloe. Dann ging er aufs Klo. Dort schrieb er an Eike Hansen eine Kurznachricht: »Danke, Triggerfinger. Tristan spurt.«

Donnerstag, 25. Juni

Guter Plan

»Entschuldigen Sie, Frau Jongen, dass ich Sie jetzt erst anrufe.« Rasmussen raspelte Süßholz. Er konnte berichten, dass Tristan von Iven und Eike Hansen heute Morgen ihre Streitigkeiten beendet hatten. Nun befanden sich die gesamten »eroque«-Gelder wieder in den Händen von »Hanse-Security«. »Damit ist die Geschichte mit der Unterschlagung ja wohl aus der Welt.«

Das sah Jongen auch so.

Während des Gesprächs hatte dann auch noch die Staatsanwältin die Nase in sein Büro gesteckt. Wild gestikuliert hatte sie, als sie sah, dass er telefonierte. Die macht mich noch total kirre, dachte der Hauptkommissar. Höchstwahrscheinlich wollte sie ihm noch etwas zur Einbestellung von Fanny Jongen und John Brunsma mitteilen. Zu spät, denn nun musste Rasmussen auf den Punkt kommen.

Nach der gestrigen Einvernahme des Gutsherrn waren neben Bent Mommsen auch Caroline von Ivens Geschäftspartner dringend tatverdächtig. Keiner im Team glaubte noch, dass sich die »eroque«-Dame selbst gerichtet hatte. Von daher hatten sie beschlossen, die Hilfenummer abzuziehen.

Der Hauptkommissar bat Jongen, am nächsten Montag mit ihrem Partner in Eckernförde, genauer in Ivenstedt zu erscheinen, um einen Tatverdächtigen zu identifizieren. Es könnte ja sein, ja es müsste fast so sein, dass sie beide jemanden bemerkt hätten, als sie das Büro verlassen hatten. Rasmussen betonte noch einmal, dass die Polizei überhaupt keinen Zweifel an ihrer Aussage habe, dass Caroline von Iven noch lebte, als die Partner sie verließen. Ein billiger Bluff als Rettungsanker. Zufrieden war Rasmussen nicht.

»Herr Rasmussen, Sie und Ihr Team sind bisher so kooperativ gewesen, wie können wir Ihnen solch einen Wunsch abschlagen? Vor allem wenn wir dazu beitragen können, den Fall aufzuklären«, sagte Jongen zu. »Aber sagen Sie, meinen Sie wirklich, dass Caroline umgebracht wurde?«

»Frau Jongen, wir möchten nichts ausschließen. Aber lassen Sie uns das alles am Montag klären.«

So verblieben sie. Man verabredete sich gleich für Ivenstedt.

Hinrichsen und Calloe waren seit gestern Nachmittag dabei, den Termin im Herrenhaus vorzubereiten. Als Lockvogel hatte das Team Kevin Schnurre auserkoren. Der »dringend Tatverdächtige« würde sich in voller Montur präsentieren. Mit Dreispitz, in Uniform und Stiefeln. Sein Chef Eike Hansen war auch eingeplant und hatte zugesagt, aber nur unter der Bedingung, dass er in Zivil erscheinen dürfe.

Tristan von Iven wusste noch nichts von seinem Glück, wieder seinen Posten hinter der Tür beziehen zu müssen. Calloe selbst würde die Caroline geben. Schrader träte an Mommsens Stelle. Und ansonsten großer Bahnhof. Die Staatsanwältin, Amos Wiesel und ein paar Beamte waren bereits einbestellt, um den Ort zu sichern. Die KTU würde für die nötige Technik sorgen.

Rasmussen brannte darauf, Jongen und Brunsma noch mal auf den Zahn zu fühlen. Denn Calloe und er hatten sich am Dienstag in Antwerpen blenden lassen. Mit welcher Akribie sie auch das Datenmaterial aus dem »eroque«-Büro geprüft hatten, es war außer Schall und Rauch nichts dabei herausgekommen. Calloe und Hinrichsen waren alle Namen auf der Gästeliste durchgegangen und hatten diese mit allen zur Verfügung stehenden Datenbanken abgeglichen. Am Ende waren zwei Gästenamen übrig geblieben, die sowieso schon auf ihrem Zettel standen. Dupont war tatsächlich in Ivenstedt gewesen. Mommsen auch. Mittlerweile war nur noch einer von ihnen tatverdächtig: der flüchtige Wurstkönig.

Noch unerquicklicher war die Durchsicht der Videos gewesen, die »Hanse-Security« über Außenkameras am Eingang zum Outlet-Shop und zum Herrenhaus hatte filmen lassen. Die Leute kamen ja bereits verkleidet und machten im Shop höchstens noch mal ein Schnäppchen.

Der Fall machte ihn rappelig. Rauf auf das Fahrrad, dachte er.

Und dann bei Erika in den »Schlei-Terrassen« zwei, drei Hefeweizen. Das hörte sich nach einem guten Plan an. Rasmussen schlich sich quasi aus der Zentralstation.

Fietes Fiesematenten

»Geht mir weg, immer nur Termine, Termine, das ist ja schlimmer als in meinen besten Zeiten«, brüllte Fiete fast. »Ich muss jetzt erst mal meinen eigenen Hintern retten. Da stehen Versprechungen im Raum. Ich sag nur: GUMM-PRIX.«

Rasmussen und die Brix schauten einander ungläubig an.

»Was ist los, Friedrich?«, erkundigte sich die Brix besorgt. Allein die Anrede zeigte den Ernst der Lage, denn die Brix hatte ihren liebsten Knilch schon lange nicht mehr mit vollem Vornamen angesprochen. »Ich wollte doch nur wissen, wann wir die Ausfahrt mit den Rest-Knilchen nach St. Peter Ording endlich nachholen. Fiete, ich weiß deinen Einsatz als Teamcaptain zu schätzen, aber denk an dein Herz.«

Selbstverständlich hatte die Brix Verständnis dafür, dass der GUMM-PRIX jetzt erst einmal Vorrang hatte. Aber Fiete Burmester war in dem Gewese, das er die letzte Woche betrieb, nicht mehr wiederzuerkennen. Andauernd war er auf Achse, ohne ihr zu verraten, wo. »Margarete, du wirst dich wundern«, so pflegte er sie zu vertrösten. Und wenn er da war, dann hatte er sein Mobiltelefon am Ohr. Wenn die Brix unangemeldet sein Apartment im Ykaernehus betrat, hatte er immer noch ein paar Pläne und Zeichnungen zuzuklappen und wegzuräumen.

Außerdem tauschte er sich verdächtig oft mit Fritze Köppen aus. So innig hatte sie Eff und Eff schon lange nicht mehr gesehen, wenn die beiden die Köpfe zusammensteckten und von nichts und niemandem gestört werden wollten. »Gebt uns doch noch ein halbes Stündchen«, pflegte Fiete dann zu sagen. Außerdem hing ein Blaumann an der Garderobe in seinem Apartment.

Fiete Burmester war ordentlich im Stress. Und jetzt fing er auch noch an, in den »Schlei-Terrassen« Hektik zu verbreiten.

Rasmussen hatte begonnen, den Arbeitstisch in der Restaurantküche freizuräumen. Der Kriminalhauptkommissar hatte den Küchendienst für den lahmen Donnerstag übernommen und war gerade dabei, die Bauernfrühstück-Zutaten für die Abendschicht vorzubereiten. Erika hatte Not, und seine zwei, drei Hefeweizen konnten auch warten. »Gerade mit den Zwiebeln fertig geworden«, sagte Rasmussen, um überhaupt irgendetwas zu sagen.

Die Brix und Fiete hatten sich gesetzt und hockten nun in merkwürdiger Stimmung am Klöntisch. Fiete machte einen abwesenden Eindruck, und Margarete plapperte dies und das. Löcherte Rasmussen mit indiskreten Fragen über die Staatsanwältin und wie es denn so in der Zentralstation laufe. Es entwickelte sich ein bemühtes Gespräch zwischen Rasmussen und seiner mütterlichen Freundin.

»Ich hol euch beiden erst mal ein großes Pils, und dann gibt es für euch die ersten beiden Bauernfrühstücke des Abends.« Rasmussen war sich sicher, dass er Fiete über dessen leibliches Wohl an den Haken bekäme. Das klappte immer. Vielleicht ließ er sich ja ein wenig aushorchen über das Seniorenteam beim jährlichen Gummibootrennen.

Rasmussen kam aus der Gaststube zurück in die Küche und stellte die Gläser vor die Brix und Fiete. Die Pendeltür schlug nach, und man hörte das Schlürfen von Fiete, der sich hastig das Pils gegriffen hatte. Rasmussen begann, die Bratkartoffeln zu wenden, die groben Speckwürfel durften auf gar keinen Fall anbrennen. Margaretes Glas blieb unberührt. Schweigen. Da konnte selbst eine Minute ziemlich lang werden, aber Rasmussen dachte, er halte sich da am besten zurück.

»Fiete, rück raus mit der Sprache«, sagte die Brix so jovial, wie sie nur konnte, und ließ ihre kleine Faust dreimal energisch auf den Klöntisch niederfahren. Tock, tock, tock.

Friedrich Burmester schaute Margarete Brix ungerührt an. »Nein, nein und noch mal nein. Maggie, ich kann dich verstehen, aber es hat keinen Zweck. Lasst mich mal ganz in Ruhe machen. Ich werde für ein Gummiboot sorgen, das hat Eckernförde, ach was, das hat die Welt noch nicht gesehen. Wir trinken jetzt unser

Bier, lassen uns das Bauernfrühstück schmecken. Beachtet mich gar nicht. Unterhalte dich ruhig mit Hans, ich muss mich stärken. Vor mir liegt ein Tal der Tränen, das ich mit dem Bautrupp durchschreiten muss. Die Uhr zählt unerbittlich runter. Dein großer Tag, Maggie, ist der Renntag.«

»Fiete, du gefällst mir nicht. Und so ein Theater machst du sonst auch nicht. Ich erkenne dich gar nicht wieder.« Margarete fing jetzt an, selbst ein wenig unruhig zu werden. Das war deutlich zu spüren.

»Du kennst mich eben nicht lange genug. Früher, da kannte jeder hier in der Umgebung Burmester, den einsamen Baulöwen. Wenn ich Anlauf für meine großen Dinger nahm, dann war ich oft so. Ich habe hier und in ganz Schleswig-Holstein Bauprojekte unter Bedingungen durchgezogen, da vergeht diesen Jungspunden heute das Hören und Sehen.«

Rasmussen dachte an die Rader Hochbrücke. 1969 hatte man mit dem Bau begonnen. Wie oft hatte er sich schon anhören müssen, wie gut »Burmester-Bau« da schon im Geschäft gewesen sei. Für Fiete reichte er die Bratkartoffeln wie immer üppig, und für Margarete gab es so etwas wie einen Seniorenteller, den er aber nie im Leben so hätte nennen dürfen.

»Danke, Hans.« Und schon hatte Fiete die erste Gabel Bratkartoffeln verschlungen, während er noch mit dem Messer das Rührei mit Petersilie in Portionen teilte. Die Brix war immer noch ein wenig mucksch. Der Amtsrichterin a.D. wollte es einfach nicht gefallen, wenn ihr irgendwelche Informationen vorenthalten wurden. Das war wie eine Berufskrankheit, die man mit der Verrentung nicht einfach so ablegen konnte. Siehe Fiete und sein Getue um den GUMM-PRIX-Bautrupp, dachte Rasmussen noch.

Es wurde dann doch noch ein bunter Abend. Jörn guckte nach der Schicht auf der »Missunde II« rein. Erika stand irgendwann nach dem letzten Gast in der Küchentür und trocknete sich die Hände an der Schürze an. »So, jung Lüüd, Fierobend. Nu geiht dat los.«

Freitag, 26. Juni

Gruß und Kuss …

Rasmussen starrte auf seinen Querkalender und kritzelte Blümchen an den oberen Rand, dann Laub- und Nadelbäume. Schließlich Gras und eine Sonne. Für einen erholsamen Augenblick hatte er sein privates Ich auf eine Wiese schicken können. Aber dann fiel sein Blick auf den mit neongelbem Textmarker hervorgehobenen Termin, und wie eine Fata Morgana verschwand das sommerwarme Luftschloss aus seinem Kopf.

Nur noch drei Tage, dann müssten sie im Rahmen der Rekonstruktion des Tatabends Ermittlungsergebnisse liefern. Er schob den Kalender zur Seite, stand auf und trat an seine Täterzielscheibe heran. Ralph Dupont war raus. Tristan von Iven hätte Rasmussen gern was am Zeug geflickt. Hatten Jongen und Brunsma Caroline lebendig verlassen, wie sie behaupteten? War der Vater dann aus seinem Versteck getreten, hatte es einen Streit gegeben, war es sogar vielleicht der Vater, der mit seiner Tochter um die Pistole gerangelt hatte? So anschaulich, wie von Iven die Szenerie beschrieben hatte, war das zumindest eine Option.

Rasmussens Blick fiel wieder auf die Zielscheibe. Mitten im Fadenkreuz klebte ein Post-it, auf den ein Spaßvogel einen Wurstkringel gemalt hatte. Mommsen hatten sie noch immer nicht gefunden.

Rasmussen spürte, dass er verkrampft stand, der Nacken schmerzte. Er reckte sich, beugte den Kopf nach vorn. Bewegung, er brauchte mal wieder Bewegung. Fahrradfahren war nett, aber es fehlte ihm was. Wettkampf, Spaß, Miteinander. Vielleicht würde er mal bei Antonio, seinem alten Sturmpartner, anrufen. Eine Altherrenmannschaft gründen. »Gute Ideeee!«, bestätigte sich Rasmussen lautstark und reckte die Arme in die Höhe, als es klopfte.

Ohne dass er reagiert hatte, öffnete sich die Tür. Es war Gesa Bruns, die ihn aus stark geröteten Augen ansah. Bevor er etwas fragen konnte, hatte sie sich auf den Besucherstuhl gesetzt. Sie öffnete ihre Handtasche, zog eine Postkarte heraus und legte sie mit dem Motiv nach oben vor Rasmussen auf den Schreibtisch. Dessen fragenden Blick beantwortete sie mit einem kurzen Nicken.

Rasmussen zog die Karte zu sich heran. Altes Gemäuer, Türmchen, Zinnen, ein Kuppeldach, dahinter blauer Himmel, unten ein Schriftzug, gelb auf blau: Salamanca – Catedral Nueva. Rasmussen schaute noch einmal zu Gesa Bruns hinüber, die wie versteinert auf der Kante des Stuhls saß. Er drehte die Karte um, und noch bevor er die wenigen Zeilen las, sah er die schwungvolle Unterschrift: »Bent«.

Sofort sprang der Ermittler in ihm an. Spanien also und nicht das Baltikum. Na und? Was glaubte Mommsen? Dass man ihn dort nicht finden würde? Es lag ein internationaler Haftbefehl gegen ihn vor. Oder war er inzwischen in Afrika, in einem Land, das nicht an Deutschland auslieferte? Das würde die Sache komplizierter machen. Aber sichere Länder gab es nicht. Wenn das BKA klopfte, machte man auf. Obwohl, Nordkorea, da ginge vielleicht was für wohlhabende Schwerverbrecher.

Gesa Bruns räusperte sich, und Rasmussen begann zu lesen. »Liebe Gesa, wir mochten uns schon seit langer Zeit. Nun kamen wir uns so nah wie nie. Das gefiel dir. Ich spürte das. Bald kannst du zu mir kommen. Ein neuer Anfang für dich und mich. Bent«.

Rasmussen hob den Kopf. »Sie haben Angst?«

»Nein.«

»Keine Angst?«

»Nein.«

»Meinem Kollegen Hinrichsen haben Sie erzählt, Sie hätten um ihr Leben gefürchtet.«

»Anfangs in der Hütte. Später nicht mehr.«

»Sie haben geweint.«

Keine Reaktion.

»Kann ich Ihnen ein Glas Wasser anbieten?«

»Nein, danke.«

Bruns presste die Lippen aufeinander, senkte den Blick. Dann atmete sie ein, richtete sich auf, so als habe sie Mut geschöpft. »Bei Bent habe ich gespürt, dass er voller Leidenschaft ist. Das ist doch nichts Schlechtes.«

»Warum kommen Sie zu mir?«

»Finden Sie ihn. Ich ziehe meine Anzeige zurück. Er hat Caroline von Iven nicht umgebracht. Ich will ihn wiedersehen.«

Gesa Bruns stand auf und ging. Die Karte hatte sie auf dem Schreibtisch liegen gelassen. Rasmussen kratzte sich im Nacken.

Moderne Zeiten

Nachdem Gesa Bruns gegangen war, hatte Rasmussen die Postkarte zum Asservat gemacht. Nun lag sie in einer beschrifteten Tüte vor ihm. Einen wie Mommsen hatte er als Polizist noch nicht erlebt. Klar, immer wieder versuchte jemand, abzuhauen. Aber was Mommsen bot, war ja filmreif. Geiselnahme und eine Flucht quer durch Europa. Bei diesem Fall stach die Zahl der Menschen, die sich nicht normgerecht verhielten, immer deutlicher ins Auge. Man konnte auch sagen: Alles Verrückte.

Ob er so was als Prokurist in Eikes »Hanse-Security« erleben würde?, fragte sich Rasmussen. Ob Polizist zu sein vielleicht doch genau das Richtige für ihn war? Die Routine konnte er sich jetzt jedenfalls vom Hals schaffen.

Er rief bei den Kollegen der KTU an. Nun musste zunächst bestätigt werden, dass die Postkarte tatsächlich von Mommsen stammte, dass sie tatsächlich in Salamanca aufgegeben worden war, dass der Poststempel von vor drei Tagen korrekt war. Wegen der Fahndung wollte er mit der Staatsanwältin sprechen. Er griff erneut zum Telefon. Kurzwahl sechs. Freizeichen. Dann hörte Rasmussen, dass die Türklinke betätigt wurde, ein gleichzeitiges, kurzes Klopfen, und – die Staatsanwältin trat ein.

»It's a kind of magic!«, fiel Rasmussen dazu ein. Die Staatsanwältin ging nicht darauf ein. Sie lächelte. Sie lächelte keck, gar herausfordernd, wie Rasmussen fand. Sie führte etwas im Schilde. Er rückte seine Hornbrille zurecht.

»Darf es ein Espresso sein, Frau Staatsanwältin?«

»Wenn er stark ist. Und süß. Gern.«

»Subito.« Rasmussen verließ sein Büro und beeilte sich im Teambüro, einen doppelten Espresso zuzubereiten. Allzu lang wollte er die Staatsanwältin nicht mit seinem Schreibtisch allein lassen. Als er zurückkam, stand sie mit einem Kollegen der KTU zusammen und betrachtete die Postkarte. Als ob er es geahnt hätte. Da verließ man für wenige Minuten sein Büro, und schon wühlte die halbe Zentralstation seine Unterlagen durch.

»Soll ich das auch mal in euren Büros machen? Hier«, er trat hinter seinen Schreibtisch, »die Schubladen nicht vergessen.« Dann aber schüttelte er die Welle der Empörung ab. In letzter Zeit war er aufbrausend. Das war ungesund. Er reichte der Staatsanwältin den Espresso und schob den Kollegen, dessen Namen er stets vergaß, an den Schultern auf den Flur hinaus.

»Ich habe eben versucht, Sie ans Telefon zu kriegen. Aber nun können wir ja Auge in Auge.« Er machte eine einladende Bewegung hin zur improvisierten Sitzecke und setzte sich selbst so, dass er die Sonne im Rücken hatte. Lektion gelernt. Die Staatsanwältin trug Seidenstrümpfe. Das machte ihn immer wieder aufs Neue ganz wuschig.

Die Staatsanwältin lächelte und hob dazu die Hand. »Ich nehme Kontakt mit dem BKA und den Behörden in Spanien auf. Da müssen Sie sich nicht kümmern. Mit diesem belgischen Pärchen haben Sie gewiss genug zu tun. Außerdem komme ich wegen einer anderen Sache. Es gab vor ein paar Wochen eine Besprechung von Polizeiführern und Staatsanwaltschaft. Wir kamen überein, dass es zum beiderseitigen Nutzen sei, die Zusammenarbeit zu intensivieren.« Sie blinzelte ins Licht und wartete Rasmussens Reaktion ab. Der hatte sich auf dem abgewetzten Sofa zurückgelehnt und die Arme verschränkt.

»Was ich sagen will, also ich mach es kurz, das Stichwort ist: Teambuilding.«

Jetzt prustete Rasmussen los. »Teambuilding? Sind wir hier in der Abteilung Sesselfurzer, oder was? Das ist Schnickschnack. Tinnef. Verschwendung von Steuermitteln.«

»Herr Rasmussen, Sie sperren sich. Was ist so schlecht an Kooperation? Haben Sie was zu verbergen in Ihrem Team?«

»Frau Staatsanwältin, ich erkläre Ihnen gern, warum wir diesen Käse nicht brauchen. Wir, und damit meine ich mein Team, wir durchstreifen den Urwald. Es ist heiß und stickig, Schlangen und Gewürm überall, der Schweiß brennt in unseren Augen. Aber wir kennen uns aus, können Geräusche und Schatten interpretieren. Plötzlich ein Grollen. Wir wissen sofort, es ist der Tiger. Hinrichsen reißt das Fangnetz hoch, ich schlage mit der Machete ein paar Lianen ab. Der Tiger springt, Hinrichsen breitet das Netz aus, der Tiger verfängt sich darin, Calloe schlägt Holzpflöcke in den Boden, ich spanne Lianen von Pflock zu Pflock. Und dann rufen wir das Basislager über Funk. Da im Basislager sitzen die Sesselfurzer, und die schicken uns zuerst ein Tigerformular, dann jemanden, der die Rechtmäßigkeit unserer Maßnahme überprüft, dann den Inspektor für die Maschengröße des Fangnetzes und zu guter Letzt den Betriebsarzt, der feststellen soll, ob Calloe sich den Splitter in der Hand fahrlässig zugezogen hat. Übrigens: Ihr Espresso wird kalt.«

Die Staatsanwältin und Rasmussen sagten nichts. Minutenlang.

Dann leckte sich die Staatsanwältin den Espressoschaum von den Lippen, stellte die Tasse ab und sagte: »Der beste Espresso zwischen hier und dem Dschungel. Ich fordere Sie heraus, Herr Rasmussen. Sie und Ihr Team. Morgen Mittag, Punkt zwölf Uhr auf dem Minigolfplatz am Strand. Sie, Calloe und Hinrichsen gegen Staatsanwalt Börnsen, meine Mitarbeiterin Krawitz und mich. Seien Sie pünktlich!«

Sie stand auf, lächelte ein gewinnendes Lächeln, ging Richtung Tür und wartete dort darauf, dass Rasmussen ihr die Tür öffnete. Ihr Duft hing noch eine Weile im Büro. Rasmussen lüftete nicht.

Arme Sau

Salamanca hatte Bent Mommsen sehr gefallen. In einem kleinen Hotel hatte er, auch ohne einen Ausweis vorzulegen, ein Zimmer bekommen und so friedlich geschlafen wie lange nicht mehr. Er hatte von Gesa Bruns geträumt. Ganz unschuldig waren die Bilder gewesen, die ihn sanft durch die Nacht begleitet hatten. Gesa war nicht so widerspenstig, wie Caroline es gewesen war.

Mommsen war inzwischen davon überzeugt, dass eine Ehe mit Caroline sowieso zu nichts Gutem geführt hätte. Sicher, ihm tat leid, was geschehen war. Aber nun wollte er die Vergangenheit auch ruhen lassen.

Erst am späten Vormittag verließ er Salamanca und rollte mit dem C5 über die historische Ruta de la Plata gemächlich gen Süden. Er hörte spanische Radiosender. Der Klang der Sprache half ihm dabei, sich nach und nach von seinem alten Leben zu verabschieden.

Gegen Abend hatte er die weiten Ebenen der Extremadura durchquert. Andalusien hieß ihn, je weiter er nach Süden kam, mit Steineichenwäldern willkommen. Mommsen freute sich auf die Spezialität der Region, den einzigartigen Pata negra. Einen Schinken, der seinesgleichen suchte. Er gab »Jabugo« ins Navi ein. Dort hatte er vor einigen Jahren Verhandlungen über den Import von Schinken geführt. Ohne Erfolg zwar, aber der Duft und Geschmack des Jamón Ibérico de Bellota war ihm in Nase und Gaumen haften geblieben. Ein Schinken, für den man Schweine schlachtete, die mit Eicheln gemästet wurden. Ihm lief jetzt schon das Wasser im Mund zusammen. Nichts gegen Holsteiner Katenschinken, aber das hier war für Mommsen eine kulinarische Offenbarung.

In Jabugo parkte er den C5 direkt vor dem »Cinco Jotas«. Hier bekam er, was er wollte. Feinsten Bellota satt. Dazu gönnte er sich ausnahmsweise ein Glas Wein. Bevor er aufbrach, kaufte er noch einen ganzen Schinken, sechseinhalb Kilo für knapp vierhundert Euro. Eine gute Investition. Er machte ein Foto mit dem Handy. Das würde er Gesa schicken, sobald er sein Ziel erreicht hatte.

Als Bent Mommsen den Citroën aus Jabugo herauslenkte, wurde es schon dunkel. In gut drei Stunden würde er in Gibraltar angekommen sein. Die letzte Nacht in Europa. Im Hafen lag eine Segelyacht, die er über das Internet gekauft hatte. Von der Freiheit trennten ihn dann nur noch dreißig Seemeilen. In Tanger gab es für Geld alles, wonach auch immer es ihn verlangen würde.

Mommsen schaltete das Radio wieder ein. Es lief »Long Long Way to Go« von Phil Collins. Mommsen grinste. So weit war es nun auch nicht mehr.

Auf der N 433 kurz hinter Fuenteheridos endete Bent Mommsens Weg dann aber eher, als er es gedacht hätte, und er endete deutlich abrupter.

Er fuhr flott mit aufgeblendeten Scheinwerfern durch eine Linkskurve. Die zog sich und zog sich, rechts und links Steineichen um Steineichen. Da tanzten auf einmal funkelnde Lichter über den Asphalt. Oh nein, Schwarzkittel, schoss es ihm gerade noch durch den Kopf. Instinktiv riss er das Steuer herum. Der C5 schleuderte, überschlug sich, Glas splitterte. Das Auto prallte gegen einen Baum und blieb auf dem Dach liegen. Von Bent Mommsens Stirn tropfte Blut durch das Schiebedach auf den Waldboden und versickerte. Aus den Boxen sang Phil Collins noch ein paarmal *»Switch it off …«*. Aber der Motor lief weiter.

Sonnabend, 27. Juni

Tristan tritt ab

»Ach, Fiete, ich liebe es ja, mit dir beim Frühstück zu sitzen. Der Tag ist noch so unschuldig, Körper und Geist frisch. Aber heute?«

Die Brix schaute unglücklich. Sie haderte mit einer unangenehmen Aufgabe. Gruschwitz, der Pressesprecher, und Höllerbach, der Hauptsponsor des Fördervereins »Baltische Talente«, hatten sie gestern aufgesucht – und sie hatten nachgesucht. Sie, die Brix, sei doch von besonderer Eloquenz und auf diplomatischem Parkett sehr erfahren. Zudem pflege sie ein, wenn man so wolle, beinahe privates Verhältnis. Das mache die Angelegenheit doch leichter. Sie müsse verstehen, dass er, der Hauptsponsor, sich ungern exponieren wolle, hatte sich Höllerbach gewunden, bevor er endlich auf den Punkt gekommen war.

Inzwischen hatte man in Eckernförde und Umgebung allenthalben Wind vom Tod der Caroline von Iven bekommen. Mehr noch, man erzählte sich abenteuerliche Geschichten über den Sündenpfuhl auf Gut Ivenstedt. Hausherr war Tristan von Iven und damit verantwortlich für das Treiben. Gesellschaftlich, wie Höllerbach sich ausdrückte, sei er momentan desavouiert, und auch in Zukunft seien die von Ivens wohl nicht mehr *comme il faut*. Das war ein Schlag, und die Brix fühlte mit den von Ivens.

Hätte sie keine ermittlungstechnischen Interessen gehabt, wäre Höllerbach vermutlich vom Hof gejagt worden. Nun, um Höllerbach, den aufgeblasenen Möchtegern-Mäzen, würde sie sich später kümmern. Ersatz hatte sie bereits im Auge.

»Oben oder unten?«, fragte Fiete und hielt ihr ein Mohnbrötchen hin.

»Du versuchst es immer wieder. Oben natürlich.«

Schmollend reichte ihr Fiete das duftende Oberteil.

»Fährst du mich nachher zu Tristan von Iven?«

»Mit der Göttlichen?«

»Mit der Göttlichen.«

Die Brix genoss den »Flügelchen«-Honig aus Großwaabs, trank noch einen Pfefferminztee und stellte dann in Sachen Hut Reisebereitschaft her. Als sie in der Tiefgarage des Ykaernehuses in Fietes Citroën DS stieg, hatte sich die Brix gesammelt.

In ihren ersten Jahren als Richterin hatte es Fälle gegeben, die sie mehr als andere bewegt hatten, die sie ein Urteil nur mit Bauchschmerzen hatten sprechen lassen. Und dann hatte sie im Rahmen einer Tagung diesen Gentleman aus Oxford kennengelernt. Tage, an die sie sich gern erinnerte, Tage, über die sie schwieg. Der Gentleman war ein »Sir« gewesen, aber einer mit Bodenhaftung. Als sie ihm von ihren Nöten berichtet hatte, war sein Rat von seltener Klarheit gewesen: *»Get the shit done.«* Daran hielt sie sich seitdem.

Auf Gut Ivenstedt schien alles unverändert. Mochte Caroline von Ivens Tod den Eltern ihre Herzen aus dem Leib gerissen haben, die Dinge nahmen ihren gewohnten Lauf. Pferde wurden über den Hof geführt, die Fassade leuchtete sonnengelb, und die Luft roch nach frisch gemähtem Gras. Selbstverständlich hatte die Brix ihr Kommen angekündigt.

Tristan von Iven empfing sie vor dem Portal. Seine Frau Luise erwartete sie in der Bibliothek. Gereicht wurde ein blumiger Assamtee. Die Stimmung war unterkühlt. Die Brix zog den Moment der Offenbarung nicht hinaus, sondern verkündete, was es zu verkünden gab. Sie teilte den Wunsch des Vorstandes mit, der Tristan von Iven aufforderte, das Amt des Vorsitzenden niederzulegen. Er quittierte mit höhnischem Lächeln. Mehr nicht. Die Brix beließ es dabei.

Man saß mit gesenkten Blicken. Der Brix wollte nicht einfallen, wie ihr eine elegante Kurve hin zu den Abläufen in der Todesnacht gelingen könnte, und kurz dachte sie darüber nach, ihren Besuch zu beenden. Tristan von Iven löste den Knoten. Wenn auch unbeabsichtigt.

Er griff in die Innentasche seines Sakkos, zog eine abgenutzte Brieftasche heraus, blätterte durch seine Kreditkarten und legte schließlich den Mitgliedsausweis des Fördervereins auf den Tisch.

»Sicher ist es im Sinne des Vereins, wenn ich nicht nur den Vorsitz abgebe, sondern auch austrete und keine weitere Schande über die ehrenwerte Gesellschaft bringe.«

Als er die Brieftasche wieder wegstecken wollte, rutschte ein Foto seiner Tochter heraus und blieb mitten auf dem Tisch liegen. Es zeigte die vielleicht sechzehnjährige Caroline im Profil. Sie saß vor einer Staffelei.

Es vergingen einige Sekunden, in denen die Luft voller Elektrizität zu sein schien. Dann schlug Luise von Iven ihrem Mann mit der flachen Hand ins Gesicht. Sie rutschte dabei von seiner Schläfe ab und traf die Nase. Sofort begann Tristan von Iven zu bluten.

»Egomane, beschissener. Du hast Caroline auf dem Gewissen. Du hast ihren Tod zu verantworten.«

Die Brix reichte eine Packung Papiertaschentücher über den Tisch, auf dem sich bereits eine erstaunlich große Blutlache gebildet hatte. Luise von Iven schaute ihren Mann mit einer Mischung aus Abscheu und Hass an. Tränen liefen über ihre Wangen, ohne dass ein Schluchzer zu hören war.

»Nach deinem Wunsch wolltest du Caroline formen. Einen Käfig hast du errichtet. Den engsten Käfig, den man sich vorstellen kann. Einen Käfig aus Erwartungen. Dein jämmerliches Versagen als Künstler, Ehemann, Vater, Unternehmer und Mensch sollte Caroline als Phönix aus der Asche des eigenen Vaters vergessen machen. Und weißt du was, du mieses Schwein? Genau das hat sie geschafft. Und als du dann endlich erkannt hast, dass sie es geschafft hat, dich in den Schatten zu stellen, da hast du ihr den Floh mit der eigenen Fernsehsendung ins Ohr gesetzt. Und was hat Caroline getan? Sich wieder einmal neu erfunden und fürs Fernsehen interessant gemacht. Um deine Liebe hat sie gebuhlt.«

Tristan von Iven wirkte trotz des Affronts durch den Kunstverein, trotz des starken Nasenblutens und der Brandrede seiner Frau äußerlich gelassen. Er zog leicht die Augenbrauen nach oben und deutete ein überhebliches Lächeln an. Etwas in ihm musste vor langer Zeit zerbrochen sein. Seine Seele, dachte die Brix.

»Sie war immer besser als du. In allem, was sie fühlte, dachte und tat. Aber sie fand nie ihr Maß. Und daran warst du schuld. Deine kleinen miesen Sticheleien haben ihr regelmäßig das Herz gebrochen. Hast du eigentlich nie gemerkt, dass sie dich retten wollte? Nein, das wolltest du partout nicht. Wüsste Caroline, dass auch ihr Tod dein Leben nicht retten wird, sie würde von den Toten erwachen.« Luise von Iven stand auf und verließ die Bibliothek.

Er klang nasal. Aber er sprach. Tristan von Iven sagte: »Sie müssen meine Frau entschuldigen. Eine Krämerseele. Gefühlig. Im Reihenhaus hätte sie ihre Erfüllung gefunden. Keine Ambitionen. Da kann man nichts machen.«

»Nein, da kann man nichts machen.« Die Brix griff nach ihrer Handtasche und ließ den Gutsherrn allein zurück.

Eine Viertelstunde später saß sie mit Luise von Iven und einem Koffer in Fietes Fond. Das war eng, und es kam ihr warm, sicher und behütet vor. Luise sagte, sie wolle zu ihrer Schwester nach Hamburg. Fürs Erste.

Eingelocht

»Überraschung, Überraschung, wenn ich eins nicht abkann, dann Überraschungen.« Hinrichsen war übellaunig und trottete mit Wutabstand hinter Calloe und Rasmussen her. Die hatten sich Eis als Wegzehrung gekauft. Hinrichsen hatte Hunger auf ein Schnitzel.

»Chef!«, rief er Rasmussen jetzt hinterher. »Ich glaub ja nicht, dass blinder Gehorsam in irgendeiner Dienstvorschrift …« Den Restsatz trug der auffrischende Ostwind davon.

Die Promenade war gut besucht. Familien mit Kindern, Senioren mit Rollatoren, jung Lüüd eng umschlungen, das mochte Rasmussen so an Eck. Gute Mischung. Er schaute auf die Uhr. Noch ungefähr eine Viertelstunde bis »High Noon«.

Der Hauptkommissar stoppte auf Höhe einer der Bänke und setzte sich. Calloe war so auf ihr Eis konzentriert, dass sie sich kommentarlos dazusetzte. Hinrichsen schloss zehn Sekunden später auf, blieb aber mit dem Rücken zur Bank stehen und unterzog die Eckernförder Bucht einer Musterung.

»Hinrichsen, Strategiebesprechung, setzen.«

»Ich erhöhe: Kadavergehorsam. Bei den Jesuiten gab es so was. Hinweggefegt vom Geist der Reformation, der Aufklärung. Ich bin Protestant und stehe sehr gut.«

Rasmussen und Calloe tauschten ihren »Hinrichsen-Blick« aus, der durch Erstaunen und Anerkennung gleichermaßen gekennzeichnet war. In der Suppe seiner Vorurteile offenbarte Hinrichsen immer wieder Fettaugen humanistischer Bildung. Der alte Haudegen. Man wurde auch nach Jahren der Zusammenarbeit nicht so recht schlau aus ihm. Wer weiß, vielleicht fühlte er sich in der Rolle des Stammtischbruders vom Lande sauwohl und dachte sich ansonsten seinen Teil. Heute schien er jedenfalls auf Krawall gebürstet und setzte nach.

»Herrschaftswissen. Dass Sie so was nötig haben.«

»Wollen Sie mal lecken?« Calloe hielt Hinrichsen ihr Eis hin.

Rasmussen strahlte. »Liebe Kollegin, lieber Kollege. Das ist es, was uns stark macht. Vielfalt in Einheit. Drei Meinungen, ein Ziel.«

»Ist das nicht das Europa-Motto?«, fragte Calloe. »Meines Wissens sind wir doch alle drei aus Schleswig-Holstein.«

»Ja, schon, aber Hinrichsen vom Schwedeneck, der macht unsere Gemeinschaft schon ziemlich bunt. Er ist quasi der Grieche in unserem Kreis.«

Hinrichsen setzte sich. Er schaute ernst. »Ich bin ja immer für einen Spaß zu haben, aber mein Schreibtisch liegt voll. Was tun wir hier?«

Rasmussen erklärte die Situation. Er schloss: »Bevor wir mit der Staatsanwältin in irgendeiner Jugendherberge Kennenlernspiele und Vertrauensübungen bei Hagebuttentee machen müssen, dachte ich, wir erteilen denen 'ne anständige Abreibung beim Minigolf, und gut ist. Die Staatsanwältin hat versprochen, dass wir im Falle eines Sieges teambuildingmäßig ungeschoren davonkommen.« Kollektives Nicken.

»Strategievorschläge?«

»Wir lenken sie ab und frisieren die Punktekarte.« Calloe liebte es elegant.

»Wir manipulieren deren Schläger.«

Das gefiel Rasmussen, und er klopfte Hinrichsen auf die Schulter. »Beides denkbar, sollten wir in Rückstand geraten. Wie wäre es, wenn wir zuvor versuchen, die Schwächen des Gegners zu nutzen? Staatsanwalt Börnsen ist ein eitler Schnösel. Wir verunsichern ihn, machen Bemerkungen über seine Kleidung, so was. Die Assistentin der Staatsanwältin ist glühende Anhängerin des HSV. Hinrichsen, einfach mal ein bisschen in den Wunden stochern.«

Hinrichsen nickte. Er hatte Uwe Seeler mal kennengelernt, und mit seinen Zwillingen war er früher oft im Stadion gewesen. Da würde sich was finden, um die Kleine abzulenken.

»Und um die Staatsanwältin kümmere ich mich selbst. Habe da so eine Idee.«

Calloe deutete zum Parkplatz an der Preußerstraße. »Die sind tatsächlich die paar Meter mit dem Auto gefahren.«

»Wir lassen sie fünf Minuten warten. Ich hol uns mal was zu trinken.« Rasmussen verschwand im Kiosk.

In der Zwischenzeit beobachteten die Ermittler die Vertreter der Staatsanwaltschaft, wie sie an der Schlägerausgabe standen und sich umschauten. Von der Körpersprache her wirkten sie ein bisschen nervös. Staatsanwalt Börnsen trug tatsächlich einen Trainingsanzug, die Staatsanwältin wie stets ein schwarzes Kostüm, die Haare hochgesteckt – das hatte man so noch nie bei ihr gesehen –, und allein die Assistentin wirkte, als kenne sie den Mainstream der Mode. Casual von der stylischen Sonnenbrille bis zu den Chucks mit bunten Streifen.

Jetzt kam Rasmussen aus dem Kiosk. Kein Wasser. Stattdessen vier aggressiv designte Dosen eines Energydrinks. »Jedes Detail kann verunsichern. Wir machen sie fertig«, sagte er auf Calloes fragenden Blick hin.

»Trinken tue ich diesen Dreck aber nicht.« Hinrichsen drehte die Prinz-Heinrich-Mütze mit dem Schirm nach hinten.

Rasmussen schaute auf die Uhr. »Fünf nach. Auf geht's.«

Die drei Polizisten betraten die gut gepflegte Minigolfanlage. Die Kontrahenten standen sich gegenüber. Hände wurden über Kreuz gereicht und peinlich berührt wieder zurückgezogen. Verkrampftes Lächeln bei der Assistentin.

Rasmussen eröffnete. »Minigolf. Hätte nicht gedacht, dass das Ihre Leidenschaft ist, Herr Börnsen. So als echter Kerl.«

»Kleingolf, Herr Rasmussen, das hier ist eine Kleingolfanlage mit Kunstrasen. Sie werden die Roughs und Semi-Roughs noch kennenlernen.« Er lächelte gönnerhaft.

»Rumgeschnacke. Lass mal anfangen.« Hinrichsen strebte der Schlägerausgabe zu.

Rasmussen schlängelte sich an die Staatsanwältin ran. »Erlauben Sie?« Er zupfte ein Haar von ihrer Schulter und kam ihr dabei einen Hauch näher, als es hätte sein müssen. »Neuer Duft? Passt zu Ihnen.«

Er hatte es im Gespür: Heute würde er die Staatsanwältin anbaggern, bis ihr die Knie zitterten. Hinrichsen reichte ihm einen Schläger. Lässig simulierte er ein paar Schwünge. Calloe warf den Ball vor sich in die Luft und fing ihn hinter ihrem Rücken wieder auf. Rasmussen holte sein Team zu einem Kreis zusammen. »Also, wir sind hier die Platzhirsche. Sollte es doch irgendwie haken, verbiegen wir ihnen die Schläger.«

»Sport frei.« Der aus Rostock stammende Staatsanwalt raffte die Ärmel seines Trainingsanzuges, legte ein Schweißband an und trat an die Bahn. Rasmussen hatte plötzlich eine ungute Vorahnung. Das wirkte so – geübt.

An der dritten Bahn nahm die Staatsanwältin Rasmussen zur Seite. Die Assistentin hatte sich den linken Fuß vertreten, und Börnsen kümmerte sich aufopferungsvoll um die Fesseln der Dame. Calloe runzelte die Stirn. Mehr nicht.

»Sagen Sie, Rasmussen, Caroline von Iven befindet sich noch immer in Wiesels Kühlschrank. Die Mutter fragte nachvollziehbarerweise nach der Freigabe. Ich habe sie hingehalten. Wiesel windet sich. Was tun wir da?«

»Wiesel wird auch nicht aufhören, sich zu winden. Die gesamte

Spurenlage, die so komplex ist, wie ich das noch nicht erlebt habe – die gesamte Spurenlage lässt keinen klaren Rückschluss auf den Tathergang, geschweige denn auf Fremd- oder Selbstverschulden zu. Indizien. Aussagen, Widersprüche, Mommsen, der mittenmang das Weite sucht. Wir brauchen ein Geständnis. Wir brauchen Eike Hansen, Kevin Schnurre, Fanny Jongen, John Brunsma, Tristan von Iven und einen Mommsen-Darsteller auf Gut Ivenstedt. Wir rekonstruieren den Abend, und am Ende fällt einer um.«

Die Staatsanwältin schaute unglücklich. »Zwei Wochen Ermittlungsarbeit – und Nebel, wohin man schaut.«

Rasmussen machte ein abwiegelndes Geräusch und schürzte kurz die Lippen. »Locker bleiben. Der Täter, sofern es einen gibt – im Team glaubt jedenfalls keiner mehr an Selbstmord –, der Täter hat richtig Druck, und der Druck steigt. Im Kreis unserer Verdächtigen gibt es keinen abgebrühten Profikiller. Der Täter wird umfallen. Verlassen Sie sich drauf.«

»Mein lieber Rasmussen, ich will Ihnen mal Glauben schenken«, sagte die Staatsanwältin und zeigte ihr ausgeprägtes Pferdegebiss.

Jetzt schien es fast, als ob Rasmussen die Knie zitterten. »Geht es jetzt vielleicht mal weiter«, rief er über den Platz. Am Ende der Bahn biss die Assistentin die Zähne zusammen.

»Diese Stoffschühchen bieten auch keinen Halt«, grätschte Hinrichsen überflüssigerweise in die Situation.

Man spielte weiter.

Eine halbe Stunde später war klar, dass die Staatsanwältin sie gelinkt hatte. Börnsen spielte 1. Bundesliga beim Niendorfer MC in Hamburg.

»Nun, meine Dame, meine Herren. Ich werde Ihnen in der nächsten Woche Terminvorschläge für ein Seminarwochenende zukommen lassen. Sicher findet sich was.« Die Staatsanwältin drehte sich um, öffnete ihr Haar, schüttelte die Mähne und stolzierte davon.

Hinrichsen tippte Rasmussen an und streckte den Arm aus. »Chef, ich nehme jetzt doch mal von diesem Energydrink.«

Rasmussen bleckte die Zähne und schaute demonstrativ in die Runde. Calloe tat entsetzt, lachte dann aber doch.

»Lassen Sie doch dieses alberne Wiehern, Frau Kollegin«, meinte Hinrichsen noch.

Schweigend und gemessenen Schrittes gingen die drei von der Zentralstation wieder Richtung Innenstadt. Betretene Mienen. Dabei schien doch die Sonne, Kinder lachten, und Sonnencreme kitzelte in den Nasen. Da klingelte Rasmussens Telefon.

»Schrader hier, ein Gespräch aus Spanien.« Dann verband er.

Als der Hauptkommissar nach wenigen Sekunden *»Muy bien, gracias. ¿Y tú?«* antwortete, drehte Hinrichsen die Prinz-Heinrich-Mütze wieder nach vorn. Das Gespräch wurde auf Englisch fortgeführt, und nach wenigen Minuten wusste Rasmussen zu berichten, dass Bent Mommsen einen schweren Autounfall gehabt hatte und nun ohne Bewusstsein in der Universitätsklinik in Sevilla um sein Leben kämpfte. Keine gute Nachricht, wie Rasmussen fand. Mommsen lag als möglicher Täter weit vorn, und jetzt lag er im Koma.

»Immerhin wissen wir jetzt, wo er ist.« Hinrichsen versuchte, an guter Laune zu retten, was zu retten war.

Abstecher

Rasmussen war gar nicht erst ins Büro gegangen, sondern hatte gleich den Volvo geentert. Auch Hinrichsen stieg ins Auto. Ihn hatte Rasmussen beauftragt, Kevin Schnurre als Komparsen für die Nachstellung der Nacht auf Gut Ivenstedt anzuheuern.

Mommsen ging Rasmussen nicht aus dem Sinn. Von Amos Wiesel hatten sie vor einer Woche erfahren, dass Mommsen rund um den Todeszeitpunkt körperlichen Kontakt mit Caroline von Iven gehabt hatte. Speichelreste und Hautpartikel mit seiner DNA waren an ihrer rechten Wange gefunden worden. Und hatte dieser Typ sie wirklich überall gestreichelt? War von Iven zu diesem Zeitpunkt eigentlich schon tot gewesen? Rasmussen spürte eine große innere Unruhe.

Sein kriminalistischer Instinkt zog ihn nach Kappeln. Vielleicht war Gesa Bruns noch was eingefallen. So eng, wie sie mit Mommsen verbunden war, konnte man doch nicht ausschließen, dass er von den Ereignissen während des Lustlagers berichtet hatte.

Wolken schoben sich vor die Sonne, und Rasmussen schob die Sonnenbrille hoch. Klammerte er sich an vage Hoffnungen? Die Antwort würde er wohl erst später erhalten. Entschieden drängte er die Unsicherheit zur Seite. Zeit für klare Kante. Handschuhfach auf. Kurz in den CDs geblättert, und wenig später rauschte Metallica durch den Volvo, und Rasmussen grölte: *»And nothing else matters.«*

Als er mit Gesa Bruns in deren Garten saß, zog sich Bürgermeister Bruns diskret zurück. Rasmussen wusste nicht, ob er Respekt oder Mitleid haben sollte. Den Gehörnten gab Bruns jedenfalls mit Würde. Rasmussen ließ sich Zeit. Gesa Bruns erzählte in Ruhe, wie sie von Bent Mommsen zunächst um ein Alibi angebettelt und dann entführt worden war. Am Ende hatte Rasmussen nichts Neues erfahren. Aber noch gab er nicht auf.

»Frau Bruns, lassen Sie uns noch mal zurück zu dieser Situation kommen, in der Herr Mommsen Sie nach dem Alibi fragte. Was genau hat er gesagt, wie hat er seinen Wunsch begründet?«

Gesa Bruns senkte den Kopf und legte die Fingerkuppen auf ihre Augenlider. Die Konzentration war ihr anzumerken. »›Da stand ein Riese in der Tür von Carolines Büro, der hat mich gesehen. Wenn der mich wiedererkennt, bin ich dran.‹«

Rasmussen machte innerlich auf der Seite »belastende Aussagen« einen neuen Strich.

»›Aber ich habe nichts getan. Ich habe ihren Puls gefühlt, und ich habe sie gestreichelt und noch einmal geküsst.‹ Das hat er gesagt. Ich habe ihm geglaubt, aber mir war speiübel. Hätte ich ihm doch bloß dieses Alibi gegeben.«

Bruns weinte. Rasmussen machte einen Strich auf der Seite »entlastende Aussagen«. Zum Abschied legte er kurz seine Hand auf Gesa Bruns schmale Schulter. Vor der Haustür nickte er dem Bürgermeister stumm zu. Der kratzte Unkraut aus den Gehwegplatten. Wir säen und wir jäten. Nur fertig, fertig werden wir nie, ging es Rasmussen durch den Kopf.

Plötzlich hatte er Heißhunger auf Sahnetorte. Schwarzwälder Kirsch. Da kam nur die Torte von Karen in Frage. Metallica spielte eine Zugabe, und Rasmussen kurvte durch Angeln nach Boren ins »Café Lindauhof«. Er war noch nicht auf den kleinen Parkplatz vor dem schönen Reetdachhaus gefahren, da sah er schon Marlenes Auto.

Mit dem Gefühl großer Liebe stieg er aus, fand Marlene auf der Terrasse, schloss sie in die Arme und sagte: »Wichtig ist nur, dass wir einander immer wiederfinden.«

Geschnurre und Gedächtnislücke

Dass er einmal dienstlich Minigolf spielen würde, hatte Hinrichsen sich auch nicht träumen lassen. Und dann noch dieser miese Trick der Staatsanwältin. Jetzt mussten sie tatsächlich an einem dieser »Vertrau mir und lass dich ruhig nach hinten fallen«-Seminare teilnehmen. Lachhaft. Rache ist Blutwurst, dachte er. Apropos Blutwurst.

Kurz entschlossen lenkte Hinrichsen seinen Opel nicht rechts in den Niewark, sondern bog schon vorher links auf den »famila«-Parkplatz ab. Eigentlich war er auf dem Weg zu Cathy Schnurres Pink Palace im Weeskamp. Er musste ihren Sohn Kevin noch einnorden, denn der sollte am Montag den Lockvogel für Fanny Jongen und John Brunsma spielen. Aber nun nutzte er die Gelegenheit für den Wochenendeinkauf. Den Zwillingen hatte er außerdem versprochen zu grillen.

Hinrichsen stieg aus seinem Wagen aus und blinzelte in die Mittagssonne. Das war heute absolut kein Parkawetter, also blieb er so, wie er war, in seinem kurzärmeligen blau-weiß karierten Hemd. Kleines Karo, versteht sich. Seinen Deckel hatte er schon auf, aber jetzt entschied er sich auch noch für seine verspiegelte Pilotenbrille. Damit fand er sich normalerweise ziemlich affig, aber bei dem Wetter dachte er eher praktisch. Er griff sich gleich einen Einkaufswagen in der Box neben seinem Opel ab und zockelte los.

Am Eingang zum Warenhaus passierte er gerade den Sitzbereich des Backcafés, da hörte er sie schon.

»Herr Kommissar, wie schön ist das denn, dass wir Sie hier treffen«, rief Cathy Schnurre mit sich überschlagender Stimme.

Sie trug ihren Hausanzug, sie trug die Pantoffeln, sie war mit Modeschmuck behängt wie ein Christbaum. Die Lady in Pink hat wohl mal eben, ohne sich großartig umzuziehen, mit ihrem Schnucki von Sohn für ein spätes Frühstück über die Rendsburger Straße gemacht, dachte Hinrichsen so bei sich. Und dann betrachtete er Kevin Schnurre, ganz in Schwarz und ganz die Ruhe. Der Buddha vom Weeskamp. Die beiden gaben wirklich ein umwerfendes Bild ab.

»Frau Schnurre, hallo, Kevin, die Freude ist ganz meinerseits.« Hinrichsen stand jetzt bei ihnen am Tisch. Seinen Einkaufswagen hatte er im Gang stehen lassen. Er wurde gebeten, Platz zu nehmen, doch er wollte sich erst einmal mit einem Seelachsschnitzel-Brötchen mit einer Extraportion Ei und Mayonnaise sowie einer Tasse Kakao versorgen.

Cathy Schnurre versuchte, während er am Backtresen anstand, mit ihm zu flirten. Hinrichsen mochte gar nicht hinschauen zu ihr, aber als er sich in dem Spiegel hinter dem Tresen sah, befand er, dass er diese Sonnenbrille öfter zu der Prinz-Heinrich-Mütze tragen sollte. Die wertete den ollen Deckel anscheinend auf, wenn er Cathy Schnurres Verhalten richtig interpretierte. Er zog den Bauch ein und bestellte.

Als Hinrichsen sich setzte, gab es erst einmal ein strahlendes Zahnpastalächeln. Und dann schnatterte Kevins Mutter los. Wie dankbar sie dem Kommissar sei. Es habe sich alles geregelt, ihr Sohn sei ja am selben Tag entlassen worden. Dieser Dealer Jessen habe zwar das Geld nicht wieder herausgerückt, aber Herr Hansen von »Hanse-Security« sei herzallerliebst. Er habe keine Anzeige erstattet und sich fürs Erste mit zweitausendfünfhundert Euro zufriedengegeben, und den Rest könne Kevin abarbeiten.

Hinrichsen ließ sich sein Fischbrötchen und den Kakao schmecken und brummte dann und wann zwischen zwei Bissen. Ja, er kannte die Einzelheiten, das war ja alles mit Eike Hansen besprochen. Wer hätte etwas davon gehabt, wenn sie diesen Bumskopp Schnurre strafrechtlich verfolgen würden? Keiner, darin waren sich alle einig gewesen, von der Staatsanwältin bis hin zu Hansen. Jetzt musste Kevin ihnen allen nur noch einen Dienst erweisen, dann konnte er seine inoffizielle Resozialisierungsmaßnahme auf Bewährung bei »Hanse-Security« antreten.

»Kevin, das hört sich alles gut an. Sehr gut sogar. Hätte für dich nicht besser laufen können. Außerdem hat Frau Brix mir erzählt, dass die Mafianummer am Blücherplatz super gelaufen ist«, begann Hinrichsen seine Mission. »Du zeigst dich sehr kooperativ.«

Er hatte sich über den kleinen Tisch zu Kevin hinübergebeugt und in gedämpftem Ton gesprochen. Dabei war er in gefährliche Nähe zu Cathy Schnurres beträchtlicher Oberweite geraten, die sich auch heute wieder mit erstaunlicher Amplitude ständig hob und senkte. War sie wirklich immer so aufgeregt, wie sie tat? Hinrichsen schob diesen Gedanken beiseite.

Kevin nickte nur. Hinrichsen lehnte sich wieder zurück.

»Du machst dich, Kevin. Und ich wünsche dir und deiner Mutter, dass du das alles weiter so durchziehst.« Bei diesen Worten drängte es Mutter Schnurre so gen Hinrichsen, dass sie fast den Tisch umgeworfen hätte.

»Hoppla, Frau Schnurre. Wo waren wir stehen geblieben? Ach ja. Es ist alles gut, die Polizei Eckernförde braucht allerdings noch mal deine Unterstützung. Es gibt am Montag eine Nachstellung der Ereignisse während des Lustlagers. Von daher bitten wir dich, in Uniform und Stiefeln zu erscheinen. Wir können dich gerne abholen lassen. Oder möchtest du lieber mit dem Bus fahren? Wie sieht es aus?«

»Für Sie immer noch ›Herr Schnurre‹.« Der Junge brauchte immer etwas, um seine Sprache zu finden, das kannte Hinrichsen ja schon. Dass er jetzt aber auch Humor zeigte, das war neu. Kevin lachte den Kommissar an. »Bullentaxi, das geht klar.«

Hinrichsen verabschiedete sich schnell und sah zu, dass er

Land gewann. Er stellte fest, dass jemand hinter seinem Rücken seinen Einkaufswagen genommen hatte. Normalerweise hätte er sich aufgeblasen, heute dachte er nur: Schietegol. Er holte sich einen neuen Wagen und arbeitete seinen Einkaufszettel an den Regalen ab. Die Sonnenbrille behielt er auf.

Wichtig war das Grillfleisch für die Zwillinge. Außerdem hatten sie eine Kiste Astra bestellt, was die bloß an diesem Prollbier fanden? Und dann dachte er daran, dass ihm seine Frau noch etwas aufgetragen hatte, als er heute Morgen gerade zur Tür rauswollte. Ihm war so, als ob es etwas in pinker Verpackung gewesen sei. Es wollte ihm aber nicht einfallen. Da stand gerade ein anderes Bild davor.

Alles meins

So gern Rasmussen den Rest des Tages mit Marlene verbracht hätte, sie beide mussten an diesem Sonnabend noch an die Arbeit. Marlene hatte mit dem GUMM-PRIX alle Hände voll zu tun. Rasmussen musste noch einmal die Ablaufpläne für die Rekonstruktion auf Gut Ivenstedt checken.

Er hatte sich an POM Schrader vorbeigestohlen. Der nervte ihn seit Tagen mit seiner automobilen Offerte. Nun, hatte er rumgestottert, der Volvo des Herrn Hauptkommissars sei ja auch langsam in ein Alter gekommen, in dem er, der Herr Hauptkommissar …

»Schrader, beim nächsten ›Herr Hauptkommissar‹ schicke ich dich auf irgendeinen Scheiß-Computerlehrgang.« Das hatte Wirkung gezeigt, zwei Tage war Schrader still gewesen. Dann hatte er Rasmussen Fotos auf dessen Schreibtisch gelegt und ein Post-it danebengeklebt. Einen Mercedes E-Klasse, T-Modell von 2004, bot Schrader ihm an. Vom verstorbenen Schwiegervater. Wie ’ne Eins, super gepflegt … Rasmussen erkannte, Schrader brauchte Geld. Rasmussen hatte aber kein Geld, schon gar nicht für ein neues Auto und schon mal überhaupt nicht für eine E-Klasse.

Rasmussen war erschöpft, und er war unruhig. Er hatte keinen richtigen Zugriff auf diesen Fall. Niemand konnte ihnen was vorwerfen. Polizeiarbeit im Akkord, aber sie kamen nicht weiter. Die Rekonstruktion am Montag war heikel. Würde er alle Akteure in Bewegung setzen können? Würden vor allem Jongen und Brunsma in das Szenario einsteigen? War es richtig, Calloe als Caroline von Iven einzusetzen, aber welche Wahl hätte er gehabt?

Er ging Einzelheit für Einzelheit noch mal durch. Er überarbeitete auch den Einsatzplan für die KTU und positionierte eine Kamera neu. Tristan von Iven sollte in seinem Versteck hinter der Seitentür gefilmt werden. Das schien ein wenig abseitig, aber wer weiß, was dieses Szenario provozieren würde.

Nachdem er die Unterlagen für Montag ausgedruckt und in fünffacher Kopie Hinrichsen auf den Schreibtisch gelegt hatte, dröhnte Rasmussens Schädel. Ein bisschen schlendern sollte helfen. Sonnenbrille vor die Augen und so tun, als sei er in Gedanken. Bloß keinen Schnack jetzt.

An der Stadthalle bog er links ab, schlängelte sich zwischen Galerie NEMO und dem neuen Schickiwohnklotz durch. Wasser, er wollte ans Wasser. Zügig überquerte er den Strand. Zickzack zwischen den Strandkörben und Urlaubern und dann am Wassersaum einmal tief ein- und einmal tief ausatmen. Er blieb stehen, schloss die Augen. Er wusste ja, was es zu sehen gab. Kowalkes »Meerjungfrau«. Den Kopf in den Nacken gelegt, schaute die Skulptur ins weite Nichts. Auf ein Uhr der Marinehafen mit den mattgrauen Rümpfen der U-Boote, kurz vor eins die Yachten des Eckernförder Segelclubs, ein Stückchen weiter links über dem Jungmannufer die schönen Häuser der reichen Leute und noch ein paar Meter weiter links der Petersberg. Der Petersberg, dachte Rasmussen, da muss ich hin, der Feldherrenblick von dort oben hat mich schon immer inspiriert.

Er öffnete die Augen und ging zügig über den harten Sand Richtung »Ostsee Info-Center«. Auf dem Holzschiff vor dem modernen Gebäude war richtig was los. Kinder, juchzend, lachend. Piraten auf Kaperfahrt. Kinder eben. Immerzu traf er auf Kinder. Rasmussen verscheuchte den Gedanken an eine weitere Aussprache mit Marlene.

Im Hafen hielt er sich an die Kante des Hafenbeckens. Kurz wich er den Strandkörben vor der »Capella« aus. Der Duft geräucherter Makrelen stieg ihm in die Nase. Als er auf die Klappbrücke ging, fiel ihm auf, wie steil sie stand. Der Ostwind hatte ungewöhnlich viel Wasser in den Hafen gedrückt. Auf der Terrasse der Siegfried-Werft saßen die Brix und Fiete, aber sie hatten ihm den Rücken zugewandt. Nichts wie weg.

Fünf Minuten später stand er oben am Geländer auf dem Petersberg. Die Borbyer Kirche und den Friedhof beruhigend im Rücken, Eckernförde wie ein nach Süden spitz zulaufendes Stück Torte unter ihm und die Eckernförder Bucht in ihrer ganzen Schönheit. Leicht kabbelig das Wasser, in das die Strahlen der Sonne Lichtreflexe zauberten. Gegenüber, Rasmussen hob den Blick, der Strand von Aschau. Der Fall Lars Martens. Schwedeneck verschwand ganz weit hinten im Dunst des Sommertages. Die Weite schenkte ihm das Gefühl von Freiheit. Am Wasser konnte er loslassen.

Ob es Caroline von Iven auch so gegangen war? Hatte nicht irgendjemand erzählt, dass Caroline oft an den Strand gegangen war? Zum Denken. In Karlsminde war wohl ihre Lieblingsstelle gewesen. Da, wo nur ein schmaler Streifen Land zwischen den kleinen Seen und der großen Ostsee lag. Auf einem schmalen Grat hatte sich zweifellos auch Caroline bewegt. Eine Grenzgängerin war sie gewesen. Schwer zu durchschauen. Eine Menschenfischerin.

Ihr Vater war ihr erlegen und sicher auch Bent Mommsen. Die zwei hatten sie geliebt, und das geradezu zerstörerisch. Was war mit Jongen und Brunsma? Deren Lebensentwurf schien gerade zu zerbröseln. Von Iven war »eroque«, zumindest nach außen. Nach innen war sie der emotionale Fixstern gewesen, um den die beiden kreisten. Jongen war auf jeden Fall immer ganz nah dran gewesen, bei den beiden Frauen musste man von großen Gefühlen ausgehen. Brunsma dagegen hatte sich angedockt, weil es gerade gut passte.

Rasmussen streckte sich. Es half ja nichts. Hätte, wäre, wenn. Sollte die Rekonstruktion am Montag ohne Ergebnis bleiben, würde er sich eine neue Strategie überlegen müssen. Jetzt hatte er sich auf den Termin auf Gut Ivenstedt zu konzentrieren. Danach sähe er weiter. Und morgen war sowieso erst mal GUMM-PRIX. Immer eins nach dem anderen.

Rasmussen drehte noch eine Runde über den Friedhof, grüßte einen Onkel hier und eine verstorbene Freundin seines Vaters dort. Dann war er wieder im Reinen. Mit sich und mit Eck. Er trat noch mal an die Kante des Petersberges, schaute über seine Stadt und dachte: Alles meins.

Sonntag, 28. Juni

Die Kraft der zwei Herzen

Rasmussen war angespannt. Wie bereits im letzten Jahr sollte er den etatmäßigen Rennleiter Moritz vertreten. Moritz würde in diesen Stunden voraussichtlich Vater werden und hatte abgesagt.

Beim letzten GUMM-PRIX hatte er noch viel Spaß gehabt. Aber jetzt fühlte er sich wie ein Packesel, der die Last der letzten beiden Wochen mit sich herumtrug. Bei den Reibereien mit Marlene hatte er Blessuren davongetragen, und er war unsicher, ob sie einfach so zum Alltag zurückkehren konnten. Auch der tragische Fall Caroline von Ivens hatte ihm zugesetzt. Das Leben war so kostbar. Dass die Menschen allzu oft rücksichtslos mit sich und anderen umgingen, konnte er nicht von jetzt auf gleich ausblenden.

Unwillig schüttelte er sich, trat aus der Deckung der Siegfried-Werft und nahm seinen Platz am Brückengeländer der Holzbrücke ein. »Hilft ja nichts«, murmelte er vor sich hin. Diesen Schnack konnten auch nur die Nordmänner prägen. Mit dem Fatalismus der Wikinger in die Schlacht ziehen, dieser Haltung konnte Rasmussen sehr viel abgewinnen. »Man to, nu geiht dat gliks los«, hörte er jemanden von der Holzbrücke schreien. Auch nicht schlecht, dachte er.

Gute vierhundert Meter Luftlinie von Rasmussen entfernt haderte Marlene mit sich und der Welt. Sie dachte an Moritz, dessen Frau und das Leben mit Kind, das die beiden nun erwartete. Ihre Sehnsucht war ungebrochen. Hans war aber hart geblieben. Er hatte sich zumindest für den Moment festgelegt. Marlene atmete tief durch. Vielleicht sollte sie das Thema vorerst ruhen lassen. Es war ja noch nicht aller Tage Abend. Die Hoffnung nicht aufzugeben hatte ihr beim Sport stets geholfen. Und sie war Sportlerin mit jeder Faser ihres Körpers.

Beinahe zeitgleich mit Rasmussen gab auch sie sich einen

Ruck und verließ das kleine Zelt, in dem ihre Freundinnen von der Eckernförder Touristik bis zur letzten Minute organisierten, was zu organisieren war. In ihrem blau-gelb geringelten Overall und passender Badekappe postierte Marlene sich an der Außenmole. Sie schaute auf die Uhr. Es war Zeit, die Zuschauer zu begrüßen und die Teams vorzustellen.

Erwartungsgemäß war der Andrang bei der Meldung zum Rennen wieder groß gewesen. Und der Einfallsreichtum der Teams hatte die Jury schon im Vorfeld in die Bredouille gebracht. Man konnte ja schlecht nur erste Preise für die tollen Kostüme vergeben. Aber entscheidend war schließlich der Eindruck auf dem Wasser. Außerdem gab es beim GUMM-PRIX immer die doppelte Chance – die Sport- und die Kostümwertung.

Nachdem Marlene ein Dutzend Teams präsentiert hatte, spürte sie nun ein ganz besonderes Prickeln. Die Kegelsportgruppe Eck hatte Ernst gemacht, ein Team zusammengestellt, ein Boot entworfen, trainiert, und gleich würden sie an den Start gehen. Dass sie bis zur Holzbrücke kämen, war sichergestellt, denn das Boot hatte ein kleines Geheimnis, von dem die Brix Marlene unter dem Siegel der Verschwiegenheit erzählt hatte. Marlene hatte sich köstlich amüsiert und versprochen, Rasmussen und auch niemandem sonst ein Sterbenswörtchen zu verraten.

»Ich darf Ihnen jetzt einen vorläufigen Höhepunkt des heutigen Renntages ankündigen. Das Starterfeld wird nun komplettiert. Und ich sage nicht zu viel, wenn ich eine Weltpremiere verspreche.«

Das Seniorenteam mit Fritze, Jörn, Ursula, Joachim und der Brix hatte bis zum Schluss ein Geheimnis aus Material, Verkleidung, Kampfnamen und Strategie gemacht. Jetzt näherte sich ein respektabel großes, vor allem ungewöhnlich hohes Gefährt aus dem Yachthafen heraus der Außenmole. Details sah man nicht. Besatzung und Boot waren weitestgehend unter einer blauen Plastikplane verborgen. Marlene strahlte von einem Ohr zum anderen.

»Meine Damen und Herren, liebe Sportsfreunde. Freuen Sie sich auf einen historischen Augenblick in der Geschichte des modernen Gummibootsports. Erstmals ist es uns gelungen, ein Team aus der Altersklasse«, sie legte eine Wirkungspause ein, »Ü70 für unseren GUMM-PRIX zu gewinnen. Begrüßen Sie mit mir die unerschrockenen, die auf allen Weltmeeren gefürchteten, die schrecklichen ›Paddelatoren‹.«

Inzwischen hatte das Seniorenteam angelegt, und hilfreiche Hände zogen die Plane an Land. Erstaunte »Uhs« und »Ohs«. Zum Vorschein kam ein überdimensionaler Rollator. Und im Rollatorkorb thronte die Brix. Die Kommandantin und ihre vier Besatzungsmitglieder an den Paddeln traten in Kostümen an, die alle Klischees bedienten.

Die Herren erhoben sich und präsentierten ihre im Bund verstellbaren Hosen in Beige, gehalten von ehemals weißen Hosenträgern. Die verwaschenen Karohemden aus Flanell, die Hüte aus Cord. Die beiden Damen standen den Herren in nichts nach – von den Perlon-Kittelschürzen bis hin zu den karierten Filzpantoffeln. Alles stilecht. Bei der Kopfbedeckung waren sich die beiden allerdings nicht einig geworden. Ursula trug ein grell gemustertes Kopftuch, und die Brix hatte auf ihrem Sporthütchen bestanden, das ein schwarz-weißes Karomuster zierte. Zielflaggen der Formel 1 nicht unähnlich.

Gerade aufgetaucht, wurden schon die ersten Schlachtrufe für das Seniorenteam angestimmt. Aus gut geölten Kehlen tönte »PAD-DE-LA-TOR, PAD-DE-LA-TOR« über das Wasser. Die Brix grüßte aus ihrem Kommandokorb in Richtung Kirchenchor Borby, der sich am Start versammelt hatte. »Wer hat schon Fanchöre mit solch einem Wohlklang!«, rief die Brix hinüber. Das feuerte die Fangemeinde noch zusätzlich an. Niemand hatte damit gerechnet, dass die Brix diesen einigermaßen albernen Spaß mitmachen würde. Die Grande Dame der Stadt hatte alle überrascht.

»Beruhigen Sie sich, meine Damen und Herren, sparen Sie Kraft, Ihre Begeisterung wird sich im Verlauf des Rennens noch steigern.« Marlene versuchte, Konzentration in das Ganze zu bringen, und bat die Teams jetzt zur Startlinie.

Neben ihr tänzelte Marie, die Kölner Freundin der Brix,

nervös herum. Sie hatte das Boot nicht nur gezeichnet, sie hatte auch für die Requisiten gesorgt. Ihren Vorschlag allerdings, in eigens entworfenen Stützstrumpfkostümen und roten Pappnasen anzutreten, hatte das Team abgelehnt. Ansonsten wussten sie jedoch Rat und Tat der erfahrenen Aktivistin der Kölner Schull- un Veedelszöch zu schätzen, und so hatten die Eckernförder sie kurzerhand als externe Beraterin engagiert und einfliegen lassen.

Pünktlich startete Marlene das Rennen, wie üblich mit Teilnehmern aus ganz Norddeutschland. Heute waren sogar Teams aus Berlin und als i-Tüpfelchen die dänische Nationalmannschaft der Gummisportbootfahrer dabei. Gastfreundlich, wie die Eckernförder waren, stimmte jemand *»We are rẹd, we are white, we are Danish dynamite«* an. Selbst der Kirchenchor fiel in diesen Schlachtruf ein, um dann jedoch wieder »PAD-DE-LA-TOR« zu intonieren.

Die Fangesänge schaukelten sich gegenseitig hoch. Rund um das Hafenbecken herrschte Ausnahmezustand. Es war laut, es war bunt, und alle waren in ausgelassener GUMM-PRIX-Stimmung. Karneval im Sommer? Karneval im Norden? Wie sagte Fiete immer? »Kann losgehen.« Und wie es losging. Zur Überraschung aller Fachleute lagen nicht wie üblich die Fischer und die Kampfschwimmer in der Sportwertung vorn, sondern ein reines Frauenteam, das sich »Die Schlei-Nixen« nannte.

Vom Start weg machten die Damen Druck. Mit kurzen, schnellen Zügen setzten sie sich sofort ab. Dann wechselten sie unter Buhrufen der Verfolger die Paddel und vergrößerten den Vorsprung mit langen Streckenschlägen. Das Volk tobte, und die Männer waren schon nach der Hälfte der Strecke geschlagen. »Die Schlei-Nixen« konnten zwanzig Meter vor der Holzbrücke das Tempo rausnehmen und sich feiern lassen. Fischer und Kampfschwimmer hatten sich unterwegs solidarisiert und paddelten gemeinsam über die Ziellinie, sodass es zwei zweite Plätze in der Sportwertung gab.

Als Letzter über die Ziellinie ging der Lokalmatador, der aber ein wunderschönes Bild auf die Wasserfläche zauberte.

»Die schöne Helena« stand in einem Gummiboot, das von vier Delphinen gezogen wurde. Die Delphine waren aus Kunststoff, die Taucher aus Fleisch und Blut boten eine grandiose Schleppleistung und waren vollkommen erledigt, als sie schnaufend aus dem Wasser stiegen. Helena war nicht die Schnellste, aber dafür die Schönste. Verdienter erster Platz in der Kostümwertung.

Die eigentliche Überraschung dann auf Rang vier bei den Sportlern. Wer hätte beim Startschuss gedacht, dass die »Paddelatoren« noch so fit waren? Die Seniorenpaddler wirkten beim Zieleinlauf beinahe frisch. Unterwegs hatte die Brix für beste Stimmung gesorgt, sie hatte zu beiden Ufern hin huldvoll gewinkt, wie die Queen persönlich.

»Ich fass es nicht, die ›Paddelatoren‹, angeführt von der Brix in voller Schönheit und Würde, AUF PLATZ VIER!« Die Stimme Rasmussens überschlug sich, als er das Team an der Holzbrücke in Empfang nahm.

Dabei hatte es noch ein packendes Finish mit dem Team »Büttenwarder« gegeben. »Adsche« und »Brackelmann« hatten immer wieder fassungslos zum »Paddelator« hinübergeschaut. Die Seniorenpaddler führten ihre Blätter fast majestätisch ins Wasser, während die beiden jungen Burschen mit ihren großen Schaufeln das Wasser peitschten. Es half alles nichts, die Senioren hatten am Ende die Nase vorn.

Rasmussen moderierte sich beim Zieleinlauf richtig in Rage, und die Stimmung an der Holzbrücke stieg und stieg. Er blickte auf das Publikum, das auch in diesem Jahr wieder mehrheitlich mit Badekappen auf dem Kopf erschienen war. Er dirigierte die Menge und stachelte die Wechselgesänge an. Und als dann die Letzten ins Ziel gingen, brüllte er das unvermeidliche »Ziiieeh« über die Menge hinweg. Der Schlachtruf, mit dem sich die GUMM-PRIX-Fans die Badekappen von den verschwitzten Köpfen rissen und diese wie Schals in einem Fußballstadion umherwirbelten.

Alles im Griff, dachte Rasmussen glücklich. Die Last der letzten Tage war ihm im unbeschwerten Wettkampf der GUMM-PRIXler irgendwie genommen worden. Er sah zu, dass er von der Holzbrücke runterkam. Er wollte zu Marlene und dann zur Siegerehrung, als er auf Fiete Burmester stieß.

»Dass ihr nicht Letzte geworden seid! Unglaublich. Respekt. Fiete, das hätte ich deiner Truppe nicht zugetraut.« Rasmussen klopfte dem Teamcaptain der »Paddelatoren« anerkennend auf die Schulter.

Fiete grinste. »Die Kraft der zwei Herzen, Hans, der Herzen mit Schrittmacher.« Kurz hatte sich Fiete Burmester umgeschaut. Dann zeigte er Rasmussen den Prospekt eines Elektroaußenborders.

Rasmussen schüttelte den Kopf. »Nirgendwo kommt man dem Verbrechen so nah wie im Spitzensport. Wenn Marlene davon erfährt, wird sie euch bis zum Lebensende sperren.«

»Aber Herr Hauptkommissar, da werden wir doch eine Lösung finden.« Fiete kramte zwei Flaschen Bügelbier aus seiner Sporttasche und hielt Rasmussen eine hin.

Es war also gekommen, wie es hatte kommen müssen. Eckernförde, Metropole des Verbrechens. Da konnte auch Rasmussen nichts machen.

Keine Ahnung

»Und nun?«, fragte Fanny Jongen und sah, wie der Mann gegenüber die Klinge des Steakmessers mit der Innenseite des Daumens prüfte. John Brunsma griente, und seine blauen Augen blitzten. »Es ist ganz einfach, morgen bei der Gegenüberstellung liefer ich dich ans Messer.«

Fanny Jongen lief ein fürchterliches Frösteln den Rücken herunter. Die letzten zwei Wochen steckten ihr in den Knochen. Sie hatte kaum eine Nacht geschlafen. Letzten Montag war sie dann bei Brunsma eingezogen, weil sie das Alleinsein in der Wohnung nicht mehr ertragen hatte. Profane Gegenstände, ein orangener Regenschirm oder eine Butterdose, lösten ständig Wein- und Heulkrämpfe aus. Caroline war überall um sie herum, und vor allem war sie in ihrem Kopf, in ihren Ohren, unter ihren Händen.

Wie oft war sie ins Bad gelaufen. Ganze Nächte hatte sie auf dem Beckenrand der Wanne verbracht und gekotzt wie noch nie. Brunsma wusste all das und machte jetzt schlechte Witze.

Am frühen Sonntagmorgen waren sie in Brunsmas MG in Antwerpen gestartet. Jongen hatte Rasmussen ja zugesagt, dass sie beide zu einer Gegenüberstellung auf Gut Ivenstedt erscheinen würden. Brunsma wollte eigentlich fliegen, sie hatte das mit dem Hinweis auf ihre schlechte Verfassung abbiegen können. »Fliegen, in meinem Zustand, John, das stehe ich nicht durch.« Er hatte sich grimmig darauf eingelassen.

Die Fahrt war mehr oder weniger schweigend verlaufen. Gegen sechzehn Uhr waren sie im »Dänischen Hof« eingetroffen, und Jongen merkte bereits beim Betreten des Hotels, dass das keine gute Idee gewesen war, hier zu buchen. Die Erinnerungen an den Sonntag vor zwei Wochen waren wieder da. Außerdem war das Hotel ausgebucht, sodass sie ein Doppelzimmer hatten nehmen müssen. In der Stadt musste wohl irgendein großer Event laufen. Ein Gummibootrennen, so hieß es.

Jetzt saßen Jongen und Brunsma beim Abendessen. Beide hatten sich für Steak-Frites mit großem Salat entschieden. Er wie immer englisch, sie durch.

»Die letzte Nacht. Die war besonders fürchterlich. John, ich bin so traurig. Todtraurig. Wie konnte Caroline uns das antun? Uns einfach so im Stich lassen? Und du bist so kalt wie ein Fisch«, sagte Jongen auf Flämisch. »Ich könnte dich stundenlang anschreien. Dich schlagen. Kannst du nicht auch mal ein wenig Emotionen zeigen oder wenigstens mal ein bisschen Rücksicht auf mich nehmen?«

Sie war ein bisschen laut geworden. Jedenfalls drehte sich am Nebentisch das stocksteife Ehepaar in Krawatte und Kostüm entrüstet nach ihnen um.

»Ich hasse dich!« Wenn auch niemand im Raum Flämisch verstand, jeder wusste ungefähr, was gemeint war.

Brunsma warf die langen blonden Haare zurück und kippelte mit dem Stuhl so weit nach hinten, dass er fast hintenübergefallen wäre. »Das Leben geht weiter«, sagte er ungerührt.

»Hampel hier nicht so rum«, sagte sie nun für alle hörbar auf Deutsch. »So jemanden wie dich …« Dann versagte Jongens Stimme einen Moment.

»Warum habe ich dich bloß aus Brüssel nach Antwerpen geholt? Wie hast du es bloß geschafft, Caroline und mich so um deine Finger zu wickeln?« Jongen flüsterte jetzt. »Weißt du, was sie immer wieder zu mir gesagt hat? Er ist unser Sonnenschein, er setzt uns immer in das richtige Licht. Und wer weiß schon so mit unseren Körpern umzugehen.«

Brunsma grinste selbstzufrieden und führte ein weiteres Stück blutiges Fleisch zum Mund.

»Wenn du sie gevögelt hast und sie vor Lust gestöhnt hat, dann hätte ich dich erstechen können. Auf der Stelle. Und was habe ich getan? Es dir gleich noch mal gemacht, weil Caroline es so wollte. Du bist einfach nur ein verdammtes Stück Scheiße, und ich habe dich zu uns geholt. Ich bin schuld, niemand anders.« Jongen sprach immer noch im Flüsterton.

»Womit alles gesagt wäre. Oder kommt da noch mehr?«, fragte Brunsma und schaute sich im Raum um. Alle Augen und Ohren richteten sich mittlerweile auf Tisch sieben.

Jongen schüttelte heftig ihre schulterlange Mähne. Ihre Kleidung verriet auch hier die Modedesignerin, trotz ihres exzentrischen Auftritts strahlte sie eine Extravaganz aus, die dem »Dänischen Hof« gänzlich fremd war.

»Irgendwie bist du immer dieser kleine, verschissene Straßenpunk geblieben, der an der *kathedraal* um Geld gebettelt hat. Du bist ein Schmarotzer. Selbst als du als Fotograf in Brüssel Karriere gemacht hast. Worin bestand denn deine Arbeit? Du hast den Menschen ihre Abbilder geklaut.«

Jongen wollte eigentlich nicht wieder laut werden, aber nun gab es kein Halten mehr. »Du siehst nicht nur aus wie ein Straßenköter, du bist auch ein verdammter Bastard, der überall sein Bein hebt und alles, was bei drei nicht auf den Bäumen ist, bespringt. Und dann noch dieser dämliche Punkstolz, dass ich nicht lache.«

»Fanny, von Punk hast du genauso wenig Ahnung wie von Rock 'n' Roll. Du bist für die Mode zuständig, der Popbeauftragte, das bin ja wohl ich«, flötete Brunsma und machte demonstrativ einen Knopf seines taillierten Oberhemds auf.

»Der Beau unter den Punks.« Jongen stieß einen Pfiff aus. Mittlerweile waren die ersten Gäste um sie herum gegangen. Unter Protest. Die Abendsonne schien durch die hohen Fenster. Und als der Kellner an ihnen vorbei über die dicken Teppiche stakste, sah Jongen Griesel von unten nach oben zu den Kronleuchtern aufsteigen. Staub stand mitten im Raum und flirrte vor sich hin.

»Ach, John, ich bin einfach fertig«, grummelte sie und biss in ein dickes Stück Steak.

Sie schwiegen eine Weile. Jongen fixierte Brunsma mit ihren Blicken.

»Ich weiß es doch auch nicht, was mit uns dreien passiert ist. Klar ist, dass Caroline es in den letzten zwei Jahren fürchterlich übertrieben hat, diese Egotrips, dieses Pornoqueen-Getue. Zum Schluss wollte sie bei ihren Auftritten kaum noch etwas anziehen. Mit offenem Schritt vor die Gesellschaft in Ivenstedt treten. Mach mir einen schönen transparenten Umhang, dann geht das schon, Liebes. Das hat sie gesagt. Und dann diese Vernissagen mit Dupont. Caroline sah manchmal aus, als ob sie auf den Strich geht.«

»Aber war die Provokation nicht auch ein Teil ihres Erfolges?«, warf Brunsma ein.

»Vielleicht war das so«, seufzte Jongen. »Ich bin mir nicht sicher, ob Caroline ihr Sexleben nicht immer auch als Investition gesehen hat. Mich, dich. Vielleicht waren wir nur ihre Deals, genauso wie die Nummer mit Dupont. Sie war immer und überall Unternehmerin.« Sie fing jetzt hysterisch zu lachen an. »Ohne meine Unterwäsche hätte es ›eroque‹ nicht gegeben, ohne deine Fotos auch nicht, und Dupont war auch nur ein Rädchen in dem ganzen Spiel. Nur, wie spielen wir jetzt das Spiel ohne sie?«

»Darf ich dich mal an etwas erinnern?« Der Fotograf führte sein letztes Stück Fleisch zum Mund und kaute in aller Seelenruhe. Angusrind aus Schleswig-Holstein. Zart, sehr zart. Dann wischte er sich mit der Hand Spuren vom Salatdressing aus den

Mundwinkeln und griff in die Brustinnentasche seiner Weste, um sein Smartphone zu zücken.

»Soll ich dir mal ein kurzes Best-of Kurznachrichten geben?« Demonstrativ drehte er das Display vor ihre Augen. »Du warst es doch, die ständig rumgenervt hat. Erinnerst du dich nicht?« Brunsma fixierte sein Gegenüber nun scharf, und sein Ton wechselte von jovial zu glasklar. »Du warst es doch, die mich gelöchert hat, wie wir dieses Biest von der Bildfläche verschwinden lassen können. Tage-, nein wochenlang hast du geschimpft wie ein Rohrspatz, wenn sie einen neuen Dreh gefunden hat, wie sie sich noch weiter in die Öffentlichkeit drängen konnte. Das ist jetzt vorbei. Ein für alle Mal.«

Die letzten zwei Sätze hatte Brunsma Wort für Wort im Stakkato artikuliert. Er liebte diese Art zu sprechen. Caroline von Iven und Fanny Jongen hatten das immer Klick-Sprech genannt. Brunsma fügte Wort an Wort, wie er Foto um Foto machte. Er glaubte wohl, besonders wichtig zu klingen, und ließ sich auch nicht dadurch beirren, dass ihn die beiden jungen Frauen dann regelmäßig hochgenommen hatten.

»Komm, lass uns doch gehen«, sagte Brunsma und stand auf, um Jongen seinen Arm zu reichen. »Dann kannst du auch noch eine Diazepam nehmen.«

Fünfzehn Minuten später saß Brunsma bei ihr auf der Bettkante.

»Das ist doch alles nur ein Alptraum«, sagte Jongen. »Komm, kuschel mit mir.«

Brunsma ließ sich nicht lange bitten. Er warf sich sofort auf das Bett und schmiegte sich von hinten an sie an. Es dauerte nicht lange, da wechselte sein Körper in den Anschleichmodus über. In Sekundenschnelle hatte er eine Erektion bekommen, die er zu platzieren gedachte. Das kam gar nicht gut an. Jongen trat sofort den Rückzug in ihr Schneckenhaus an.

»Ich fühle mich wie ein gerade frisch angegrilltes Hähnchen«, stellte Brunsma fest und versuchte, die Situation durch ein »Fanny, komm schon« zu retten.

Sie äffte ihn nur nach. »›Fanny, komm schon, Fanny, komm.‹«

Die Fenster standen weit offen, und Jongens Kreischen traf auf die Stille der Sommerhitze im Hof. »Du bist ein egozentrisches Dreckschwein«, traktierte sie ihn weiter.

»So etwas Ähnliches sagtest du bereits. Aber nur zu. Gib's mir. Im Übrigen: Ist es nicht das, was Caroline und dir an mir so gefiel?«

»John, was für ein Blödsinn. Fakt ist: Ich weiß im Moment nicht weiter«, sagte Jongen und zog die Decke bis unters Kinn. »Aber wer bitte schön hat Caroline in den Escortservice eingeführt, als ihre Eltern ihr Studium nicht mehr finanzieren konnten? Wer hatte die Idee mit den barocken Kostümen und Corsagen? Wer hat dich aus Brüssel nach Antwerpen in unsere Clique geholt? Und wer hat euch beide immer wieder angetrieben? Gerade du, mein lieber Freund, leidest unter Antriebsschwäche und maßloser Selbstüberschätzung. Hast du schon irgendeinen Plan für ›eroque‹?«

Jongen hatte einen wunden Punkt getroffen. »Ich glaube, es ist der falsche Moment, um über die Zukunft zu reden«, sagte Brunsma.

Dann verfiel Jongen in Schweigen. Die dämpfende Wirkung der Tabletten.

Die Abendsonne flutete das Zimmer. Er starrte an die Decke, sie heulte in die Kissen. Der Zweig vor dem Fenster gab im leichten Sommerwind ein Schattenspiel hier drinnen. Er hörte sie schniefen, er konnte sie aber nicht sehen, denn sie lag mit dem Rücken zu ihm, zusammengerollt wie ein Fötus. Erst schluckte sie, dann schluchzte sie. Es war ein anschwellender Heulgesang. Brunsma beugte sich zu ihr und strich ihr über das braune Haar. Dabei blickte er jedoch vollkommen ungerührt aus einem der Sprossenfenster, das zum Hof hinausging.

»Versprich, dass wenigstens du bei mir bleibst.«

»Fanny, was denkst du denn?«

John Brunsma dachte an das Gefühl, mit dem Daumen über die Klinge zu streichen.

Montag, 29. Juni

Kribbelig

Beim Blick in den Spiegel sah Rasmussen, was er zuvor nur gespürt hatte. Seine Augen waren klein, sein Gesicht aufgedunsen, und das Pflaster auf seiner linken Augenbraue zeigte Blutspuren. Der GUMM-PRIX war turbulent gewesen.

Vorsichtig betastete er die genähte Platzwunde. Nur zwei Stiche, weh tat es dennoch, und er nahm sich vor, im kommenden Jahr nicht wieder ins Hafenbecken zu springen. Er hatte sich so über das Auftreten des Seniorenteams gefreut, dass ihn seine Gefühle im Anschluss an die Siegerehrung übermannt hatten. Als er dann über die Leiter vor dem »Luzifer« wieder an Land kletterte, hatte ihn Fritze mit einer Gehstütze am Auge erwischt.

Mit der Gehstütze hatten die Senioren nach ihrer triumphalen Einfahrt ins Publikum gewinkt. Diesen Siegeszug der glorreichen sechs – Teamcaptain Fiete hatte hinter der Ziellinie vom Begleitboot aus den »Paddelator« geentert –, diesen Siegeszug hatte das »Schleswig-Holstein Magazin« noch am selben Abend gezeigt. Die After-Race-Party in den »Schlei-Terrassen« war später ein wenig aus dem Ruder gelaufen, und nun musste Rasmussen die Rechnung begleichen. Mit einem Schädel bis hinüber nach Angeln.

Als er sich gerade die Zahnbürste in den Mund geschoben hatte, trat Marlene von hinten an ihn heran. »Moin, wissen Sie, wo ich Hans Rasmussen finde?«, blödelte sie und entlockte ihm ein Lächeln. Marlenes Kinderwunsch stand immer noch Rasmussens kategorischem Nein entgegen. Aber ihnen war in der letzten Woche klar geworden, dass sie ihr Leben miteinander verbringen wollten.

»Brötchen?«

Marlene nickte. In den kleinen Fragen waren sie sich oft einig, in den großen Fragen hingegen? Nicht, dass sie diese auf die leichte Schulter genommen hätten. Sie waren nur ziemlich ratlos, und das kostete sie beide Kraft.

Gleich nachdem Rasmussen losgeradelt war, spürte er, wie diese private Anspannung langsam von ihm abfiel. Er fuhr rüber zum Campingplatz. Seine Gedanken kreisten um die später anstehende Fallrekonstruktion der Todesnacht. Heute sollte es auf Gut Ivenstedt hoch hergehen, so hofften Rasmussen und sein Team. Das Ehepaar von Iven entzweit, das übrig gebliebene »eroque«-Duo Jongen und Brunsma zumindest in geschäftlicher Schieflage – solch brisante Gemengelagen brachten doch oft Licht ins Dunkel seiner Fälle.

Wahrheit? Unwahrheit? Die unterschiedlichen Motive, über die das Team immer wieder diskutiert hatte, spukten noch einmal durch seinen Kopf. Tatsache war, die Sache stand Spitz auf Knopf. Ließe sich nicht hieb- und stichfest zeigen, was geschehen war, stünden die Ermittler mit weitgehend leeren Händen da. Rasmussen hoffte, dass die Rückkehr an den Ort des Geschehens bei allen Beteiligten Gefühle auslösen würde, die zumindest deutliche Hinweise geben könnten. Der Fall war aber auch dermaßen vertrackt, kaum Indizien, dafür aber ein Menge Behauptungen, die sie heute alle mal zur selben Zeit in einen Raum stellen würden.

Als Rasmussen die Bushaltestelle passierte, sah er schon Siggi, der seinen Trecker in Gang setzte. Gestern beim GUMM-PRIX war er noch als Steuermann im Team der freiwilligen Feuerwehr im Einsatz gewesen. Rasmussen grüßte und bog links zum Campingplatz ab. Bei Chefin Inka gab es, was die Missunder zum Leben brauchten. Essen, Trinken, Klönen, im Zweifel auch mal ein bisschen Trost und, nicht zu vergessen, gute Ratschläge. Ach ja, wie gut doch der Alltag tat.

Inka stand hinter der Theke, nahm seine Wünsche entgegen und schaute ihn prüfend an. »Hans, du musst mal Yoga machen oder progressive Muskelentspannung. Du siehst total gestresst aus.« Sie griff nach seinem Kragen und zog ihn ein Stück zu sich heran. »Und hier, die geplatzten Äderchen an der Nase.« Sie tippte mehrmals mit dem Finger in sein Gesicht. »Du trinkst zu viel.«

Rasmussen machte sich los. »Bist du mit Wohnwagenschubsen nicht ausgelastet, oder was?«

»Ich sorge mich um meine Lieben, du lässt dich gehen. Muss ich mal mit Marlene drüber sprechen.«

Rasmussen nahm die Brötchen. »Zahle ich nächste Woche.« Er bestieg sein Rad und fasste auf dem Weg zurück einen festen Entschluss. Noch heute, egal was auf Gut Ivenstedt passierte, noch heute würde er Antonio anrufen. Fussi. Altherren-Mannschaft.

Yoga, so weit kam das noch!

Von vorn

Um kurz nach zehn Uhr durchquerte Rasmussen das Torhaus in Ivenstedt. Auf dem Hof sah er Hinrichsens Opel, den schwarzen BMW der Staatsanwältin, einen Streifenwagen, den weißen Sprinter der KTU. Er schaute sich um, parkte den Volvo gleich neben dem Treppenaufgang. Ein Gefährt der Hauptdarsteller aus Belgien war nicht zu sehen. Beim letzten Mal waren die Herrschaften doch mit einer dieser fetten Limousinen eines Autovermieters unterwegs gewesen.

Durch eines der Fenster sah er zwei Silhouetten, die zweifelsfrei als Hinrichsen und Kevin Schnurre zu identifizieren waren. Hinrichsen hatte den Weeskamper Buddha an die kurze Leine genommen und entwickelte sich langsam zu so etwas wie einem Patenonkel. Der Hauptkommissar schmunzelte. Der durchschnittliche »Tatort«-Zuschauer würde sich wundern, wie wenig Gewalt und wie viel Einfühlungsvermögen einen guten Polizisten ausmachten.

Rasmussen warf die Fahrertür zu und nahm die ersten Stufen, als ihn ein sonores Motorengeräusch innehalten ließ. Er musste gar nicht hinsehen. Das was Wiesels 911er, dessen Boxer diesen unverwechselbaren Sound aus seinem Inneren entließ. Er ging noch ein paar Stufen. Aber da war noch was. Rasmussen drehte sich auf Mitte der Treppe um.

Direkt hinter Wiesel bog nun ein roter MG in den Hof ein.

Am Steuer John Brunsma mit lässig auf dem Fensterrahmen liegenden Arm. Hörte sich an wie ein V8. In seltenen Momenten kam Rasmussen doch in Versuchung, seinen alten Volvo in Zahlung zu geben. Aber ein Kindersitz in einem MG? Er trat an das Geländer und wartete auf die Nachzügler. Mit Amos Wiesel tauschte er ein kurzes Nicken. Dann stieg Brunsma zu ihm herauf.

»Ich habe gehört, bei Ihnen hier sagt man ›Moin‹, Herr Kommissar?« Brunsma wirkte geradezu fröhlich. Er stellte sich auf dieselbe Stufe, und statt Rasmussen die Hand zu reichen, klopfte er ihm vertraulich auf die Schulter.

Rasmussen ignorierte das und schaute über Brunsmas Schulter zu Fanny Jongen. Die hatte ein Kopftuch umgebunden, wie Frauen das wohl in den sechziger Jahren getan hatten, um sich gegen den Fahrtwind zu schützen. Ins Bild passte auch ihre große Sonnenbrille und vor allem das beige Kostüm mit einem typisch floralen »eroque«-Muster. Sie stöckelte mit kleinen Schritten die Treppe zum Herrenhaus hoch und hob die Hand in Richtung Rasmussen. »Die Herren« war alles, was sie sagte.

Die Herren folgten ihr wortlos, wobei sich Rasmussen dachte, ein wenig Demut stünde euch beiden gerade jetzt gut zu Gesicht. Gemeinsam betraten sie die Empfangshalle des Herrenhauses. Die Spuren des Lustlagers waren alle beseitigt. Die weißen Sockel waren verschwunden. Die übergroßen »eroque«-Werbefotos waren abgehängt. Ob der Galerist Dupont sich in der Zwischenzeit mit Jongen über die Rechte geeinigt hat?, schoss es Rasmussen durch den Kopf. Er brannte darauf, die beiden neben ihm auf die Bühne am Leichenfundort zu schieben.

Oben auf dem Treppenabsatz der Freitreppe sahen sie Tristan von Iven und Yvonne Calloe, die drei Kriminaltechnikern so etwas wie einen Grundriss zeigten. Gut, die Kameramänner wurden also auf ihre Plätze geschickt.

»*Bonjour*, Yvonne«, rief Brunsma zu ihr hoch und wandte sich dann zu Rasmussen. »So, Herr Kommissar, wo ist der Übeltäter, den wir identifizieren sollen? *Allez, allez!* Wir wollen das hier doch alle schnell über die Bühne bringen?«

Und schon wieder hatte Brunsma die Hand auf Rasmussens Schulter. Der zuckte zurück, also ließ der Belgier von ihm ab.

»Ja, das tut mir jetzt leid, Herr Brunsma. Ich habe soeben erst erfahren, dass die Person leider erkrankt ist, wir müssen den Termin verschieben«, sagte Rasmussen kühl.

Brunsma öffnete den Mund und sagte nichts.

Jetzt war es Rasmussen, der dem Fotografen auf die Schulter klopfte. »Kleiner Scherz, Herr Brunsma, geht gleich los. Wir müssen in der Tat leicht umdisponieren, aber das erkläre ich Ihnen gleich. Warten Sie doch bitte beide hier noch einen Moment. Wir holen Sie gleich hoch.«

Jetzt fasste er Brunsma auch noch an den Riemen seiner Umhängetasche. »Ach, wie ich sehe, haben Sie auch Ihre Kameratasche dabei. Das ist sehr gut. Die brauchen Sie gleich noch.« Dann drehte sich Rasmussen um und ging rauf zu Calloe. Tristan von Iven war mit den Technikern verschwunden.

»Moin, Frau Kollegin. Seien Sie so gut und halten Fanny Jongen und vor allem John Brunsma noch ein wenig hin. Er ist nervös. Ausbaufähig nervös«, zischelte Rasmussen der Kollegin Calloe zu.

Rasmussen bog in den östlichen Seitentrakt ein und schritt den langen Flur mit der Ahnengalerie entlang. Vor der Tür zum Büro, die mittlerweile repariert war, stand bereits Kamera 1 aufgebaut. Rasmussen betrat das Büro. Was für ein Bild. Am anderen Ende dieses Tanzsaals von Büro saß am Schreibtisch mit keckem Blick die Staatsanwältin. Neben ihr stand Tristan von Iven. Das wirkte geradezu royal. In angemessener Entfernung bauten die Techniker gerade Kamera 2 vor dem Schreibtisch auf.

Rasmussen kam näher, und die Staatsanwältin schaute auf die Uhr. »Akademisches Viertelstündchen, Herr Rasmussen?«, fragte sie und zeigte Zahn.

»Steht mir gar nicht zu, aber ich gönne Ihnen jeden kleinen Klönschnack, Frau Staatsanwältin. Guten Morgen, Herr von Iven, schön, Sie zu sehen.« Rasmussen schüttelte beiden die Hand.

»Wir danken Ihnen, Herr von Iven, dass wir heute bei Ihnen sein dürfen, und hoffen sehr, dass wir mit Hilfe dieses doch sehr aufwendigen Termins den Fall bald aufklären können. Ich möchte nicht unhöflich sein, aber darf ich Sie bitten, uns einen Moment allein zu lassen? Ach so, könnten Sie vorher noch den Tresor öffnen? Der ist ja wohl leer?« Jetzt zwinkerte Rasmussen von Iven zu.

»Kein Problem«, sagte von Iven. Er ging zum Wandtresor, öffnete diesen und schnappte sich die Techniker. Sie gingen durch die Seitentür zwischen den zwei Bücherregalen ab. Rasmussen konnte gerade noch hören, wie von Iven sagte: »Meine Herren, hier bauen wir Kamera 3 auf.« Dann fiel die Tür zu. Von Iven zeigte sich kooperativer, als Rasmussen das erwartet hatte.

»Frau Staatsanwältin, den Ablaufplan haben Sie? So ganz ohne Regie geht es ja nicht. Ich werde gleich die Leute hereinrufen und einweisen.«

»Rasmussen, ich setze auf Ihr Fingerspitzengefühl.« Die Staatsanwältin schaute ein bisschen angespannt. »Wir alle wissen, was das für eine heikle Mission ist. Wir haben ja kaum etwas in der Hand. Wir können niemanden zwingen, bei diesem Theater hier mitzuspielen.«

Hinrichsen betrat den Raum und machte ein sehr besorgtes Gesicht.

»Probleme mit Schnurre?«, wollte Rasmussen wissen.

»Nö, mit Luise von Iven. Die sitzt in der Küche. Ich habe sie vom Bahnhof abholen lassen. War ja bei ihrer Schwester in Hamburg. Chef, die ist voll wie 'ne Haubitze. Tabletten, Alkohol. Ungute Mischung. Und ihren Gatten will sie ums Verrecken nicht sehen. Sie hat nach der Brix gefragt.«

Rasmussen ging hinaus in den Gang, rief die Brix an. »Maggie, könnte Fiete dich hierherbringen, zum Gut der von Ivens? Luise von Iven ist betrunken und hat nach dir gefragt. Im Grunde brauchen wir sie nicht für die Rekonstruktion. Aber nun ist sie hier und braucht Betreuung. Wir bringen die Dame erst einmal ins Bett.«

Er musste nicht weiter argumentieren und veranlasste die Maßnahme. Die Brix hatte verstanden, auf die Brix war Verlass, und hier vor Ort nahm auch alles seinen Gang.

Rasmussen war erleichtert. Am anderen Ende des Flurs tauchte nun Eike Hansen mit Kevin Schnurre auf. Rasmussen winkte sie heran. Hansen war in Zivil. Schnurre dagegen wankte den Gang in Uniform und Stiefeln entlang und erinnerte damit entfernt an den Lustlager-Samstag hier im Herrenhaus. Gemeinsam mit den beiden betrat der Kommissar wieder den Ort des Geschehens. Er schritt dann auch gleich zur Tat, denn mittlerweile hatten sich alle Beteiligten eingefunden. Calloe hatte Jongen und Brunsma nach einer kleinen Hausbesichtigung durch den Nebeneingang hergeführt.

Rasmussen stand in der Mitte des Raums, und um ihn herum hatte sich eine Menschentraube gebildet. Nach der formellen Begrüßung trug der Kommissar noch einmal zusammen, wie sich der Abend aus Sicht der Kriminalpolizei zugetragen hatte. Er beschränkte sich dabei auf die zeitliche Abfolge und den Auftritt der einzelnen Akteure.

Die KTU hatte ihm ein Flipchart bereitgestellt, und er begann zu notieren: die Rede Caroline von Ivens, der Abgang der »eroque«-Partner in das Büro, die Lauschattacke durch Carolines Vater hinter der Tür, der Abgang Jongens und Brunsmas, das Auftauchen Mommsens, die Beobachtungen Schnurres und das Verschwinden Mommsens sowie das zeitlich versetzte Auftauchen Schnurres und Hansens, die den Leichenfundort als Letzte gesichert hatten.

Eine der Flügeltüren ging jetzt auf, und POM Schrader kam mit einem Kollegen im Schlepptau herein. Sie ernteten missbilligende Blicke, stellten sich aber unbeeindruckt dazu.

»Ich sage es mal so. Caroline von Iven hat sich mit ganz großer Wahrscheinlichkeit selbst umgebracht.« Rasmussen schaute zu Wiesel, der ungeachtet der Untersuchungsergebnisse bestätigend nickte. »Oder sie ist von einem Mann umgebracht worden, der momentan in Südspanien im Koma liegt. Ich spreche von Bent Mommsen.« Die Menschentraube um ihn herum fing ein wenig an zu raunen.

»Frau Jongen und Herr Brunsma haben uns versichert, dass sie Caroline von Iven in quicklebendigem Zustand verlassen haben.

Es habe zwar einen Streit um eine Pistole gegeben, sie seien aber gewissermaßen physisch folgenlos auseinandergegangen. Herr von Iven hat einen Teil dieser Auseinandersetzung beobachten können, bis ihm die Tür vor der Nase zugeschlagen wurde. Von da an konnte er das Geschehen nur noch akustisch verfolgen. Herr von Iven hat daraufhin seinen Lauschplatz verlassen. Und damit hat er vielleicht den Abgang des Paares Jongen–Brunsma und den darauffolgenden Auftritt Mommsens gar nicht wahrnehmen können.« Rasmussen schaute zu von Iven, der nickte.

»Vielleicht gab es hier im Büro einen mehr oder weniger fliegenden Wechsel. Die anderen Türen standen offen. Es herrschte ein relativ hoher Lärmpegel im Haus. Wir wissen immer noch nicht, wann der eine tödliche Schuss genau gefallen ist.« Rasmussen nannte bewusst keine Zeiten, denn die Beamten hatten sich hier versammelt, um den geladenen Gästen Spielraum für unvorsichtige Handlungen und Aussagen zu verschaffen.

»Herr Mommsen, der Tatverdächtige, ist nicht zugegen, aber wir haben die Aussagen von Herrn Schnurre, dass sich dieser an Caroline von Iven ›zu schaffen gemacht hat‹, wie er sagte. So viel zu den einzelnen Stationen unserer heutigen Rekonstruktion.« Rasmussen blickte in die Runde. »Ich werde Sie alle jetzt konkret einweisen und möchte Sie bitten, konzentriert mitzumachen. Wir möchten diesem tragischen Fall mit Ihrer aller Hilfe nachgehen.«

»Und wieso locken Sie uns mit der Bitte, an einer Gegenüberstellung teilzunehmen, aus Antwerpen nach Ivenstedt?«, warf John Brunsma einigermaßen verärgert ein.

»Frau Jongen, Herr Brunsma, wären Sie wirklich unvoreingenommen hierhergekommen, wenn ich Ihnen gesagt hätte, dass wir die Vorgänge in diesem Raum mit Ihnen gemeinsam rekonstruieren müssen? Sie hätten eine Vorverurteilung gefürchtet, nicht wahr? Ich muss mich für meine kleine Finte vielmals entschuldigen, aber ich habe ja eben erklärt, dass es auch bei dieser Bitte allein darum geht, den Verdacht gegen eine andere Person zu erhärten oder den Selbstmord Caroline von Ivens festzustellen. Darf ich auf Ihre Mitarbeit zählen?«, fragte Rasmussen schließlich.

Jongen und Brunsma nickten.

»Okay. Dann möchte ich Yvonne Calloe bitten, mit Ihnen, Frau Jongen, Herr Brunsma, auf den Flur hinauszugehen. Frau Calloe stellt Caroline von Iven dar. Betreiben Sie mit ihr Konversation, so wie Sie auch mit Ihrer Partnerin nach deren Auftritt auf der Freitreppe in der Halle geredet haben. Tun Sie das, was Sie auch Samstagnacht getan haben. Sie, Herr Brunsma, setzen bitte Ihre Kamera ein, wie Sie sie an dem Abend gebraucht haben. Eine Frage noch: War die Situation eigentlich sofort nach der Rede angespannt?«

»Und wie«, meldete sich jetzt Fanny Jongen zu Wort. »Keine dieser Verlautbarungen war mit uns abgestimmt. Caroline und eine eigene TV-Show, das hat uns total überfahren.« Sie löste sich aus der Gruppe, nahm die Sonnenbrille ab und hielt sie gedankenverloren der Staatsanwältin hin. Die griff überrascht zu.

»Versuchen Sie, sich in diese Stimmung hineinzuversetzen«, sagte Rasmussen.

Die drei gingen zur Tür. Rasmussen sah noch, wie einer der Kriminaltechniker auf einer Fernbedienung herumdrückte. Sogleich setzte ein Rauschen ein, und Musik hörte man auch. Händel und der Soundteppich irgendeiner Menschenmenge. Wer hatte denn daran gedacht und ein Soundambiente für diesen Einsatz gebastelt? Sehr gut.

Bewegung kam in die Runde, die sich zu den Seiten hin auflöste. Schnurre, Hansen, POM Schrader und Kollege standen alle an der Kassettenwand, gegenüber lehnten die Staatsanwältin, Rasmussen und Wiesel an den Fensterbänken. Tristan von Iven hatte Posten hinter der Seitentür auf Schreibtischhöhe bezogen, und die drei KTU-Leute standen an den Kameras.

Tür auf, Tür zu. Calloe, Jongen und Brunsma kamen herein. Ihre Kollegin war jetzt die von Iven – das allein heizte die Stimmung an, auch wenn das Ganze noch ein wenig verklemmt aussah. Calloe und Jongen waren stumm zum Schreibtisch gegangen. Brunsma hatte jetzt seine Fototasche geöffnet und seine Kamera herausgezogen.

Fanny Jongen taumelte ein paar Schritte zum Schreibtisch hin. Sie wirkte, als sei sie unsicher auf den Beinen. Brunsma stand jetzt ganz dicht vor ihr. Es blitzte und blitzte, es klickte und klickte. Calloe trat hinter den Schreibtisch. Alle schauten gebannt auf die beiden Frauen und den Fotografen. Der tanzte jetzt beinahe um den Schreibtisch herum. Fanny Jongen war unterdessen zur Salzsäule erstarrt.

Calloe trug dunkle, neutrale Sportkleidung, dazu passte, dass sie mit einem Satz auf Brunsma zusprang, sodass dieser fast ins Stolpern kam. Dann holte sie aus der Schreibtischschublade eine Pistole hervor. Es war eine Taurus 38. Aus einer baugleichen Pistole war der für Caroline von Iven tödliche Schuss abgegeben worden. Fanny Jongens Körper schien ein Schauer zu durchlaufen. Sie zitterte. Die Erinnerung kam anscheinend zurück. Mit Macht.

Sie tat zwei seitliche Schritte um den Tisch herum und stieß Calloe von sich weg. »Lass den Mist. Weg mit der Pistole.«

Fanny Jongen stand nun hinter dem Schreibtisch mit dem Revolver in der Hand. Brunsma blitzte und blitzte. Calloe ging Jongen jetzt richtig hart an. Beiden zerrten an der Taurus, beide drehten sich im Kreis.

»Bist du taub? Was willst du mit dem Ding? Dich erschießen, mich erschießen oder John?«, schrie Jongen.

Brunsma war wieder auf eine Armlänge an die Frauen herangerückt. Er blitzte seiner Partnerin direkt in die Augen. Jongen hob schützend den Arm. Brunsma hatte jetzt Farbe im Gesicht. »Super, das war geil. Aber kommt, das könnt ihr noch besser. Fanny, drück den Rücken mehr durch und streck die Titten raus!« John Brunsma schrie eine Regieanweisung nach der anderen.

Es kam tatsächlich noch mehr Bewegung in Fanny Jongen, die erneut auf Calloe losging, und auch Brunsma war vollkommen in der Rolle angekommen, die er tatsächlich gespielt hatte. »Und, Fanny, stell dich nicht so mädchenhaft an. Du musst richtig auf Caroline draufgehen. Ihr tanzt hier nicht den ›Schwanensee‹.«

Jongen war einen Augenblick abgelenkt. Blitzschnell griff Calloe nach dem Revolver und richtete ihn abwechselnd auf sich, auf Fanny Jongen und auf Brunsma. Jongen brüllte los: »Leg das Scheißding auf den Tisch, du blöde Kuh. Ich hab's satt, von dir erpresst zu werden. Tolle Caro, schöne Caro, arme Caro, reiche Caro. Du hast sie doch nicht mehr alle! Wie viel Liebe und Erfolg brauchst du eigentlich? Kriegst den Hals nicht voll.«

Sie warf sich jetzt gegen Calloe, die geschickt auswich und sich zur Seite drehte. Wieder taumelte Jongen, fing sich und streckte ihren rechten Arm in Richtung des Revolvers. Und es gelang ihr, zum wiederholten Mal, die Hand an die Waffe zu bekommen. »Schmeiß die beschissene Knarre jetzt weg, oder ich kratz dir die Augen aus, ich schlag dir die Zähne ein.«

Jongen zerrte immer weiter an Calloe. Doch schlagartig verfiel sie in eine andere Stimmung. »Bitte bring dich nicht um, bitte, bitte. Lass mich nicht allein.« Sie lehnte jetzt am Schreibtisch und schluchzte.« Es blitzte noch ein paarmal, Brunsma fotografierte Jongen jetzt in der Aufsicht. Fanny Jongen hatte der Schmerz wieder eingeholt. Ihre Kraft schien verbraucht.

»So oder so ähnlich war es tatsächlich, Herr Kommissar. Der Hammer, oder?« Auch Brunsma hatte jetzt innegehalten.

»Und was haben Sie damit bezweckt?«, fragte Rasmussen ihn befremdet.

Jongen schluchzte. Calloe keuchte. Sie war außer Atem an der Seite des Schreibtisches zur Fensterfront stehen geblieben. In den Zuschauerreihen rechts und links war es mucksmäuschenstill.

»Ich wollte der Situation etwas Spielerisches geben. Die beiden Frauen haben sich wegen der Fernsehgeschichte und Caros Selbstinszenierung so dermaßen gestritten, da habe ich zur Kamera gegriffen und so getan, als ob es ein Fotoshooting sei. Wurden dann auch verdammt gute Fotos. Ich wusste nicht, ob das alles ernst zu nehmen war. Wir hatten schon Shootings, bei denen es wilder zugegangen war. Caro hat zwar mehrmals gebrüllt: ›Hör auf damit, steck die Kamera weg, du Idiot‹, aber Fanny hatte irgendwie erkannt, dass es ernst war.« Brunsma wischte sich Schweiß von der Stirn.

»Vielleicht hatte sie Angst, dass Caroline wirklich schießen würde. Sie versuchte, Caroline abzulenken, irgendwie mit Worten zu provozieren. ›Das könnte dir so passen, du verdammte Schlampe‹, hat sie geschrien. Dann schlug ihre Stimmung wieder um. ›Es sollen ruhig alle sehen, wie du deinen Selbstmord zelebrierst. Höchste Zeit, dass du dich selbst entzauberst!‹ Da hatte Caro den Revolver noch in der Hand. Das Ganze geriet völlig außer Kontrolle. Ich glaube nicht, dass die beiden ihre gegenseitigen Absichten noch durchschauten. Die waren so durchgeknallt, die waren von nichts und niemandem zu stoppen. Wie zwei Wahnsinnige. Ich kann das gar nicht beschreiben.«

Jetzt beobachtete Rasmussen, wie ein Zucken durch Brunsmas Gesicht ging und wie er Luft holte.

»Aber wir können es uns ansehen.« Brunsma legte die Kamera aus der Hand und ging zu seiner Kameratasche, die er zwischendurch unter einem Fenster abgestellt hatte. Mit einem Laptop kam er zurück und stellte sich genau gegenüber den beiden Frauen auf. »Ich habe das ganze Geschehen am Samstag vor zwei Wochen festgehalten. Bis zum Schluss. Lückenlos. Wie Caroline und Fanny miteinander gekämpft haben, wie sie beide an der Waffe zerrten. Absicht oder nicht: Fanny hatte sie in der Hand, als sich der Schuss löste.«

Fanny Jongen schaute ungläubig, machte sich wie in Zeitlupe auf den Weg zum Laptop auf der anderen Seite des Schreibtisches. Brunsma stellte sich ihr in den Weg und fasste sie an den Schultern. »Du musst begreifen, was du getan hast. Mit der Schuld kannst du nicht einfach so weiterleben. Versteh das.« Dann klappte er den Laptop auf und legte ihn auf den Schreibtisch.

»Ich verstehe. Jetzt verstehe ich«, sagte Fanny Jongen nun ganz ruhig und nickte. »Du willst mich fertigmachen und ausbooten. Du weißt doch ganz genau, wie es gewesen ist. Ich habe Caroline nicht umgebracht. Ich habe sie geliebt und wollte sie beschützen. Vor sich selbst und vor dir, du Drecksack.« Sie hob die Stimme nur leicht. »Und ich blöde Kuh war es, die dich überhaupt erst in unsere Mitte geholt hat.« Fanny Jongen wirkte auf einmal wie ein trotziges Kind und klackerte wie wild mit ihren Stöckelschuhen auf dem Parkett. Dann war plötzlich wieder Stille. Klackern. Stille. Klackern. Stille. Durch den lang gestreckten Raum hallte so etwas wie Maschinengewehrfeuer, unterbrochen von kurzen Feuerpausen. Und dann blieb sie wie versteinert stehen.

»Ich habe Caroline nicht umgebracht.« Diesen Satz wiederholte sie trotzig wie gebetsmühlenartig. Sie wippte mit dem Oberkörper hin und her und hielt sich dann mit der rechten Hand an Calloes Schulter fest, die versuchte, Jongen abzuschirmen. Und dann platzten Wut und Enttäuschung aus ihr heraus. Fanny Jongen schrie, dass alle im Raum zusammenzuckten. Sie schrie wie ein Tier. Sofort nahm Calloe sie in einen Klammergriff.

»Beruhigen Sie sich doch, das sind doch alles nur Behauptungen, und was sagen schon ein paar Fotos?«, beschwichtigte die Polizistin. Jongens Schreien ging in lautes Schluchzen über.

»Wollen wir dann mal?«, fragte Brunsma unbeeindruckt. Bis auf Jongen und Calloe versammelten sich alle um den Laptop. Auch von Iven war aus seinem Lauschversteck gekommen, und selbst die Techniker hatten ihre Posten verlassen. Alle starrten nun auf den Schirm, keiner blickte nach links oder rechts. Die Anspannung der letzten zehn Minuten hielt an. So als wäre die Eiszeit ausgebrochen.

Brunsma hatte eine Diashow vorbereitet, die er nun startete. Im Hintergrund liefen immer noch die Barockmusik und die Partygeräusche, die sich nun mit Jongens Schluchzen vermischten. Von Foto zu Foto erstarrten die Umstehenden ein wenig mehr. Die Bildfolge zeigte zwei Frauen, die verbissen um eine Waffe kämpften. Keine der Momentaufnahmen wirkte gestellt. Die Kontrahentinnen brüllten und geiferten herum. Jongen und Caroline von Iven rangen miteinander, stießen einander weg, und immer wieder blitzte der silberne Pistolenlauf zwischen ihnen auf. Die Gesichter der Frauen changierten zwischen Hass und Verzweiflung. Alle Betrachter hielten die Luft an, erwarteten das Unvermeidliche. Wann war endlich das Mündungsfeuer zu sehen? Der endgültige Hinweis auf den Schuss, der Caroline van Iven getötet hatte.

Brunsma stoppte die Diashow. Wie ein Zeremonienmeister hob er den rechten Arm und winkte Fanny Jongen zu sich heran. »Fanny, schau dir mal … dieses Foto an.« Brunsma deutete auf den Monitor.

Alle sahen, dass Jongen mit dem Revolver auf von Ivens Kopf

zielte. Aber Fanny Jongen reagierte gar nicht und blieb wortlos im Arm von Calloe. Rasmussen schaute abwechselnd auf Fanny Jongen und John Brunsma.

Brunsma wirkte noch immer ruhig und souverän. »Fanny, wir kennen uns gut genug. Du bist eine kluge Frau. Was war da wirklich los? Jetzt kannst du es loswerden. Das bist du Caroline schuldig. Hast du vielleicht eine ›Hidden Agenda‹ gehabt? Wolltest du Caroline in den Selbstmord treiben, um endlich Ruhe zu haben, um endlich in Frieden leben zu können?«

Brunsma sprach jetzt mehr mit Rasmussen und dessen Team als mit seiner Partnerin. Er verhielt sich, als sei er einer der Ermittler. Das war dreist, aber niemand stoppte ihn. Die Staatsanwältin nicht, Rasmussen nicht. Beide waren sich wohl darüber bewusst, dass sie auf dem Weg zum Ziel waren. Aber das hier war jetzt ein Ritt auf des Messers Schneide. Mehrmals hatten sie Augenkontakt. Ruhe bewahren, so war das stille Übereinkommen.

Brunsma dagegen hörte nicht auf, absurde Theorien zu formulieren, die Vermutung nahezulegen, Fanny habe Caroline planvoll oder im Affekt oder auch unbeabsichtigt, ganz egal, jedenfalls – erschossen.

Calloe stand mit Jongen im Arm inzwischen an der linken Seite des Schreibtisches. Jongen klammerte sich an Calloe fest. »Glauben Sie mir, ich habe Caroline nicht umgebracht.«

Brunsma war unerbittlich. Die Diashow lief noch einmal von vorn los. Und was in den Köpfen aller Anwesenden haften blieb, war dieses eine Foto. Fanny Jongen richtet die Taurus 38 auf Caroline von Ivens Kopf.

Durch Bewegungsunschärfen hindurch war zu sehen, wie von Iven nach der Waffe greift, wie sie eine Hand an den Griff der Pistole bekommt und wohl versucht, den Angriff abzuwehren. An der Mündung des Laufes flammt ein Lichtkranz auf. Die Gesichter der Frauen sind leicht verzerrt. Von Ivens Mund steht weit offen, die Augen sind aufgerissen. So als könne sie es nicht glauben, was in diesem Moment passiert. Überraschung und Verwundbarkeit zugleich sind ihr ins Gesicht geschrieben. Jongens Augen sind zu Schlitzen verengt, ihre Mimik wirkt entschlossen dynamisch, nicht zuletzt wegen der Wischeffekte in ihrem Antlitz. In diesem Moment fließt Jongens ganze Energie in die Waffe.

Brunsma hatte die Diashow erneut bei diesem einen Foto gestoppt. Er sagte nichts, und er wusste, dass er auch nichts sagen musste. Das Bild sprach für sich. Die Umstehenden waren gebannt. Dieses Foto brannte sich auf die Netzhaut aller. Ein Mensch richtet eine Waffe auf den Kopf des anderen. Das ist das Ende. Das naht. Das gleich im Auge des Betrachters explodiert.

Im Hintergrund liefen immer noch die Barockmusik und die Partygeräusche vom Band. Ansonsten war es still im Raum.

Plötzlich riss sich Fanny Jongen von Calloe los. Einen Moment war Calloe unaufmerksam gewesen. Jongen ging langsam zum Laptop. Wirkte beherrscht. Die Staatsanwältin machte ein Zeichen, bedeutete Calloe, nicht einzugreifen. Jongen schaute nur ganz kurz auf den Bildschirm, ging sofort wieder wieder zu Calloe, die sie erneut umfasste. Ein wenig fester wohl als zuvor.

»Ich will deine Scheißfotos gar nicht sehen«, blaffte Jongen den Fotografen an. »Ich weiß, was du vorhast. Ich weiß alles. Du lügst, du betrügst. Das ist nicht mal die halbe Wahrheit, John!« Sie keifte nur noch und versuchte jetzt, auf Brunsma zuzustürmen, aber Calloe hatte sie schnell wieder eingefangen. Brunsma würdigte Jongen keines Blickes. Kurz umspielte ein Lächeln seine Lippen. Er schien sich seiner Sache sicher.

»Ich habe nur versucht, Caroline den Revolver zu entwinden, dabei hat sich der Schuss gelöst. Wo sind denn diese Fotos, John Brunsma?« Fanny Jongens Stimme überschlug sich fast. Sie war außer sich, und sie war fassungslos.

»Was zählt, ist, was wir mit unseren eigenen Augen sehen!«, erwiderte Brunsma kühl.

»Es wird allerhöchste Zeit, dass wir uns hier mal über den Aussagewert Ihrer Fotoserie unterhalten, Herr Brunsma.« Das sagte die Staatsanwältin. »Das sind bestenfalls Ausschnitte dessen, was hier passiert sein mag. Bruchteile von Sekunden. Für uns als Ermittler zählen keine Diashows –«

»Was zählt, ist die Liebe!«, schrie Jongen jetzt dazwischen, die sich von Calloe gelöst hatte und plötzlich einen geladenen

Revolver Taurus 38 in der Hand hielt. Die präparierte Waffe war längst wieder eingetütet in der Handtasche der Staatsanwältin. Das hier war Jongens eigene aus dem Bund ihres Kostümrockes gezogene Waffe. Da stand Jongen nun mit ausgestreckten Armen und hielt die Waffe in die Runde.

»Caroline und ich haben uns vor zwei Jahren zwei identische Revolver gekauft. Tödliche Zwillinge sozusagen. Und dann haben wir uns im Schlafzimmer Rücken an Rücken gestellt, die Revolver wie James Bond von uns weggehalten und uns geschworen, aufeinander aufzupassen. Egal, was passieren würde, wir hätten uns gegenseitig beschützt. Caroline hat immer gerufen: ›Von vorn, kommt nur, ihr Wichser. Für uns kommt ihr immer nur von vorn!‹«

Fanny Jongen spannte den Hahn. Sie sagte nichts mehr. Sie zielte auf John Brunsma. Auch der sagte nichts mehr. Jongen schoss zwei Mal. Eine Kugel traf Brunsma in den Rumpf, die andere traf seinen Kopf. John Brunsma fiel über die Schreibtischkante auf die grüne Lederplatte nach vorn. Allen klingelten die Ohren.

Fanny Jongen legte den Revolver auf den Schreibtisch. Kräuselte sich da Rauch von der Mündung langsam empor? Amos Wiesel fing sich als Erster und griff an Brunsmas Hals, dann sah er sich nach Rasmussen um und schüttelte den Kopf.

Die Schlei-Diva und die Prinzessin von Dänemark

Rasmussen spürte, wie müde er war. Draußen auf der Treppe vor dem Herrenhaus hielt er seinen Kopf mit den Händen und stützte sich erschöpft auf den Oberschenkeln ab. Die Brix hatte sich zu ihm gesetzt. Für eine Dame ihres Alters, das dachte nicht nur Rasmussen, hatte sie sehr schöne Beine. Ein Gedanke, der nicht passte. Aber das kümmerte die Gedanken ja nicht.

Nun zog die Brix das Pflaster vom Knie. Die Schürfwunde hatte sie sich vor ein paar Tagen auf ebendieser Treppe zugezogen. Die Wunde war verheilt. Andere Wunden aber waren aufgebrochen. Was würde aus Luise und Tristan von Iven werden? Ob sie sich wieder zusammenraufen konnten? Was würde aus »eroque«, dem Lebenswerk ihrer Tochter? Die Brix und Rasmussen warfen sich die Fragen zu.

»Was hat Fanny Jongen bloß getrieben? Noch vor zwei Stunden stand ihr die Welt offen. Nie hätten wir ihr irgendwas nachweisen können. Brunsmas Auftritt war eine Farce«, sagte Rasmussen.

»Warum seid ihr nicht eingeschritten?«, antwortete die Brix.

»Die Staatanwältin wollte doch gerade …«, fiel Rasmussen ein.

»Das hat Fanny Jongen in ihrem persönlichen Feuersturm wohl überhört.« Die Brix räusperte sich. »Und, Hans, ganz ehrlich – stand ihr die Welt wirklich offen? War sie nicht zu sehr in ihrer eigenen Welt gefangen? Ist sie nicht an den Geistern gescheitert, die sie rief? Oder war es nicht einfach ein Geist zu viel? Der Mann passte nicht in die Welt der beiden Frauen. Er hat nur genommen, nie wirklich gegeben. Ein paar Abziehbilder und das bisschen Manneskraft, mehr war von seiner Seite nicht drin.« Rasmussen nickte. Dann massierte er seine Nasenwurzel.

»Und nun war ihre Liebe, ihre erste wahre Liebe ausgelöscht. Sie musste jetzt handeln, und diese Erkenntnis lastete ja wohl wie ein Alpdruck auf ihr. Sie hat sich leider selbst nicht gesehen. Denn sie war es ja wohl, die von Anfang an die Fäden gezogen hat. Sie hat die Menschen um sich herum in ihren Talenten erkannt und eingesetzt. Sie hat in dem Trio infernale andauernd gerackert, während ihre große Liebe auf einem Podest stand und in ihrer Rolle als Schlei-Diva alles und jeden überstrahlte. Der Mann in ihrer Mitte war nur der Steigbügelhalter.«

Die Brix holte einen silberglänzenden Flachmann aus ihrer Kostümtasche und hielt ihn Rasmussen hin. »Sanddorn mit Schuss.« Rasmussen winkte ab.

»Als Brunsma seine Anschuldigungen erhob, wurde Fanny Jongen endgültig klar, was passieren würde. An diesen Intriganten sollte nun das Reich der Diva fallen. Ein Reich, das auf Liebe, Kreativität und ganz viel Willenskraft aufgebaut war, in den Händen eines Mannes, der ›eroque‹ nicht verstanden hat. ›Die unsichtbare Hand‹, du erinnerst dich? Das Tattoo auf Caroline von Ivens Hand. Sie wollte immer, dass auch andere von ihrem Tun profitieren. Sogar für ihren Vater wollte sie in die finanzielle Bresche springen. Brunsma dagegen trieb nur die Gier. Er hätte aus dem Projekt der Frauen eine x-beliebige Firma gemacht. Das war ihr unerträglich.«

»Rache.« Das war alles, was Rasmussen sagte.

»Ein Motiv, so alt wie die Menschheit. Fanny Jongen hatte nichts anderes im Sinn als Hamlet. Caroline von Iven war die Schlei-Diva. Fanny Jongen die Prinzessin von Dänemark. Was Jongen nicht verhindern konnte, war, dass das Reich nun in Tristan von Ivens Hände fallen wird, zu dessen Antrieb mir nur Realitätsverlust einfällt.«

Hamlet, dachte Rasmussen, war mir bis heute ziemlich schnuppe. Die Zeit sollte er sich nehmen, das dachte er auch noch.

dahinten ist meer | *Das Lied der Schlei-Diva*

meer macht dicht
mit nebel am morgen
suppt über das wasser
steht dahinten wie ne wand
boot segelt dagegen
nass erobert die luft
fängt sich die körper
und kennt keinen rand

es liegt da quer in den wogen
ganz viel blau in die länge gezogen

dahinten ist meer
immer meer
meer meer meer
immer meer mehr meer
frühlingsfrisch liederlich
verführerisch fürchterlich
hier vorn steh ich
dahinten ist meer

meer tag nacht
mit einer menge überlänge
dem himmel spiegel
das blau immer weit und breit
meer seifenoper
dreht sich wie ein kreisel
packt hier zu und da zu
eben noch schlafend
doch immer zum angriff bereit

es liegt da quer in den wogen
ganz viel blau in die länge gezogen

dahinten ist meer
immer meer
meer meer meer
immer meer mehr meer
frühlingsfrisch liederlich
verführerisch fürchterlich
hier vorn steh ich
dahinten ist meer

meer macht auf
die sonne lädt ein
ohne rand kein sand
darüber schweben die wolken
meer schluckt farben
sinken brechen verblassen
nach und nach auf den grund
steigt alles wieder nach oben

es liegt da quer in den wogen
ganz viel blau in die länge gezogen

dahinten ist meer
immer meer
meer meer meer
immer meer mehr meer
frühlingsfrisch liederlich
verführerisch fürchterlich
hier vorn steh ich
dahinten ist meer

Danksagung

Ich danke meinem Vater Walter R. Rüskamp (* 15. Oktober 1930; † 30. März 2014).

Arnd Rüskamp

Ich danke meinen drei »Frauen« Lynn Neubauer, Nora Neubauer und Regina Berkowitz. Meiner Mutter Brigitte Neubauer. Christine Berkowitz und Klaus Besteher. Edith und Claus Berkowitz. Edda und Manfred Reinsch. Gerd Heller. Waldemar Carl. Heiko Kügler. Volker Meyer-Guckel. Dirk Bakemeier und allen Freundinnen und Freunden, die ich im Rheinland zurückgelassen habe.

Hendrik Neubauer